UN CONTE POUR CHAQUE JOUR

UN CONTE POUR CHAQUE JOUR

Raconté par Zdeněk Slabý
et Dagmar Lhotová
Adapté par Dominique Kugler

Illustré par Edita Plicková

GRÜND

Adaptation française de Dominique Kugler
Textes choisis et arrangés par Zdeněk Slabý et Dagmar Lhotová
Illustrations de Edita Plicková
Maquette de Václav Bláha

ISBN: 2-7000-1665-3
Deuxième tirage 1987
Imprimé en Tchécoslovaquie par Svoboda, Prague
1/99/34/53-02

Loi n° 49-956 du 16 juillet 1949
sur les publications destinées à la jeunesse

Janvier

1er janvier

Le lutin du vent

C'était l'hiver. Dans le vieux grenier qui sentait si bon le foin en été, flottait maintenant l'odeur du vent humide et glacé qui soufflait dehors. Tout à coup, dans l'une des poutres fissurées où le vent d'automne était venu accrocher une feuille d'un beau rouge-brun, on entendit une faible respiration : un petit lutin venait juste de naître et risquait autour de lui un regard timide. Il était venu au monde par une de ces nuits claires qui ont la réputation d'exaucer les souhaits les plus secrets. Il s'extirpa de son recoin, posa sur sa tête la feuille morte qui lui servait de manteau et se demanda ce qu'il allait faire. Le seul être vivant qu'il vît était un papillon en train d'hiberner. Le lutin, qui se sentait seul et désemparé commença à pleurer. Alors le papillon ouvrit doucement ses ailes et lui dit:

— Tu devrais te réjouir d'être de ce monde, et au lieu de pleurnicher, tu ferais mieux de te demander ce que tu veux devenir.

— Je n'en sais rien, marmonna le pauvre lutin. Mais, en regardant les ailes du papillon, il se dit qu'il aimerait bien avoir lui aussi deux ailes comme celles-ci pour pouvoir s'envoler dans la nuit étoilée. Et, comme cette nuit-là était vraiment une nuit magique, une voix répondit à ses pensées. Elle lui dit : — Toi, tu ne peux pas avoir d'ailes, mais je vais te donner un manteau magique. D'abord, il sera couleur d'argent, car c'est un présent de la nuit argentée, mais tu peux apprendre à le changer de couleur.
Le lutin ouvrit son manteau qui, soulevé par la brise fraîche, se déploya comme des ailes et l'emporta dans la nuit. Il était devenu un lutin du vent, un voyageur du ciel.

2 janvier

De quoi est fait ce monde

La campagne que survolait le lutin du vent était tout enveloppée de grisaille. Les cheminées crachaient une fumée grise, les toits des maisons étaient gris, même les chemins et les arbres dénudés disparaissaient dans un brouillard grisâtre. «Que ce monde est triste!» pensa le voyageur du ciel. Puis il descendit en vol plané vers l'une des rues de la ville. Assis près d'une gouttière, Mitsou le chat bâillait à se décrocher

la mâchoire, se demandant ce qu'il allait bien pouvoir se mettre sous la dent. Mais le lutin se méfia. «Je ne vais tout de même pas me faire croquer alors que je viens juste de naître», se dit-il. Et aussitôt, il écarta à nouveau les pans de son manteau pour se poser sur le rebord de la fenêtre la plus proche. De l'autre côté de la vitre, le monde n'était pas gris du tout. Dans sa jolie chambrette, Julie semblait bien s'amuser. La petite fille devait organiser une fête, car les murs et le plafond étaient décorés d'une multitude de petits morceaux de papiers de toutes les couleurs qui virevoltaient et papillonnaient. Le lutin n'en croyait pas ses yeux. Tout à coup, Julie ouvrit la fenêtre et se pencha au-dehors. En voyant le lutin vêtu de son manteau, elle crut sans doute que c'était un petit oiseau transi de froid. En un clin d'œil, elle ôta le chapeau qu'elle avait sur la tête et hop! Alors, pour le petit lutin du vent, le monde ne fut plus ni gris, ni coloré, mais noir, tout noir. Il était prisonnier, comme un oiseau en cage.

3 janvier

De quoi est fait ce monde

Toujours enfermé dans le noir, sous le chapeau, le lutin commença à pleurer : «C'est bien ma chance! Juste au moment où je venais de décider de ce que je voulais faire, je ne peux plus rien faire du tout. Maintenant, je sais vraiment ce que je veux devenir : un grand explorateur.» Et ses pleurs redoublèrent. Mais, au bout d'un instant, il vit apparaître un filet de lumière au bord du chapeau. C'était la petite Julie qui regardait à l'intérieur, démangée par la curiosité. Cette fois, elle vit très bien le lutin du vent : il ressemblait à un grand papillon avec une feuille rouge-brun sur la tête. Son manteau était doublé de rayons de lune qui brillaient plus joliment que tout ce que Julie avait vu de sa vie.
— Si tu me donnes un petit morceau de ton manteau, dit-elle, je te laisserai partir. Le petit voyageur du ciel hésita car il n'était pas bien sûr de pouvoir donner ainsi un morceau de son manteau magique, mais finalement, il accepta.
— D'accord, dit-il, mais alors un tout petit bout.
Julie toucha un coin du manteau d'argent et regarda le bout de son doigt : il était tout argenté. Cela lui suffisait. En échange, elle donna au lutin quelques bandes de papiers de couleur qu'il accrocha à un pan de son manteau.
— Comme le monde est merveilleux! s'écria-t-il. Et il s'envola.

4 janvier

Le petit garçon qui peignait sans cesse

Il neigeait un peu, si bien que maintenant, le paysage était à moitié gris et à moitié blanc et, entre les flocons de neige, les petites bandes de papier accrochées au manteau du lutin du vent flottaient dans l'air comme de petites flammes volantes. Le voyageur du ciel se posa sur le rebord d'une autre fenêtre et, à l'intérieur, il aperçut un petit garçon. Il s'appelait Théo et tenait à la main un crayon de pastel. Sur la table étaient étalés des tubes de peinture et des craies à dessiner, et tout autour, le sol était jonché de feuilles de papier couvertes de dessins. Sa mère lui avait déjà donné toutes les feuilles et les cahiers, tous les sacs en papier et les vieilles

lettres qu'elle avait pu trouver, mais cela ne suffisait pas à Théo. Il commença à peindre sur les murs, puis sur les armoires, les tables et les chaises, et aussi sur les rideaux de dentelle blanche. Sa mère se mit à crier : — Mais c'est terrible!... Je ne peux plus l'arrêter! Arrivé à la fenêtre, Théo peignit les montants et les vitres, puis il ouvrit les deux battants, et ses yeux tombèrent sur le manteau du lutin dont il ne vit d'abord que le côté sombre. Il allait le peindre aussi, lorsqu'il aperçut le petit lutin. — Qui es-tu? demanda-t-il. Une voix fluette lui répondit : — Je suis un grand explorateur.
— Alors, il faut que tu me racontes tout ce que tu as vu et entendu. Le lutin du vent ne savait pas comment s'y prendre pour raconter tout cela et d'ailleurs il n'avait pas encore vu grand-chose de ce monde, mais il fit de son mieux. En l'écoutant, Théo voyait des images, des couleurs et des paysages qui lui étaient inconnus et qui plaisaient à ses rêves. Lorsque le lutin du vent eut dit tout ce qu'il savait, il s'envola à nouveau dans un léger bruissement. Sans doute alla-t-il conter à d'autres enfants ce qu'il avait vu. Quant à Théo, il se remit à peindre, mais plus posément, cette fois : sur de grandes feuilles de papier, il dessina en couleur les choses merveilleuses qu'il avait imaginées en écoutant le récit du lutin du vent.

5 janvier

Le chat orgueilleux

Le petite Julie voulait à tout prix un chat; elle ne rêvait que de cela. Mais comme, dans l'appartement où elle habitait, il était interdit d'avoir des animaux vivants, sa maman lui en fabriqua un au crochet avec des restes de laine. C'était une jolie laine angora de trois couleurs : alors le chat fut lui aussi angora et de trois couleurs. Mais très vite, il se révéla si orgueilleux et si querelleur que Julie commença à regretter d'avoir tant voulu un chat. Ce qu'Angora aimait surtout, c'était les paris. Tous les soirs, il disait à Julie : — Je parie que demain tu ne me trouveras pas!
Ils pariaient une brioche, un bonbon ou une glace. Pour Angora, peu importait l'enjeu puisqu'il mangeait de tout et gagnait toujours. Mais Julie, elle, en avait assez : ce chat trouvait toujours de bonnes cachettes et il devenait de plus en plus orgueilleux. Elle se dit qu'une fois au moins il fallait qu'elle le trouve, sinon sa vanité deviendrait insupportable. Il lui vint une idée. Le soir même, elle délia en secret le nœud situé derrière le cou d'Angora et effilocha un ou

deux points. Angora sortit comme d'habitude d'un air plein de suffisance, ne se doutant pas que Julie le tenait par un fil de sa fourrure. Le lendemain, elle le trouva immédiatement. Depuis ce jour, le chat a toujours dans le dos une sorte de zig-zag à l'endroit où la laine a été détricotée. C'est à cela que l'on reconnaît Angora qui, désormais, n'est plus du tout orgueilleux.

6 janvier

Histoire d'une girafe

Amédée était très fière de son cou qui était plus long que ceux des autres girafes de la savane. Mais Amédée trouvait cela insuffisant : elle voulait que son cou fût vraiment le plus long. Aussi décida-t-elle de l'allonger encore. Elle porterait des cols montants jusqu'à ce qu'il devienne le plus long de tous et qu'on l'inscrive dans le Livre des Records. A partir de ce jour, Amédée garda constamment le nez en l'air et devint très désagréable pour son entourage. Ses cols amidonnés la serraient affreusement, et elle ne cessait de se plaindre. Pour parfaire sa cure, elle se mit aussi en quête d'herbes et de plantes qui ont la vertu de faire grandir plus vite. En plus, Amédée ne cessait de se vanter :
— Vous allez voir comme je vais devenir célèbre, disait-elle à tout le monde. On parlera même de moi dans les journaux! La pauvre insensée s'imaginait que les journalistes et les photographes allaient bientôt arriver pour saluer ce grand événement. Et, en effet, le cou d'Amédée avait commencé à s'allonger; il devint même tellement long qu'à la fin, sa tête disparut dans les nuages : pour un peu, Amédée aurait pu parler à la lune. Mais elle avait perdu tous ses amis et n'avait plus personne à qui se plaindre, elle qui aimait tellement ça! Oubliant le Livre des Records et les journalistes, elle se mit à pleurer. Toute la journée elle sanglotait. Mais quand on pleure, on n'a pas le nez en l'air, ni le cou tendu vers le ciel, on baisse la tête, au contraire. C'est ainsi qu'à force de verser des larmes, Amédée baissa, baissa la tête, jusqu'au jour où elle retrouva ses amis. Quelle ne fut pas sa joie!

7 janvier

La petite fille de neige

Au cœur de l'hiver, le froid était aussi tranchant qu'un rasoir. Les vieux disaient qu'ils n'avaient jamais connu un mois de janvier aussi rigoureux et que l'on n'avait pas vu cela depuis au moins deux cents ans. Emmitouflés dans leur écharpe de laine, les mains bien au chaud dans leurs mitaines, les enfants faisaient des bonshommes de neige. Devant la chaumière des deux vieux, il y en avait sept, avec des boulets de charbon en guise d'yeux et de vieilles casseroles percées sur la tête. Grand-père se rappelait son enfance.
— Dis-donc, grand-mère, si nous faisions un bonhomme de neige, nous aussi?

— Allons, grand-père, ne dis pas de bêtises! s'exclama grand-mère en riant. Tu ferais mieux d'aller fendre du bois pour allumer le feu.
Mais grand-père n'en démordit pas. Il insista jusqu'à ce que grand-mère acceptât.
— Bon, d'accord, dit-elle. Si cela te fait plaisir... Mais écoute, nous n'allons pas faire un bonhomme de neige comme les autres. Puisque nous sommes tout seuls ici, faisons un enfant de neige.
Aussitôt dit, aussitôt fait. Il roulèrent une grosse boule dans laquelle ils formèrent un petit corps avec des bras, des jambes et une tête. A peine avaient-ils mis à cette petite fille de neige des yeux et un nez qu'une rafale de vent glacial souffla devant la chaumière. Le froid fit frissonner la petite fille de neige : elle rougit, cligna des yeux et se mit à pleurer.

8 janvier

La petite fille de neige

En entendant la fillette pleurer, grand-père resta bouche bée. — Grand-mère, c'est miraculeux! une petite fille de neige nous est née!
En toute hâte, grand-mère prit l'enfant et l'emporta dans la maison. Elle lui donna du lait de chèvre, l'enveloppa dans une couverture et la berça pour l'endormir. Comme grand-père commençait à chercher un prénom pour la fillette, sa femme lui dit :
— Puisqu'elle est née de la neige, nous l'appelerons Cristalle. Cristalle grandit, grandit, comme si chaque semaine eût été une année. Elle devint une belle jeune fille à la peau blanche comme la neige, aux cheveux noirs comme l'ébène et aux yeux de la couleur d'un ciel d'été. Elle était si douce et si gentille qu'elle faisait non seulement le bonheur de ses parents, mais aussi celui de tous les enfants des alentours. Chaque jour ils venaient chercher Cristalle pour aller jouer dans la neige : ils passaient des journées entières à faire des batailles de boules de neige et des glissades.
— Mets un chandail, tu vas attraper un rhume, lui disait grand-mère. Mais Cristalle riait. Elle pouvait sortir dans le vent glacial vêtue d'une simple robe, elle n'avait jamais froid, n'attrapait jamais ni rhume ni grippe. Ce qu'elle aimait le plus au monde, c'était jouer dans la neige.

9 janvier

La petite fille de neige

Durant tout l'hiver, Cristalle passa plus de temps dehors que dans la chaumière. Lorsqu'il y avait de violentes tempêtes de neige, l'une de ces tourmentes à ne pas mettre un chien dehors, elle jubilait. D'ailleurs, à la maison, elle ne dormait pas dans le salon, où la chaleur du poêle lui était insupportable, mais dans l'arrière-cuisine, où l'air était glacé. Dehors, le soleil devenait de plus en plus chaud, et bientôt il ne resta plus des sept bonshommes de neige qu'un amas de souches noirâtres; les chandelles de glace qui pendaient du toit disparurent et la neige fondit peu à peu sans laisser de traces. Le printemps était de retour. Cristalle errait seule dans la forêt à la recherche des dernières plaques de neige. Elle s'attristait de les voir rapetisser de jour en jour alors que l'ombre des feuillages, elle, grandissait. Un matin, elle entendit un profond soupir dans un fourré : elle pensa qu'il s'agissait d'un chevreuil qui se débattait dans les branches. Mais non. C'était la bise qui fuyait l'ardeur du soleil. L'hiver était fini.

10 janvier

La petite fille de neige

Toute la nature était en fleurs; l'herbe verdoyait à nouveau et l'air s'adoucissait. Mais Cristalle, elle, était de plus en plus triste. Elle s'enfermait dans la maison comme si elle avait eu peur du soleil, et c'était en vain que les autres petites filles l'attendaient devant chez elle pour jouer. Parfois, elle s'amusait avec ses deux meilleures amies, Anna et Natacha, mais seulement dans l'entrée de la chaumière, qui était l'endroit le plus frais.
— Comme tu es pâle! lui disait grand-mère. Si seulement tu voulais aller au soleil de temps en temps!
Cristalle ne répondait pas, mais la vieille femme croyait voir une larme briller dans ses yeux. «Que peut-elle bien avoir?» se demandait-elle.
Les seules fois où Cristalle retrouvait sa gaieté c'était quand il tombait une pluie de grêle et qu'elle voyait les petites boules de glace sautiller sur le sol. Mais la grêle fondait très vite, et Cristalle redevenait plus triste que jamais.
— Qu'allons-nous faire, grand-père? demanda la vieille femme d'une voix inquiète.
Mais, lui ne trouvait pas de mots pour la rassurer. Il pensait seulement que ce que l'hiver leur avait donné, l'été allait le leur reprendre. Et ils se retrouveraient à nouveau tout seuls.

11 janvier

La petite fille de neige

C'était la veille de la Saint-Jean et les réjouissances avaient déjà commencé. Les enfants célébraient la fête des bonnes fées. Dans les bois, les petites filles tressaient des couronnes de fleurs en chantant et en dansant. Cette fois, personne ne vint chercher Cristalle : ses camarades savaient qu'elle ne voulait pas sortir. «Elle doit être malade», disaient-ils. Mais au beau milieu d'une chanson, ses deux meilleures amies, Anna et Natacha se regardèrent soudain dans les yeux. Elles étaient tristes de savoir Cristalle toute seule à la maison et avaient la certitude qu'elle aimerait venir s'amuser avec elles. Sans se dire un mot, elles partirent en courant vers la chaumière de leur amie. Grand-mère refusa de laisser sortir Cristalle qui elle-même semblait effrayée lorsqu'elle voyait par la fenêtre cette belle journée d'été. Mais devant les prières et les supplications d'Anna et de Natacha qui promirent de prendre soin de Cristalle, grand-mère céda.
— Eh bien va, mon enfant, lui dit-elle. J'espère que cela chassera au moins ta tristesse. «Ce qui doit arriver arrivera tôt ou tard», pensait-elle.

12 janvier

La petite fille de neige

Ainsi, Cristalle partit en compagnie d'Anna et Natacha. Les autres fillettes l'accueillirent gaiement, tressèrent une couronne de fleurs sauvages pour ses cheveux et l'entraînèrent dans la danse. Elle chanta et dansa avec les autres mais ne retrouva pourtant pas le sourire. Ensuite, les garçons allumèrent un grand feu de joie et les filles s'apprêtèrent à sauter par-dessus, comme le veut la coutume. Anna et Natacha entouraient Cristalle. Natacha lui chuchota à l'oreille :

— N'aie pas peur, tu sauteras après moi et Anna restera derrière toi pour t'aider si tu n'y arrives pas.
Cristalle s'élança au-dessus des flammes et brusquement, elle disparut sous les yeux d'Anna. Les enfants entendirent juste un petit soupir. Aussitôt leur joie s'évanouit et un grand silence s'installa. Avait-elle fondu comme une boule de neige lancée dans les flammes? Mais non. Ils furent bien vite rassurés. Une brise chaude se mit à souffler — mais ce n'était peut-être pas la brise — et, d'un seul coup, Cristalle réapparut au beau milieu de ses amis, avec de belles joues roses et un grand sourire aux lèvres. Etait-ce parce qu'elle n'avait pas eu peur du feu ou grâce aux bonnes fées de la Saint-Jean ? En tout cas, la petite fille de neige était devenue comme toutes les autres fillettes. Lorsque revint l'hiver, elle porta elle aussi des gants et des chandails de laine pour se protéger du froid. Mais elle aimait toujours autant la neige.

13 janvier

La masure aux secrets

Il était une fois, au fond d'une ruelle, une vieille masure abandonnée.
(Vous trouverez la suite le 13 de chaque mois.)

14 janvier

Le renard tranche une querelle

Deux petites miches de pain se querellaient pour savoir laquelle d'entre elles était la plus jolie et la plus savoureuse.
— Regarde comme je suis bien dorée, regarde toutes les graines de pavot que j'ai sur le dos, sens mon odeur appétissante, criait l'une.
— Dorée ? La belle affaire! répliqua l'autre d'un air moqueur. Regarde-moi : merveilleusement pâle des deux côtés et saupoudrée de cristaux de sel. On dirait que je suis constellée de pierres précieuses!
— Peuh! reprit la première. Et tu te crois belle, maigrichonne comme tu es? Regarde-moi : je suis aussi dodue qu'un jabot de pigeon.
— Comment? Tu me traites de maigrichonne? coupa l'autre. Il vaut bien mieux être svelte comme moi que bouffie comme toi. Cela aurait probablement fini par une bagarre si un renard n'était passé par là. Il jeta un coup d'œil par la fenêtre et d'un bond sauta sur la table. — Je vais vous mettre d'accord, moi, dit-il en ouvrant toutes grandes ses mâchoires goulues. Et en une bouchée, il avala les deux rivales.
— Hmm ... elles sont aussi délicieuses l'une que l'autre, déclara-t-il d'un air satisfait. Et il repartit en trottinant vers le bois.

15 janvier

La reine hilare

Il était une fois une reine qui riait tout le temps. Elle riait si fort et si longtemps que la vaisselle se brisait dans les buffets et les tableaux tombaient des murs! Un rien suffisait à déclencher l'un de ses fous rires et elle faisait alors un tel vacarme que les courtisans et les domestiques, et même les sujets du royaume qui vivaient près du château étaient obligés de se boucher les oreilles. Au début, ils se servirent pour cela de leurs doigts, mais par la suite, ils durent se bourrer les oreilles de tampons d'ouate pour pouvoir continuer à travailler. Nul ne connaissait le vrai nom de la reine : on l'appelait Sa Joyeuse Majesté.
Le jour où le Chancelier lui annonça que le royaume faisait banqueroute, elle rit aux éclats; quand elle tomba dans l'escalier et se cassa une jambe, elle se mit à glousser comme une poule; et lorsque survint un tremblement de terre qui anéantit le château, elle se tordit de rire jusqu'à en avoir mal aux côtes. On fit appel aux médecins les plus réputés pour la guérir mais elle les congédia d'un geste de la main.
— Le rire, c'est la santé! affirmait-elle en riant aux larmes.

— Mais, Majesté, objecta timidement le Chancelier, le rire est un des piments de la vie, mais, comme toutes les épices, il doit être utilisé avec modération.
Or, s'il y avait une chose que la reine avait en horreur, c'était que l'on ne soit pas d'accord avec elle. Elle fit exécuter le Chancelier sur-le-champ. Et elle trouva cela tellement drôle que, cette fois, elle ne put vraiment pas s'arrêter de rire, même pour reprendre haleine. Et elle s'étouffa. Alors seulement, les courtisans et les villageois connurent enfin la paix et la tranquillité.

16 janvier

La méchante fée

Il y avait une fois une vieille fée qui se sentait très seule. Aucune des autres fées ne voulait lui parler, à cause de toutes les mauvaises actions qu'elle avait commises dans le pays enchanté. C'était elle qui avait déclaré un jour que la Belle au Bois Dormant se piquerait le doigt et dormirait pendant cent ans; d'ailleurs, la Belle ne se serait jamais réveillée si un prince qui passait par là ne lui avait pas donné un baiser. C'était cette méchante fée encore qui avait fait en sorte que le Petit Chaperon Rouge fût mangé par le loup. Elle avait causé d'infinis malheurs avec ses maléfices. Lorsque, enfin, cessant de tisser la toile des destins, elle prit sa retraite, elle n'avait plus d'amis et bientôt, sa vie fut d'une grande tristesse. Elle errait çà et là au royaume des fées en se lamentant sur son sort, et disant que ce n'était pas sa faute si elle avait été aussi méchante mais celle de sa marraine qui, en se penchant sur son berceau, avait décrété qu'elle passerait toute sa vie à commettre de mauvaises actions. Mais tout finit par s'arranger pour elle, grâce aux bonnes fées. Qui sait ce qu'il serait advenu de cette pauvre vieille fée si un certain petit garçon n'avait entendu ses plaintes. Comme il adorait faire de bonnes actions, il décida de lui venir en aide : il vint la voir très souvent, et chaque fois, ils restaient assis à parler des heures entières. Peu à peu, l'haleine chaude du petit garçon parvint à faire fondre la glace qui entourait le cœur de la mauvaise fée, si bien qu'à la fin, elle devint une

bonne vieille grand-mère qui se plut à parcourir le monde pour raconter les plus beaux contes de fées qu'elle connaissait.

17 janvier

Le mariage de la princesse Wilhelmine

Le roi Frédéric l'Apathique de Gaspillie avait un immense royaume, une fille prénommée Wilhelmine et une épouvantable migraine. La cause de sa migraine était double : non seulement le Trésor du royaume était aussi vide que le garde-manger d'un mendiant, mais en outre, son voisin, le roi Noyau Ier venait de poster ses troupes à la frontière commune aux deux pays. Or, la Gaspillie n'avait pas d'armée et, étant donné l'état des Finances royales, il était impensable d'en lever une. Aussi Frédéric jugea-t-il tout à fait acceptables les conditions posées par son adversaire. Celui-ci ne demandait qu'une chose : la main de la princesse Wilhelmine. L'affaire aurait pu être vite réglée; seulement, la princesse refusait obstinément d'épouser le roi Noyau Ier.

— Oh, Père! Vous ne pensez tout de même pas que je vais accepter en mariage ce vieux tyran grincheux! ne cessait-elle de répéter. Ce qu'elle ne disait pas, c'est qu'elle était follement amoureuse de l'armurier de son père. Il valait bien mieux d'ailleurs qu'elle n'en dît rien, car ce jeune homme, au demeurant fort brave et fort intelligent, n'avait pas une once de sang bleu dans les veines. Il mettait tout son zèle à entretenir les armures et les armes royales, bien qu'il n'y eût plus d'armée pour s'en servir. Et il se moquait bien de ne pas être payé, pourvu qu'il pût vivre auprès de la princesse. Or, un beau jour, un messager de Noyau Ier vint annoncer que, si la princesse ne changeait pas d'avis dans les trois jours, il s'emparerait du trône et enfermerait Frédéric dans son propre donjon. Cette fois, c'en était trop pour Frédéric l'Apathique.

— Wilhelmine, dit-il sévèrement, il va falloir te marier, que cela te plaise ou non. Je ne vais pas déménager dans le donjon à cause de toi. Les chambres royales sont déjà bien assez humides pour moi!

18 janvier

Le mariage de la princesse Wilhelmine

La charmante princesse Wilhelmine courut aussitôt à l'armurerie pour pleurer sur l'épaule de son cher Harold.
— Cela n'avance à rien de pleurer, lui dit-il. Et il se mit à réfléchir. Comme il était aussi audacieux que malin, il trouva vite une idée. La famille royale de Gaspillie avait été jadis l'une des plus riches d'Europe et son armurerie était bien montée. Harold réunit ses amis les plus dignes de confiance et, à la nuit tombée, ils chargèrent tout le fourniment sur des charrettes à foin et se dirigèrent vers la frontière. Il leur fallut toute la nuit pour couvrir les fourrés avec les hallebardes et les casques soigneusement astiqués par Harold pendant des années. Au matin, lorsque les premiers rayons du soleil vinrent frapper cette armée factice, les soldats de Noyau Ier se crurent largement surpassés en nombre. Ils prirent peur et s'enfuirent, suivis de Noyau sur sa jument alezane, tout penaud que son mariage fût tombé à l'eau. Mais, à quelque temps de là, les cloches de Gaspillie sonnèrent à tout rompre pour célébrer les noces de Wilhelmine et de Harold, promu au rang de Prince. Et avant qu'il fût longtemps, les caisses du royaume furent aussi bien remplies que l'armurerie du roi.

19 janvier

Cochonnet

Dans un village naquit un jour un petit garçon. A peine eut-il appris à ouvrir la bouche qu'il dit :
— J'ai faim! Sa mère, ravie, lui apporta tout ce qu'elle put trouver : un verre de lait, un gâteau de Savoie, de la purée de pommes de terre, un poulet en sauce et quelques autres bagatelles.
— Prends tout ce qui te fait envie, dit-elle à son fils. Avant même qu'on lui eût donné un nom, il avait déjà mangé ce que sa mère lui avait apporté. Alors ses parents décidèrent de l'appeler Cochonnet. Mais bientôt, il ne mangea plus seulement ce qu'on lui donnait mais tout ce qui se trouvait à sa portée. C'est pourquoi on commença à l'appeler Glouton. Mais sa mère commença à s'inquiéter : son bambin avait un appétit si vorace qu'il engloutit un pain d'une livre comme il eût avalé une myrtille, et quand il n'eut plus une miette à se mettre sous la dent, il dévora la table et les chaises, l'armoire et le lit puis sortit dans le jardin. Décrétant qu'il aimait les cerises, il boulotta l'arbre tout entier, puis, sans même chercher la porte, il avala le grillage et partit dans le village où il sema la panique, car il mangeait tout ce qui se trouvait sur son passage. Ce n'était plus un bébé maintenant, mais un véritable géant avec un ventre énorme.
— Cela ne peut pas continuer comme ça, dit la petite Laure qui habitait la maison voisine, tout en remontant son réveil pour ne pas arriver en retard à l'école. — Bientôt, il va nous manger aussi! Elle ne se trompait pas. En une bouchée, Glouton dévora toute la maison de Laure. Mais, heureusement le lendemain matin, le réveil

sonna, et Glouton en fut tellement surpris que, dans un hoquet, il recracha la maison. Après cela, il perdit peu à peu l'appétit. On continua pendant quelque temps à l'appeler Cochonnet, mais par la suite, on le baptisa Albert et il redevint un petit garçon comme les autres.

20 janvier

Les trois dragons

Il y avait une fois une vieille dragonne qui vivait au sommet d'une très haute montagne. Juste au moment où elle était en train de se dire qu'elle finirait sûrement sa vie toute seule, elle donna naissance à trois petits dragons. Mais à peine avait-elle eu le temps de leur apprendre à marcher qu'elle sentit sa dernière heure arrivée. La vieille dragonne savait que ses trois rejetons avaient encore beaucoup à apprendre, et elle réfléchit intensément pour se rappeler les choses les plus importantes à savoir pour un jeune dragon. Mais elle s'embrouilla et tout ce qu'elle parvint à leur dire avant de rendre l'âme fut:
— Soyez de bons ... et ... votre al-pha-bet ...
Evidemment, avec une recommandation aussi étrange, ces petits ne pouvaient pas deviner qu'un bon dragon doit être très, très méchant. Et lorsque leur mère dit «votre al-pha-bet», ils pensèrent que Al, Pha et Bet étaient leur prénom. Il leur fallut d'abord décider qui était Al, qui était Pha et qui était Bet. Une fois cette question réglée, Al dit à ses frères :
— Il n'y a pas assez de place pour nous trois dans cette tanière, alors, je pars découvrir le monde.
N'ayant pas appris à voler, comme un vrai dragon, il se laissa glisser du haut de la montagne sur son arrière-train et arriva au beau milieu de la ville la plus proche.
— Malheur! Voilà encore un dragon qui vient nous persécuter! crièrent les habitants en se barricadant dans leur maison.
— Je ne sais pas exactement ce que veut dire «persécuter» mais je viens simplement vous rendre visite, je vous le jure! leur répondit le dragon et découvrant ses dents, il leur adressa un sourire si gentil que les gens entrouvrirent leur porte, juste assez pour y passer la tête et regarder de plus près cet étrange dragon pacifique. Le maire n'avait jamais eu affaire à un dragon. Mais, comme il prenait sa tâche très au sérieux, il considéra que ce devait être dans ses attributions de traiter avec ce genre de créature.
— En quoi pouvons-nous vous être utiles? demanda-t-il à Al.

— Je cherche un logement, dit poliment le dragon. Après un instant de réflexion, le maire répondit :
— Je crois que nous avons ce qu'il vous faut. Dans un des parcs de la ville, il fit construire un enclos dans lequel il mit le dragon. Moyennant un modeste droit d'entrée, tous les habitants de la ville pouvaient venir le voir. Peu à peu les gens s'habituèrent à lui, et le maire fit venir dans l'enclos quelques éléphants, des lions, des hippopotames, des singes et bien d'autres animaux. Et ainsi fut créé le premier zoo du monde.

21 janvier

Les trois dragons

Lorsque les deux frères Pha et Bet commencèrent à grandir, leur repaire fut encore trop petit.
— Pourquoi restons-nous ici à nous bousculer sans cesse? dit Pha. Mon tour est venu d'aller explorer le monde.
En sortant du repaire, il marcha malencontreusement sur une pierre branlante et tous deux, le dragon et la pierre, dégringolèrent pêle-mêle la montagne et roulèrent dans la plaine. Leur folle descente s'acheva au pied des remparts de la cité royale. Le roi Montaigut le Ténébreux en personne sortit sa tête entre deux créneaux pour voir ce qui se passait. Il se moucha majestueusement dans son royal mouchoir et déclara :
— Très estimé Dragon, je vous souhaite la bienvenue. Vous pourrez emmener la princesse Erminette dès que ses bagages seront prêts.
— Mais ... pourquoi ferais-je une chose pareille? s'enquit le dragon, perplexe.
— Voyons ... parce que la coutume veut que les dragons enlèvent les princesses! lui expliqua le roi quelque peu sévèrement. Bien sûr, il se garda bien d'ajouter qu'Erminette était grossière, querelleuse, bougonne, acariâtre et pas jolie du tout. D'ailleurs, tous les princes du voisinage en âge de se marier faisaient en sorte de ne jamais approcher le royaume de Montaigut.
— Dans ce cas, répondit Pha qui voulait se montrer courtois, je me ferai un plaisir d'emmener la princesse.

Le soulagement et la joie furent immenses dans le château, et l'on organisa un mariage somptueux. Erminette devint une princesse-dragonne. Au début, elle passa son temps à harceler le pauvre dragon Pha, le battant, le grondant sans relâche. Mais lui endura ce calvaire avec une patience d'ange, si bien qu'au bout d'un certain temps, cela n'amusa plus du tout la princesse et elle devint très gentille avec lui. Et, que vous le croyiez ou non, elle finit même par être assez jolie.

22 janvier

Les trois dragons

Le dragon Bet avait désormais la tanière pour lui seul, mais il s'y ennuyait à mourir. Il décida donc de partir à la recherche de ses deux frères, mais il se trompa : au lieu de partir vers le Sud comme Al ou vers l'Ouest comme Pha, il prit la direction de l'Est. Comme il était beaucoup moins téméraire que ses deux frères, il préféra partir à pieds, et il lui fallut beaucoup de temps pour atteindre le premier village de la vallée qui s'appelait Ravaudeville. Il se rendit directement sur la place du marché où les enfants de l'école maternelle étaient justement en train de se mettre en rang pour partir en promenade.

— Eh, regarde! dit Henri. Ça doit être pour une publicité!
— Mais non! répliqua Linda, moi, je suis sûre qu'ils tournent un film. Et en quelques minutes, le dragon se trouva entouré d'une ribambelle d'enfants qui le caressaient, le flattaient, le chatouillaient en disant :
Un gentil dragon! On a trouvé un gentil dragon!
«C'est vrai que je suis un gentil dragon», se dit-il, trouvant bien agréable de se faire caresser. Finalement, il resta avec les enfants de l'école maternelle. On l'installa dans la cour où il faisait faire aux bambins des tours sur son dos ou les laissait grimper sur lui et redescendre en glissant sur ses écailles bien lisses. Bet adorait cela et vous pensez bien que les enfants s'en donnaient à cœur joie!

23 janvier

L'arbre à plumes

Il y avait dans un verger un arbre très différent des autres. Son tronc était très noir et son écorce douce comme la soie. Il déployait des branches fines et souples qui s'habillaient au printemps de feuilles duveteuses d'un vert argenté. Contrairement aux autres, cet arbre-là n'était pas fréquenté par les oiseaux qui semblaient lui préférer les pommiers, les cerisiers et les pruniers, ses voisins. Et, chose étrange, il n'avait jamais fleuri, si bien que l'on ne savait pas quelle sorte de fruits il donnait. Un jour, un merle au plumage noir d'ébène, curieux de voir cet arbre de plus près, se posa sur une de ses branches, et comme il s'y trouvait bien, il se mit à chanter. Il revint tous les jours pour y faire ses vocalises. Quelques semaines plus tard, l'arbre fit de jolies fleurs blanches dont le cœur et le pistil étaient noirs. Peu à peu, les fleurs firent place à de petits fruits qui grandirent et s'allongèrent, au grand étonnement des autres arbres et des oiseaux qui n'en avaient jamais vus de pareils. Ces fruits étranges étaient en fait de petites plumes noires et brillantes : des plumes de merle! Imaginez la joie du merle chanteur quand il découvrit cette merveille!
Pensez-donc : chaque fois qu'il se battait ou se prenait dans les taillis, il en perdait des plumes! Maintenant, il n'aurait qu'à les cueillir et les ajouter à son plumage. Les autres oiseaux furent très jaloux. Un geai qui s'était lié d'amitié avec le merle prit l'habitude de venir chanter avec lui sur l'arbre à plumes. Et l'année suivante, celui-ci fit non seulement des plumes de merle, mais aussi de belles plumes de geai, noires rayées de bleu. Par la suite, chaque fois qu'un nouvel oiseau venait chanter dans l'arbre à plumes, il y trouvait, l'été suivant, des bouquets de plumes pareilles aux siennes. Finalement, l'arbre à plumes eut de plus en plus de visiteurs qui venaient chanter de leur plus belle voix les louanges de cet arbre peu ordinaire.

24 janvier

La reine de beauté

Une fois par an, le 24 janvier, se tient le grand congrès des sorcières et des ensorceleurs du monde entier. Des magiciens et des enchanteurs de second ordre participent également à cette manifestation et tous ces spécialistes réfléchissent, discutent et échangent des idées pour trouver des moyens encore plus efficaces pour faire le malheur des gens. Ce colloque s'achève toujours par une sorte de spectacle assez particulier, destiné à distraire les participants. Une fois, ce fut un concert pour chœur de crapauds et charivari; une autre année, on vit des fées faire danser un pauvre jeune homme jusqu'à l'épuisement. Cette fois-là, ce fut un concours de «beauté». Vous parlez d'une affaire! Les candidates, sélectionnées parmi les plus jeunes femmes de l'assemblée — celles qui avaient moins de 150 ans —, se parèrent, se coiffèrent avec leurs ongles crochus, se barbouillèrent la figure des potions les plus invraisemblables, puis elles défilèrent sur scène. Un jury composé de sorciers spécialement invités pour l'occasion fut chargé de désigner la Reine des Mondes Inférieurs. Ils parvinrent à se mettre d'accord sur une gagnante, une épouvantable créature de la Basse Vallée de l'Horreur. Seulement, sa victoire lui monta un peu à la tête. On apprit que, le lendemain, elle s'était présentée à un concours de beauté dans le monde des hommes. Elle fut bien sûr la dernière et, lorsque les spectateurs se mirent à la huer en se moquant de son nez verruqueux, de son menton barbu et de son dos voûté, elle entra dans une colère folle. Par dépit, elle changea toutes les autres candidates en crapauds. Dès lors, les membres du jury durent bien admettre qu'elle répondait davantage aux canons de la beauté que cette troupe d'affreux crapauds, et il leur fallut revenir sur leur décision. Prudente, elle attendit d'avoir été présentée au public avec son écharpe avant de redonner aux jeunes candidates leur forme initiale. Et cette écharpe, elle l'arbore encore aujourd'hui à tous les congrès de Magie noire!

25 janvier

La méchante belle-mère et les douze jeunes gens

Mme Maillet avait deux filles, Rose et Jeanne. Pour la première, elle cuisinait du poulet rôti ou des cailles farcies, tandis que l'autre n'avait presque rien à manger. La première ne levait jamais le petit doigt, alors que la seconde trimait du matin au soir dans la maison, et sans jamais un mot de remerciement. Rose se pavanait dans des robes de percale ou de velours, mais Jeanne portait été comme hiver une misérable blouse de toile. Pourquoi? Parce que Rose était la propre fille de Mme Maillet

tandis que Jeanne était celle de la première épouse de M. Maillet. M. Maillet, lui, était le plus souvent absent. Il partait toute la journée pour chercher du travail et lorsqu'il rentrait, il était trop fatigué pour remarquer que sa femme maltraitait la pauvre Jeanne. On était au mois de janvier et l'hiver était particulièrement rigoureux; dehors, la neige étincelait comme un tapis de diamant. Tout le monde était content de venir se blottir devant un bon feu. Quant aux bonshommes de neige, ils étaient ravis que l'hiver fût si froid.
Mme Maillet pointa son menton à la porte et le rentra aussitôt de peur qu'il n'attrape une engelure. C'est alors qu'elle décida de se débarrasser une fois pour toutes de sa belle-fille.
— Ma petite Jeanne, lui dit-elle d'un ton mielleux, va donc dans la forêt me cueillir un bouquet de muguet. J'aimerais tellement en avoir dans un vase pour pouvoir le sentir!
— Mère, répondit Jeanne, surprise, où trouverai-je du muguet au mois de janvier? Il neige encore... Sans plus l'écouter, la marâtre ouvrit brusquement la porte et poussa la pauvre enfant dans le froid glacial, en hurlant :
— Si jamais tu reviens sans muguet, gare à toi!

26 janvier

La méchante belle-mère et les douze jeunes gens

Après une marche pénible dans la tourmente, Jeanne arriva enfin dans la forêt. Et là, elle vit douze jeunes hommes qui paraissaient solides comme des chênes. Chose étrange, certains d'entre eux étaient en vêtements d'été comme si l'on eût été au mois de juillet ou d'août. Tous ensemble ils demandèrent à la jeune fille où elle allait par ce temps glacial aussi légèrement vêtue. Jeanne leur conta toute l'histoire.
— Dis-nous donc quel est le mois de l'année que tu préfères, suggéra l'un d'eux qui portait un manteau en peau de mouton. Jeanne réfléchit un instant et dit :
— Je les aime tous, parce que chacun apporte quelque chose d'agréable, que ce soit la neige, les fleurs, les fruits ou la pluie. Les jeunes gens se regardèrent et se firent un signe de tête. L'un sortit de sa poche un bouquet de muguet qu'il tendit à la jeune fille stupéfaite. Jeanne les remercia et se hâta de rentrer chez elle. Tout à coup, elle ne sentait plus le froid. Sa belle-mère fut très ennuyée, mais le bouquet de muguet était bien là, dans le vase, et il sentait vraiment bon. Elle n'avait plus aucune raison de réprimander sa belle-fille.

27 janvier

La méchante belle-mère et les douze jeunes gens

Le lendemain, Mme Maillet prit un petit air doucereux et dit à sa belle-fille :
— Chère Jeanne, apporte-moi un panier de fraises des bois. Je meurs d'envie d'en manger!
— Mère, les fraises ne poussent pas en janvier! protesta Jeanne les larmes aux yeux.

— Tais-toi! hurla la belle-mère. Si tu es capable de rapporter du muguet en cette saison, tu dois pouvoir trouver des fraises aussi! Et elle lui claqua la porte au nez. La pauvre Jeanne s'enfonçait jusqu'aux genoux dans la neige et la bise mordante traversait ses vêtements. Mais elle parvint tout de même jusqu'à la forêt où elle retrouva les douze jeunes hommes. Elle leur dit ce que sa belle-mère exigeait cette fois. Ils semblèrent un peu contrariés. Celui qui portait un manteau en peau de mouton prit la parole :
— Tu auras tes fraises, dit-il, mais ta belle-mère ferait bien de prendre garde! Il fit signe à un jeune garçon en chemise qui plongea la main dans sa musette et remplit de fraises le panier de Jeanne. Avant de les lui donner, l'homme à la peau de mouton souffla un peu dessus :
— Voilà qui la guérira peut-être, marmonna-t-il. Jeanne remercia et reprit le chemin de la maison. Elle avait presque chaud. A la vue du panier plein, la belle-mère fit grise mine, mais les fraises étaient tellement appétissantes qu'elle s'en saisit aussitôt. Elle et Rose les mangèrent toutes sans même en offrir une à Jeanne. Mais toute la nuit, on les entendit maugréer et gémir : elles avaient l'impression d'avoir englouti un panier de grêlons!

28 janvier

La méchante belle-mère et les douze jeunes gens

Le matin suivant, Rose et sa mère se sentaient un peu mieux : il est vrai que Mme Maillet était en train de manigancer encore un mauvais tour pour sa belle-fille. Soudain, de sa voix la plus sucrée elle dit :
— Jeanne, ma chère petite Jeanne, prends un panier et va jusqu'au verger, de l'autre côté de la forêt. Tu le rempliras de pommes. Mais attention, veille à ce que ce soit des Reines des reinettes, ce sont mes préférées.
Cette fois, Jeanne ne protesta pas. Elle se contenta de soupirer, prit le panier sur son dos et sortit. A plusieurs reprises, elle trébucha et glissa sur la neige verglacée, trois fois elle tomba et s'écorcha les genoux avant d'atteindre la forêt. Les douze jeunes hommes étaient toujours là : ils semblaient même l'attendre. L'homme au manteau en peau de mouton qui lui avait parlé la veille lui demanda ce qu'elle faisait là et pourquoi elle était sortie encore une fois par ce temps. Lorsque Jeanne le lui dit, il se mit à ricaner :
— Ah, ah, ainsi ta belle-mère a une envie subite de manger des pommes! Et des Reines des reinettes, par-dessus le marché! Il posa le panier devant un jeune homme vêtu d'une tunique courte qui plongea sa main dans une corbeille et en sortit des pommes. C'étaient bien des Reines des reinettes, absolument parfaites. Il en remplit le panier.
— Je ne pense pas que ta belle-mère les appréciera tellement, dit l'homme au manteau de mouton. Et il souffla trois fois dans le panier d'où se dégagea une vapeur blanchâtre.
— Ne touche surtout pas les pommes,

recommanda-t-il à Jeanne. Et dis à ta demi-sœur de ne pas en manger.
Jeanne les remercia et repartit chez elle. Sur son dos, le panier semblait léger comme une plume et, sous ses pieds, la neige gelée lui faisait l'effet d'un tapis de mousse.

29 janvier

La méchante belle-mère et les douze jeunes gens

Mme Maillet n'en crut pas ses yeux. Pourtant, elle ne demanda pas à Jeanne comment elle avait accompli cette mission impossible : elle se rua sur les pommes et commença à les croquer avec délectation.
— N'en mange pas, Rose! chuchota Jeanne à sa sœur. Mais celle-ci la repoussa d'un geste et plongea sa main dans le panier. Lorsqu'elles en eurent mangé une dizaine à elles deux, Jeanne les vit soudain se tordre de douleur en se tenant le ventre. Elles hurlaient que ce mal allait les déchirer en mille morceaux, que Jeanne, cette ingrate, leur avait tendu un piège et qu'elle était sûrement de connivence avec le diable! Mais elles ne furent pas déchirées en mille morceaux : elles s'envolèrent par la cheminée comme des sorcières sur leurs balais et s'élancèrent dans les airs comme des fusées. Elles atterrirent dans la neige, très loin de là, si loin qu'elles ne retrouvèrent jamais leur maison. Désormais, Jeanne vécut très heureuse auprès de son père. Quant aux douze jeunes gens — qui n'étaient autres que les douze mois de l'année—, elle ne les revit pas. D'ailleurs, elle n'eut plus jamais besoin d'eux.

30 janvier

La Grand-mère et le pet-de-nonne

Grand-mère Civette devait bien avoir plus de quatre-vingts ans mais, malgré son grand âge, elle aimait encore les bonnes choses. Elle était très friande de sucreries, et ce qu'elle aimait par-dessus tout, c'était les pets-de-nonne. Un jour de janvier, elle en fit une bonne fournée. Ils étaient très réussis. Grand-mère allait se reculer pour les admirer, lorsque tout à coup, le plus doré et le plus dodu d'entre eux se mit à parler, ou plutôt à chanter :
C'est moi le pet-de-nonne qui chante!
C'est moi le plus savoureux et le moins pâteux!
—Que se passe-t-il? cria Grand-mère Civette affolée. Je jurerais que ce pet-de-nonne a chanté!
—Du calme, Grand-mère! lui dit le pet-de-nonne d'un ton insolent. Bien sûr que je chante. Tu ne vas pas me dire que c'est la première fois que tu entends un pet-de-nonne chanter! Ecoute, Grand-mère, ce que je veux

savoir, c'est que tu as l'intention de faire de moi. Pour mon avenir, je veux dire. J'ai du talent, tu sais. Qu'est-ce que tu dirais de l'école lyrique?

Pendant un instant, Grand-mère fut sans voix puis, subitement, elle se mit en colère et lui dit :

— Parle-moi poliment, d'abord. Et n'oublie pas que les pets-de-nonne sont faits pour être mangés et non pour devenir chanteurs. Et tu n'es pas une exception...

Ce disant, elle avança la main pour attraper ce pet-de-nonne insolent. Mais il réussit à sauter du plat. Il se laissa tomber par terre, roula jusqu'à la porte ouverte et sortit. Grand-mère partit à sa poursuite mais elle ne le trouva pas : il avait disparu au coin de la rue. Où arriva-t-il? Quelque part... en février.

31 janvier

Percelet met les bouchéees doubles

Percelet, le ver de bois, vivait dans une vieille armoire. C'était le ver le plus paresseux qui ait jamais existé, et sans doute le plus endormi aussi. Il passait des heures, des jours, des semaines à dormir, ne se réveillant que de temps en temps pour grignoter un peu de bois et creuser un petit trou qui faisait un minuscule tas de sciure sur le plancher. Mais c'était vraiment très rare, et au bout d'un certain temps, ses amis et ses voisins déménagèrent, car ils n'avaient plus envie de faire tout le travail pendant que ce fainéant se tournait les pouces. Percelet resta donc seul dans l'armoire. Dans tous les autres meubles, les coffres, les tables, les chaises, on entendait les vers broyer et mâchonner à longueur de journée. Mais dans l'armoire régnait un silence absolu. Il semblait bien que Percelet allait continuer à paresser ainsi jusqu'à la fin des temps. Or, un jour, quelqu'un acheta son armoire. On sait que les vers de bois n'aiment pas tellement changer de maison, mais Percelet se retrouva dans une famille qui lui convenait parfaitement. Toute la journée on y passait une musique douce et endormante qui lui plaisait beaucoup. Mais les choses se gâtèrent le jour où la maîtresse de maison déclara :

— Je ne veux pas de cette armoire! Elle n'est même pas mangée aux vers, ça ne peut pas être une armoire ancienne! Il faut la revendre.

— Aïe! aïe! aïe! cria Percelet qui ne voulait surtout pas quitter ce paisible foyer. Et il se mit à ronger le bois avec une telle ardeur que bientôt il eut mangé tout le dessus de l'armoire. Trop et trop peu n'est pas mesure, on le voit bien!

Février

terre. D'un battement d'ailes il se posa sur l'appui de la fenêtre et par une fissure du bois il murmura:
—Attends-moi ici. Je vais t'apporter un quartier de la grande orange et un morceau de la couronne argentée pour que tu y goûtes.
Quelques minutes plus tard, il revint avec un cube de glace et un quartier d'orange. Et voilà comment le lutin du vent sauva le soleil et la lune. Nous lui devons une fière chandelle!

1er février

Le soleil et la lune

Le lutin du vent planait au-dessus d'un pays où le soleil se couchait très tôt et ne se relevait pas avant l'heure du déjeuner. Comme c'était l'hiver, nul ne s'en étonnait et tout le monde accueillait le soleil avec d'autant plus de joie lorsqu'il apparaissait. Tout le monde, sauf un petit garçon qui, lui, n'était jamais content de rien. On pouvait aisément deviner pourquoi : ce petit garçon avait tout ce qu'il désirait et il y avait tellement de choses autour de lui qu'il passait tout son temps à les regarder et était bien trop occupé pour lever les yeux vers le ciel. Pourtant, un soir, alors que par hasard il regardait par la fenêtre, il vit le soleil qui se couchait.
—Je veux cette grosse orange! cria-t-il.
Et son père ordonna qu'on lui apporte le soleil immédiatement. Les domestiques se précipitèrent dans le parc avec une grande échelle, mais le temps qu'ils l'escaladent, le soleil avait déjà disparu et la lune se levait.
—Je veux cette couronne de pain argentée! hurla l'enfant en trépignant d'impatience. Juste à ce moment, le lutin du vent passait par là et il pensa qu'il serait fort dommage que les domestiques grimpent par l'échelle sur un nuage et voguent jusqu'à la lune pour la ramener sur

2 février

La cloche

A l'heure du crépuscule, le calme et le sommeil se posent sur les gens, les maisons, sur les arbres et les chats et les chiens : le moment est venu pour le jour d'aller se reposer. Or une fois, quelque part, une petite fille qui se promenait perdit son chemin juste au moment où le soir descendait. Elle avait dû s'écarter un peu trop de l'allée du parc. Ce jour-là, le crépuscule n'apporta pas le calme habituel. Sa mère pleurait et se lamentait, sa nurse se tordait les mains, son père tournait en rond comme un lion en cage et les voisins compatissaient. A la fin, ils décidèrent tous de partir à sa recherche dans le parc. Mais elle ne répondit pas à leurs appels : elle avait dû s'endormir quelque part. Sa mère était affolée :
—Oh mon Dieu, gémissait-elle, Julie va mourir de froid avant que nous ne la retrouvions!

Au même instant, le lutin du vent qui s'était souvenu du jour où Julie lui avait rendu la liberté et lui avait offert des papiers de couleur, s'apprêtait à lui rendre visite. Mais dans le parc, il ne vit que des visages consternés et une mère éplorée. Il se posa délicatement sur son épaule et lui parla très doucement à l'oreille pour ne pas l'effrayer :
—Marchez dans les allées en agitant une cloche. C'est comme cela que font les bergers pour retrouver un mouton égaré.
Julie se réveillera, vous verrez.
La mère se demanda qui avait bien pu lui murmurer ce conseil, mais elle le suivit. Quelques instants plus tard, elle serrait sa petite Julie dans ses bras. Vous voyez comme le voyageur du ciel a acquis de l'expérience. Il faut dire qu'il a déjà un mois. Et un mois, c'est au moins dix ans pour un lutin du vent!

3 février

Théo prend des cours de piano

Chez Théo, le petit garçon qui peignait sans cesse, il y avait maintenant un piano, car ses parents ne voulaient pas qu'il passe tout son temps à peindre mais qu'il apprenne aussi la musique. Son père lui trouva donc un professeur de piano. Celui-ci fit asseoir Théo à côté de lui sur un drôle de tabouret que l'on pouvait faire monter et descendre en tournant le siège. Et bien sûr, Théo trouvait cela beaucoup plus amusant que de faire des gammes ou d'écouter le professeur. Mais, bon gré, mal gré, il dut mettre ses mains sur le clavier et apprendre à jouer.
—Croyez-vous qu'il y arrivera? demanda sa mère.
—Je suis là pour ça, répondit le professeur d'un ton grave. Un jour, à l'occasion de l'anniversaire de son père, Théo dut jouer un nouveau morceau d'un bout à l'autre, sans se tromper. Juste à ce moment, le lutin du vent lui rendit visite : il s'assit sur le clavier si brutalement que Théo confondit une noire et une blanche et fit une erreur. Puis vint une autre fausse note et encore une autre, à cause du lutin qui sautait pêle-mêle sur les touches. Le concert s'arrêta là, et au lieu d'applaudissements et de félicitations, Théo reçut des réprimandes.
—Il ne sera jamais musicien, soupira le professeur.

4 février

Théo prend des cours de piano

Le lutin du vent fut navré d'avoir causé pareil incident chez le petit Théo et il chercha un moyen d'arranger les choses. Il vola à tire-d'ailes jusqu'à la plage, ramassa un beau

coquillage qui était presque aussi grand que lui et l'apporta à Théo. En collant le coquillage à son oreille, le petit garçon entendit non seulement la mer et les mouettes mais aussi le chant des oiseaux, le vent, des cloches, des sirènes, des éclats de rire et aussi le galop d'un cheval, le vrombissement d'un avion et le crépitement de la pluie. Le coquillage avait collecté tous ces nouveaux bruits en cours de route et maintenant, grâce à lui, Théo découvrait la musique du monde. Il s'assit au piano et essaya de jouer tout ce que le coquillage venait de lui apprendre. C'est alors que son professeur arriva. Il l'écouta pendant un instant puis dit à la maman de Théo :
—Vous entendez? Je vous avais bien dit que je ferais de lui un musicien.

5 février

Une petite fille malade

Sous la terre, un petit pépin s'éveillait. Tombé d'une pomme que mangeait Hélène un jour d'automne, il s'était endormi dans l'herbe. Puis il avait roulé dans un trou de souris et avait longé un labyrinthe souterrain et soudain, il s'était endormi sans même savoir qu'il se trouvait alors juste sous la maison d'Hélène. Or, aujourd'hui, Hélène était au lit avec de la fièvre. Aucun médecin ne savait de quoi elle souffrait, jusqu'à ce qu'un jour l'un d'eux déclarât :
—Je pense qu'Hélène a la maladie de l'été. Elle veut que le soleil revienne. Bien qu'enfoui sous terre, le pépin entendit cela et il fut très inquiet pour Hélène. «Pour elle, je dois grandir, fleurir, verdir . . .» Et il le souhaita tellement fort que cela finit par arriver. Une petite pousse verte apparut dans la cave et devint un tronc; lorsqu'il atteignit le plafond, il le traversa, souleva le tapis et se trouva au beau milieu de la chambre d'Hélène : la petite fille respira profondément et se sentit subitement beaucoup mieux. Bientôt des branches poussèrent sur le tronc et ne tardèrent pas à fleurir; puis vinrent des feuilles et enfin de belles pommes rouges. Aussitôt, Hélène en mangea une, ses joues redevinrent roses. Elle n'était plus malade. Quant à l'arbre, qui sait s'il resta dans la chambre ou si Hélène l'avait seulement imaginé? Mais peu importe puisqu'elle fut guérie.

6 février

Amandine et son frère

Amandine était une petite fille très pauvre, mais elle avait pour marraine une bonne fée. Un jour, pour Noël, elle lui donna une marmite qui s'emplissait d'une délicieuse semoule quand on lui disait :
—Marmite, fais de la semoule!
Or, le frère d'Amandine, Bernard, était très curieux et il ne comprenait pas comment la marmite pouvait fabriquer de la semoule sans que l'on mette rien dedans. Alors, il décida d'essayer lui-même. Il attendit qu'Amandine eut quitté la chaumière pour crier :
—Marmite, fais de la semoule!
La marmite se mit à bouillonner puis à bouillir de plus en plus fort et elle déborda. La semoule se répandit sur la cuisinière, dégoulina par terre et bientôt, il y en eut plein la maison, si bien que Bernard fut poussé dehors par cet énorme flot de semoule. Dans la rue, les gens lui disaient :
—Qu'as-tu fait? Arrête cette semoule tout de suite, sinon, ça va mal finir!
Mais il était trop tard. L'avalanche de semoule renversait tout sur son passage : les chevaux, les charrettes, les étals du marché, les passants. Bernard ne savait plus comment l'arrêter; il hurlait :
—Je ne veux plus de semoule, je ne veux plus de semoule! Heureusement, Amandine rentra à la maison et elle comprit tout de suite ce qui s'était passé.
—Marmite, ça suffit! cria-t-elle, et la semoule cessa de couler. Le lendemain et le jour suivant, et pendant des semaines encore, les gens durent manger des bouchées et des bouchées de semoule pour pouvoir sortir de chez eux. Et tout cela à cause d'un petit garçon trop curieux!

7 février

Amandine et son frère

L'année suivante, pour Noël, Amandine reçut de sa marraine un orgue de Barbarie. Quand on lui ordonnait: — Orgue, joue!, il se mettait à jouer une musique enchantée. En l'entendant, nul ne pouvait s'empêcher de danser. Dès qu'Amandine fut sortie, son frère Bernard voulut faire marcher l'orgue; il lui dit : — Orgue, joue! Et aussitôt l'orgue joua une chanson tellement merveilleuse qu'il ne put se retenir de danser. Bernard le prit dans ses bras et sortit en dansant dans la cour. Alors, toutes les poules se mirent à danser, bientôt imitées par le chat et le

chien. Juste à ce moment, la voisine sortait pour étendre sa lessive : prenant une chemise en guise de cavalier, elle esquissa quelques pas de danse dans l'allée. L'oncle Ernest qui passait par là fut pris à son tour sous le charme de la musique et malgré lui il se mit à danser. Bientôt, tout le voisinage dansait et quiconque passait par là était entraîné dans ce tourbillon de musique. Une heure s'écoula, puis deux heures, et ces danseurs effrénés commençaient à avoir terriblement mal aux jambes : tous boîtaient, mais ils ne pouvaient s'arrêter de danser, car l'orgue jouait toujours.
—Tu as recommencé, Bernard! criaient les voisins furieux. Dépêche-toi d'arrêter cette musique, sinon nous allons mourir d'épuisement!
Mais Bernard ne savait pas comment arrêter l'orgue et il avait beau crier : —Je ne veux plus de musique, je ne veux plus de musique! l'orgue continuait. Il fallut attendre le retour d'Amandine. Dès qu'elle eut crié : —Orgue, ça suffit! la musique cessa. Les villageois eurent beaucoup de mal à s'en remettre : pendant des jours et des jours ils durent prendre des bains de pieds à la fleur de moutarde et badigeonner leurs jambes avec des onguents, ce qui les retarda beaucoup dans leur travail. Et tout cela à cause d'un petit garçon trop curieux!

8 février

Amandine et son frère

Lorsque revint Noël, la marraine d'Amandine, la bonne fée, lui offrit un balai. Mais ce n'était pas un balai comme les autres : il ne servait pas seulement à balayer mais aussi à quelque chose d'autre, quelque chose de très particulier, et seule Amandine savait ce que c'était. Elle se garda bien de le révéler à Bernard. Elle lui dit seulement que, pour commander le balai, il fallait lui dire :
—Balai, saute!
En quittant la chaumière, elle ferma la porte à double tour pour être sûre que Bernard n'irait pas importuner les voisins. Mais cette fois, au lieu de partir, elle se cacha dans l'angle de la fenêtre pour observer ce qui allait se passer à l'intérieur de la maison. Bernard ne perdit pas une seconde : à peine Amandine eut-elle fermé la porte qu'il prit le balai et l'examina de près. Puis il lui donna l'ordre de sauter. Aussitôt le balai bondit, resta un instant en suspens au-dessus de lui puis s'abattit sur son dos et lui infligea une magistrale fessée. Cette fois encore, le balai ne réagit pas lorsque Bernard se mit à hurler : —Arrête! Arrête! Attends! Dès qu'elle vit que son frère avait pris une bonne leçon, et qu'il commençait à pleurer, Amandine ouvrit vivement la porte et cria : —Balai, ça suffit! Immédiatement le balai retourna à sa place et demeura immobile comme si de rien n'était. Et Bernard fut bien guéri de sa curiosité.

9 février

La princesse Joséphine

Le bon roi Archibald n'avait qu'une fille qui était la prunelle de ses yeux. Elle s'appelait Joséphine et était d'une grande beauté, mais c'était la personne la plus mollassonne qui eût jamais existé. Chaque fois qu'il la laissait quelque part, le roi Archibald était sûr de la retrouver au même endroit à son retour. Non pas qu'elle fût réellement paresseuse, mais apparemment, elle ne s'intéressait à rien, ne s'enthousiasmait pour rien, n'était passionnée par rien. Elle se contentait de regarder tout le monde avec un sourire béat qui semblait signifier : —Moi, rien ne m'étonne.
Parfois, Archibald était chagrin que sa fille soit aussi apathique, mais il se disait que cela lui passerait lors qu'elle se marierait. Aussi, dès que

Joséphine eut fêté son dix-huitième anniversaire, il annonça que le palais cherchait pour la princesse un époux. Des dizaines de rois et de princes venus de lointaines contrées se présentèrent à la cour du roi Archibald. Tous trouvèrent Joséphine très belle et ce fut à qui lui ferait les plus beaux présents. Chaque soir, le roi lui demandait :
—Alors, ma fille, lequel de ces prétendants préfères-tu?
Mais elle haussait les épaules et répondait :
—Je ne sais vraiment pas, Père.
—Que penses-tu du roi Rufus? Il est veuf, c'est vrai, mais il est très riche. Tu serais heureuse avec lui.
—Je ne sais pas, Père.
—Et le prince Igor? C'est un bel homme, et une fine lame, aussi. Il ferait un excellent général, ne trouves-tu pas?
—Je ne sais pas, Père, répondait toujours Joséphine.

10 février

La princesse Joséphine

Le roi Archibald commençait à désespérer. Il y avait à sa cour une foule de prétendants impatients qu'il devait nourrir et distraire, plusieurs pièces du château remplies de présents que Joséphine n'avait même pas déballés, et aucun mariage en perspective. Chaque fois qu'il demandait à la princesse ce qu'elle pensait de tel ou tel prince, elle lui faisait toujours cette réponse :
— Je ne sais pas, Père.
— Je ne vais quand même pas tirer un nom au sort! lui dit le roi qui commençait à perdre son royal sang-froid.
— Je ne sais vraiment pas, Père. C'était là tout ce que Joséphine pouvait dire. Elle saluait chacun de ses prétendants avec un charmant sourire, mais toujours sans le moindre intérêt. Tous les compliments qu'on lui adressait lui entraient par une oreille et sortaient par l'autre. A bout de nerfs, le roi Archibald se rendit au village et entra dans la première taverne pour y noyer son chagrin. Là, il se trouva assis à la même table que Tudor, le meunier; après avoir bu quelques verres, il raconta ses malheurs à son compagnon de table.
— Vous savez, lui dit le meunier, je la comprends, votre fille. Pour moi, tous ces prétendants ne sont rien d'autre que des hommes de paille qui jouent les beaux parleurs. Comment voulez-vous qu'elle choisisse? C'est blanc bonnet et bonnet blanc!
— Mais alors, que vais-je faire? demanda le roi.
— Je crois que c'est très simple, Sire, répondit le meunier. Il faut que vous trouviez pour votre petite princesse un fiancé dont elle puisse vraiment s'éprendre.
— C'est bien beau, lui dit le roi. Mais où trouverai-je cet oiseau rare?
— Ne vous inquiétez pas, Sire, répondit Tudor. Je vous en enverrai un demain.

11 février

La princesse Joséphine

Le lendemain, un garçon meunier beau et robuste se mêla à la foule des prétendants. Il était vêtu d'une blouse blanche et ne portait ni perruque ni chapeau. Les autres le toisèrent avec mépris.
— Que diable cet individu fait-il ici? demandèrent-ils d'un ton qui montrait clairement ce qu'ils pensaient de cet intrus. Le garçon meunier ne prêta aucune attention à ces remarques désobligeantes; il s'avança et regarda la princesse de la tête aux pieds. Immédiatement, il tomba amoureux d'elle mais au lieu de le montrer, il feignit d'être déçu.
— Je vous croyais plus jolie, Joséphine, lui dit-il.
— Plaît-il? dit la princesse qui, pour la première fois de sa vie se sentait bouleversée. Savez-vous à qui vous parlez?
— Bien sûr, répondit le garçon. Je parle à une certaine jeune fille que tout le monde dit fainéante, toute princesse qu'elle est. Moi, je suis meunier et fils de meunier et le travail ne me fait pas peur. Qu'en dites-vous?
— Je dis que je vais vous faire jeter dans un baquet d'huile bouillante, voilà ce que je dis, répliqua Joséphine en frappant du pied d'un air furieux. Je vous conseille de me faire immédiatement des excuses!
— Eh bien, ne dit-on pas qu'il n'y a que la vérité qui blesse? rétorqua le meunier. Mais vous, chère Princesse, à force de rester assise à ne rien faire, vous allez devenir de plus en plus laide, de plus en plus grosse et de plus en plus bête! Joséphine regarda autour d'elle pour voir si les autres avaient entendu, puis elle se mit à pleurer.
— Je ne veux pas être laide, grosse et bête, dit-elle. Pourquoi personne ne m'a-t-il jamais dit que j'allais le devenir? Que vais-je faire?
— Cela, je vous le dirai demain, lui dit le meunier. Et il partit.

12 février

La princesse Joséphine

Ce soir-là, la princesse Joséphine alla voir le roi pour lui demander qui était ce jeune homme en blouse.
— Je n'en ai pas la moindre idée, mon enfant, lui répondit le roi d'un air désinvolte. C'est sans doute un villageois qui a échappé à la vigilance des sentinelles. S'il revient, je le ferai jeter dehors.
— Oh non, n'en faites rien, Père! dit Joséphine. Ce n'est pas qu'il me plaise, bien sûr, mais je

voudrais lui parler encore une fois.
— Comme tu voudras, ma fille, répondit malicieusement Archibald, tu lui parleras mais ensuite, tu devras décider lequel de ces rois et de ces princes tu veux épouser.
Le lendemain, tous les prétendants se réunirent à nouveau autour de la princesse et la couvrirent de compliments comme d'habitude. Mais elle ne cessait de regarder la porte : elle attendait le garçon meunier.
— Je suis navré, Joséphine, lui dit-il lorsqu'il arriva enfin, mais notre vache était en train de vêler, et j'ai failli oublier de venir.
— Ainsi, vous pensez plus à votre vache qu'à moi, constata la princesse tristement. Ne m'aimez-vous pas un tout petit peu?
Le meunier voulut crier : — Si, énormément! Mais il lui dit : — J'avoue que je n'attends pas d'une femme la même chose que les autres. Pour moi, une femme doit être vive, travailleuse, intelligente ... Joséphine l'écoutait, sans plus prêter d'intérêt à tous ces dandies qui lui faisaient la cour. Celui qu'elle voulait, c'était le meunier et lui était le seul qui ne voulût pas d'elle.
— Et si je me conduisais différemment? murmura-t-elle.
— Eh bien, si vous promettiez ... commença le meunier.

— Alors? demanda la princesse.
— Alors nous pourrions nous marier tout de suite, répondit-il. Et ils se marièrent. Le roi donna son consentement parce que la princesse lui était aussi chère que la prunelle de ses yeux. Pendant les noces, Joséphine se pencha vers son mari et lui glissa à l'oreille :
— Je n'ai même pas pensé à te demander ton nom!

13 février

Suite de la masure aux secrets

Sa porte entrebâillée battait à tous les vents. Et lorsqu'on la poussait, on arrivait dans une grande pièce meublée simplement d'un buffet et aussi d'un miroir.

14 février

Le magicien

Il y avait une fois dans une ville un vieil homme étrange qui errait dans les rues en portant sur son épaule un gros baluchon. Le vieillard avait coutume de s'arrêter près de la fontaine, sur la place du marché, ou sous les arcades et d'interpeller les passants pour leur proposer des marchandises que, disait-il, personne d'autre ne

pouvait offrir; et il prétendait les échanger contre un mot aimable ou une bonne action. Mais les gens de la ville lui répondaient :
— Assez de balivernes! ou bien : — Allons, déguerpis! Ce que l'argent ne peut acheter, ce n'est que du vent! Enfin, ils ne croyaient pas le vieil homme et puis, il y avait tellement de charlatans dans les parages!... Mais un jour, un petit garçon, Jo, et sa compagne, Pierrette, décidèrent de l'attendre. Quand ils le virent arriver sur la place du marché avec son gros baluchon sur le dos, ils coururent à sa rencontre :
— Eh, attendez, nous allons vous aider à porter ce gros sac! A ces mots, le vieil homme posa son baluchon et leur donna comme récompense une petite perle. Jo et Pierrette furent bien déçus. Une petite perle de rien du tout pour l'avoir aidé à porter cet énorme fardeau? Ils la jetèrent et partirent en maugréant sans même se retourner. Mais la perle se mit à les suivre en faisant de petits bonds, et chaque fois qu'elle rebondissait par terre, elle déposait une pièce d'or dans un petit trou. Voyant cela, les enfants tentèrent bien de l'attraper mais elle disparut.
— Comme nous avons été bêtes, se dirent-ils. Nous aurions pu ramasser assez de pièces pour acheter des glaces. La prochaine fois, nous ne commettrons pas la même erreur!

15 février

Le magicien

Ce n'est pas chose facile que de se réconcilier avec un vieil homme aussi mystérieux. Jo et Pierrette avaient un peu peur de retourner vers lui, mais la curiosité l'emporta. N'y tenant plus, ils coururent de nouveau à sa rencontre. Chacun d'eux avait dans la main une tartine beurrée avec de la confiture d'abricots, un de leurs goûters préférés. Ils se partagèrent une tartine et offrirent la seconde au magicien. Celui-ci leur sourit en plissant ses yeux malicieux et, posant son baluchon par terre, il étala ses marchandises. Cette fois, il offrit aux deux enfants un vieux panier tout usé qui ne payait guère de mine. Oubliant sa résolution, Pierrette s'écria :
— Je ne veux pas me promener avec ce vieux panier! Tout le monde va se moquer de nous! Au moment même où elle prononçait ces mots, le panier se remplit d'oranges, de dattes, de bananes, de figues, de pommes et d'abricots frais. Mais il était trop tard : lorsque Jo et Pierrette voulurent prendre de ces fruits, tout disparut sous leurs yeux.

16 février

Le magicien

Jo était furieux contre Pierrette qui parlait toujours pour elle et se mêlait de tout. Il décida d'aller voir le vieil homme tout seul. Toute la journée, il se demanda ce qu'il pourrait bien faire pour lui plaire. Comme il n'avait trouvé aucune idée, il partit se promener dans la ville. Tout à coup il aperçut au loin le magicien et, s'approchant, il vit que ses chaussures étaient toutes crottées. Alors il ramassa un peu de neige et nettoya les chaussures du vieil homme qui fut très content, car elles commençaient à peser lourd à ses pieds. Il remercia chaleureusement le petit Jo, ouvrit son baluchon et commença à déballer ses trésors. Jo aurait aimé choisir lui-même quelque chose, mais le vieil homme refusa. Il lui tendit une paire de lunettes.
— Drôle de cadeau! grommela Jo. J'ai une très bonne vue, moi. Je n'ai pas besoin de lunettes! Et en plus, les verres sont presque noirs.
— Tu n'es pas obligé de les prendre si tu ne les veux pas, dit le vieillard en les reposant sur le tas d'objets. Mais lorsque les lunettes passèrent sous les yeux de Jo, il aperçut au travers un monde merveilleux, un monde comme personne n'en avait jamais vu. Et lui non plus ne le verrait pas, car le vieil homme referma son baluchon et s'éloigna.
«Demain, je serai plus malin», se dit Jo. «Je prendrai ce qu'il me donne, même si c'est l'objet le plus vilain du lot.»

17 février

Le magicien

Le lendemain matin, à peine levée, Pierrette courut demander à Jo s'il avait rencontré le vieil homme, et Jo lui parla des lunettes magiques.
— Ah, tu vois, tu n'as pas été plus malin que moi! Ecoute, il faut que nous essayions d'avoir la chose la plus magique de toutes celles qu'il a dans son baluchon. Comme ça, jamais plus nous ne nous ennuierons.
Jo était tout à fait d'accord. Depuis longtemps, ils ne savaient plus quoi faire pour s'amuser et ces derniers jours, ils les avaient passés à traîner dans leur chambre ou sur la place du marché, ce qui n'avait rien de très drôle. Ils se mirent donc en route. Mais ils ne trouvèrent pas le vieil homme, ni à la fontaine, ni sous les arcades.
— Il doit bien être quelque part. Allons le chercher, dit Jo. Ils chaussèrent des souliers de marche et sortirent de la ville. Sur une colline, ils virent d'abord une grande piste de neige où ils firent des glissades. Puis il découvrirent de grandes prairies dont les arbres aux cimes enneigées faisaient penser à de grands bonshommes à barbe blanche, comme dans un conte de fées. Le long d'un ruisseau pendaient des chandelles de glace sur lesquelles ils jouèrent un air de musique comme sur un xylophone. Ils traversèrent des bois habillés de neige aussi beaux que ceux d'un pays enchanté. Ils découvrirent ainsi des choses plus merveilleuses les unes que les autres.

— Nous n'avons pas trouvé le vieil homme, dit Jo, mais toutes ces merveilles . . . c'est un cadeau magique, non? C'est ici que nous viendrons jouer, désormais. Sans doute Jo et Pierrette n'auraient-ils pas vu de plus belles choses avec les lunettes magiques.

18 février

L'éventail

Un soir, la princesse Sidonie la Fière, revenant d'un bal dans un royaume voisin, rentrait en carrosse à travers la forêt. Tout à coup, elle s'aperçut qu'elle avait perdu son précieux éventail tissé de fils d'or et d'argent et orné de turquoises. Il n'y en avait pas au monde de plus beau. Fort contrariée, la princesse Sidonie appela ses domestiques. — Qu'on le cherche par monts et par vaux, que l'on batte toute la campagne s'il le faut. Je veux que mon éventail me soit rapporté au palais sans tarder! Les domestiques fouillèrent la forêt de fond en comble. Neuf d'entre eux revinrent les mains vides, mais le dixième se présenta à la princesse et lui dit : — J'ai retrouvé votre éventail, Princesse, mais c'est un paon qui vous l'a pris. Voilà pourquoi depuis ce jour la queue des paons est un superbe éventail qu'ils arborent aussi fièrement que le faisait la princesse Sidonie.

19 février

Le fantôme du vieux moulin

Il y avait sur une rive de l'étang un vieux moulin que l'on disait hanté. Nul ne savait par qui, ni comment, ni pourquoi, mais, à proximité du moulin, le village était désert : tout le monde avait fui l'endroit. Dans la journée, certains villageois passaient encore par là, mais la nuit, personne n'osait s'y aventurer. Pourtant, ceux qui avaient vécu dans cette partie du village étaient navrés d'avoir dû abandonner ainsi leur maison. Ils persuadèrent Martin, le fils du forgeron, un grand gaillard qui n'avait jamais peur de rien, d'essayer de chasser le fantôme, pour qu'ils pussent retourner vivre dans leurs pénates. Quand on est réputé pour sa bravoure, il faut bien montrer à tous que l'on est capable des plus grands exploits. Martin fit le tour de l'étang et lorsqu'il arriva au moulin, la nuit était presque tombée. «Comment veulent-ils que je trouve un fantôme par une nuit aussi noire?» grommela-t-il. Juste à ce moment, en pénétrant dans le moulin, il se heurta à une créature poilue et cornue.
— Bon sang, un diable! s'écria-t-il. Le saisissant par les cornes, il le hissa sur son dos et l'emporta en toute hâte à la forge où tous les gens du village l'attendaient, non sans inquiétude. En le voyant arriver avec sa proie, ils éclatèrent de rire. Le fantôme dont ils avaient eu si peur, le fantôme qu'ils avaient vu et entendu parfois en passant devant le moulin n'était autre... qu'un vieux bélier!

20 février

A malin, malin et demi

Les prés et les champs étaient encore couverts de neige lorsque Rémi décida qu'il était temps pour lui d'aller vivre sa vie.
— Mère, je pars à la découverte du monde, dit-il.
Sa mère bouleversée se mit à gémir :
— Mais mon pauvre petit Rémi, que vas-tu devenir tout seul? Tu es tellement bon! Tout le monde va profiter de toi! Et mon four qui est en panne aujourd'hui! Je ne peux même pas te faire quelques gâteaux pour ton voyage. Attends jusqu'à demain, je t'en prie!
Elle pensait que si son fils passait encore une

nuit à la maison, il oublierait peut-être le vaste monde et resterait auprès d'elle. Mais Rémi trouvait qu'il avait déjà perdu assez de temps.
— Avec ou sans gâteaux, je pars, dit-il d'un air déterminé. Je me sens assez fort pour affronter n'importe qui, même le diable.
— La force n'est pas tout, mon enfant, répondit sa mère. Il faut aussi être malin pour faire son chemin dans le monde. — Je sais, lui dit-il, mais toutes ces années passées ici m'ont été très utiles. J'ai bien réfléchi, et je suis certain que je me débrouillerai très bien.
Qu'allait-elle faire? Elle ne pouvait tout de même pas être un obstacle au bonheur de son fils! Rémi partit donc, sans gâteaux. Mais en revanche, il avait du courage pour deux.

— Qu'avez-vous donc fait, soldat, pour vous vanter de la sorte? demanda-t-il.
Le soldat regarda le jeune homme en relevant la tête.
— Moi, mon petit gars, j'ai combattu, j'ai tué et j'ai été victorieux. Et j'ai gagné en tout une trentaine de pièces d'argent!
— Ah oui? Eh bien, écoutez, soldat : moi, je ne me suis battu nulle part, je n'ai tué personne, ni remporté aucune victoire, et pourtant j'ai gagné moi aussi trente pièces d'argent, avec ma tête et mes deux bras.

21 février

A malin, malin et demi

Rémi traversa de lointaines contrées, exerça ici ou là toutes sortes de métiers. Tantôt il eut besoin de sa force, tantôt ce fut son bon sens qui le sauva. Finalement, quand il prit le chemin du retour, il avait trente pièces d'argent cousues dans la doublure de son manteau. Cela représentait une grosse somme à cette époque. Mais il était riche d'autre chose aussi, d'une chose qui n'a pas de prix : il savait désormais comment s'y prendre avec les filous et les voleurs. Sur son chemin, il croisa un soldat qui revenait de quelque guerre. Tout en marchant d'un air fier et suffisant, l'homme chantait :
— Nous sommes les soldats du roi.
Il n'est rien que nous ne sachions pas!
Rémi fut agacé par tant de vanité.

22 février

A malin, malin et demi

Les yeux du soldat se mirent à briller lorsque Rémi lui dit quelle était sa fortune, et il se demanda comment il pourrait bien s'en

emparer. «Trente plus trente ... cela me ferait soixante pièces d'argent», se dit-il, «et ça ne sera pas bien difficile de les prendre à un rustaud comme celui-ci.»
— Ecoute, dit-il à Rémi avec un sourire forcé, nous allons faire un concours. Celui de nous deux qui perdra donnera son argent à l'autre.
— Très bien, répondit Rémi. Je suis prêt.
Le soldat avait remarqué que Rémi portait des chaussures légères, tandis que lui avait aux pieds de grosses bottes.
— Tu vois ces deux pierres plates? Celui de nous deux qui les frappera du pied le plus fort aura gagné. Il leva le pied et, de son talon ferré, il asséna un tel coup à la pierre que des étincelles en jaillirent. Mais pendant ce temps, Rémi n'était pas resté les bras croisés : sans que le soldat le voie il avait versé un peu d'eau de sa gourde sous l'autre pierre.
— Ce n'est rien du tout, s'écria Rémi avec quelque dédain. Vous allez voir : je vais frapper cette pierre tellement fort qu'il en jaillira de l'eau.
Le soldat éclata de rire à l'idée qu'un gringalet comme Rémi pût faire sortir de l'eau d'une pierre par un simple coup de talon. Mais lorsque Rémi frappa la pierre, le soldat fut tout éclaboussé.

23 février

A malin, malin et demi

Le soldat, perplexe, se gratta la tête.
Attends une minute, dit-il à Rémi. Ce n'est pas tout. Voyons maintenant lequel de nous deux est capable de lancer une pierre le plus haut possible.
— Et qui mesurera la distance? s'enquit Rémi.
— Nous compterons combien de temps elle met à redescendre. Celui dont la pierre restera en l'air le plus longtemps aura gagné.
Le soldat ramassa une pierre et projeta son bras en arrière pour prendre de l'élan. Il était aussi fort que trois ours réunis et la pierre disparut presque dans les nuages. Ils comptèrent ensemble :
— Vingt-deux, vingt-trois, vingt-quatre ... et flop! La pierre retomba à trois pas de là en s'enfonçant dans la terre avec un bruit mat. Le soldat eut un sourire méprisant, car il était certain que Rémi serait incapable de le battre.
— C'est tout? ricana Rémi. La mienne mettra vingt-quatre jours à redescendre. Il ramassa une pierre et la lança. Ou plutôt, il fit semblant de la jeter : en réalité, il la fit discrètement glisser dans son sac à dos. Le soldat regarda en l'air et compta : — Cent vingt-deux, cent vingt-trois ... Puis il s'assit et continua : — Trois cent vingt-deux, trois cent vingt-trois ... Il regarda Rémi d'un air soupçonneux. «Si ce jeune gaillard est aussi fort que cela, il vaudrait mieux que j'évite de me battre avec lui ...», se dit-il.

24 février

A malin, malin et demi

— Attends! attends! s'écria le soldat voyant que Rémi tendait déjà la main pour avoir son argent. Jamais deux sans trois. Celui de nous

deux qui sifflera le plus fort remportera les pièces d'or. Le soldat avait un sifflet. Rémi, lui, n'avait que sa bouche et ses dents. En outre, le soldat ne manquait pas de souffle. Il siffla une fois, deux fois, trois fois avec une telle force que la caserne située à trois kilomètres de là fut mise en alerte et que les troupes sortirent pour se lancer à l'assaut de l'ennemi. Après cet incident, on les priva de permissions pendant un mois pour n'avoir pas trouvé l'ennemi, ce qui était considéré comme un acte de lâcheté.
— Ça n'est pas si mal, dit Rémi au soldat. Vous sifflez très bien, mais pas tout à fait assez fort. Lorsque moi je vais siffler, vous deviendrez sourd et aveugle. A ces mots, le soldat prit peur et il jeta sa bourse dans les mains de Rémi. Il n'était tout de même pas sorti indemne de toutes ces batailles pour devenir sourd et aveugle sur un paisible chemin de campagne!

25 février

A malin, malin et demi

— Je n'ai pas encore gagné, protesta Rémi, quand le soldat lui donna sa bourse avec empressement. Mais, ce disant, il la mit en lieu sûr dans sa poche. — Vous avez le droit de m'entendre. Mais je vous conseille de vous boucher les oreilles et de vous bander les yeux, comme cela vous ne courrez aucun danger et vous serez sûr que j'ai bien mérité votre argent. Le soldat enroula trois écharpes autour de ses yeux et de ses oreilles, afin d'être certain qu'il ne lui arriverait rien. Rémi prit alors un gros bâton, et il lui tapa sur la tête jusqu'à ce que les oreilles lui sifflent.
— Assez! Assez! hurla le soldat. Il arracha ses écharpes et s'enfuit aussi vite qu'un cheval au galop, sans se retourner. Quant à Rémi, il rentra chez sa mère. Soixante pièces d'argent, cela était largement suffisant pour réparer leur fermette. Ensuite, il épousa la petite Rosine, une fille du village. Après tout, n'était-ce pas pour cela qu'il était parti à la découverte du monde?

26 février

La corneille, le renard et le chien

Une corneille qui avait volé un morceau de fromage chez l'épicier, alla se poser dans un saule pour le déguster tranquillement. Mais un renard affamé l'avait vue. Il vint se poster au pied de l'arbre.
— Chère corneille, lui dit-il, on dit que de tous les oiseaux vous êtes le plus intelligent. Est-ce la vérité?
La corneille approuva d'un signe de tête, mais ne prononça pas un mot, pour ne pas lâcher son fromage.
— En fait, continua le renard du même ton flatteur, je dirais même que vous êtes le plus intelligent de tous les animaux. Qu'en pensez-vous? La corneille se rengorgea comme une tourterelle, mais cette fois encore, son envie

de manger ce fromage l'emporta sur sa vanité. Elle se contenta de hocher la tête, sans émettre un son. Alors le renard eut une autre idée.
— On dit que vous chantez merveilleusement, mais comment le saurais-je puisque je n'ai jamais entendu le son de votre voix? Cette fois, la corneille était vraiment sur le point de croasser mais s'apercevant au dernier moment qu'elle perdrait son fromage, elle fit simplement un signe de tête en guise d'approbation. De guerre lasse, le renard s'éclipsa. Alors la corneille ravie d'avoir été aussi avisée se mit à crier :
— Cet idiot de renard n'a pas pu me duper! Lorsqu'elle ouvrit le bec pour prononcer ces mots, le fromage tomba à terre et fut dévoré par un chien qui avait suivi le renard à la trace.
— C'est autant de pris, dit-il. Pour le renard, je verrai plus tard. Et il retourna chez lui sous le regard ahuri de la corneille.

27 février

Le pet-de-nonne et le boulanger

Vous souvenez-vous du pet-de-nonne que nous avons rencontré au mois de janvier? Eh bien, après s'être promené dans les alentours pendant un bon moment, il se sentit très fatigué et s'arrêta sur le trottoir devant un magasin. Mais il n'avait pas remarqué qu'il s'agissait d'une boulangerie. Dans la vitrine, il y avait une corbeille pleine de pets-de-nonne. En sortant sur le pas de sa porte pour prendre l'air, le boulanger vit notre pet-de-nonne sur le trottoir. «Tiens», se dit-il, «comment diable ce pet-de-nonne est-il arrivé là?» Il le ramassa et le mit dans la corbeille. Or, le nouveau venu était si dodu et si doré que les autres paraissaient pâles et maigrichons à côté de lui. A tel point que le boulanger décida de l'ôter de la vitrine, de peur que personne ne veuille lui acheter les autres. Pour s'en débarrasser, il le glisserait dans le paquet du prochain client. Ce fut Mme Baudruche qui entra, une petite femme aussi ronde et dodue qu'une brioche. Elle demanda une douzaine de pets-de-nonne; le douzième, que le boulanger plaça juste au-dessus dans le paquet, c'était notre ami. Dès que Mme Baudruche sortit de la boulangerie, le pet-de-nonne se glissa hors du sac, sauta par terre et se mit à courir aussi vite que ses jambes pouvaient le porter. Où alla-t-il? Sans doute quelque part en mars... Et il ne sut jamais si Mme Baudruche s'était fâchée avec le boulanger parce qu'elle n'avait que onze pets-de-nonne dans son paquet.

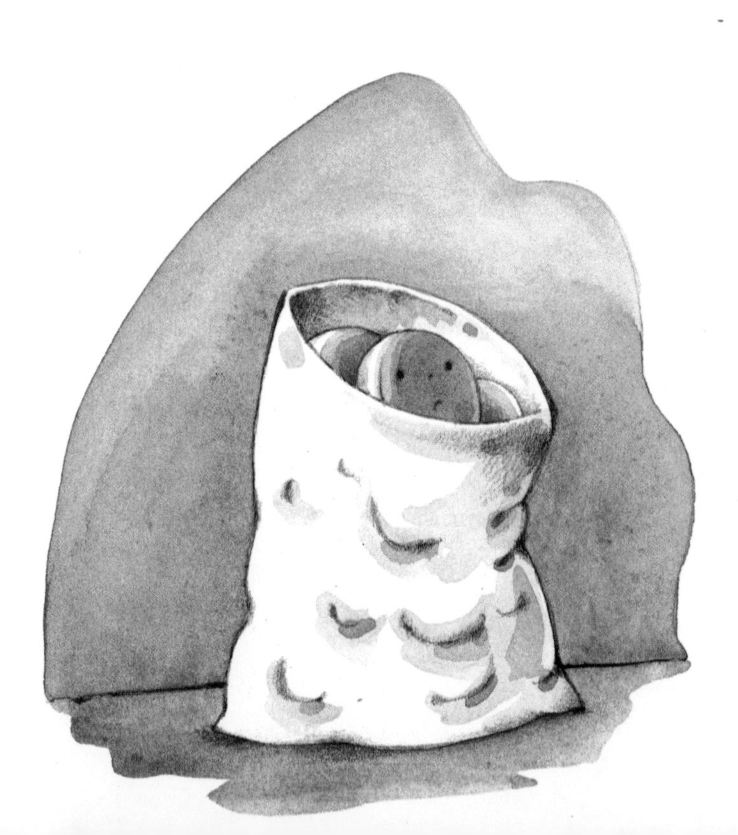

28 février

Comment le rhinocéros entra dans une histoire

Tout à coup, venu on ne sait d'où, arriva un rhinocéros. Où? Ici, dans ce livre de contes. Personne ne l'attendait. Il s'excusa :
— Je suis désolé d'arriver aussi tard, mais vous savez ce que c'est : c'est toujours quand on est pressé qu'il vous arrive de la visite. C'est ma cousine du zoo de Londres qui est venue me voir. Je ne pouvais pas la mettre dehors, vous comprenez. Alors je lui ai fait une tasse de thé, car ma cousine de Londres adore le thé. Ensuite, le téléphone a sonné : c'était mon grand-père du zoo de Paris qui m'appelait pour prendre de mes nouvelles. En fait, pendant une demi-heure, il n'a parlé que de lui. Enfin, de toute la journée, je n'ai pas eu une minute à moi. Et c'est ainsi que passent les semaines et les mois, et pendant ce temps, je vieillis. Et puis, voyez-vous, peut-être n'entrerai-je jamais dans un conte de fées et...
Il fallut l'interrompre : — Mais nous n'avions pas l'intention de raconter l'histoire d'un rhinocéros. Vous n'avez rien à faire ici, il y a certainement une erreur. Qui vous a dit de venir? Le rhinocéros ricana : — Personne. Je suis venu de mon propre chef. On ne pense jamais aux rhinocéros, comprenez-vous? Alors, il faut que nous y pensions nous-mêmes. Maintenant, de toute façon, vous avez une histoire de rhinocéros. Vous n'allez pas la supprimer, n'est-ce pas?
Alors, nous l'avons laissée dans le livre. Pourquoi pas? Si cela peut rendre un rhinocéros heureux . . .

Mars

1er mars

Concert pour un anniversaire

Le lutin du vent entra par la première fenêtre ouverte. La pluie commençait à tomber et il craignait de mouiller son chapeau tout neuf. C'était un superbe chapeau noir, comme la Nuit qui le lui avait offert pour son anniversaire. Le voyageur du ciel fête son anniversaire le 1er de chaque mois, mais, comme nous l'avons vu, un mois équivaut à dix ans pour un lutin du vent. «Aujourd'hui, je voudrais que mon anniversaire soit particulièrement beau», se dit le lutin du vent. Il se posa sur une table, juste à côté d'un bras vêtu d'une manche de velours. C'était le bras du compositeur et chef d'orchestre, M. Arnoldo Dièse qui venait de s'assoupir sur une feuille couverte de notes et de croches. Il avait passé toute la nuit à composer une symphonie et n'arrivait pas à trouver les dernières notes. Ce n'est qu'au matin, lorsqu'il entendit le battement de la pluie et les premiers chants d'oiseaux qu'il acheva son œuvre. Le voyageur du ciel voleta dans la pièce d'un objet à un autre pour se poser enfin sur le disque d'un électrophone, noir et brillant comme son chapeau neuf. Le lutin rentra sa tête sous son manteau et sombra dans un rêve. Il rêva d'un merveilleux anniversaire, où il se passerait quelque chose d'extraordinaire...

2 mars

Concert pour un anniversaire

Le lutin du vent s'éveilla dans un sursaut au moment où le disque se mettait à tourner sur l'électrophone. Tout d'abord, il eut le tournis, mais une fois habitué au mouvement, il eut l'impression de se trouver sur un manège,

accompagné d'une musique enchanteresse. Le compositeur, Arnoldo Dièse, écoutait son concerto préféré. Le lutin avait dû faire un très long rêve, la tête enfouie dans son manteau, car la journée tirait déjà à sa fin. Dans la pénombre qui baignait la pièce, on ne voyait luire que la chemise du chef d'orchestre qui venait de s'habiller pour un concert, au cours duquel il devait diriger l'une de ses œuvres. Au moment de partir, il s'aperçut qu'il n'avait pas son nœud-papillon. Il eut beau chercher partout dans la pièce, le nœud-papillon restait introuvable.
Devant le désarroi du pauvre M. Dièse, le lutin du vent décida de lui venir en aide, en échange du merveilleux tour de manège qu'il venait de faire. Il se posa sur le col de chemise du compositeur et écarta les pans de son manteau : M. Arnoldo Dièse se trouva paré d'un nœud-papillon d'une rare élégance. Lorsqu'ils furent montés sur scène, le lutin n'eut pas à regretter sa bonne action. Ce fut pour lui le plus bel anniversaire qu'il eût pu imaginer : la musique tantôt tonitruante, tantôt caressante l'enveloppait, le berçait et il lui semblait que les musiciens ne jouaient que pour lui. A la fin du concert, lorsque le chef d'orchestre salua le public, sous une pluie d'applaudissements, le lutin du vent ressentit la même joie que M. Dièse. Puis, s'envolant vers l'un des grands lustres qui illuminaient la salle, il eut le sentiment que le public l'applaudissait lui aussi.

3 mars

L'aiguille infatigable

Tout comme un menuisier a besoin d'un bon rabot et un forgeron d'un solide marteau, une couturière ne peut travailler sans une bonne aiguille. Louise en avait une, munie d'un chas minuscule, mais c'était une aiguille extrêmement curieuse. Elle écoutait attentivement les histoires que Louise racontait à sa petite sœur et prêtait l'oreille lorsque Louise allumait la radio. Un jour, il y eut une émission sur le voyage : on y disait que quiconque sait faire quelque chose peut trouver du travail dans le monde entier. «Moi, je suis une bonne couseuse», se dit l'aiguille. «Louise le dit toujours. Pourquoi ne tenterais-je pas ma chance dans le monde?» Le lendemain, elle se cacha dans le manteau de Louise. Celle-ci entra dans un magasin d'alimentation et, aussitôt, l'aiguille se mit au travail. Elle voulut broder les initiales de sa maîtresse sur un sac de farine : un filet de poudre blanche se répandit sur le sol et Louise se fit réprimander par la vendeuse pour avoir troué le paquet de farine. «Je ne suis peut-être pas douée pour la broderie», murmura l'aiguille pour elle-même. «Mais tant pis. Je ferai mieux la prochaine fois.»

4 mars

L'aiguille infatigable

Louise marchait dans la rue. Toujours cachée dans son manteau, l'aiguille se dit : «Pour coudre ensemble deux morceaux de tissus, il n'y a pas de doute, je suis imbattable!» Louise monta dans un bus bondé. Certains voyageurs étaient assis, d'autres debout, serrés les uns contre les autres. En les voyant, l'aiguille eut une idée. Aussitôt, elle se mit à l'ouvrage : à une vitesse folle, elle cousit le manteau de Louise à celui de sa voisine, puis le manteau de la voisine à celui d'un vieux monsieur. Enfin, elle cousit le manteau du vieil homme avec la veste de quelqu'un d'autre et la veste à une jambe de pantalon, puis celle-ci à une jupe, la jupe à la

manche d'un blouson et ainsi de suite. Elle œuvra avec une telle ardeur que lorsque le bus s'arrêta à la station suivante, tous les passagers étaient liés les uns aux autres, si bien que personne ne pouvait bouger sans entraîner avec soi tous les autres. Ils furent obligés de descendre tous ensemble et s'ils n'avaient pas eu l'idée d'ôter leur manteau et leur veste pour les découdre, ils y seraient encore aujourd'hui car l'aiguille avait vraiment fait du bon travail!

5 mars

L'Olympic et le monstre marin

La mer était calme et tout le monde était d'humeur radieuse à bord du paquebot Olympic. Dans son uniforme du dimanche, le capitaine Mortimer se promenait d'un pont à l'autre en plaisantant avec les passagers. Le soleil brillait

sur l'eau transparente. L'Olympic filait à toute vapeur. Son étrave dessinait un grand V blanc dans le bleu de l'Océan.
— Rochers droit devant, capitaine! cria tout à coup le marin en poste à la vigie. On en voit peu au-dessus de l'eau mais il semble qu'il y en ait beaucoup plus en dessous.
Le capitaine sursauta. — Comment cela, des rochers? Voilà bientôt deux ans que je navigue dans ces eaux et je n'ai jamais entendu dire qu'il y ait par ici des rochers, petits ou gros. Il se précipita sur le pont et jeta un coup d'œil dans la lunette pour s'assurer que la vigie n'avait pas la berlue. Mais trop tard! Le paquebot heurta de plein fouet les rochers qui en fait n'étaient pas des rochers mais le monstre marin Bocouplussendessou qui était en train de faire la sieste. Furieux, il se mit à crier : — Je vais la réduire en miettes, moi, votre baignoire. Un coup de queue et crac! Ou alors... Ou alors...
Et il réfléchit.

6 mars

L'Olympic et le monstre marin

Pensant que l'affreuse créature s'était rendormie, le capitaine Mortimer donna ordre à l'équipage de contourner l'obstacle. Par miracle, la collision n'avait pas endommagé la coque de l'Olympic, et la manœuvre aurait très bien pu réussir, si le monstre n'avait pas hurlé tout à coup :
— Stop! Je n'ai pas fini ma phrase. Ou alors, reprit-il, vous faites venir sur le pont toutes les femmes qui sont à bord, pour que j'en choisisse une. Vous comprenez, je m'ennuie ici tout seul, il me faut quelqu'un à qui parler. Et il n'y a pas mieux qu'une femme pour cela.
— Mieux vaut sacrifier une femme, déclara le Second bien connu pour sa misogynie, que de tous sombrer avec le bateau. Regardez la taille de ce monstre, ajouta-t-il en se tournant vers le capitaine. Il est vrai que Bocouplussendessou n'offrait pas un spectacle très réjouissant et qu'il semblait tout à fait capable de mettre sa menace à exécution. Alors le capitaine rassembla toutes les femmes sur le pont. Toutes sauf une qu'il laissa en arrière : c'était Mlle Lise qu'il devait épouser à la prochaine escale. Le monstre tendit son énorme cou pour hisser sa tête à la hauteur du bateau et il contempla cette assemblée de femmes. Certaines pleuraient, d'autres se détournaient pour échapper au regard scrutateur du monstre.
— Il n'y en a aucune qui me plaise, déclara-t-il enfin. Alors, ou bien j'écrase votre baignoire d'un coup de queue, ou bien... Et il se replongea dans ses réflexions.

7 mars

L'Olympic et le monstre marin

Cette fois, le capitaine savait que le monstre ne s'était pas rendormi, et il pensa qu'il valait mieux le laisser réfléchir tranquillement.
— Ou bien, dit enfin Bocouplussendessou, vous me cachez une petite beauté, et ça, ce ne serait pas bien du tout. Avant que quiconque ait eu le temps de nier, Lise monta d'elle-même sur le pont. Elle était si belle que tout l'équipage et le

monstre laissèrent échapper un soupir d'admiration.
— C'est elle que je veux! cria Bocouplussendessou triomphant et tendant vers Lise ses longues pattes griffues. Quant à vous, capitaine, vous pouvez emmener où bon vous semble votre baignoire. Le monstre, prêt à se saisir de Lise ne la quittait plus des yeux.
— Qu'attendez-vous, capitaine? demanda le Second nerveusement. Criez : «une femme à la mer» et partez, comme il vous le dit. Peut-être changera-t-il d'avis. Mais le capitaine avait une autre idée derrière la tête. En un clin d'œil il enfila une tenue de plongée et se mit en quête d'un harpon. On eut dit une fourmi s'apprêtant à attaquer un éléphant...

8 mars

L'Olympic et le monstre marin

— Je vais régler son compte à ce malotru, marmonna le capitaine entre ses dents. Je vais lui arracher les yeux, je vais lui tordre le cou, je vais... Soudain il s'arrêta net. Il vit le monstre s'approcher du bateau et reposer doucement la belle Lise sur le pont. Bocouplussendessou criait ou plutôt, il pleurait : de grosses larmes coulaient le long de ses énormes joues.
— Je vous la rends, capitaine, dit le monstre dans un sanglot, mais prenez soin d'elle comme de la prunelle de vos yeux. Et il disparut dans les vagues.
— Comment avez-vous fait, Lise? demanda Mortimer stupéfait.
— Je lui ai dit que si je ne vous épousais pas, vous alliez tuer ma mère.
— Votre mère? Mais je ne la connais même pas, répondit Mortimer amusé tout en ôtant sa combinaison de plongée. Et puis, je ne vois pas là de quoi impressionner un monstre marin.
— Eh bien, je lui ai dit que ma mère, Sidonie-des-Grands-Fonds était une de ses parentes.
— Grand Dieu, Lise, on peut dire que vous êtes une fine mouche! dit le capitaine d'un air admiratif.
— Mais c'est la vérité, Richard, répondit Lise. Sidonie-des-Grands-Fonds est bien ma mère et la cousine de Bocouplussendessou. Je ne ressemble pas aux autres membres de ma famille, il est vrai, mais il se peut que nos enfants...
Le capitaine Mortimer n'entendit pas la suite. Il s'était évanoui et ce fut le Second qui prit le commandement de l'Olympic.

— Ne vous inquiétez pas, leur dit le clochard, j'ai mon réveil. Les fantômes prirent Arsène par la main et l'entraînèrent dans la danse. Cela lui plut beaucoup au premier abord, mais ils se mirent à danser tellement vite que bientôt le pauvre Arsène fut hors d'haleine. Il tenta de sortir du cercle mais les mains osseuses des deux fantômes le serrèrent de plus en plus fort, l'obligeant à danser à un rythme toujours plus effréné. Soudain, le réveil sonna et les deux squelettes disparurent comme des spectres. Epuisé, Arsène se coucha dans un cercueil vide près du mur du cimetière et s'endormit aussitôt. Le lendemain matin, le fossoyeur le réveilla et lui demanda ce qu'il faisait là. — Vous avez eu de la chance, dit-il lorsque Arsène lui eut conté son histoire. J'ai connu deux voyageurs qui sont morts d'avoir trop dansé avec des fantômes.
— De la chance? Mais non! C'est mon réveil qui m'a sauvé : comme d'habitude, il a sonné une demi-heure plus tôt.

9 mars

Sauvé par un réveil

Arsène le clochard possédait une seule chose : un réveil qui avançait d'une demi-heure chaque jour. Lorsqu'on lui demandait pourquoi il ne le faisait pas réparer, il répondait :
— Pour quoi faire? Chaque matin il me réveille une demi-heure plus tôt que l'heure pour laquelle je l'ai réglé. Comme ça, je perds moins de temps à dormir.
Une nuit, au cours d'une de ses promenades, Arsène arriva devant un cimetière désert. Il était juste minuit. Un couple de fantômes s'avança jusqu'à la grille.
—Venez danser avec nous! lui dirent-ils. Nous avons une heure devant nous, pas une minute de plus. A une heure juste, nous devons partir.

10 mars

Le roi Pugnatius

Depuis sa plus tendre enfance, le roi Pugnatius aimait se battre. Devenu prince, il fit des combats au fleuret ou à l'épée et des tournois à cheval, ses sports favoris. Dès qu'il monta sur le trône, il se maria. Mais, comme il ne voulait jamais manquer une occasion de se battre, il lui arrivait fréquemment de laisser son épouse, la belle Maude, seule au château, et ce, pendant de longs mois. Si le combat avait lieu dans les environs, il disait à Maude :
— Avant que tu n'aies dormi dix fois, je serai de retour. Mais s'il s'agissait d'une guerre dans des régions lointaines, il annonçait d'un air presque navré :
— J'espère que je ne te manquerai avant quelques mois. Il enfourchait son cheval et partait au galop, sans même se retourner vers la fenêtre où sa femme lui disait adieu en agitant un mouchoir blanc. Pugnatius chevauchait vers ses chères escarmouches et la reine Maude restait seule à se tourner les pouces. Fort heureusement pour elle, il y avait au château le chef des copistes qui savait lire. Il s'asseyait à

côté de sa maîtresse et passait des heures à lui faire la lecture. Maude s'habitua si bien à sa compagnie qu'elle finit par ne plus s'ennuyer de son époux.

11 mars

Le roi Pugnatius

L'ardeur belliqueuse du roi Pugnatius finit par agacer les souverains des alentours. Les trois rois voisins signèrent un traité d'alliance, bien décidés à donner une leçon à Pugnatius. Ce dernier réunit de son côté quelques alliés et partit à la tête d'une armée considérable. Il savait que cette fois, la chose était très sérieuse et en faisant ses adieux à son épouse, il lui dit:
— Si je ne suis pas de retour dans un an et un jour, cela voudra dire que je ne suis plus de ce monde et tu pourras donc te considérer comme libre de te remarier. Maude fut surprise d'entendre de la bouche de son époux des propos aussi graves, mais elle le considérait désormais comme un visiteur de passage. En revanche, elle passait toutes ses journées et ses soirées à écouter le chef des copistes. Celui-ci avait déjà lu à la reine Maude une demi-douzaine de fois les livres de la bibliothèque royale et maintenant, il inventait pour elle des histoires. Il se passa un an et un jour sans que Maude eût de nouvelles de Pugnatius. Elle convoqua alors le chef des copistes.
— Vous savez ce que le roi m'a dit avant de partir, lui dit-elle. Et vous savez aussi qu'à vous seul, vous m'êtes plus cher que toute une troupe de guerriers comme Pugnatius. Un an et un jour sont passés et le roi n'est plus. Que diriez-vous si je vous demandais de m'épouser?
— Je serais très honoré, Majesté, répondit-il, et je ne saurais vous cacher l'affection que je vous porte en retour. Néanmoins, je ne suis qu'un homme du peuple, et il se peut que votre époux soit captif dans quelque lointaine contrée. Attendez encore un an et un jour avant de prendre votre décision.

12 mars

Le roi Pugnatius

Pugnatius n'était pas mort au combat. Il avait été blessé et fait prisonnier par le roi Petipoi. Au bout de deux ans, celui-ci envoya chercher Pugnatius et lui dit : — J'espère que vous êtes guéri de votre amour de la guerre, Pugnatius. La prochaine fois, je ne serai pas aussi généreux, et si jamais je vous prends encore une fois sur un champ de bataille, vous le paierez de votre tête. Mais pour l'heure, je vous rends votre liberté. Comme trophée, Petipoi garda le cheval de Pugnatius qui dut rentrer à pied chez lui.

13 mars

Suite de la masure aux secrets

Le buffet était assez banal, si ce n'est qu'il abritait, au fin fond d'un tiroir, une portée complète de souris qui dansaient. Habillées de costumes folkloriques, elles représentaient toutes les provinces de France.

Lorsqu'il arriva enfin à son château, il vit que l'on préparait un mariage. Il était en effet parti depuis deux ans et deux jours. La reine Maude avait pris à cœur les propos du chef des copistes. Elle l'avait promu au rang des aristocrates en le nommant Chancelier royal, afin qu'il fût digne d'elle. Ils préparaient une grande cérémonie de mariage à laquelle toute la noblesse voisine était conviée. Parmi les invités venus féliciter la reine Maude, il y avait aussi le roi Petipoi qui ne révéla pas un mot de Pugnatius mais se contenta d'afficher un mystérieux sourire. Nul ne remarqua le vagabond en haillons qui arriva au château vers la fin des noces. Personne ne reconnut le roi sans son épée et son cheval caparaçonné. Pugnatius pleura amèrement. «J'ai tout perdu à cause de mes guerres», soupira-t-il, «mon royaume, mes richesses et même ma femme. Je ne suis plus rien.» Après avoir mangé la cuisse de poulet qu'on lui avait donnée dans les cuisines, il se remit en route vers une destination inconnue. Nul ne le revit jamais dans son ancien royaume.

14 mars

Le poisson d'or

Le vieux Basile descendit sur le rivage pour voir ce qu'il avait pris dans ses filets. Lorsqu'il les tira, il ne trouva qu'un poisson en or qui lui dit :
— Si tu me remets à la mer, j'exaucerai tous tes vœux. Le vieux Basile réfléchit un moment puis il dit au poisson : — D'accord, je vais te remettre à l'eau. Mais pour les vœux, il faut que je demande à ma femme. Il retourna chez lui et raconta tout à sa femme qui lui dit :
— Retourne immédiatement à la plage et demande de beaux vêtements pour moi qui n'ai

15 mars

Les deux souris

Deux souris marchaient en catimini dans un buffet. Sur une étagère, elles trouvèrent un morceau de fromage. La plus vieille dit à l'autre : — Nous allons le partager, mais comme je suis la plus grande, je prendrai le plus gros morceau.
— Ah non, répliqua la plus jeune, c'est moi qui dois prendre la plus grosse part, car il faut que je mange davantage pour devenir aussi grande que toi. Elles se chamaillèrent un moment, puis décidèrent d'y réfléchir jusqu'au lendemain. Au matin, elles se rencontrèrent à nouveau dans le buffet. Cette fois, la plus grande dit à l'autre : — Tu avais raison. Nous partagerons le fromage comme tu l'as proposé. — Non, répondit la plus petite. C'est toi qui avais raison. Tu prendras le plus gros morceau. Elles discutèrent encore pendant un bon moment puis remirent la

que cette vieille blouse usée. A peine le vieil homme fut-il revenu avec des vêtements neufs pour sa femme qu'elle le renvoya demander au poisson un carrosse doré. Basile s'exécuta et revint aussitôt avec un magnifique carrosse doré. Mais cela n'était pas encore suffisant pour sa femme. Elle voulait maintenant un beau château au bord de la mer, avec un immense parc et des domestiques. Mais elle n'était pas encore contente. Enfin, il lui vint une idée étrange : elle exigea que le poisson d'or vînt la servir. Lorsqu'il entendit cela, le poisson se mit en colère et il reprit tous ses présents. La vieille femme se retrouva dans sa pauvre masure, vêtue de sa blouse élimée à raccommoder des filets. Comme quoi, à trop vouloir, on risque de tout perdre…

décision à plus tard. Le lendemain, elles se retrouvèrent devant le buffet et s'écrièrent en même temps :
— J'ai trouvé! Nous allons faire deux parts égales. Elles allèrent chercher le fromage : il était moisi!
— Au lieu d'en parler aussi longtemps, nous aurions mieux fait de le manger tout de suite, ce morceau de fromage!

16 mars

Le bouffon triste

Il était une fois un lointain royaume qui appartenait à un roi nommé Vulgarion II. Quel misérable royaume il avait là! Personne ne savait rire, ni se divertir, ni s'amuser; tout le monde était toujours sérieux, les gens se querellaient pour un rien et s'enviaient les uns les autres jusqu'à l'air qu'ils respiraient. Vulgarion réfléchit longuement à ce qu'il pourrait faire pour égayer un peu ses sujets et finalement, il décida de trouver un fou. On peut se demander en quoi un fou pouvait bien aider ses sujets, mais voilà comment le roi avait raisonné : «Si je suis triste, il n'est pas étonnant que tout mon royaume le soit aussi. Dès que je serai de nouveau gai, toute la cour se réjouira et tout rentrera dans l'ordre.» Vulgarion fit donc annoncer dans le pays que le dimanche suivant, un grand concours serait organisé dans les jardins du palais pour trouver le bouffon qui aurait l'honneur d'accompagner le roi partout où il irait. Mais hélas, le roi n'eut même pas à choisir : le seul candidat qui se présenta était un sujet triste. Le roi fut bien obligé de le prendre. Or, ce bouffon était tellement triste que tous les courtisans fondaient en larmes chaque fois qu'ils le voyaient.
— Pourquoi donc, gardez-vous un pareil bouffon, Majesté? demandèrent-ils au roi.
— Pour être sûr que dans ce royaume, il existe au moins quelqu'un de plus triste que moi, répondit Vulgarion, les larmes aux yeux.

17 mars

Le bouffon triste

Le bouffon ne réussit pas à égayer le roi, mais il lui révéla beaucoup de choses sur les sujets de son royaume et sur les raisons de leur tristesse.
— Tu ne peux pas me rendre heureux, alors tu

essaies de me mettre en colère, lui dit le roi. Mes sujets sont très heureux, tous mes conseillers le disent! — Alors pourquoi ne pas vous déguiser et aller en juger par vous-même, Sire, suggéra le fou. Ainsi vous saurez très vite ce que vos sujets pensent vraiment.
Cette idée plut à Vulgarion. La perspective d'entendre ses sujets faire son éloge, puis de se faire reconnaître en ôtant son déguisement l'enchanta. Lorsqu'il quitta le palais, le lendemain matin, la reine elle-même ne le reconnut pas. A tous ceux qu'il rencontra, Vulgarion demanda s'ils étaient satisfaits de leur vie. Mais ils lui répondirent : — Vous devez être un étranger ici. Sinon vous sauriez que notre roi ne pense qu'à lui-même et que pendant ce temps, ses conseillers prennent de l'argent dans ses coffres et volent ses sujets par la même occasion! Et si l'un d'eux essaie de leur résister, ils le jettent en prison. — Comment se fait-il que vous me racontiez tout cela? demanda le roi, incrédule. — Nous n'avons rien à craindre de vous, expliquèrent-ils. Vous êtes un pauvre

bougre comme nous, vous ne nous mettrez pas en prison. Vulgarion retourna au palais plus triste que jamais. Trois jours durant il demeura dans sa chambre, refusant de voir quiconque. Puis il fit venir son bouffon, lui tendit sa couronne et son sceptre en lui disant : — J'ai bien réfléchi. Il vaut mieux un bouffon à la tête du royaume qu'un souverain comme moi!

18 mars

Le bouffon triste

Dès que le bouffon eut le sceptre en main et la couronne sur la tête, il sourit. — Vous souvenez-vous de votre jeune frère, Vulgarion? demanda-t-il.
— Pourquoi veux-tu me rendre encore plus triste? répondit l'ex-roi en baissant la tête. Tu sais qu'il est mort il y a bien longtemps. Quand j'ai succédé à mon père sur le trône, un vieux devin m'a prédit qu'un jour je devrai donner ma couronne et mon sceptre à mon frère cadet. Alors j'ai ordonné à mon premier conseiller de les mettre à mort tous les deux. Tu ne peux pas savoir combien je l'ai regretté.
— Eh oui! dit le nouveau roi. Mais le devin était assez riche pour soudoyer votre conseiller, et celui-ci les a libérés.
— Comment le sais-tu? s'écria Vulgarion, stupéfait.
— Pendant toutes ces années j'ai vécu avec le devin qui se cachait dans une grotte. Je suis ton frère cadet, et aujourd'hui, la prophétie se réalise. Tu viens de me remettre ta couronne et ton sceptre.
— Que vas-tu faire de moi? demanda Vulgarion au comble de l'inquiétude.
— N'aie crainte, répliqua son frère. Je ne te condamnerai pas. Nous allons simplement inverser les rôles. A partir d'aujourd'hui, tu seras mon fou.
— Mais je ferai un fou encore plus triste que toi! objecta Vulgarion.
— Nous verrons, lui répondit le roi. Lorsque je me serai débarrassé des conseillers corrompus et que les sujets de ce royaume sauront à nouveau être gais, peut-être trouveront-ils ta tristesse très drôle. Sur ce, il sonna les domestiques. Mais l'histoire de ces deux

rois-frères n'est pas finie : au contraire, elle ne fait que commencer.

19 mars

Les deux tablettes de chocolat

Hélène avait eu, pour son anniversaire, deux grosses tablettes de chocolat : l'une de chocolat au lait, l'autre de chocolat amer. Hélène mordit dans chacune d'elles et dit à sa mère :
— Le chocolat au lait n'a rien d'extraordinaire. Mais le chocolat amer, hmm . . . quel régal! Si elle n'avait pas été aussi foncée, la tablette de chocolat au lait serait devenue blanche de colère. Pourquoi n'avait-elle rien d'extraordinaire? Et l'autre, qu'avait-elle donc de spécial? Elle se dit qu'elle devait faire quelque chose. Devenir amère ne serait pas si difficile, après tout. Alors, elle fit tout son possible pour devenir amère, encore plus amère que l'autre. Lorsque Hélène revint prendre une bouchée, la tablette de chocolat tremblait d'émotion. Comme elle allait se régaler, la petite Hélène! Elle cassa un morceau de la tablette et l'enfourna dans sa bouche. Mais elle la recracha aussitôt. — Pouah! Ce chocolat n'était pas mauvais hier, mais il est devenu rance!

«Qu'est-ce qui ne lui plaît pas, cette fois?» se dit la tablette. Elle était curieuse de savoir ce que sa mère allait dire.
— Tu as raison, dit la maman, après en avoir goûté un morceau. Il est devenu amer. Il faut le jeter. Et voilà comment la pauvre tablette de chocolat, qui avait perdu son temps à essayer une chose qui n'était pas faite pour elle, finit à la poubelle!

20 mars

Le petit garçon qui ne voulait pas être vilain

Il était une fois un petit garçon dont le nom était Thomas, mais que son papa et sa maman

21 mars

Le petit garçon qui ne voulait pas être vilain

Pendant quelques instants, les parents de Tom se demandèrent pourquoi il y avait écrit «magies» au pluriel et non au singulier, mais finalement, ils conclurent que cela n'avait aucune importance, même s'ils ne savaient pas ce que signifiait exactement le mot «clinique». Ils frappèrent à la porte. Une voix dit : «Faites-vous reconnaître», et la porte s'ouvrit toute seule. Cela n'avait rien d'étonnant après tout, puisqu'il s'agissait d'une clinique magique. Les parents de Tom expliquèrent au docteur le cas de leur fils. Celui-ci fut très surpris qu'ils ne l'aient pas amené avec eux. — Nous ne voulions pas l'inquiéter, dit la maman. Il est très sensible,

appelaient Tom. Ses parents le trouvaient très sage, trop sage même, car il ne faisait jamais aucune bêtise. — Que va-t-il devenir? se demandait son papa avec inquiétude. Pour essayer de dérider Tom, il lui jouait des tours : il lui mettait des punaises sur sa chaise, ou une éponge mouillée dans son lit, et autres plaisanteries de ce genre. Mais cela n'avait aucun effet sur le petit garçon. Tom passait son temps à lire ou à faire des dessins. Au lieu de s'en réjouir, ses parents trouvaient cela très inquiétant.
— Il n'a aucun ami, soupirait sa mère, sauf Mambo, le singe. Mambo était un petit singe bleu en peluche qui émettait un petit cri lorsqu'on lui appuyait sur le ventre. C'était le seul bruit que Tom aimait entendre.
— Ce n'est pas normal que cet enfant ne fasse jamais de bêtises, qu'il soit toujours sage. Il est certainement malade, déclara un jour son papa, et la maman acquiesça tristement. Il est temps que nous l'emmenions chez le médecin-magicien pour le faire soigner.
Ouvrant le journal du jour, ils consultèrent les petites annonces pour trouver le médecin qu'ils cherchaient. Puis ils enfilèrent discrètement leur manteau et sortirent en catimini à l'insu de Tom. Sur la porte du médecin-magicien, une plaque de cuivre indiquait aux passants : A. B. Cadabra, Docteur en Magies cliniques.

vous savez. Par contre, nous avons apporté Mambo, son singe. Nous avons eu une idée : Mambo est le meilleur ami de Tom, comprenez-vous, il l'aime énormément. Nous avons pensé que si le singe était vivant et gai, s'il courait un peu partout dans la maison, peut-être Tom en ferait autant. Peut-être voudrait-il devenir comme lui. Ainsi, il serait bientôt comme tous les autres enfants.
Le médecin-magicien trouva l'idée excellente. Peu après, ils sortirent du cabinet avec un Mambo poussant de petits cris aigus et ils reprirent le chemin de la maison.

sa maman se demandèrent : — Que va-t-il devenir? Et la maman soupira : — Je crois que nous n'aurions jamais dû aller voir ce médecin-magicien ...
Et vous, qu'en pensez-vous?

23 mars

Berthe l'intrépide et Nestor le démon

Berthe n'avait peur de rien. Non pas qu'elle fût grande, forte et musclée comme un haltérophile. Non. Berthe était en fait une assez jolie jeune fille en âge de se marier. Mais elle n'avait peur de personne. Et elle aimait danser. Partout où se tenait un bal, on était certain de voir Berthe en train de se demander si elle trouverait assez de partenaires pour danser. En fait, il y avait toujours suffisamment de cavaliers, mais si l'un d'eux se risquait à lui demander un baiser, il

22 mars

Le petit garçon qui ne voulait pas être vilain

De retour chez eux, les parents posèrent le singe par terre. Aussitôt, l'animal sauta sur la table, de la table sur le buffet et de là sur le lustre où il se balança d'avant en arrière jusqu'à ce que le tout tombe par terre dans un grand fracas. Le petit Tom poussa un cri de joie et c'est alors que commença la sarabande. En moins de temps qu'il n'en faut pour le dire, ils mirent la maison sens dessus dessous. Il n'y avait plus un seul meuble à sa place; les rideaux furent arrachés, les livres déchiquetés; à travers toutes les pièces pendaient des cordes à linge sur lesquelles Mambo et Tom se balançaient à tour de rôle. Ils firent un tel chahut que les voisins vinrent se plaindre et menacèrent d'appeler la police ou les pompiers. Les parents de Tom retournèrent précipitamment chez le médecin-magicien en emportant avec eux le singe, bien ficelé dans un sac. Ils le supplièrent de redonner à Mambo sa forme initiale : celle d'un adorable petit singe en peluche. Le magicien fit ce qu'ils demandaient mais Tom, lui, resta dans le même état. A nouveau, son papa et

recevait une telle gifle qu'il en voyait trente-six chandelles.
Peu à peu, de moins en moins de jeunes gens acceptèrent de danser avec Berthe. Un soir, au sortir d'un bal, elle rentrait chez elle par les champs, seule, comme d'habitude. Dans la nuit noire, une chouette faisait entendre son mystérieux hululement. Mais Berthe cheminait tranquillement sur le sentier, comme elle l'eût fait en plein jour. Soudain, trois jeunes gaillards surgirent devant elle. Elle ne les reconnut pas, dans le noir, mais elle comprit qu'ils voulaient lui faire peur. Seulement voilà : avec Berthe, ils étaient mal tombés! Elle asséna au premier une claque en pleine figure, poussa le second violemment en arrière et appliqua au troisième un tel revers de la main gauche qu'il tourna sur lui-même comme une toupie.
— Je n'ai peur de personne, même pas du diable! dit-elle avec mépris. Alors vous pensez, une bande de petits gringalets comme vous!...

24 mars

Berthe l'intrépide et Nestor le démon

Berthe ramena au village les trois jeunes gens qui lui avaient tendu une embuscade, en les poussant devant elle comme un petit troupeau de moutons. C'est alors qu'on les reconnut : il s'agissait de trois cavaliers qui, au cours d'un bal ou d'un autre, avaient déjà tâté de la dextérité de Berthe. Ils tombèrent en réelle disgrâce lorsque l'on apprit comment ils avaient essayé de se venger. Mais, au prochain bal du village, personne n'invita Berthe à danser. Toute la gent masculine la craignait.
— Je danserais avec le diable lui-même, s'il m'invitait! cria Berthe à la cantonnade. Elle avait déjà passé la moitié de la soirée à faire tapisserie dans un coin de la salle de bal. Sous le parquet — très, très loin en dessous, Lucifer frappa le sol de son sabot, tellement fort qu'il fit des étincelles.
— Voilà qu'elle recommence à invoquer notre nom à tort et à travers! s'écria-t-il. D'abord elle dit qu'elle n'a pas peur du diable et maintenant, qu'elle danserait avec lui... Il roula des yeux terribles. — Eh bien à nous deux, Berthe. Nous allons voir ce que nous allons voir.
Il envoya chercher le jeune Nestor et lui ordonna de prendre la forme d'un jeune et beau chasseur avec un chapeau orné d'une plume. Il irait faire danser Berthe jusqu'à ce qu'elle n'en puisse plus, puis il l'amènerait immédiatement en enfer pour la punir de sa vantardise. A peine Lucifer avait-il fini de donner ses ordres que Nestor se trouvait déjà devant Berthe. Son chapeau dissimulait ses cornes. — Ce sera avec grand plaisir, lui dit Berthe lorsqu'il l'invita. Je vous ai attendu toute la soirée. Et elle dansa sans relâche avec cet homme qui sentait un peu le feu et le soufre.

25 mars

Berthe l'intrépide et Nestor le démon

Nestor était un démon exemplaire, sans faiblesses, mais après une vingtaine de danses avec Berthe, il était littéralement épuisé : sa grande langue rouge pendait comme celle d'un chien au retour de la chasse. Il avait perdu son chapeau, si bien que l'on voyait pointer ses deux petites cornes de sa chevelure brune et frisée. Maintenant, tout le monde savait d'où venait le partenaire de Berthe. Les danseurs avaient déserté le parquet et se tenaient à

bonne distance pour voir comment Berthe allait mettre un terme à sa soirée. Les musiciens auraient bien aimé ranger leurs instruments et rentrer chez eux, mais Berthe était dans son élément, et leur demanda de jouer un solo.
— Je ... je crois que nous pourrions nous arrêter, balbutia le pauvre Nestor. Mais Berthe l'avait déjà entraîné à l'autre bout de la salle comme si c'était la première danse de la soirée. Le jeune démon tenait à peine debout. Soudain, un petite mouche diabolique envoyée par Lucifer vint lui murmurer à l'oreille :
— Nestor, il est grand temps que tu amènes Berthe. Nous avons allumé le feu sous le chaudron.
Nestor était bien embarrassé : il savait qu'il devait obéissance à Lucifer, mais il avait terriblement peur de Berthe. A la fin du morceau, il lui dit : — Berthe, voudriez-vous ... enfin, pensez-vous que vous aimeriez venir, heu ... venir chez moi, là-bas. Il ferma les yeux, prêt à recevoir l'inévitable paire de gifles. Mais Berthe éclata de rire. — Vous voulez dire en enfer? Pourquoi pas? Je n'y suis jamais allée. Et elle sauta sur le dos du démon tout pantelant.

26 mars

Berthe l'intrépide et Nestor le démon

Nestor était à bout de forces lorsqu'il amena Berthe devant le trône de Lucifer. Le Prince des Ténèbres se leva majestueusement et il y eut aussitôt un éclair et un coup de tonnerre.
— Oh, excellent, Monsieur Satan! s'écria Berthe admirative. Votre éclair est bien meilleur que celui de notre société de théâtre amateur. Par contre, je dirais que leur tonnerre a un léger avantage sur le vôtre. A mon avis, vous devriez mettre un tout petit peu plus de roulement et un soupçon de claquement en moins. Vous voyez ce que je veux dire? «Société de théâtre amateur», marmonna à part soi Lucifer, furieux.
— Vous n'êtes plus au théâtre, maintenant, ma fille, mais en enfer! Et vous allez payer pour vos insultes!
— Vous avez parfaitement raison, répondit Berthe. De toute façon, j'étais en train de me dire qu'il n'y a là-bas aucun homme qui soit digne de m'épouser. Inutile de tourner autour du

pot : j'aime Nestor et Nestor m'aime. Par conséquent, il ne vous reste qu'à organiser un grand mariage, Monsieur Satan. Lucifer commençait à se demander s'il n'était pas en train de rêver, mais il se ressaisit et balbutia à son acolyte : — N ... N ... Nestor, l' ... l' ... eau bout au numéro 358. Emm ... emmène Berthe, veux-tu, et ... et ... enfin, tu sais ce que tu as à faire, n'est-ce-pas? Nestor le savait très bien, mais il resta là un moment à se demander comment il pourrait expliquer à son maître que Berthe n'était pas une victime comme les autres ... Lucifer ne lui en laissa pas le temps.
— 16987, ange déchu Nicolas! hurla-t-il, exécutez cet ordre sur-le-champ!

27 mars

Berthe l'intrépide et Nestor le démon

Nestor prit Berthe par la main et la conduisit jusqu'au chaudron n° 385. — Vous voyez ce chaudron, Berthe, dit-il. Eh bien . . vous ... c'est-à-dire, heu .., il va falloir que vous ...
— Je sais, je sais, interrompit Berthe avec douceur. Alors, va me chercher 3 kilos de pommes de terre, de l'angélique, des carottes, du céleri, des oignons, de l'ail, du beurre, des graines de cumin et de la marjolaine. Et si tu trouvais aussi quelques champignons secs, ce serait encore mieux. — Mais, Berthe, vous ne comprenez pas ... essaya d'expliquer le pauvre diable.
— C'est fort possible, coupa Berthe en tapant du pied, mais fais ce que je te demande et ne t'occupe pas du reste. Haussant les épaules d'un air désespéré, Nestor partit d'un pas lourd chercher ce que Berthe lui avait demandé. Puis elle se mit à l'œuvre, et, avant qu'il fût longtemps, une odeur appétissante s'échappa du chaudron.
Une bande de petits démons accourut pour voir ce qui mijotait ainsi et bientôt, les pécheurs eux-mêmes sortirent la tête de leurs chaudrons pour voir ce qui se passait. Tout à coup, Lucifer arriva lui aussi en fronçant les sourcils d'un air menaçant. — Que se passse-t-il ici? hurla-t-il. J'ai déjà dit que je ne supportais pas la pagaille dans les salles de torture. Pourquoi ces chaudrons ne sont-ils pas surveillés? Où est le chef tortionnaire? Mais Berthe l'interrompit brusquement. Elle puisa dans le chaudron une pleine louche de soupe qu'elle pressa sur les lèvres de l'Archidémon. Avant même de comprendre ce qui lui arrivait, Satan avait déjà avalé une gorgée, puis une autre puis une troisième, et sa fureur disparut. Un sourire radieux éclaira son visage et son regard se perdit dans le lointain. — Cela fait une éternité que je n'ai pas mangé une soupe de pommes de terre aussi succulente, dit-il en se remémorant le bon vieux temps où les diables étaient des personnages vraiment importants. Berthe, je te nomme cuisinière en chef de l'enfer et du purgatoire, et je t'accorde mon pardon!

28 mars

Berthe l'intrépide et Nestor le démon

Pendant une semaine, deux semaines, puis un

mois, Berthe cuisina, mitonna de bons petits plats pour cette foule infernale, et tous les démons, y compris Lucifer, se pourléchaient quand arrivait l'heure du repas. Or, un jour, la cuisinière en chef de l'enfer et du purgatoire se présenta devant Lucifer, les poings sur les hanches et s'écria : — J'en ai assez!
— Que se passe-t-il? demanda Lucifer. Ne vous a-t-on pas assez dit que vous cuisiniez diviniment bien, enfin, je veux dire, heu ... vous m'avez compris.
— Je veux me marier, répliqua Berthe avec fermeté, et je n'ai pas vu mon futur époux depuis près d'un mois maintenant.
— Ne soyez pas aussi inquiète, ma chère, répondit Lucifer pour tenter de l'apaiser. Il est parti en voyage d'affaires.
— Et qui l'a envoyé en voyage? demanda Berthe en fronçant les sourcils. Alors faites en sorte qu'il revienne et préparez nos noces! Lucifer se gratta la corne droite. — Berthe, il y a une chose que vous ne voulez pas comprendre : un démon ne peut réellement épouser une mortelle comme vous. Si vous ne vous plaisez pas ici, vous pouvez retourner là-haut. Mais sachez que nous vous regretterons. C'était plus que Berthe ne pouvait en supporter. Ce Lucifer commençait vraiment à lui taper sur les nerfs. Pour qui la prenait-il, croyait-il qu'elle allait supporter les commérages si elle retournait dans le monde des vivants sans mari? De guerre lasse, Satan céda. — Bon, bon ... dit-il. Je vais être forcé de faire une chose dont j'ai horreur. Vous ne pouvez pas vous marier en enfer, ma chère Berthe, mais ... Il lui chuchota à l'oreille le reste de sa phrase, afin que ni les autres démons, ni vous ni moi, ne puissions l'entendre.

29 mars

Berthe l'intrépide et Nestor le démon

Savez-vous qu'une semaine après sa conversation secrète avec Lucifer, Berthe se maria? Pas à l'église, remarquez. Seulement à la mairie. Mais cela lui était égal. Et qui épousa-t-elle? Eh bien Nestor le démon — ou plus exactement Nicolas, puisque c'est ainsi qu'il se nommait dans le civil. Il n'avait plus ni queue, ni cornes, ni sabots; c'était simplement un beau jeune homme, bien bâti, avec des cheveux bruns et bouclés. Lucifer avait fait la seule chose qui fût en son pouvoir : il avait banni Nestor de l'enfer et avait fait de lui un homme ordinaire qui pouvait dès lors devenir le mari de Berthe.

A ce moment, on cherchait quelqu'un pour occuper le poste de garde-chasse dans une forêt voisine. Nicolas le prit et le jeune couple s'installa dans la maison forestière. Dans le village, les commentaires allaient bon train : on disait que cet ancien démon se faisait bel et bien mener par le bout du nez. Mais si quelqu'un le lui disait en face, il répondait, avec un geste d'indifférence : — Moi, je me promène dans les bois toute la journée, et puis, l'air est si frais ici! Apparemment, il n'avait pas du tout la nostalgie de l'enfer. Il faisait ce que lui disait Berthe. Mais il est une chose à laquelle il ne consentit jamais plus : retourner au bal avec elle!

30 mars

Le pet-de-nonne et le renard

Vous souvenez-vous du pet-de-nonne que nous avons rencontré la dernière fois en février? Eh bien, au bout de sa course, il arriva dans une clairière où il rencontra un renard. — Ah, par exemple! On peut dire que vous êtes le bienvenu, dit le renard en se léchant les babines. Je vous attendais.
— Comment saviez-vous que je viendrais, alors que je ne savais pas moi-même où j'allais? demanda le pet-de-nonne, très surpris.
— Je sais tout, affirma le renard plein de vantardise. Je sais même que vous aimeriez bien faire un tour sur ma queue.
— Comment est-ce possible? s'étonna le pet-de-nonne. Cela ne m'est jamais arrivé.
— Essayez, lui dit le renard. Vous verrez comme c'est agréable de faire un tour sur la queue d'un renard!
— Je veux bien, répondit le pet-de-nonne. Et il sauta sur la queue du renard. Celui-ci se mit à courir et le pet-de-nonne trouva cela très amusant. Mais brusquement le renard s'arrêta : le pet-de-nonne fut projeté en l'air et, avant qu'il ait compris ce qui lui arrivait, il se retrouva dans la gueule du renard. Alors seulement, il comprit qu'il avait été dupé. — Si vous savez tout, dit-il au renard, vous savez sûrement combien je souhaitais que vous me mangiez.
— C'est vrai? dit le renard en le reposant par terre.
— C'est la stricte vérité. Seulement j'aimerais que vous m'accordiez une dernière volonté.
— Pourquoi pas? dit le renard. Laquelle?
— Je voudrais jouer à cache-cache avec vous. Je me cacherai et vous me chercherez. Quand vous m'aurez trouvé, vous me mangerez. Le renard accepta, et il compta jusqu'à cinquante.
A l'heure qu'il est, il doit encore chercher le pet-de-nonne à travers la clairière. Car le pet-de-nonne ne se cacha pas, bien sûr; il courut se réfugier en avril.

31 mars

Le tapis persan

M. Pinson venait d'acheter un tapis aux couleurs chatoyantes. De retour chez lui, il le déroula par terre, et c'est alors qu'il entendit une voix lui dire : — Je suis un tapis persan, et si tu t'assieds sur moi, je t'emmènerai sur un marché persan. C'est un endroit merveilleux comme tu n'en verras jamais ici. M. Pinson accepta la proposition. Il s'assit sur le tapis et décolla. Peu après, le tapis se posa sur un marché tout à fait ordinaire. M. Pinson en avait déjà vu des dizaines comme celui-ci. — Oh non, lui dit le tapis. Ceci est un marché persan, car je suis un tapis persan. Et maintenant, il faut que tu me

vendes à quelqu'un d'autre pour que je puisse continuer à découvrir le monde et rencontrer d'autres gens.
— Et comment rentrerai-je chez moi? demanda M. Pinson.
— En voiture, en train, en avion, en hélicoptère, je ne sais pas moi! répondit le tapis. Tu ne penses tout de même que l'on voyage encore sur des tapis volants de nos jours!
Alors, M. Pinson vendit le tapis à quelqu'un et tandis qu'il partait vers la gare, il entendit le tapis dire à son nouveau propriétaire : — Je suis un tapis persan, et si tu t'assieds sur moi, je t'emmènerai sur un marché persan...

Avril

1er avril

Les jumelles se rendent utiles

Colette et Babette, les jumelles, étaient aussi turbulentes que deux petits cabris et elles ne laissaient pas une minute de répit à leur mère. Un jour, alors qu'elle se demandait comment les occuper, elle entendit à la radio l'indicatif annonçant l'émission «l'Heure des Femmes». «Tiens, j'ai une idée», se dit-elle. «Il est temps qu'elles apprennent un peu à s'occuper d'une maison.» Elle les assit toutes deux devant la radio et partit faire ses courses, le cœur léger. Quelques minutes plus tard, la jeune femme qui présentait l'émission annonça qu'elle allait donner la recette d'un délicieux gâteau.

— Hourra! s'écria Babette en courant chercher son tablier. Colette, elle, prépara tous les ingrédients, mais à la place de la boîte de cornflakes, elle sortit le paquet de savon en paillettes. Et quand, un peu plus tard, la présentatrice en arriva aux conseils de lavage, les choses prirent bien mauvaise tournure. Le gâteau au savon se mit à déborder dans le four, tandis que des morceaux de céréales visqueuses flottaient lamentablement avec le linge, dans la machine à laver. Qui sait comment cela se serait terminé si le lutin du vent qui passait par là n'avait pas appuyé par hasard sur l'interrupteur de la radio. Si seulement il était arrivé plus tôt...

2 avril

Le pot de fleur qui se sentait inutile

Le lutin du vent, voyageur du ciel, s'envola vers la campagne. Il atterrit dans un jardin. Le long du sentier, étaient alignés des pots de fleurs et, dans chacun d'eux, une graine germait, sortant sa petite langue verte. Les graines, elles, ont le droit de tirer la langue, et d'ailleurs, les jardiniers n'attendent que cela. Le lutin du vent resta un moment à regarder les pots de fleurs, et il remarqua que l'un d'eux était vide. Le jardinier avait dû oublier de le remplir de terre, et le pauvre pot de fleur faisait grise mine : «Il n'y a rien de pire que de ne pas savoir à quoi l'on sert», bougonnait-il. Le lutin du vent se sentit désolé pour lui. Il essaya de se renseigner ici ou là pour savoir ce que l'on pouvait faire, mais personne ne sut quoi lui répondre. C'est alors qu'il rencontra un hérisson et il lui vint une idée. «Cette boule d'épines ferait un très beau cactus, si elle acceptait de s'asseoir dans le pot!» Il lui fallut du temps pour convaincre le hérisson d'aller se jucher dans le pot. Et le résultat ne fut guère concluant, car le hérisson ne se sentait pas à l'aise dans son rôle de cactus. — Je dois dire que je me sens un peu bête, avoua-t-il. Je n'ai aucune idée de la manière dont on fleurit, et j'ai trop la bougeotte pour être une plante. Moi, ce que j'aime, c'est chercher des vers et attraper

des mouches. Et d'un bond, il sortit du pot.
— Quelle barbe! s'écria le lutin du vent en se grattant le menton d'un air perplexe. Ah, mais j'ai une autre idée!
Il trouva une boule et un morceau de ficelle et en retournant le pot de fleurs, il en fit une jolie cloche, comme celle que l'on sonne à la fin des contes de fées.

3 avril

L'œuf

Au début du mois d'avril, au cours de ses pérégrinations, le lutin du vent arriva dans un garde-manger qui contenait un panier d'œufs. Il entendit, dans l'un des œufs, une sorte de grattement, puis un pépiement. — Oui? Qu'est-ce qu'il y a? demanda-til en tapotant la coquille.
— Je veux sortir de là. Je veux grandir, chanter, et me pavaner dans une basse-cour, au milieu des poules! Le voyageur du ciel fut ému par cette voix plaintive et il demanda :
— Que puis-je faire pour t'aider?
— C'est très simple, dit l'œuf en vacillant légèrement. Emporte-moi dans un endroit chaud et prends soin de moi jusqu'à ce que vienne l'époque où les poussins éclosent.
— Bon, d'accord, soupira le lutin du vent, toujours prêt à faire de bonnes actions. Il se fit un petit lit douillet parmi les bocaux de fruits au sirop et les pots de confiture et posa le petit œuf tout blanc sur un lit de feuilles et de plumes, puis il le couvrit de son manteau noir doublé d'argent. Ensuite, le lutin prit une profonde inspiration et il souffla sur l'œuf comme une brise tiède et printanière parfumée de soleil; c'était exactement ce qu'il fallait à ce petit œuf — ou plutôt au petit coq qui attendait de naître. Et maintenant, chut..., mieux vaut ne pas les déranger...

4 avril

Le conteur et le petit garçon qui meuglait

Le conteur était assis à une table, dans le jardin, devant sa machine à écrire. Il écrivait des contes de fées. Mais voilà que Roméo, le fils des voisins, un vilain garnement, décida d'embêter l'écrivain. Il se mit à meugler, à bêler, à caqueter, de l'autre côté de la barrière. Il imita ainsi tous les cris des animaux de la ferme. Le conteur, agacé, ôta la feuille de sa machine et rentra. Il était très ennuyé : il avait beau tourner et retourner son histoire dans sa tête, elle lui échappait constamment. Comme il n'avait plus personne à ennuyer, Roméo rentra dans la maison pour mendier un ou deux gâteaux. Mais le seul son qui sortit de sa bouche fut : — Meuh!

— Arrête tes bêtises! lui dit sa mère. Et parle correctement! Roméo voulut lui dire que ce n'était pas des bêtises, et qu'il avait vraiment faim, mais au lieu de cela il fit : — Bêê ... C'était plus fort que lui. Il meuglait, bêlait, caquetait, mais ne pouvait plus prononcer un mot. Le pire, c'est qu'il en fut de même le lendemain, à l'école chaque fois que le maître lui demanda de faire une opération ou de réciter un poème.

— Meuh! Meuh! Meuh!
Bêê! Bêê! Bêê!
Coin! Coin! Coin!

Le maître ne trouva pas cette poésie de très bon goût, et il envoya Roméo chez le directeur. Mais la seule chose qu'il pût dire à celui-ci fut :
— Meuh!
Alors, on appela ses parents pour qu'ils viennent le chercher.

5 avril

Le conteur et le petit garçon qui meuglait

Les parents de Roméo firent venir le médecin. Après l'avoir examiné, il secoua la tête et dit :
— Aussi invraisemblable que cela puisse

paraître à notre époque, en ce siècle où même les enfants ne croient plus à la magie, quelqu'un a dû jeter un sort à votre fils.
— Evidemment! s'écrièrent en chœur le père et la mère de Roméo. Comment n'y avons-nous pas pensé! C'est sûrement notre voisin. Il passe son temps à écrire des contes de fées. Tous ces magiciens et ces sorcières ont dû lui apprendre des tours de magie! Ils se précipitèrent chez l'écrivain et lui demandèrent d'enlever immédiatement le sort qu'il avait jeté à leur fils. Au début ils furent très aimables, puis ils prirent un ton plus ferme, et à la fin, ils se montrèrent presque impolis. Mais cet énervement était bien inutile puisque l'écrivain se tuait à leur dire qu'il n'avait pas la moindre notion de magie et qu'il n'en aurait jamais aucune. Les parents de Roméo avaient tellement crié qu'ils n'avaient presque plus de voix. C'est alors qu'une belle femme apparut dans le salon du conteur.
— Je vais attraper la migraine avec tout ce vacarme, dit-elle d'une voix douce. C'est moi qui ai jeté un sort à votre petit gredin. J'ai eu pitié de ce pauvre écrivain, parce que ce garnement ne lui laissait pas une minute de répit. Mais si Roméo promet de ne plus ennuyer personne, je lui redonnerai la parole. Roméo fit un signe de tête pour montrer qu'il promettait et la fée — car, bien sûr, c'était une fée — effaça le maléfice, et tout rentra dans l'ordre. Mais, évidemment, la mère de Roméo s'empressa d'aller raconter à tous les voisins qu'il y avait une drôle de femme dans la maison du voisin — vous savez bien, celui qui écrit ces drôles d'histoires — et les langues allèrent bon train.

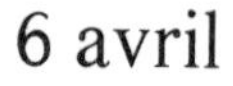

6 avril

Rosebonbon

Un matin, Mademoiselle Létourdie déboucha, comme d'habitude son tube de dentifrice rose et, subitement, elle oublia complètement qu'elle était sur le point de se brosser les dents. Elle laissa le tube ouvert sur la tablette de la salle de bains et sortit, sans s'être ni lavée ni peignée.
— Ça alors! s'écria le tube de dentifrice indigné. Et sans y prendre garde, il se pencha légèrement en avant. Un ver rose, mou, brillant

et délicieusement parfumé sortit du tube. — Mon Dieu! cria le tube en s'apercevant que quelques centimètres de dentifrice lui échappaient. Et dire qu'il n'y a même pas une dent en vue!
Mais Rosebonbon, le ver, était tout à fait sorti du tube, maintenant, et il contemplait avec ravissement le murs roses de la salle de bains.
— Comme c'est joli, ici! dit-il émerveillé. Puis, il eut faim : il croqua un morceau de savonnette rose, avala un peu d'eau pour calmer sa soif, et commença à faire des glissades le long de la baignoire, comme sur un toboggan. Ensuite, il se faufila par la porte entrouverte. De l'autre côté, il n'y avait plus rien de rose. Les murs étaient tapissés de papier à fleurs, les chaises recouvertes de tissu. — Ça ne me plaît pas du tout! cria-t-il. Je veux que le monde entier soit rose, comme moi. Il faut tout changer! Et il se mit à l'ouvrage.

7 avril

Rosebonbon

Rosebonbon, le ver en dentifrice, n'était pas plus gros qu'un petit doigt, mais à lui seul, il pouvait faire autant de chahut qu'une douzaine de garnements. Il décida de s'occuper de cette maison. Pour devenir plus gros et plus imposant, il commença par manger plusieurs savonnettes roses coup sur coup. Quand il n'en trouva plus dans la salle de bains, il alla chez les voisins, entra dans toutes les salles de bains des environs et ingurgita toutes les savonnettes roses qu'il put trouver. Partout où il passait, Rosebonbon, laissait derrière lui une délicieuse odeur qui plaisait à tout le monde. Aussi, lorsque Monsieur de Rosebonbon — c'était le nom qu'il s'était donné — leur dit qu'il fallait que tout devienne rose, les gens suivirent son conseil. Ils firent tremper leurs livres dans de la poudre à laver rose : les livres devinrent roses et parfumés, mais aussi totalement illisibles. De toute façon, les habitants de la ville n'avaient

plus le temps de lire ni romans ni contes de fées. Ils passaient leurs journées à laver, briquer, astiquer; à toute heure, on les voyait affairés avec de chiffons à épousseter, des brosses en chiendent. Tant et si bien qu'eux-mêmes étaient tout savonnés et parfumés. Mais bientôt, ils se lassèrent de cette frénésie de ménage, ils en eurent assez de travailler comme des fourmis. Seulement, Monsieur de Rosebonbon ne l'entendait pas de cette oreille : il leur interdit de s'arrêter, car il était maintenant le maître incontesté de la ville. «Me voilà célèbre, maintenant», se dit-il d'un air satisfait.

8 avril

Rosebonbon

Ce ver rose qui n'était au départ qu'un petit bout de dentifrice de quelques centimètres de long exigeait maintenant qu'on l'appelle : le Très Grand et Très Dodu Monsieur de Rosebonbon. Il avait presque la taille d'un hippopotame, et il grossissait encore et encore. On aurait dit un énorme train rose auquel s'ajoutait chaque jour un nouveau wagon. Les vrais trains, eux, n'étaient plus assez nombreux ni assez rapides pour transporter les tonnes de savonnettes nécessaires à l'approvisionnement de la ville. Il en fallait des quantités considérables, car non seulement Rosebonbon en consommait à longueur de journée, mais les habitants aussi avaient pris l'habitude d'en manger à tous les repas. A la fin, les épiceries et les supermarchés ne vendaient plus rien d'autre : du sol au plafond, leurs rayons étaient remplis de savonnettes et de lessive roses. Les gens étaient tellement obsédés par le savon qu'ils se saluaient en disant : — Ça mousse? ou pour prendre congé, ils disaient: — Bon, il faut que j'aille savonner. Les choses allèrent de mal en pis dans la ville. Mademoiselle Létourdie, qui était la cause de tout, comprit ce qu'elle avait fait. «Comment pourrais-je arrêter ça?» se demanda-t-elle.

Elle ouvrit le tube de dentifrice et poussa Rosebonbon à l'intérieur. Le lendemain, elle l'utilisa pour se brosser les dents et tout rentra dans l'ordre. On renvoya quelques wagons de savonnettes rose à l'usine car on ne savait plus quoi en faire, maintenant. «Il vaudrait mieux que je change de nom», se dit la petite fille, «on ne sait jamais . . .»

10 avril

Patricia

Etant petite fille, déjà, Patricia était grosse et assez laide. En grandissant, elle perdit un peu d'embonpoint mais n'embellit pas. Aucun garçon ne s'arrêtait jamais devant chez elle pour lui parler, et, lorsqu'il y avait un bal au village, elle restait assise dans son coin à regarder les autres filles danser. Au bout d'un moment, elle n'alla même plus au bal. Après les travaux des champs, elle rentrait chez elle et lisait. Un jour, un jeune médecin en vacances dans le village vint frapper à la porte de la ferme où habitait Patricia. Il voulait acheter des œufs et du lait frais. Patricia lui donna en plus

9 avril

Rosebonbon

«Si ce Monsieur de Rosebonbon pouvait oublier qu'il est aussi célèbre et aussi gourmand, tout s'arrangerait», se dit Mademoiselle Létourdie. «C'est à moi de le lui faire oublier. Mais comment?» Après un moment de réflexion, elle mit un peu d'eau savonneuse dans une bassine et commença à faire de belles bulles. En les voyant, Rosebonbon fut émerveillé.
— Comme elles sont jolies, avec ces couleurs d'arc en ciel! Je n'ai jamais rien vu d'aussi beau! s'écria-t-il. A son tour, il se mit à faire les bulles les plus grosses et les plus roses du monde. Il était tellement absorbé par ce nouveau jeu qu'il en oublia le savon et la propreté de la ville. Il ne pensa même plus à manger et du coup, il maigrit à vue d'œil et retrouva peu à peu sa taille normale.
— Ah, enfin! s'écria Mademoiselle Létourdie.

du pain fait à la ferme et du beurre frais, et elle lui dit qu'il pouvait venir quand il voulait. Patricia avait une belle voix, et le médecin était très myope. Or ce jour-là, il n'avait pas ses lunettes. Il tomba amoureux de la jeune paysanne et elle s'éprit de lui. Les gens trouvèrent très cocasse qu'un jeune homme de la ville aussi cultivé s'amourache d'un pareil laideron, mais quelques jours plus tard, les rires se turent, car Patricia devenait de plus en plus jolie.
«Il se passe quelque chose de bizarre», se dirent les villageois quand ils s'aperçurent de ce changement. Quelque chose de bizarre? Mais non! Patricia était amoureuse et ne dit-on pas que l'amour peut faire des miracles?

11 avril

Le meunier et son fils

Gustave Bontemps, le meunier, n'avait qu'un fils qui s'appelait Emile, et depuis que celui-ci était tout petit, il le destinait à prendre sa succession.
— Quand tu seras grand, lui disait-il, tu reprendras le moulin que je tiens moi-même de mon père, et tu seras meunier à ton tour, comme le sont les Bontemps depuis des générations et des générations. Mais Emile, lui, aimait travailler le bois. Depuis qu'il avait l'âge de se servir d'un couteau, il passait son temps à sculpter des morceaux de bois. Devenu grand, il décida qu'il serait sculpteur sur bois, et rien d'autre. Son père menaça de le déshériter et comme cela n'impressionna pas du tout Emile, il lui promit tout ce qu'il put, même la lune, mais rien n'y fit. La passion d'Emile pour la sculpture était plus forte que son désir de faire plaisir à son père, et plus forte aussi que la volonté de son père. Voyant que ni les menaces ni la persuasion n'arriveraient à convaincre son fils, Gustave le mit à la porte. — Va-t'en! Va découvrir le monde! cria-t-il.
Et Emile s'en fut. «Ce n'est pas le bois qui manque, dans le monde», se dit-il. «Mon couteau et moi, nous arriverons toujours à nous tirer d'affaire.» Mais, à partir de ce jour, le vieux Gustave ne travailla plus jamais comme avant. Il n'avait plus de raison de se tuer à la tâche et de faire des économies. Les fermiers vinrent de moins en moins nombreux lui faire moudre leur grain, car il y avait à l'autre bout du village, un meilleur meunier. Gustave se mit à boire et le moulin tomba en ruines. Alors, un beau jour, le meunier prit un baluchon, et il partit à son tour.

12 avril

Le meunier et son fils

Gustave parcourut le monde, mais il ne trouva pas de travail. Son baluchon était toujours vide

et bientôt, il en fut réduit à mendier. Il ne mangeait que lorsque les gens étaient généreux et vivait au jour le jour. Peu à peu, il arriva à la capitale où il se mit en quête d'un emploi. On l'envoya dans un grand atelier de sculpture sur bois, où l'on fabriquait toutes sortes de beaux objets sculptés. Apparemment, l'entreprise était prospère, car elle employait un grand nombre d'ouvriers et d'apprentis. Le vieux Gustave se présenta devant le patron et lui dit qu'il était prêt à balayer les ateliers en échange d'un quignon de pain. Le patron regarda le vieil homme, les larmes aux yeux et ouvrit grand les bras. — Mais, Papa, tu ne me reconnais pas? demanda-t-il. Voyons, tu es ici chez toi!
C'est alors seulement que Gustave comprit qu'il se trouvait en face de son fils. — Tu dois m'en vouloir, Emile, de t'avoir mis à la porte, lui dit-il.
— C'était il y a bien longtemps, répondit son fils. Toi aussi il faut que tu me pardonnes. Mais, tu sais, je suis convaincu qu'un homme doit faire le métier qui lui plaît, sinon, il ne le fera jamais bien.
— Mais qu'est-ce que je vais faire, ici? demanda Gustave, tristement.
— Tu ne manqueras pas de travail, dit Emile. J'ai trois fils, donc, tu as trois petits-fils. De l'un d'eux, tu feras peut-être un meunier, qui sait? . . .

13 avril

Suite de la masure aux secrets

Passée la surprise de voir ces petits êtres danser la sarabande tout au fond d'un tiroir, on se sentait irrésistiblement attiré vers le miroir qui était très particulier. Le tain était vieilli et virait par endroits au brun-noir.

14 avril

Une prédiction se réalise

Il arrive parfois que les fées, lorsqu'elles se penchent au-dessus du berceau d'un nouveau-né pour prédire son avenir, annoncent la première chose qui leur passe par la tête. C'est ce qui arriva un jour, chez un roi très puissant qui venait d'avoir un fils. La vieille guérisseuse chargée des prophéties et des divinations se pencha sur le jeune prince et dit :
— Tu seras un enfant charmant, tu feras la joie de tes parents. Mais le jour de tes quinze ans, une grande vague t'emportera dans la mer.
— Balivernes! s'exclama le roi. Et il chassa la prophétesse du palais. La reine et lui rirent beaucoup de ce présage, car leur royaume était un pays de forêts et de montagnes, et la mer la plus proche se trouvait à des milliers de kilomètres de là, de l'autre côté du globe. Qu'avaient-ils à craindre? Ils oublièrent cette prédiction, et pendant quinze ans, ils regardèrent leur fils grandir, avec ravissement. Ce n'est que la veille de son quinzième anniversaire que la reine se rappela les paroles de la prophétesse, et elle se sentit subitement mal à l'aise.
— Ne t'inquiète pas, lui dit le roi. Nous allons enfermer le prince dans la plus haute tour du palais, où aucune vague ne pourra l'atteindre, même si la mer décide de parcourir la moitié de la surface du globe pour venir jusqu'à notre royaume.

— Parfait! dit la reine avec un soupir de soulagement. Et elle alla se coucher, le cœur léger.

15 avril

Une prédiction se réalise

Le prince du royaume des montagnes s'attendait à un anniversaire un peu plus gai! Au lieu d'être attablé à un banquet avec ses parents, et de recevoir des cadeaux, il se retrouvait enfermé dans une chambre minuscule, au sommet de la plus haute tour du palais à ronger son frein. Il regarda au loin, par l'étroite fenêtre, les sommets montagneux; brusquement, sous l'effet d'un vent violent, de gros nuages s'agglutinèrent au-dessus des montagnes, et il y eut un coup de tonnerre. Un éclair fulgurant fendit la tour en deux et un gros nuage noir emporta le jeune prince. Il le porta au-dessus des forêts et des champs, bien au-delà des montagnes, jusqu'à la mer. Là, le nuage se disloqua, laissant tomber le prince dans une énorme vague qui l'emporta, exactement comme la prophétesse l'avait annoncé. Il se mêla aux eaux de l'océan, comme la rosée se mêle à la terre, et sombra dans les profondeurs marines. Au palais, la reine pleurait éperdument : elle était inconsolable. Le roi tenta de la réconforter :
— Tu sais bien que j'ai fait chasser cette guérisseuse avant qu'elle ait achevé sa prophétie, lui rappela-t-il. Elle n'a pas tout dit. Je suis sûr que la suite était bien plus heureuse. Nous allons la retrouver, et elle nous dira la fin de l'histoire.

16 avril

Une prédiction se réalise

Mais la famille royale n'apprit rien de plus, car on ne retrouva pas la prophétesse. On ne savait même pas si elle vivait encore. Maintenant que la reine avait perdu tout espoir, son chagrin était plus grand que toutes les montagnes du royaume. Elle pleura tellement que ses larmes formèrent des ruisseaux et ces ruisseaux se mêlèrent aux torrents des montagnes et rejoignirent les rivières, puis les fleuves qui se jetaient dans la mer. Ainsi, le chagrin de la reine vint à la rencontre de celui de son fils perdu. Le courant ramena le prince à la surface et le vent le ramena sous la forme d'un nuage blanc et léger comme une brume jusqu'à son pays natal. Et là, le prince devint un nuage de pluie, et la pluie se déposa en fines gouttelettes sur l'herbe des jardins royaux. Le soleil vint effleurer ces gouttes de ses rayons vivifiants, et le prince

réapparut. — Ah, te voilà! s'écria le roi en sautant de joie. J'étais sûr que tout cela finirait bien. Une tempête nous a enlevé notre fils et une autre tempête nous le ramène. Tu vois, ma femme, ce n'était pas la peine de verser toutes ces larmes. Mais là, le roi se trompait, car il ne savait pas que si la reine n'avait pas tant pleuré ... Mais vous, vous le savez bien.

17 avril

Comment Alfred fut jeté en prison

Dans la petite ville de Ravigotte, on découvrit un beau matin sur la porte de la mairie cette inscription écrite à la peinture blanche: «LE MAIRE EST UN COCHON». Aussitôt, les policiers reçurent l'ordre de rechercher le coupable, toute affaire cessante. Ils mirent la main sur un brave homme, un dénommé Alfred, qui était en train de lire l'inscription avec un certain amusement. Alfred eut beau expliquer aux policiers qu'il était de passage à Ravigotte, et qu'il n'avait jamais possédé de peinture blanche, on le jeta en prison. «Voilà bien ma chance», se dit Alfred, désemparé. «J'allais tranquillement mon chemin de Pâquerette-ville à Pâquerette-sur-Bévue, et je me retrouve en prison, sans raison.» A ce moment, la porte s'ouvrit : c'était Lison, la fille du geôlier, qui lui apportait son souper. Tout en mangeant, Alfred ne quitta pas des yeux la jeune fille, et peu à peu, l'idée d'être enfermé dans cette prison lui parut moins insupportable. Lison lui apportait le petit déjeuner, le déjeuner et le souper. Au début, elle se contentait d'attendre qu'Alfred ait fini de manger pour remporter l'assiette. Mais, bientôt, elle passa de plus en plus de temps dans la cellule d'Alfred, s'asseyant pour bavarder

avec lui après ses repas. Et, petit à petit, l'un et l'autre s'aperçurent qu'ils s'aimaient beaucoup. Entre-temps, le commissaire de police avait trouvé le vrai coupable : c'était le greffier municipal qui avait convoité la place de maire et ne l'avait pas obtenue. L'affaire fut bien vite étouffée, et le chef de la police vint voir Alfred que l'on avait jeté en prison, sans raison.

18 avril

Comment Alfred fut jeté en prison

Le commissaire de police était un spécialiste du faux-fuyant. Alfred devait comprendre que c'étaient là des choses qui arrivaient, que le métier de policier était une tâche bien ingrate etc., etc.; il invoqua toutes sortes d'arguments tirés par les cheveux pour ne pas admettre qu'il avait commis une grossière erreur. Après cette interminable tirade, il fit comprendre à Alfred que les portes de la prison seraient ouvertes le soir même et que, s'il avait à tout hasard l'intention de sortir, il pourrait s'évader sans la moindre difficulté, personne ne tenterait de l'en empêcher.
— Ah non! s'exclama Alfred. Il n'en est pas question! Jamais je ne pourrai m'évader de prison. Vous m'avez arrêté au grand jour, et vous me relâcherez de même, pour que tout le monde sache que je suis innocent. Bien entendu, il ne dit pas qu'il serait ravi de rester en prison tant que Lison viendrait le voir trois fois par jour.
— Mais cela m'obligerait à impliquer le greffier municipal dans l'affaire, soupira le commissaire. C'est impossible. C'est une personnalité, vous comprenez, et on ne peut pas arrêter les personnalités comme ça.
— Comme vous voudrez, répondit Alfred avec un haussement d'épaules. Mais moi, je ne m'enfuierai pas de cette geôle comme un vulgaire voleur, c'est tout. Vous autres personnalités n'avez qu'à régler cette affaire entre vous.

19 avril

Comment Alfred fut jeté en prison

Les jours suivants, Lison ne fut pas la seule personne à venir voir Alfred. Le commissaire lui rendit visite plusieurs fois pour tenter de persuader son prisonnier de s'évader. Mais Alfred ne voulut rien entendre : il continua à affirmer qu'il resterait là où il était. Cependant, le chef de la police n'était pas aveugle. Il remarqua très vite qu'il se passait quelque chose entre Alfred et Lison.

— Il faut que je vous dise quelque chose, chuchota-t-il à l'oreille d'Alfred d'un ton confidentiel. Le père de Lison ne veut pas que vous épousiez sa fille. Il fera tout pour vous en empêcher.
— Cela n'a rien d'étonnant, répondit Alfred, je suis encore un prisonnier que personne n'a innocenté.
— Ce n'est pas du tout pour cette raison, lui dit le commissaire, sûr de lui. Il ne voudrait pas de vous comme gendre même si vous n'aviez jamais été accusé de quoi que ce soit. Il veut que Lison épouse le fils du greffier.
Cette fois, Alfred fut dépité.
— Le seul moyen, poursuivit le commissaire, est de vous enfuir avec elle cette nuit. Je vous promets que nous vous pourchasserons en direction de Pâquerette-ville. Et vous, vous n'aurez qu'à partir tranquillement vers Pâquerette-sur-Bévue.
Alfred accepta. Et finalement, tout le monde fut content : Alfred et Lison qui s'installèrent à Pâquerette-sur-Bévue; le commissaire qui s'était enfin débarrassé de ce prisonnier gênant, et le greffier municipal, soulagé que personne n'ait su qu'il était l'auteur de cette fameuse inscription : «LE MAIRE EST UN COCHON». Seul le geôlier était furieux. Mais cela ne dura pas : une semaine plus tard, il alla rendre visite à sa fille à Pâquerette-sur-Bévue.

20 avril

Le médecin prodigieux

Marc avait perdu sa mère quand il était tout petit. Il vivait avec son père, le pharmacien, et tous deux s'entendaient très bien. Marc aimait rester dans la pharmacie qui sentait bon les herbes et les onguents; il lisait les étiquettes en latin et posait souvent des questions sur les potions que préparait son père. Mais un jour, celui-ci tomba malade. Marc lui demanda quel mélange il fallait préparer. Le vieil homme lui dit : — Il n'y a pas de remède à mon mal. Mon seul réconfort est de savoir que tu vas reprendre la pharmacie, et que tu continueras à aider ceux qui en ont besoin, sans jamais penser à toi-même.

— Je te le promets, Papa, répondit Marc. Puis il éclata en sanglots, car il s'aperçut que son père ne l'entendait déjà plus. Marc se retrouva seul. Le lendemain de l'enterrement, il rouvrit la boutique pour continuer le métier de son père, comme il le lui avait promis. Quelques instants plus tard, la clochette de la porte tinta et entrèrent deux femmes coiffées de voiles. Le jeune garçon ne les avait jamais vues en ville.
— Qu'il y a-t-il pour votre service? demanda-t-il. Je suis heureux de vous voir. Vous êtes mes premières clientes, et pour vous, les remèdes seront gratuits.
— Vos paroles nous touchent profondément, mon enfant, répondit la femme au voile bleu. Et la femme au voile noir ajouta :
— Nous n'avons jamais été aussi bien accueillies. Vous serez récompensé de votre gentillesse.

21 avril

Le médecin prodigieux

Les deux visiteuses relevèrent leurs voiles : Marc se trouva face à deux femmes au visage repoussant. Celle qui portait le voile noir,

surtout, car elle n'avait que la peau et les os, et ses yeux hideux étaient enfoncés dans les orbites. Mais Marc avait vu bien des choses horribles, du temps où il restait à la pharmacie avec son père, et il ne se laissa pas impressionner.
— Je suis la Maladie, dit la première des deux femmes en laissant retomber son voile bleu sur son visage.
— Moi, je suis la Mort, annonça l'autre en se couvrant de son voile noir.
— Je crains de ne pas avoir les remèdes qu'il vous faut, dit Marc.
— Nous n'avons pas besoin de remèdes, répondit la Maladie. Nous cherchons quelqu'un à aider.
— Tous le monde nous hait, expliqua la Mort, alors nous essayons de trouver au moins un mortel qui aurait besoin de nous. Vous êtes celui-là.
— Dès que quelqu'un sera souffrant, continua la

Maladie, vous irez chez lui. Si vous me voyez à son chevet, donnez-lui le remède le plus ordinaire que vous connaissiez, et il guérira. Mais nous posons une condition que vous devrez respecter : vous exigerez la plus grosse somme d'argent possible pour vos soins. Car nous voulons que vous deveniez riche.
— Quant à moi, dit la Mort, si vous me voyez au chevet du malade, il ne guérira pas, quels que soient les remèdes que vous lui donnerez. Vous ne pourrez pas l'aider, et il vous faudra partir immédiatement.
— Mais, les gens ne vous verront-ils pas? demanda Marc, étonné.
— Bien sûr que non! s'exclama la Maladie. Nous sommes invisibles pour tout le monde, sauf pour vous.
Intrigué, Marc accepta de se lancer dans cette étrange entreprise de guérison.

22 avril

Le médecin prodigieux

Marc ferma la pharmacie, mit dans son sac quelques pillules et des tisanes, et partit au hasard dans la ville. Soudain, il entendit des pleurs, par une fenêtre ouverte. Il entra dans la maison et trouva un petit garçon en larmes au chevet de sa mère malade. La femme au voile bleu se tenait debout près du lit.
— Je peux guérir ta mère, dit Marc à l'enfant. Mais mon traitement coûte cher. Le petit garçon apporta un pot contenant toutes sortes de pièces.
— Voici toutes nos économies, lui dit-il. Si vous

guérissez ma mère, elle sont à vous. Marc vit que la Maladie acquiesçait d'un signe de tête. Il broya un peu de tisane de menthe et la fit boire à la patiente puis il fit signe à la Maladie de partir. En quelques minutes, la maman du petit garçon fut rétablie.
— C'est tout ce que nous avons, dit l'enfant en tendant le pot à Marc. Celui-ci aurait voulu refuser, mais il se souvint de la condition posée par les deux femmes. Il prit donc l'argent et s'en fut. Marc guérit beaucoup de gens de cette façon, et sa renommée de médecin prodigieux fit le tour du pays. Prodigieux, certes, mais très cher aussi, car Marc était devenu cupide. Lorsqu'il entrait chez un malade, il jetait un coup d'œil autour de lui dans la maison, et savait tout de suite combien il demanderait. Il ne faisait jamais d'exception.
— Si vous ne pouvez pas payer le médecin, il vous reste une solution, disait-il en plaisantant. Vous pouvez mourir gratuitement! Il ne savait pas lui-même d'où lui venait cette cupidité. Mais il se rassurait en se disant que c'était ces deux femmes qui en avaient décidé ainsi, et qui voulaient qu'il devienne riche.

23 avril

Le médecin prodigieux

Chaque fois qu'en entrant dans une maison il voyait la femme au voile noir debout au chevet du lit, Marc partait immédiatement. Les proches pouvaient lui offrir les présents les plus précieux, rien n'y faisait. Il ne leur répondait même pas. Le bruit se répandit que lorsque le médecin prodigieux refusait de soigner un malade, celui-ci était certain de mourir.
Marc avait amassé une telle fortune qu'il s'était fait construire un palais aussi beau que celui du roi; il avait de la vaisselle en argent et des couverts en vermeil, et allait faire ses visites dans un superbe carrosse tiré par quatre chevaux noirs. Marc était tout à fait satisfait des services rendus par la Maladie et la Mort, et elles deux étaient aussi contentes de lui. Et puis un jour, on sonna à la porte de son palais. Le serviteur ouvrit et un gentilhomme entra.
— Qui ose me déranger ainsi? cria Marc.
— Par ordre du roi, répondit le gentilhomme. La princesse est gravement malade, et je dois vous conduire à son chevet. Vous choisirez vous-même votre récompense après. Mais maintenant, il faut nous dépêcher. Marc fut très flatté d'être appelé par le roi, et il se dit que la récompense serait certainement royale.

24 avril

Le médecin prodigieux

— Où est la princesse? demanda Marc en descendant de son carrosse, dans la cour du palais royal.
— Vous devez d'abord vous présenter devant le roi, lui dit le gentilhomme. Et il le conduisit dans la salle du trône.
— Nous avons beaucoup entendu parler de votre pouvoir, lui dit le roi, et vous êtes notre seul espoir. Mais nous savons aussi que vous refusez parfois de soigner les malades et que dans ce cas, ils meurent à coup sûr. Alors voici nos conditions : si vous guérissez la princesse, qui nous est plus chère que tout, vous choisirez votre récompense; mais si la princesse ne guérit pas, vous aurez la tête tranchée!
Marc fut conduit jusqu'à la chambre de la princesse entourée de quatre gardes. Il avait l'impression qu'on l'emmenait à l'échafaud. Mais lorsqu'il arriva près du lit où gisait la princesse il

fut horrifié : à son chevet se tenait la femme au voile noir. — Qu'on me laisse seul avec la princesse, dit Marc. Lorsque tout le monde eut quitté la chambre, il se tourna vers la Mort et lui dit : — Il faut que je la guérisse. Partez, je vous en supplie! Mais la Mort répondit :
— Vous connaissez les termes de notre marché. Là où vous me trouvez, vous n'avez aucun pouvoir.
— Laissez-moi essayer au moins cette fois, supplia Marc. Ma vie dépend de la sienne.
— C'est inutile, dit la femme au voile noir. Je ne pourrais pas vous aider, même si je le voulais.

25 avril

Le médecin prodigieux

Marc était désespéré. «Ma vie dépend de la sienne», ne cessait-il de se répéter. Son cœur s'arrêta presque de battre lorsqu'il regarda la princesse. Elle avait un sommeil agité, et ses joues étaient rouges de fièvre. Sa respiration était lourde et saccadée. Subitement, Marc eut le sentiment qu'il la connaissait depuis toujours, qu'il ne pouvait vivre sans elle. Et il prit une résolution : il ne laisserait pas la princesse mourir sans avoir tenté de la sauver. Il y avait encore en lui un peu de l'adresse et de la patience de son père, et il examina la princesse pour savoir quel traitement il pourrait lui administrer. Il se plongea dans de savants livres de médecine, se remémora la manière d'utiliser les différentes herbes. La princesse sortit de son sommeil fiévreux et murmura :
— Aidez-moi.
— Je vais essayer, répondit-il.
— Nous allons voir lequel de nous deux est le plus fort, dit la Mort d'une voix sifflante en écartant son voile.
— Oui, nous allons voir, répliqua Marc d'un ton aigre. Et il appela les femmes de chambre.
A l'une d'elles il fit préparer une tisane, à la seconde il expliqua la recette d'un cataplasme et à la troisième il donna une boisson et une poudre qu'elle ferait boire à la princesse. Pendant trois jours et trois nuits il ne quitta pas son chevet. Il lui semblait que la maladie perdait un peu de son emprise sur la princesse. Mais, pendant la troisième nuit, il vit la Mort tendre ses doigts osseux vers la princesse . . . S'était-il donné tout ce mal pour rien?

— Voyons, Père. Ne soyez pas si vieux jeu! Etre la femme d'un médecin aussi prodigieux est plutôt un honneur!
— Médecin, certes, dit Marc, mais non plus prodigieux, même si je possède une pharmacie pleine de médicaments. Pour obtenir quelque chose, on doit toujours faire un sacrifice.
— Entends, Père, comme il parle avec sagesse! dit la princesse toute fière. Je l'épouserai, dussé-je aller vivre avec lui dans la pharmacie.
Comme le roi voulait garder sa fille auprès de lui, il fit préparer un grand mariage.

26 avril

Le médecin prodigieux

Marc était épuisé. Ses bras et ses jambes pesaient comme du plomb, et ses paupières se fermaient toutes seules.
Mais lorsqu'il s'aperçut de ce que la Mort voulait faire, il se leva d'un bond et lui saisit la main.
— Laissez-moi faire mon travail! dit-elle avec hargne. Car vous risquez de payer très cher cette impudence!
Mais Marc ne céda pas, et après une lutte acharnée, il réussit à mettre à la porte la femme au voile noir.
— Très bien! s'exclama la Mort d'un ton glacial. Faites comme vous voudrez, mais vous ne nous reverrez jamais, ni la Maladie ni moi. Et toutes les richesses que vous avez acquises grâce à nous vont disparaître à l'instant même! Marc avait bien entendu ces paroles vengeresses, mais il se moquait de son palais et de ses richesses, à présent. L'important c'était que la princesse respirait mieux maintenant. Elle avait même retrouvé le sourire.
— Que voulez-vous comme récompense, pour avoir guéri ma fille? lui demanda le roi.
— La seule récompense que j'accepterai sera sa main, répondit le médecin.
— Comment osez-vous ...? gronda le roi. Disparaissez, charlatan! Et estimez-vous heureux d'avoir encore la tête sur les épaules!

27 avril

Juliette la taupe et le ver de terre

Le plus important, dans un terrier de taupe, c'est le garde-manger qui contient toutes sortes de friandises; et puis, il faut aussi un lit bien confortable. Celui de Juliette, la taupe, était fait de trèfle séché, de thym sauvage, et de menthe; car la menthe fait dormir, les trèfles à quatre feuilles portent bonheur, et le thym, paraît-il, raconte des histoires avant que l'on s'endorme. Juliette, en tout cas, l'entendait raconter des histoires. Un soir, tandis qu'elle l'écoutait, elle souhaita tout à coup qu'il lui arrive quelque chose de pas ordinaire. Et son vœu se réalisa. Tout commença le jour où elle rencontra un ver de terre très intelligent : il savait jouer aux échecs, aux dominos et aux dames, et il avait lu des tas de livres savants. Rien d'étonnant à cela : il vivait dans un parterre de fleurs à côté duquel le jardinier venait s'asseoir après son travail, pour lire à voix haute des histoires à sa femme, ou pour jouer avec elle aux dames ou aux échecs. Le ver de terre l'avait toujours observé très attentivement, et il savait tout sur les échecs — il était capable de mettre le jardinier échec et mat en un rien de temps — et lisait presque aussi bien que lui. Il eut été bien dommage que Juliette mange un ver de terre aussi cultivé, le jour même où elle le rencontra.
— Ecoute, lui dit le ver. Tu aurais tort de me manger, car je connais des tas de choses sur le monde. Je pourrais être maître d'école, si je voulais!

28 avril

Juliette la taupe et le ver de terre

Juliette ne savait pas ce qu'était l'école, mais elle accepta de laisser le ver tranquille. Elle lui promit même de devenir végétarienne et de ne plus jamais manger de vers de terre. Mais en changeant ses habitudes alimentaires, elle devint une tout autre taupe.

Le lendemain, le ver de terre dit à la taupe :
— Combien paries-tu que je peux faire un réseau de passages souterrains tellement complexe que tu ne t'y retrouveras pas? Tu sais, j'ai lu beaucoup de livres sur les casse-têtes, et personne n'est capable de construire un labyrinthe aussi bien que moi.
— Alors, à quoi bon parier? demanda tristement la taupe. Juliette ne savait pas ce qu'était un labyrinthe. Elle commençait à se sentir vraiment ignorante. Aussi décida-t-elle d'aller voir le jardinier pour qu'il lui apprenne à lire et à jouer aux échecs. Mais le jardinier était occupé, il n'avait pas de temps à perdre pour une taupe.
— J'ai du travail, lui dit-il. C'est le printemps : il faut que je retourne la terre, et que je sème des petits pois, des haricots, des carottes et des radis. Ote-toi de mon chemin! Il y en a qui ont

de la chance, d'autres pas, c'est la vie! Non seulement le ver de terre avait reçu une éducation, mais en plus il était utile, lui, alors que les taupes sont une calamité.
— A ta place, je me vengerais! lui cria une taupe du jardin voisin. Je vais te montrer comment. Elle s'approcha de Juliette et souleva une motte de terre, juste au milieu du rang dont s'occupait le jardinier. Les petits pois se mirent à rouler dans tous les sens. Puis la taupe souleva une autre motte, puis une autre. Elle pensait que Juliette avait compris. Mais celle-ci alla chercher un rateau, et peu après, le rang de petits pois était à nouveau parfaitement régulier. C'est alors que le jardinier arriva.
— Dis-donc, tu fais du bon travail, lui dit-il. Si tu veux, je t'embauche.
Juliette accepta avec joie, heureuse de pouvoir enfin être utile. Mais elle fut un peu vexée lorsque le ver de terre qui passait par là lui dit :
— Que veux-tu? Tout le monde ne peut pas être maître d'école!

29 avril

Le pet-de-nonne et le pet-de-nonne

Vous vous souvenez sûrement du pet-de-nonne que nous avons laissé en mars. Eh bien voici ce qui lui arriva. Il roula sur la route, arriva dans une autre ville et là — juste devant l'école — il se heurta à un autre pet-de-nonne assis par terre en train de pleurer. Mis à part les larmes, ce pet-de-nonne était le sosie du nôtre.
— Que fais-tu par terre? lui demanda notre pet-de-nonne.
— La petite Annie m'a jeté, dit l'autre en reniflant. Elle dit que je ne suis pas bon, alors que sa maman s'est donné tant de mal pour me réussir!
— Tu devrais plutôt être content, rétorqua notre pet-de-nonne pour le réconforter. Oublie cette petite fille difficile, et viens voyager avec moi!
— Je n'aime pas voyager, répondit l'autre. Je suis paresseux, tu comprends? Et je n'ai qu'une envie, c'est qu'on me mange.
— Hmm . . ., je vois que nous sommes bien différents, tous les deux. Mais si tu veux finir tes jours dans un estomac, nous allons arranger cela tout de suite.
Il avait vu Bonzo, le chien, qui se promenait sur le trottoir d'en face à la recherche d'un petit quelque chose à se mettre sous la dent.
— Par ici, Bonzo! dit-il en montrant son compagnon. Mais le chien dut mal comprendre, car il se précipita sur notre ami. Notre pet-de-nonne dut encore une fois prendre ses jambes à son cou! Il se retrouva quelque part . . . en mai.

30 avril

Une tortue très maligne

En se promenant, un lièvre marcha un jour sur la carapace d'une tortue. Il commença à ronchonner : — Que fais-tu ici, au milieu du chemin, alors qu'il y a tant de place ailleurs? La tortue sortit sa tête et chercha vite une excuse :
— J'étais en train de faire la course avec mon ami, mais il est tellement lent que j'ai décidé de faire un petit somme en attendant qu'il me rattrape. — Balivernes! s'écria le lièvre, qui s'était mis debout sur ses pattes arrières. Je n'en crois pas un mot. Si ça continue, tu vas me dire que tu es capable de me rattraper! Il traça une ligne devant lui, en travers du chemin. — A vos marques, prêt? Partez! cria-t-il. Et il partit en courant. La tortue savait qu'elle n'avait aucune chance de gagner, mais elle était maligne. Voyant que le chemin était en pente, elle chercha une pierre bien ronde et la fit rouler

derrière le lièvre. Quand la pierre le dépassa, la tortue cria : — Tu vois, je t'ai rattrapé! La pierre passa à côté du lièvre dans un nuage de poussière, si bien qu'il crut vraiment que la tortue l'avait dépassé et il abandonna la course. La tortue était toujours en haut de la côte, le sourire aux lèvres : elle avait gagné la course sans bouger d'un pouce!

Mai

1er mai

Le monde inconnu

Il y avait une fois un petit chat qui n'aimait que les saucisses. Lorsqu'on lui donnait autre chose, il boudait ou ronchonnait, si bien que ses maîtres durent commander régulièrement des saucisses chez le boucher. Ce chaton ne voulait jamais sortir et il était si paresseux et si gros qu'il n'était pas drôle du tout. En plus, il ne s'intéressait même pas aux souris.
— Quel chat stupide nous avons là, s'écria un jour son maître. Mais subitement, il se ravisa :
— Mais non! En fait, il n'est pas bête du tout, il est même beaucoup trop malin! Je sais ce que je vais faire : demain, je ne lui donnerai rien à manger. Mais la maîtresse de maison, qui était elle-même ronde comme un melon, protesta, disant qu'il ne fallait pas martyriser les chats et que de toute façon, cela ne servirait à rien. Elle espérait encore lui faire aimer autre chose que les saucisses, et le reste de la famille se moquait de sa naïveté. Or, un jour, le lutin du vent arriva par hasard dans cette maison. Le chaton renifla cette étrange créature et miaula :
— Tu en as une drôle d'odeur, toi! Je n'ai jamais rien senti de semblable. Je crois bien que je vais te manger!
— Attends, attends! lui dit le lutin. D'abord, j'ai quelque chose à te dire. Ce que je sens, c'est le vent et le soleil, la terre et la fumée, l'herbe et la pluie et...
— Je ne connais pas tout cela, rétorqua le chat, étonné. Dis-moi où tu trouves toutes ces choses. Ça doit être bien meilleur que les saucisses.
— Tu n'as qu'à aller dehors, répondit le lutin du vent. Alors le chat sauta par la fenêtre; il se trouva si bien dehors qu'il ne pensa plus à manger le lutin, et il oublia même ses chères saucisses. Lorsqu'il eut mangé sa première souris, il se demanda comment il avait pu passer autant de temps à paresser devant la cheminée.

2 mai

Juliette la taupe et le ver de terre

— Alors, que voulez-vous que je fasse, ajourd'hui? demandait la taupe au jardinier, chaque matin. Elle voulait s'occuper de tout; elle

aimait se rendre utile et surtout, elle adorait qu'on lui fasse des compliments. Mais un jour, alors que le jardinier lui avait demandé de désherber, elle arracha les carottes au lieu des pissenlits : elle se fit bigrement gronder.
— J'aurais dû m'en douter! cria le jardinier. Vous autres les taupes, vous passez votre temps sous terre, alors bien sûr, vos ne voyez pas clair! Ecoute-moi bien : si tu tiens à garder ton emploi, il va falloir que tu portes des lunettes, c'est compris? «Mais où en trouverai-je?» se demanda Juliette en jetant un regard envieux sur les lunettes à monture dorée que le jardinier avait sur le nez. A partir de ce jour, elle ne pensa plus qu'à avoir une paire de lunettes comme celle-là. Et, plus elle y pensait, plus elle faisait de bêtises dans le jardin, si bien qu'au lieu de recevoir des compliments, elle se faisait gronder à longueur de journée. Un matin, avant le lever du soleil, comme elle se préparait pour aller travailler, elle poussa un soupir de désespoir tellement fort que le vent l'emporta au-dessus des collines et des forêts. Et le soupir parvint aux oreilles du voyageur de ciel, le lutin du vent. Le lendemain, il vint jusqu'au jardin et alla tout de suite voir la taupe. Sous son manteau, il apportait une paire de lunettes cerclées de métal doré, exactement comme celles du jardinier. Juliette les mit tout de suite sur son nez et là, elle n'en crut pas ses yeux : les brins d'herbe étaient comme des arbres; une toile d'araignée était aussi grosse qu'un filet de pêche et tout était si gigantesque que la pauvre Juliette se sentit soudain toute petite et très vulnérable.
— Je ne veux pas de lunettes, dit-elle au lutin du vent. Et puis, j'en ai assez de jardiner. Et elle se remit à creuser des trous à sa façon et reprit sa vie de taupe qui ennuie les jardiniers.

3 mai

La rue oubliée

Dans certaines villes, il y a des quartiers très tristes; ils sont tellement sales et désordonnés que l'on a peine à imaginer l'aspect qu'ils pouvaient avoir jadis. C'est dans une rue comme celle-là que le lutin du vent se posa un jour sur le rebord d'une fenêtre borgne. Il essuya la

poussière sur un coin de carreau et regarda à l'intérieur. Il vit un vieil homme vêtu de noir assis à une table. On aurait dit qu'il ne respirait plus, comme s'il n'était plus de ce monde; pourtant, son cœur battait encore, mais très faiblement, très tristement. Ce vieil homme se sentait seul, parce que son chien était mort, son chat était parti et jamais personne ne venait le voir. Il rêvait d'un bon feu dans son poêle et d'une nappe propre sur la table, et sans doute de bien d'autres choses encore. Le lutin du vent était consterné. «Je n'ai jamais vu pareille tristesse», s'écria-t-il en versant une larme par compassion pour le vieillard. Puis il appuya sur la fenêtre pour l'entrouvrir et un rayon de soleil se posa juste sur le visage du vieil homme. Le lutin du vent le salua avec entrain et il fit tomber sa larme dans un verre qui se trouvait sur la table. Et comme il voulait faire un autre cadeau au vieil homme, il y ajouta une feuille qui s'était accrochée par hasard à son manteau. La petite feuille séchée reverdit d'un seul coup au contact de la larme; elle poussa et fit une fleur qui décora la fenêtre. Les voisins s'arrêtèrent pour l'admirer, se demandant quelle était cette plante merveilleuse. Il ne voulaient pas croire qu'elle avait poussé dans une goutte d'eau salée — la larme du lutin. Lui était déjà reparti pour d'autres voyages, et il ne sut pas que cette affreuse ruelle redevint gaie et animée. Des fleurs s'épanouirent sur toutes les fenêtres, et peu à peu, les gens recommencèrent à se dire bonjour et à bavarder.

4 mai

Le petit Achille

Des cinq œufs tachetés serrés les uns contre les autres dans un nid douillet naquirent cinq oisillons. Leur père et leur mère nourrirent nuit et jour ces bébés maigrichons pour qu'ils deviennent de belles petites boules de plumes bien dodues. Les oisillons grandirent, et au bout d'un certain temps, il n'y eut plus assez de place dans le nid.

— Dès que vos ailes seront un peu plus solides, leur dit la mère, vous apprendrez à voler. Votre père et moi sommes fatigués de voler çà et là pour vous apporter de la nourriture. Il va falloir vous débrouiller tout seuls. Et un beau jour, elle dit à ses rejetons maintenant pourvus de toutes leurs plumes : — A vos marques! Prêts? Volez! Quatre d'entre eux volèrent jusqu'à une branche basse du même arbre, puis remontèrent au nid et redescendirent en voletant, et ainsi de suite. Mais Achille, le plus jeune, fermait les yeux pour ne pas voir le terrible vide au-dessous de lui; il tremblait de peur. Sa mère essaya de le persuader, son père le gronda, mais ce fut peine perdue. Une toute petite voix d'oiseau, là-haut, ne cessait de répéter : — J'ai peur! J'ai peur! Mais les ailes d'Achille ne bougeaient pas d'un pouce.

5 mai

Le petit Achille

Les jours passaient, et les frères et sœurs d'Achille savaient déjà se nourrir seuls; mais lui était toujours assis dans le nid, terrorisé, n'osant même pas regarder en bas. Alors, son père eut une idée. «Le seul moyen de faire oublier à Achille sa peur de voler, est de trouver quelque chose qui l'effraie encore plus.» Il était en train de se demander comment faire, lorsqu'il vit un chat qui grimpait à l'arbre. Celui-ci avait entendu dire qu'il y avait là un petit oiseau grassement nourri depuis longtemps qui ne bougeait pas du nid : il serait facile de s'en emparer puisque cet idiot restait là assis à attendre qu'on vienne le croquer! Mais le chat se trompait. A la vue de ses dents pointues, de ses longues griffes et de ses yeux jaunes, le petit Achille eut tellement peur qu'il se mit au bord du nid et se laissa tomber. Avant d'avoir compris ce qui se passait, il volait. Non seulement il échappa aux griffes du chat, mais en plus il découvrit le plaisir de voler. «Quel idiot j'ai été», se dit-il en allant d'une branche à une autre aussi prestement que ses frères et sœurs. «Je suis cent fois mieux ici qu'au fond de mon nid!»

6 mai

La boîte magique

Il était une fois un magicien appelé Ramequin qui vivait dans un vieux château. Pour y aller, il fallait traverser neuf forêts et franchir neuf rivières. Il n'y avait pas une âme à des centaines de kilomètres à la ronde. De toute façon, Ramequin était un homme solitaire et renfrogné qui n'aimait pas la compagnie. Certes, me direz-vous, il n'avait peut-être besoin de personne, mais où faisait-il ses courses? Devait-il traverser les neuf forêts et franchir à la nage les neuf rivières chaque fois qu'il avait besoin d'une miche de pain ou d'une bouteille de bière? Mais non! Il possédait une boîte magique. Il fermait le couvercle, le tapotait légèrement en disant :
— Abracadabra! Donne-moi une livre de sucre. Am-stram-gram! Et lorsqu'il rouvrait la boîte, il y trouvait une livre de sucre. Mais ne croyez pas que cette boîte lui servait seulement à faire ses courses quotidiennes. Oh non! Il lui demandait tout ce qu'il voulait. Comme elle était très grande, il pouvait taper sur le couvercle en disant : — Abracadabra! Donne-moi un chameau. Am-stram-gram! Et dans la boîte, il trouvait son chameau à une ou deux bosses, comme il le voulait. C'était vraiment une boîte étrange.

7 mai

La boîte magique

La boîte magique était très vieille. On en héritait de père en fils dans la famille Ramequin depuis des générations. Notre magicien lui-même ne pouvait lui donner d'âge. D'ailleurs, elle était tellement vieille qu'il aurait peut-être fallu l'emmener de temps en temps chez un boîtologue, pour voir si elle était toujours en bonne santé. Pourquoi? me demanderez-vous. Eh bien, vous allez voir. Tout commença de façon anodine. Un jour, Ramequin frappa sur le couvercle et dit :
— Abracadabra! Donne-moi du pain et du beurre. Am-stram-gram! Mais quand il l'ouvrit, il trouva, à la place du pain et du beurre, une boîte de caviar et une bouteille de whisky. Il n'en crut pas ses yeux. Et lorsqu'il eut bu tout le whisky, il fut encore plus étonné, car il ne voyait plus une boîte magique mais deux! Ensuite, elle se tint tranquille encore quelques fois mais un jour, elle lui apporta une tortue au lieu du cheval blanc qu'il avait demandé. Ramequin essaya bien d'enfourcher la tortue pensant qu'elle était peut-être enchantée et qu'elle l'emporterait dans les airs à la vitesse de la lumière. Mais il fut bien déçu, car la tortue allait encore moins vite qu'une limace. Après cela, la boîte fut très capricieuse, lui apportant tantôt ce qu'il demandait, tantôt tout autre chose. Et, en vieillissant, elle devint de plus en plus étourdie.

— Il faut que j'arrête cela tout de suite! s'écria le magicien qui était tombé amoureux de la princesse rien qu'en voyant sa photo. Tapant sur le couvercle de la boîte, il dit:
— Abracadabra! Apporte-moi la princesse Marguerite du château de Pêle-Mêle. Am-stram-gram! Et il souleva le couvercle. Un jeune prince sortit de la boîte, aussi stupéfait que le magicien. Une minute plus tôt, il se trouvait devant la princesse et s'apprêtait à lui dire qu'il s'appelait Gontrand, lorsque soudain sa vue s'était troublée et il s'était retrouvé dans cette boîte.

8 mai

La boîte magique

Ramequin, le magicien, finit par s'habituer aux caprices de sa boîte magique. Il entassa dans le grenier les babioles et les objets inutiles que la boîte, par étourderie ou par espièglerie, lui apportait. Après tout, comme il obtenait de temps en temps ce qu'il demandait, cela aurait pu durer encore des années. Seulement, un beau matin, alors que Ramequin lui avait demandé des pommes, la boîte lui apporta un journal. Au lieu de le mettre dans le grenier, le magicien commença à le lire et ses yeux tombèrent sur la photo d'une très jolie fille, dans la rubrique mondaine. Il lut immédiatement la légende accompagnant la photo et apprit que tous les soupirants qui souhaitaient épouser la princesse Marguerite devaient se présenter au château de Pêle-Mêle à telle heure, tel jour du mois. «Bon sang!» pensa le magicien, «ce journal est vieux d'une semaine, et c'est aujourd'hui qu'il faut se présenter.» Au même moment, au château de Pêle-Mêle, les prétendants faisaient déjà la queue.

9 mai

La boîte magique

Ramequin invita le prince Gontrand à s'asseoir et il frappa à nouveau le couvercle de la boîte, en répétant sa commande: — Abracadabra! Apporte-moi la princesse Marguerite du château de Pêle-Mêle. Am-stram-gram! Mais la boîte fit venir un autre prince, un certain Montonson. Le magicien s'obstina, malgré le nombre considérable de princes que lui apporta la boîte. A Gontrand et Montonson vinrent se joindre Arquebuse et Marchepied, puis Fourapain et encore quatre-vingt-quinze autres princes. Lorsque la foule de ces jeunes gens eut rempli le grand salon, les couloirs, la salle à manger, les donjons, enfin toutes les pièces qui n'étaient pas encore occupées par les objets hétéroclites apportés par la boîte magique, Ramequin, toujours aussi obstiné, renouvela sa demande.
— Mais enfin, combien reste-t-il encore de soupirants au château de Pêle-Mêle! cria-t-il exaspéré en voyant sortir de la boîte un autre prétendant.

— Aucun, répondit le prince Noblet, je suis le dernier.
— Ah, eh bien ce n'est pas trop tôt! s'exclama le magicien. Cette fois, je vais enfin avoir la princesse!
De son doigt tout endolori à force d'avoir frappé sur le couvercle, il tapota une fois encore la boîte et lui demanda la princesse Marguerite. Il rouvrit le couvercle avec impatience.
— Oh zut! s'exclama-t-il, furieux. La boîte contenait une hache. Elle se souleva, frappa la boîte et la brisa en mille morceaux. Ramequin n'avait plus de boîte magique, et il lui restait toute une ribambelle de princes sur les bras. Quant à la pauvre princesse Marguerite de château de Pêle-Mêle, elle resta vieille fille.

10 mai

Pierre, le piano

Dans la maison d'une vieille dame, il y avait un piano qui s'appelait Pierre. Son nom était inscrit en lettres dorées à l'intérieur du couvercle. Souvent, la vieille dame s'asseyait devant lui sur le tabouret, et jouait les plus beaux morceaux qu'elle connaissait. Ses doigts agiles se posaient sur les touches blanches et sur les noires tantôt avec douceur, tantôt avec fougue, tandis que son pied actionnait la pédale pour donner aux notes toute leur force. Pierre était ravi lorsque la vieille dame jouait, car la musique était le plus grand amour de sa vie. Mais un jour, elle ne vint pas, et le lendemain non plus; le jour suivant, on ne vit dans la maison que des visages consternés, des vêtements noirs et des bouquets de fleurs très tristes. Pierre apprit que sa maîtresse était morte. Maintenant, il savait ce qu'était la mort, et il comprit que plus jamais elle ne viendrait s'asseoir devant lui pour faire vivre son clavier et y jouer les plus beaux morceaux de musique qu'il eût jamais entendus. Cette nuit-là, Pierre les rejoua mais en sourdine, pour lui seul, sur les cordes cachées tout au fond de lui. Puis il se tut. Et il demeura silencieux lorsque les déménageurs vinrent le chercher pour l'emporter dans un magasin de pianos d'occasion. Pierre s'ennuya beaucoup de la vieille dame dont les doigts avaient fait vivre sa carcasse de métal et de bois. Il se sentait bien inutile, désormais.

11 mai

Pierre, le piano

Le magasin où l'on avait placé Pierre contenait une pièce réservée aux instruments de musique d'occasion. On y trouvait des guitares, des saxophones, des trompettes, des trombones et bien d'autres instruments. Souvent, les clients qui venaient dans cette pièce tapaient en passant sur un tam-tam ou grattaient

négligemment les cordes d'une mandoline. Et puis, quelquefois, un instrument disparaissait. Pierre ne le remarqua pas tout de suite, mais peu à peu, il se mit à souhaiter qu'un visiteur, en passant, laisse courir ses doigts sur son clavier, pour entendre le son qu'il avait. Et un jour, son vœu fut exaucé. Un homme et une femme arrivèrent accompagnés de leur fille et l'enfant joua un tout petit air sur le clavier de Pierre. Quel affront! Lui, dont les cordes avaient vibré au son des plus grands chefs-d'œuvre musicaux, jouer de mélodies aussi ridicules! Cette pensée le bouleversa tellement qu'il se désaccorda. Le père de la petite fille s'en aperçut :
— Il faudra le faire accorder, dit-il. Ils achetèrent Pierre. Le lendemain, d'autres déménageurs vinrent le chercher. A côté de lui, il y avait une vieille contrebasse qui s'aperçut du désarroi de Pierre et lui dit : — Tu sais, ta vieille dame a été un jour une petite fille qui a sans doute commencé elle aussi par pianoter des chansonnettes d'enfant. Il faut bien apprendre! Pierre eut honte de lui. Arrivé dans son nouveau foyer, il fit de son mieux pour que les airs simples que jouait la fillette sonnent aussi bien que les chefs-d'œuvre des plus grands compositeurs.

12 mai

La princesse et le petit pois

Le château du roi Goulimine était à des lieues de toute habitation, aussi les visiteurs y étaient-ils rares. Voilà pourquoi le prince Barnabé avait bien du mal à trouver une femme. Par un triste soir d'hiver, tandis que la bise soufflait sur les tours du palais et qu'une pluie glaciale battait les carreaux, la famille royale était réunie devant un bon feu de cheminée. Tout à coup, on frappa à la porte du château. Les serviteurs allèrent ouvrir et ramenèrent une jeune fille transie de froid, vêtue de haillons. Elle prétendait être une princesse et raconta que des brigands avaient tué ses parents et pillé leur château. La reine trouva qu'elle avait piètre allure et qu'elle ressemblait plus à une mendiante qu'à une princesse. Mais le prince, lui, ne cessait de murmurer : — Comme elle est belle! Comme elle est belle!
La reine n'eut pas le cœur de refuser à la jeune fille un lit pour la nuit, mais elle décida de la tester. Sur le lit, elle empila neuf édredons et plaça tout à fait en dessous un petit pois sec.
— Si c'est une vraie princesse, expliqua la reine, elle sentira le petit pois dans son dos. Le lendemain matin, quand la jeune fille se réveilla, la reine lui demanda si elle avait passé une bonne nuit.
— Non, répondit celle-ci. J'ai même très mal

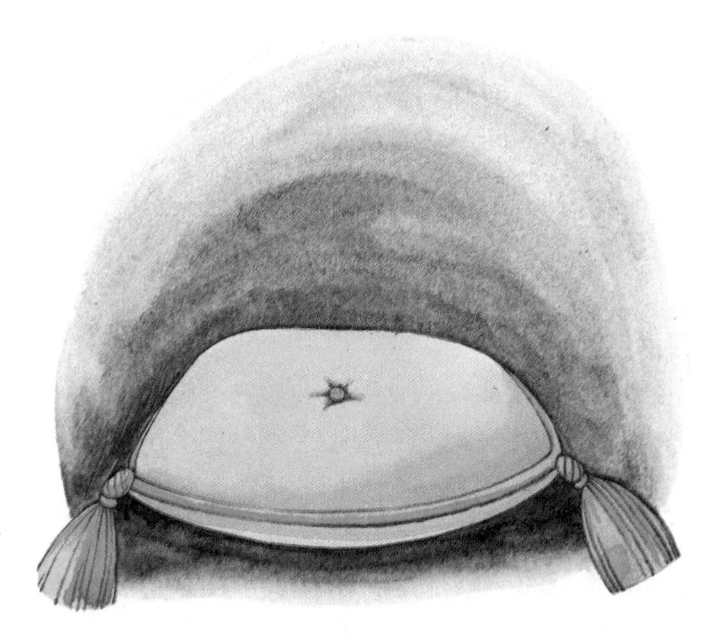

dormi. J'avais l'impression d'être couchée sur un gros galet ou quelque chose comme cela. Mais j'étais trop fatiguée pour l'enlever du lit.
— C'est donc bien une princesse! Tu vas pouvoir l'épouser, Barnabé, s'écria la reine ravie. Le prince sauta de joie et se précipita dans la chambre où la jeune fille avait dormi pour retirer du lit la grosse pierre qu'il y avait mise la veille au soir . . .

13 mai

Suite de la masure aux secrets

Quiconque s'approchait pour se mirer se voyait renvoyer l'image d'un petit animal qui s'enfuyait. Le mystère était grand. Benoît n'arrivait pas à l'éclaircir. Souvent, il retourna dans la masure. Les souris continuaient à danser au fond de leur tiroir.

14 mai

Myosotis et Amnésie

Dans une certaine futaie au fin fond d'une forêt, deux fées, Myosotis et Amnésie vivaient dans le tronc creux d'un mélèze. Etaient-ce de bonnes ou de mauvaises fées? C'est difficile à dire. C'étaient des fées de la forêt dont personne n'aurait jamais entendu parler si elles avaient continué à vivre dans leur tronc d'arbre. Mais un jour, Amnésie en eut assez de cette futaie où l'on ne rencontrait que des oiseaux, des papillons et des scarabées. Elle décida de partir pour la ville qui se trouvait à une ou deux lieues de leur forêt. Myosotis essaya bien de la persuader de rester à la maison, lui expliquant que les villes n'étaient pas faites pour les fées; mais Amnésie était bien décidée, et elle partit en emportant la seule chose qu'elle possédât au monde : de la poudre sternutatoire d'oubli. Elle en offrit à la première personne qu'elle rencontra : le veilleur de nuit. Il eut une crise d'éternuements et à minuit, il oublia de sonner l'heure. Le maire voulut le punir pour sa négligence, mais lorsqu'il eut pris lui aussi une pincée de poudre, il éternua et oublia non seulement la punition du veilleur de nuit, mais aussi la réunion du Conseil municipal qu'il avait lui-même convoquée. Les maîtresses de maison oublièrent leurs rôtis et leurs gâteaux dans le four, et les enfants oublièrent de faire leurs devoirs. Mais cela n'était pas trop grave puisque l'instituteur oubliait de venir en classe. Quant aux amoureux, ils oubliaient leur bien-aimée et le boulanger ne faisait plus de croissants. Bref, tout le monde éternuait et oubliait tout. Amnésie, qui trouvait cela très drôle, se promenait dans la ville en riant aux éclats.

15 mai

Myosotis et Amnésie

Amnésie s'amusait tellement à regarder les gens éternuer et oublier tout ce qu'ils avaient à faire qu'elle éparpilla ce qui lui restait de poudre d'oubli dans les rues et dans les jardins publics; et elle en souffla même dans les maisons, par les fenêtres ouvertes. Les habitants de la ville éternuaient à tout bout de champ. Maintenant, ils oubliaient de faire leur toilette et de se brosser les dents, de manger et de dormir. Entre deux éternuements, ils marchaient en chancelant d'une maison à une autre, si bien qu'ils ne savaient plus où ils habitaient. Toutes les deux minutes, ils disaient :
— Bon. Qu'est-ce que je voulais faire? Pourquoi suis-je venu ici? Je suis sûr que je voulais quelque chose, mais quoi? Ils ne s'en souvenaient jamais. Dans sa forêt, Myosotis se dit soudain qu'elle ferait bien d'aller voir où en était sa compagne. Arrivée en ville, elle fut horrifiée par ce qui se passait. — Oh mon Dieu! s'écria-t-elle. Et dire que je n'ai pas de poudre pour rendre la mémoire ou pour empêcher d'éternuer! Mais dans sa poche, elle trouva des graines d'une espèce particulière de fleur. Elle les sema dans toute la ville et souffla dessus pour qu'elles poussent immédiatement. Le premier à sentir une de ces fleurs fut l'instituteur qui, à force d'éternuer en marchant était arrivé dans les champs, à la sortie de la ville. Il remarqua que ces petites fleurs n'avaient pas de parfum, mais instantanément, il arrêta d'éternuer, et il se rappela qu'il aurait dû être à l'école. Il rassembla les enfants et leur dit de sentir ces... Mais au fait, quel était le nom de ces fleurs? — Des myosotis, lui murmura la fée à l'oreille. On les appelle aussi «ne-m'oubliez-pas!»...
Les enfants en rapportèrent à leurs parents et tout le monde plongea son nez dans des bouquets de myosotis et cessa d'éternuer et d'oublier. Et les fées? Elles retournèrent ensemble vivre dans la forêt.

16 mai

Les cinq jolies filles

Il n'y a pas très longtemps, non loin d'ici vivaient cinq jeunes filles qui étaient encore bien trop jeunes pour songer au mariage. Pourtant, elles passaient beaucoup de temps à essayer de s'embellir. Non pas qu'elles fussent laides, loin de là. Mais elles n'étaient pas du tout contentes de leur nez en trompette. Elles avaient bien tort de s'en faire, car tout le monde les trouvaient charmants, mais elles étaient persuadées que leur nez était vraiment inesthétique. Un jour, les cinq belles allèrent assister à un spectacle de prestidigitation et il leur vint à l'idée que le prestidigitateur pourrait peut-être faire quelque chose pour elles. — Si seulement il pouvait nous faire de nouveaux nez, se dirent-elles, nous n'aurions plus à nous inquiéter.
— Voyez-vous, répondit Monsieur Alfonso, en tant que prestidigitateur, il m'est plus facile de faire sortir des lapins d'un chapeau ou des

foulards des oreilles des spectateurs, mais enfin, pourquoi pas? Je veux bien essayer. Il demanda aux cinq jeunes filles de tenir leur nez et de le tirer en avant, pendant qu' il prononcerait la formule magique. Il commença par un «abracadabra» tout à fait clasique, puis bégaya:
— ... bra ... bra ... bra ..., mon Dieu je ne me souviens plus de la suite. Ah! Cela me revient: chabra, chabri, chabro, rapalet, que leur nez s'allonge! Tipiti, tipiti, tipiti, tep ... heu ... il faut, il faut maintenant ... ah oui! il faut maintenant qu'ils s'arrêtent! Mais le temps que le prestidigitateur se souvienne de la fin de la formule, les cinq petits nez s'étaient tellement allongés que les jeunes filles, si jolies auparavant, étaient vraiment laides maintenant et elles regrettaient amèrement d'avoir voulu changer de nez!

17 mai

Histoire du premier long nez

Les cinq jeunes filles éclatèrent en sanglots. Cela n'arrangea rien, car leur nez fut encore

plus rouge et plus voyant. — Bonjour les cigognes! Venez nous attraper des grenouilles! leur criaient les enfants. La première des jeunes filles, Blandine, décida de partir tout de suite à travers le monde. Et les quatre autres, Emeline, Pauline, Justine et Marcelline firent de même. Elles s'en allèrent chacune dans une direction différente. Mais avant de se séparer, elles se promirent de se retrouver cinq ans plus tard au même endroit, pour se raconter leurs aventures. Blandine partit donc, la tête basse; les rires des enfants résonnèrent longtemps à ses oreilles. Lorsqu'elle se retrouva seule, se cachant dans les fourrés ou dans les coins sombres, elle commença à ressentir cruellement sa solitude. «Oh! après tout», se dit-elle, «c'est très sain de rire, et les enfants sont ceux qui en ont le plus besoin.» Alors elle chercha du travail dans un jardin d'enfants. Et comme elle laissait les bambins se suspendre à son nez et y faire des acrobaties comme sur un trapèze, elle devint leur préférée. Son nez rouge comme un coquelicot attirait les papillons, et le maître d'école qui en faisait la collection remarqua Blandine. Il tomba amoureux d'elle. Plus il l'aimait, plus son nez rapetissait et un jour, il finit par redevenir aussi petit qu'avant. Devinez quand? Mais le jour où ils se marièrent, bien sûr!

18 mai

Histoire du deuxième long nez

Lorsqu'Emeline était petite, son père lui disait toujours : — Montre-moi ton nez et je te dirai si tu as été sage aujourd'hui. Maintenant, on pouvait vraiment tout deviner en regardant son long nez. On savait par exemple quel temps il ferait le lendemain : si son nez rougissait le soir, cela voulait dire qu'il y aurait du vent; s'il était froid, on pouvait être sûr qu'il ferait beau dans la journée, même si la matinée était brumeuse. Emeline trouva un emploi dans une station de météorologie, car elle avait pris goût aux prévisions du temps, et on pouvait dire que pour cela, elle avait du nez! Parfois, il lui suffisait de respirer profondément pour savoir le temps qu'il ferait le lendemain. Bon nombre d'éminents scientifiques venaient lui demander conseil et

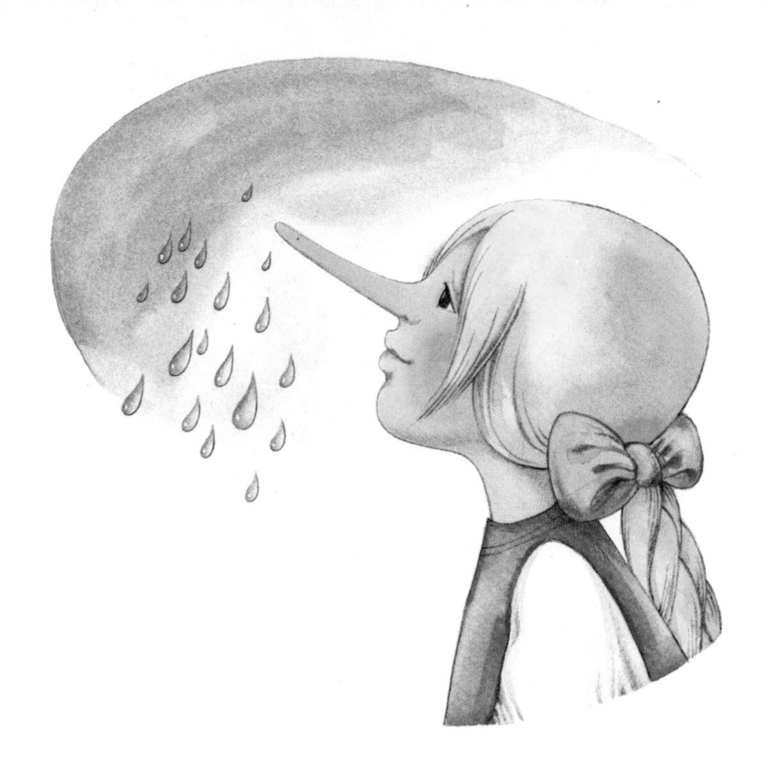

l'invitaient à des conférences. Quand ils n'arrivaient pas à faire des prévisions météorologiques à long terme, elle leur venait en aide. Et puis, avec son nez démesurément long, elle pouvait aussi rassembler les nuages et les crever, si bien qu'elle faisait la pluie et le beau temps, selon ce qu'on lui demandait. Emeline était si intelligente et travailleuse qu'il lui suffit d'un an pour achever ses études, alors qu'il faut normalement quatre ans. Et, plus elle étudiait, plus son nez rétrécissait. Il finit ainsi par reprendre sa longueur normale. Mais elle ne s'en aperçut même pas, car elle était toujours plongée dans ses livres.

19 mai

Histoire du troisième long nez

Très vite, Pauline se dit : «A quoi bon pleurer et me lamenter comme cela? Me voilà bien différente des autres, et je devrais trouver un moyen de faire bon usage de cette particularité.» Alors, elle se fit embaucher dans le premier cirque qu'elle rencontra sur son chemin. On l'accueillit à bras ouverts, en lui disant qu'on n'avait jamais vu un clown comme

elle. Pauline était bien payée, et elle se produisait tous les soirs devant une foule de spectateurs qui l'applaudissaient longuement. En fait, elle devint une vedette. Il fallut organiser des matinées et des séances spéciales pour les écoles. Pauline rendait heureux les enfants tristes, et ceux qui étaient malades se sentaient beaucoup mieux dès qu'ils la voyaient. Bientôt, le chapiteau fut entouré de journalistes, de photographes et d'admirateurs venus demander des autographes. Mais un jour qu'elle se sentait très fatiguée, Pauline se dit : «Je n'en peux plus. Il faut que je me repose un peu.» Elle dormit tout un jour et toute une nuit, et en se réveillant, elle s'aperçut que son nez était redevenu aussi petit qu'avant. Tout d'abord, le directeur trouva cela catastrophique mais il réfléchit et lui dit : — Vous pourrez porter un faux nez. De toute façon, personne n'a jamais cru que c'était votre vrai nez.
Et Pauline poursuivit avec grand succès sa carrière de clown.

20 mai

Histoire du quatrième long nez

Pendant un certain temps, Justine ne sut que faire. Elle se cachait dans les champs de maïs et dans les sous-bois pour que personne ne la voie, et se nourrissait de fruits de la forêt. Mais bientôt, elle se dit : «Si je continue à manger des faînes, des glands et des champignons crus, il va me pousser des bois comme aux cerfs, et si je mange du trèfle, j'aurai de grandes oreilles, comme les lapins. Alors, elle rassembla tout son courage, et se mit en route pour la ville. Elle choisit la plus grande ville qu'elle put trouver, pour être sûre de passer inaperçue dans la foule. Hors d'haleine, elle courut à travers les rues et s'arrêta à un carrefour. Les gens ne cessaient d'attraper son nez, le prenant pour un parapet ou pour le bâton de l'agent de police qui réglait la circulation, ou plutôt, qui la déréglait, car non seulement il débutait dans ce métier, mais en plus, il confondait sa droite et sa gauche. Son sifflet semblait bégayer. C'était une véritable pagaille. Ce n'est que lorsque Justine commença à mettre son nez en action que tout rentra dans l'ordre. L'agent Plantu lui en fut très reconnaissant et il promit à Justine d'appuyer sa candidature au cas où elle voudrait entrer dans la police. Il ne lui fallut pas longtemps pour accéder au poste d'inspectrice en chef de la Brigade Criminelle. En effet, avec le nez qu'elle avait, elle repérait les criminels à des kilomètres. Par jalousie, ses collègues se mirent

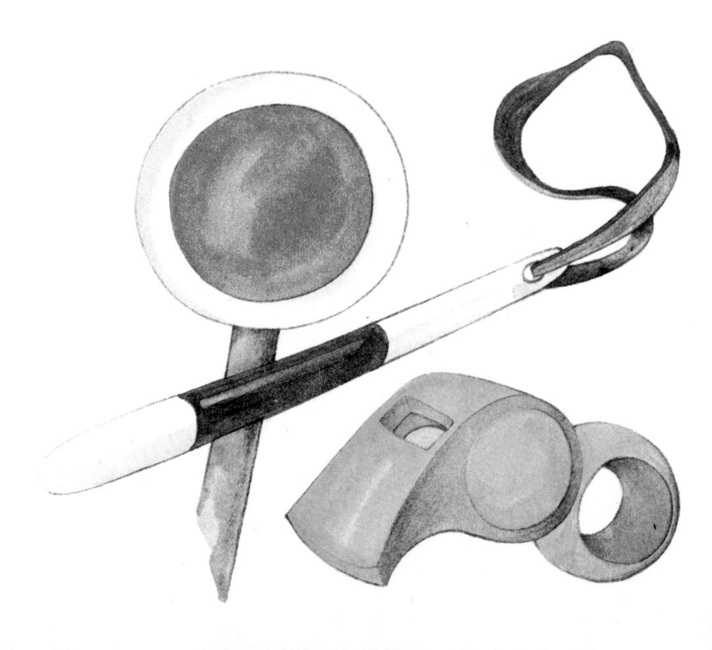

à raconter sur elle les pires histoires, et plus ils cancanaient, plus son nez rétrécissait. Finalement, il retrouva sa longueur d'antan. Mais il resta toujours aussi fin, et c'était bien là l'essentiel!

21 mai

Histoire du cinquième long nez

Marcelline, la dernière des cinq belles, se dit d'emblée qu'elle n'arriverait à rien dans ce monde avec un pareil nez. Aussi décida-t-elle d'entrer tout de suite dans un conte de fées. Elle grimpa au sommet de la première colline venue et arriva dans un royaume qui était en guerre depuis des années. Marcelline ne savait pas pourquoi, bien sûr, et elle alla droit vers la porte du château où elle frappa de toutes ses forces. Elle attendit longtemps qu'on vînt lui ouvrir, et à force de rester là, les pieds dans l'herbe mouillée, elle se mit à éternuer. Quand elle sortit son grand mouchoir blanc pour s'essuyer le nez, le général de l'armée de siège et les vaincus crièrent en chœur:

— Hourra! Ils se rendent! C'était un grand soulagement pour les deux armées minées par la maladie et fatiguées de se battre. Les assaillants sortirent de leurs tranchées, leurs adversaires ouvrirent les portes du château, et tous les soldats se mirent à danser. Quand on s'aperçut que personne n'avait ni perdu ni gagné, mais que c'était Marcelline qui avait mis fin à la guerre, les deux rois lui remirent des banderoles d'honneur écrites en lettres d'or. A mesure qu'elle les lisait, son nez rapetissa, rapetissa et redevint... mais oui! Il redevint petit et retroussé comme avant. Mais Marcelline s'en moquait bien désormais, comme ses quatre compagnes, d'ailleurs. Et lorsqu'elles se retrouvèrent pour se raconter leurs aventures, aucune d'elle ne se plaignit de son nez.

22 mai

La Montagne de Verre

Trois frères firent un jour un héritage. L'aîné reçut la maison paternelle, le cadet un cheval, et le plus jeune, Arthur, un tout petit bout de jardin. Il ne songea pas à se plaindre de ce partage inéquitable et il se mit à l'ouvrage. Il fut bien récompensé de ses efforts par les jolies fleurs qui poussèrent sur ses plates-bandes et les fruits que lui donnèrent les arbres du verger. Ses deux frères, eux, sombrèrent dans l'oisiveté, à tel point que bientôt il ne leur resta plus ni cheval ni maison. Ils se demandèrent comment ils pourraient bien vivre sans travailler et c'est alors qu'ils apprirent que la princesse de la Montagne de Verre cherchait un époux et qu'elle prendrait le premier jeune homme qui viendrait frapper aux portes de son palais. Les deux frères se précipitèrent pour tenter leur chance. Le premier essaya d'escalader la Montagne de Verre mais bien vite il glissa et se retrouva à son point de départ. Le second ne fit guère mieux, et les autres prétendants accourus de toutes parts échouèrent de la même façon. Seul Arthur était resté chez lui. Il arrosait son jardin sans songer ni à la richesse, ni à la princesse — que personne n'avait jamais vue, d'ailleurs. Lorsque pour la troisième fois il descendit au lac, un cygne blanc nagea jusqu'à lui et lui dit d'une voix tout à fait humaine :

— Je suis la princesse de la Montagne de Verre et je veux t'épouser parce que tu es bon et travailleur. Je peux t'emporter sur mes ailes jusqu'au sommet de la montagne. Arthur s'envola donc sur les ailes du cygne. Lorsqu'il frappa aux portes du palais, le cygne se transforma en une belle jeune fille, et peu après, Arthur devint roi. Et comme il n'avait rien d'un fainéant, il apprit à tous ses sujets à travailler dur, et tout le royaume devint un immense jardin. Même les flancs de la Montagne de Verre se couvrirent de fleurs magnifiques.

23 mai

Jacob est poursuivi par la Malchance

Jacob, le marchand, ferma sa boutique et partit,

comme à l'accoutumée pour sa promenade quotidienne. Il remarqua à côté de la chapelle, une étrange silhouette et, comme il était curieux de nature, il s'approcha pour la voir de plus près.
— Une petite aumône, Monsieur, chuchota la femme drapée dans un châle. Elle lui jeta un regard tellement implorant que Jacob fouilla dans sa poche et lui tendit une pièce. Mais au lieu de la prendre, elle saisit sa main et la serra de toutes ses forces.
— Mais, qu'est-ce que vous faites? Lâchez-moi! cria le marchand. La femme répondit d'une voix toujours dolente qu'elle ne le laisserait jamais partir, qu'elle l'accompagnerait toute sa vie durant.
— Qui êtes-vous? murmura Jacob.
— Mais voyons, Jacob! Je suis la Malchance. Et tu n'es pas près de te débarrasser de moi!
Jacob tenta de retirer sa main, il fit des contorsions pour que la femme le lâche, pour s'enfuir. Mais ce fut peine perdue. La Malchance s'était emparée de lui.
— Je te servirai bien, lui dit-elle en riant sous cape. Et ce n'étaient pas des paroles en l'air. Lorsque le marchand revint de sa promenade, il trouva sa maison et sa boutique en feu. Il perdit tout et fut réduit à la misère du jour au lendemain. Les amis qui venaient si souvent lui rendre visite quand il était un riche marchand changeaient de trottoir lorsqu'ils le croisaient. Même la jeune fille qu'il avait l'intention d'épouser lui rit au nez en disant qu'elle n'était pas assez folle pour épouser un miséreux. Qu'allait-il devenir? Il partit courir le monde, la Malchance sur ses talons.

24 mai

Jacob est poursuivi par la Malchance

Jacob marchait à vive allure, mais la Malchance était toujours à ses côtés.
— Reconnais, dit-elle d'un air vantard, que j'ai fait du bon travail. En un seul soir, je t'ai fait perdre ta maison, ton gagne-pain, tes amis et ta fiancée.
— Mais pourquoi? demanda Jacob, désemparé.

Je ne t'ai jamais fait de mal et je t'ai donné l'aumône chaque fois que tu me l'as demandée.
— Aumône ou pas, coupa la Malchance, je dois faire mon travail et j'entends le faire correctement. Tant que je serai avec toi, tu ne récupéreras pas un centime sur ce que tu as perdu!
— N'y a-t-il aucun moyen de se débarrasser de toi? demanda Jacob, au comble du désespoir.
— Si, il y en a un, répondit-elle avec un rire sarcastique, mais comme tu ne le connais pas, je resterai avec toi jusqu'à la fin de tes jours.
A ce moment, un jeune homme à la chevelure magnifique passa près d'eux. Sans doute avait-il entendu leur conversation, car il murmura à l'oreille de Jacob, très bas pour que la Malchance ne puisse pas entendre :
— Il faut que vous trouviez quelqu'un qui lui tende la main. Et l'étranger s'éloigna. Mais Jacob avait compris : il devait trouver quelqu'un qui méritait la Malchance.

25 mai

Jacob est poursuivi par la Malchance

Jacob arriva dans le parc d'une grande ville, toujours suivi par la Malchance. Au milieu du jardin, un homme à la mine charitable se tenait devant une grande marmite et distribuait de la soupe aux enfants pauvres.
— Qui est-ce? demanda Jacob à un passant.
— Mais, c'est le maire, voyons! répondit l'homme. Une fois par mois, il accomplit une bonne action.
— Et que fait-il le reste du temps?
— Il vole les pauvres, ricana l'autre en s'éloignant à grands pas.
— Voilà exactement l'homme qu'il me faut, dit Jacob en grimaçant. Il se dirigea vers le maire et lui demanda s'il ne pouvait pas donner une petite pièce à sa pauvre parente.
— Mais si, bien sûr! C'est toujours un plaisir d'être charitable, répondit le maire haut et fort en jetant un coup d'œil autour de lui pour s'assurer que tout le monde le regardait. Quand il tendit la pièce, la Malchance eut un moment d'hésitation. Puis elle se décida : elle n'avait plus rien à prendre à Jacob, tandis que cet homme riche était bien plus intéressant. Elle lui saisit la main et laissa partir Jacob qui poussa un soupir de soulagement et s'exclama :
— Quel dommage que je n'aie pas rencontré la Fortune au lieu de la Malchance!
La Malchance sourit de toutes ses dents:
— Tu l'as rencontrée sans le savoir. C'était ce jeune homme aux beaux cheveux qui t'a dit de te débarrasser de moi...
— Et moi, alors? s'écria le maire. La Malchance se pencha vers lui :
— Toi, tu es mon nouveau maître. Et je te servirai aussi fidèlement que le précédent, dit-elle avec un petit rire satisfait.

26 mai

Grangoulu

Un étrange monstre qui s'appelait Grangoulu venait de s'installer dans la ville. Il y a des dragons qui se nourrissent uniquement de princesses. Mais ce monstre-là ne mangeait que des gâteaux, des brioches, des pâtisseries et toutes sortes d'autres friandises. Il apparaissait toujours sur le pas de la porte quand quelqu'un sortait un gâteau du four et faisait le tour des maisons où l'on fêtait un anniversaire ou un mariage. Tout le monde redoutait la visite de Grangoulu, parce qu'il pouvait devenir assez méchant et casser des tas de choses s'il avait faim. Il ne se calmait que lorsqu'il avait mangé son content. Les jours de semaine il allait d'une école à l'autre et s'emparait du goûter des enfants, si c'était quelque chose qu'il aimait. Ensuite, il entrait dans les confiseries qui étaient désertes, bien sûr, car personne n'avait envie de déguster des friandises à côté d'un monstre, d'autant que Grangoulu ne connaissait pas les bonnes manières : il mangeait bruyamment et se léchait copieusement les doigts entre deux bouchées. Ses pattes étaient toujours tachées de crème ou de chocolat parce qu'il ne les lavait jamais et sa fourrure était pleine de miettes. Il était vraiment dégoûtant et les gens le fuyaient; pourtant, il sentait bon, car chaque matin en se levant, il s'aspergeait de poudre de vanille, de la tête aux pieds. Un jour, il disparut et on ne le vit pas pendant plusieurs jours.

27 mai

Grangoulu

Dans la même ville habitait une petite fille appelée Nelly qui adorait Grangoulu, sans doute parce que tous deux aimaient les mêmes friandises. Un matin, Nelly entrouvrit la porte de sa chambre et annonça à ses parents que Grangoulu était venu la voir, et qu'il mourait de faim. Son père alla chercher une ou deux barres de chocolat aux noisettes, pensant que cela ferait l'affaire. La mère de Nelly était horrifiée :
— Il a fallu que ça tombe sur nous! criait-elle. Maintenant nous en avons deux sur les bras : Nelly et ce monstre. Comment allons-nous faire pour les nourrir?
Quand il fut l'heure d'aller à l'école, Nelly ouvrit à nouveau un tout petit peu sa porte et dit :
— Je ne peux pas partir. Le monstre veut me parler. Et il voudrait aussi une boîte de pralines et un gâteau de Savoie. Si on ne les lui donne pas, il va tout casser! Et la porte se referma. La mère de Nelly se trouva mal. Son père courut acheter ce que Nelly avait demandé. Lorsqu'il voulut entrer dans la chambre, Nelly tendit la main par la porte entrebâillée en disant :
— Interdiction d'entrer. C'est le monstre qui l'a dit! Son père obtempéra, mais il commença à réfléchir au moyen de duper Grangoulu. Le soir

venu, il eut une idée. Sa femme et lui firent un gâteau, mais ils remplacèrent le sucre par du poivre. Nelly prit le gâteau par la porte entrebâillée. L'instant d'après, la porte s'ouvrit toute grande : le monstre avait disparu. Il ne restait dans la chambre que Nelly, la bouche pleine de gâteau, en train de tousser et d'éternuer. Après cette mésaventure, elle n'aima plus ni les gâteaux ni Grangoulu. Quant à lui, il partit vivre dans une autre ville.

28 mai

La gouttière neuve

L'une des maisons du village avait une gouttière toute neuve, brillante comme le soleil. Elle en était très fière :
— Vous ne savez pas à quoi je sers, n'est-ce pas? C'est pourtant simple : je suis un élément décoratif. On m'a mise là pour que tout le monde me voie et admire ma beauté.
Le paratonnerre avait envie de lui répondre quelque chose d'impoli, mais il se retint. En lui-même, il se disait : «Attends un peu qu'il pleuve et tu verras. Tu comprendras peut-être alors que tu as une tâche à remplir, comme toute chose, et tu arrêteras de te vanter.»
Quelques jours plus tard, il se mit à pleuvoir. La pluie glissa sur le toit et vint couler dans la gouttière. — Oh, que c'est froid! gémit la gouttière. Et tout à coup, elle se retourna de façon à ce que l'eau coule sur son dos. Le paratonnerre en fut stupéfait :
— J'ai vu bien des choses, dans ma vie, mais ça . . .!

29 mai

La gouttière neuve

Le propriétaire de la maison n'en crut pas ses yeux, lui non plus, quand il sortit après la pluie et qu'il regarda en direction du toit. «Ils l'ont sans doute mal fixée», se dit-il. Et il rappela les ouvriers qui, cette fois, firent en sorte que la gouttière ne puisse plus bouger.
— Et s'il se remet à pleuvoir? gémit la gouttière.
Cette fois, le paratonnerre ne put se contenir.
— Mais qu'est-ce que tu crois? C'est pour recueillir l'eau de pluie que tu es là. Tu ne penses tout de même pas qu'on a installé sur la maison un vulgaire bout de métal comme toi pour la décoration!
Pendant quelques instants, la gouttière garda le silence. Puis elle répliqua : — Bien sûr que si! Tu n'a pas vu comme je suis belle quand l'eau coule à l'intérieur de moi?

— Alors pourquoi avoir fait tant d'histoires l'autre jour, quand il a plu? demanda le paratonnerre.
La gouttière se défendit par un mensonge :
— Ce n'était pas à cause de l'eau. Je voulais seulement montrer qu'on m'avait mal fixée, car je risquais de tomber, et j'aurais été toute abîmée. Le paratonnerre préféra regarder ailleurs et faire comme s'il n'avait pas entendu.

30 mai

Le pet-de-nonne et les souris

Vous n'avez pas oublié le pet-de-nonne que nous avons vu en avril? Après sa dernière

aventure, il arriva dans un pré et s'arrêta devant un petit trou. Il en fit le tour pour l'examiner de plus près et tout à coup, une souris pointa son nez. Elle se léchait déjà les babines :
— Ma parole, c'est le ciel qui t'envoie, pet-de-nonne! s'exclama-t-elle.
— Pas du tout, rectifia-t-il. Personne ne m'envoie, je suis venu de moi-même.
— Alors tu as dû nous entendre crier famine et tu as eu pitié nous? s'écria joyeusement la souris. Quelle bonté d'âme!
— Qui, nous? voulut demander le pet-de-nonne. Mais il n'en eut pas le temps. Des souris sortirent l'une après l'autre de dizaines de trous alentour. Il en compta exactement quatre-vingt-dix-neuf. Elles formèrent un cercle autour de lui.
— Nous allons te partager pour que chacune de nous en aie un petit morceau, dit la première souris.
Le pet-de-nonne se sentit pris au piège : il ne pouvait pas sortir du cercle formé par les souris. Prenant son air le plus courageux, il se mit à chanter :
— C'est moi le pet-de-nonne qui chante!
C'est moi le plus savoureux et le moins pâteux!
Mais cela n'impressionna pas du tout les souris qui grinçaient des dents, s'apprêtant à fondre sur lui pour le manger. Alors, le pet-de-nonne regarda au loin et cria bien fort :
— Tiens, bonjour Minet! Les souris disparurent sans même vérifier si le pet-de-nonne avait bien vu un chat. Evidemment, c'était une ruse : il n'y avait pas un chat dans les parages. Et notre pet-de-nonne se glissa subrepticement en juin.

31 mai

Le voleur volé

Matuvu était un vieux cambrioleur qui, la nuit venue, entrait par effraction dans les maisons et prenait tous les objets de valeur qui n'étaient ni trop lourds ni trop encombrants. Il lui arrivait d'en garder certains, mais la plupart du temps, il les revendait à un receleur. Un soir, il entra chez quelqu'un qui était sans doute un amateur d'œuvres d'art, et prit, entre autres choses, trois statues d'Apôtres qui semblaient très anciennes.

Comme il aimait les statues, il décida de les garder. Une fois son forfait accompli, il alla au café pour boire une bière. Maraud, lui, était un jeune cambrioleur mais il avait à peu près la même vie que Matuvu. Le même soir, un peu plus tard, il s'introduisit dans une maison dont le propriétaire était sans doute sorti pour boire un verre, et il trouva, notamment trois vieilles statues d'Apôtres. Maraud fut ravi, car il en possédait déjà trois semblables et il aurait ainsi la moitié de la collection. De retour chez lui, il s'aperçut que ses trois statues avaient disparu. Lorsqu'il déballa son larcin, il découvrit qu'il venait de revoler ses propres statues. Et soudain, il regretta tous ses méfaits. Matuvu éprouva la même impression lorsqu'il s'aperçut qu'il avait été cambriolé. Et le lendemain, on compta deux cambrioleurs de moins parmi les malfaiteurs : Matuvu et Maraud s'étaient repentis.

Juin

1er juin

La dent-de-lion

Un soir, le lutin du vent s'endormit dans un jardin. En s'éveillant le lendemain matin, il vit à ses côtés une superbe dent-de-lion, c'est-à-dire un pissenlit. Elle sentait bon le soleil matinal, et le lutin fut subjugué par cette douce odeur.
— Ma parole, je suis tombé amoureux! dit-il tout haut. Mais l'instant d'après il se dit : «Allons! Qu'est-ce que je raconte? Un voyageur comme moi ne peut pas se marier!»
Mais la dent-de-lion était si belle, si douce, si modeste que sans même s'en rendre compte, il la demanda en mariage. Toutefois, il lui dit qu'il devait retourner dans le monde pour régler quelques affaires, avant leur mariage. Il étendit son manteau pour qu'il s'imprègne de la délicieuse odeur et de la douce lueur jaune de la dent-de-lion. Mais dès qu'il eut volé un peu, l'odeur disparut et il oublia son amour pour la fleur. Pendant ce temps, elle l'attendit et cela lui sembla si long que sa tête blanchit sous l'effet du chagrin et de l'angoisse. On aurait dit une vieille femme coiffée d'un bonnet de laine. Peu à peu, le vent emporta cette coiffe blanche et la dispersa dans l'air sous forme de minuscules parachutes qui n'étaient autres que des graines. L'une de ces graines flotta dans l'espace pendant très, très longtemps à la recherche du lutin du vent. Lorsqu'elle le trouva enfin, elle se glissa sous son chapeau. Alors le lutin se souvint de la dent-de-lion et de sa promesse. Mais il était trop tard : il ne restait plus d'elle que quelques cheveux gris.

2 juin

Le mouton tombé du ciel

On dit que les hommes se rencontrent sur terre et les nuages dans le ciel, mais parfois, cela ne se passe pas tout à fait ainsi. Un jour, Marthe et son papa allèrent se promener à la campagne. Ils étaient assis et contemplaient le ciel lorsque tout à coup, Marthe demanda :
— Papa, est-ce que les nuages étaient des enfants, avant d'être grands?
— Bien sûr, lui répondit son papa. Et il commença à énumérer tout ce que les petits nuages devaient apprendre à l'école : s'amonceler, flotter, avoir l'air menaçant, se gonfler, faire la course avec le vent, faire tomber du crachin ou de la bruine, pleuvoir à verse, à torrents... Et tandis que le papa de Marthe racontait cela, très, très haut au-dessus du pré où ils étaient assis, le maître d'école était en train de remettre aux petits nuages, leurs carnets de notes trimestriels. Ils étaient presque tous bons. Seul le petit Frou-frou avait de mauvaises notes dans toutes les matières. Pourquoi? Parce qu'il n'aimait pas avoir l'air menaçant ou en colère : il détestait tout ce qu'un nuage doit savoir faire. Frou-frou était doux et gentil comme un agneau. Le maître lui dit :

— Nous n'avons que faire, dans cette école, d'un nuage comme toi! Et il le mit à la porte.
Frou-frou se retrouva seul, tout penaud, dans l'immensité du ciel. Il ferma les yeux et se laissa descendre longtemps, longtemps, en espérant qu'un courant l'emporterait. Mais il n'y eut aucun vent, et il tomba juste sur les genoux de Marthe, où il devint un petit mouton comme ceux qui ressemblent à de petits nuages, mais mangent de l'herbe.
— Oh, s'écria Marthe, moi qui ai toujours rêvé d'un petit animal câlin! Elle emporta chez elle ce cadeau du ciel.

3 juin

Le mouton tombé du ciel

Marthe acheta une petite laisse rouge qu'elle attacha autour du cou de Frou-frou, et elle l'emmena faire une promenade dans le parc où les enfants promenaient leur chien.
— Qui es-tu? aboya l'un d'eux à Frou-frou. C'est drôle, tu ressembles à un caniche, mais tu manges de l'herbe. Les chiens mangent des os et un ou deux brins d'herbe par semaine tout au plus, pour la digestion!
Le gardien du parc s'avança vers Marthe d'un air sévère et lui dit : — Enlevez cet animal de la pelouse, sinon . . .! Pourtant, il aurait dû être content : le petit mouton faisait un bien meilleur travail que la tondeuse à gazon. A la maison, la maman de Marthe rouspéta elle aussi : elle ne voulait pas que ce mouton salisse sa belle moquette verte! En somme, les gens que Frou-frou rencontra sur la terre ferme étaient aussi intransigeants que son maître d'école. Il commença à se sentir aussi malheureux que le jour où on l'avait mis à la porte. Alors il ferma les yeux et attendit un petit coup de vent. Et voilà qu'il rencontra le lutin du vent. Ils se heurtèrent si fort que les bouclettes de Frou-frou furent tout emmêlées, et il ressembla à un petit bosquet couvert de fleurs blanches. Puis il s'étendit et prit la forme d'un arbre buissonneux. Ensuite, il ressembla à un bébé éléphant, à un étang ondulant sous le vent, à un vieil homme barbu.
— C'est extraordinaire! s'exclama le lutin du vent. Je n'ai jamais vu cela! Frou-frou rougit un peu, et comme le soleil se couchait, il ressembla . . . à un nuage. Cette fois, non seulement le lutin du vent trouva cela remarquable, mais tous les autres nuages aussi et il commencèrent à prendre avec Frou-frou des cours de formation nuageuse artistique. Lorsque vous regarderez le ciel, vous les verrez peut-être, lui et ses élèves, faire leurs exercices, tout là-haut.

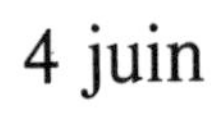

4 juin

L'histoire du merle

Dans le verger, à la sortie du village, les cerises étaient mûres. Comme il y en avait beaucoup, personne ne s'en souciait. Mais quand il n'y en eut plus qu'une qui se balança sur le dernier cerisier, les oiseaux se bagarrèrent presque pour elle. Finalement, ce fut Noirot le merle qui la prit dans son bec, et nargua tous les autres en leur disant qu'il ne la partagerait avec personne. Il essaya de l'avaler le plus vite possible, et il eut bien tort, car la cerise resta coincée dans son gosier : elle ne voulait plus ni avancer ni reculer.

Noirotte, sa compagne, se rappela l'histoire du coq et de la poule. Elle vola à tire-d'aile vers la source pour lui demander un peu d'eau :
— Source ... commença-t-elle, mais à ce moment elle s'aperçut que la source était à sec. Alors Noirotte alla trouver le jardinier.
— Jardinier, s'il vous plaît, lui dit-elle, pouvez-vous déplacer les pierres qui bloquent la source? Comme ça, Noirot pourra boire, la source lui sauvera la vie et vous aurez de l'eau pour arroser votre jardin.
— Entendu, dit le jardinier, mais à une condition : tu chanteras tous les matins sous ma fenêtre. La merlette accepta avec joie. Le jardinier déplaça les pierres, l'eau recommença à couler, et Noirotte en prit une bonne gorgée pour son ami Noirot. La cerise glissa dans son gosier sans la moindre difficulté. A partir de ce jour, il partagea toujours avec les autres, et par reconnaissance, il chanta tous les jours sous la fenêtre du jardinier.

5 juin

Les poussins qui tintent

Julie avait un poussin terriblement curieux et très difficile qui voulait toujours manger les choses les plus inattendues. Il avala un jour une petite clochette, comme celle que l'on coud sur les vêtements; dès cet instant, chaque fois qu'il bougeait, il se mettait à tintinnabuler. C'était vraiment extraordinaire! Louise, la petite voisine de Julie le remarqua, et elle attrapa cette terrible maladie qui s'appelle l'envie. Et elle n'en guérit pas en grandissant. Entre-temps, le poussin était devenu une poule; elle pondit un seul œuf, mais un œuf qui tintait. Julie eut envie de le faire cuire et de le manger pour tintinnabuler elle aussi chaque fois qu'elle marcherait. Heureusement, sa mère l'en dissuada. Car bien sûr, aucun homme n'aurait voulu épouser une jeune fille qui ferait un bruit de clochette! Et Julie voulait se marier et avoir des enfants. D'ailleurs, elle en eut plusieurs, par la suite, et Louise, sa voisine en eut encore plus. Mais elle enviait toujours les poules de Julie, car à chaque couvée, elles pondaient un œuf qui tintait. L'un d'eux roula un jour sous la barrière et arriva chez Louise. Louisette, la plus jeune de ses filles, qui avait hérité du caractère envieux de sa mère, le ramassa aussitôt et se dit : «Maintenant, il est à nous, et personne ne l'aura!» Or, de cet œuf sortit un coq qui, lorsqu'il eut des ailes et une crête rouge, s'envola par-dessus la barrière et retourna chez Julie. Et comme les coqs ne pondent pas, l'histoire des clochettes s'arrêta là.

6 juin

La main d'albâtre

Il y avait une fois une petite fille nommée Rosemarie qui avait les joues blanches comme l'albâtre. Ses parents et elle étaient très pauvres et habitaient une modeste chaumière, mais ils étaient bons et travailleurs et faisaient de leur mieux pour joindre les deux bouts. Tout le monde les aimait, sauf leur voisin, Martin, qui ne leur voulait que du mal. Une fois, il enfonça leur barrière avec sa charrette et, une autre fois, il passa à cheval dans leur champ de seigle qui fut saccagé. Il lui arrivait même de crier :
— Nous n'avons que faire de gueux comme vous dans notre village! Mais tous les enfants aimaient Rosemarie; ils se moquaient bien qu'elle fût pauvre. Cette année-là comme d'habitude, on célébra la fête de l'été. Pendant les danses, tous les jeunes gens voulaient être à côté de Rosemarie pour lui tenir la main. Mais voilà que tout à coup, Rosemarie sortit du cercle : elle avait vu quelque chose briller dans l'herbe. Elle se pencha et ramassa une petite main d'albâtre. Ses amis s'approchèrent :
— Qu'est-ce que c'est? Montre-nous! crièrent-ils. Mais ils repartirent comme une volée de moineaux et lui dirent de loin :
— Jette ça! C'est sûrement ensorcelé. Ça va te porter malheur!

7 juin

La main d'albâtre

Rosemarie ne prit pas garde à l'avertissement de ses camarades. Elle attacha la main d'albâtre à une cordelette et la suspendit à son cou. Mais la fête avait perdu de sa gaieté. Tout le monde regardait du coin de l'œil l'étrange bijou de Rosemarie. Un à un ses compagnons retournèrent chez eux. Seule Rosemarie ne voulait pas partir. Elle marcha longtemps sans but et se retrouva, elle ne sut comment, dans les ruines d'un vieux château perché sur une colline en surplomb du village. Un léger frisson lui parcourut le dos lorsqu'elle se rappela l'histoire que l'on racontait au sujet du château. On le disait hanté par le fantôme de l'un de ses anciens propriétaires, un vieil homme méchant et avare. Mais la soirée était belle, elle sentait déjà l'été, et la mousse verte, par terre, était moelleuse. En bas, les fenêtres des maisons et des fermes portaient la lueur des lampes à huile. Rosemarie eut le sentiment qu'il allait se passer quelque chose d'extraordinaire.

8 juin

La main d'albâtre

Soudain, elle entendit de la musique, et au même moment, un des murs du château s'ouvrit dans un bruit assourdissant. Rosemarie se trouva à l'entrée d'une vaste salle où elle vit des nobles magnifiquement vêtus : les hommes portaient des collerettes et les femmes des robes de brocard. Les musiciens jouaient du luth et de la mandoline, des serviteurs affairés

apportaient des plateaux chargés de mets raffinés, tandis que d'autres se tenaient immobiles, portant de grandes torches. Aussi curieux que cela puisse paraître, la peur de Rosemarie se dissipa; elle regardait, bouche bée, ce spectacle inattendu. Elle était tellement absorbée qu'elle ne s'aperçut pas que la châtelaine, coiffée d'une petite couronne d'or, se tenait près d'elle.

— Je suis heureuse que ce soit vous qui ayez trouvé la main, dit-elle à Rosemarie d'un ton affable. Aucun de vos camarades n'aurait osé

venir ici et nous aurions dû attendre encore un an. Voulez-vous venir en aide à mon pauvre mari?
Rosemarie acquiesça d'un signe de tête. Et la dame lui expliqua que son mari avait été jadis terriblement cupide, qu'il avait écrasé ses sujets d'impôts, et depuis, leur châtiment était de festoyer dans cette salle toutes les nuits, sans jamais connaître de repos. Mais malgré la musique et le vin qui coulait à flots, ces banquets étaient affreusement tristes.
— Vous êtes la seule à pouvoir nous libérer et nous rendre la paix, dit-elle à Rosemarie.

9 juin

La main d'albâtre

— Comment puis-je vous aider? demanda Rosemarie.
— Revenez à l'endroit exact où nous nous trouvons la nuit prochaine, et creusez un trou, lui dit la châtelaine. Mais vous ne devez amener personne avec vous, sauf vos parents. Tout ce que vous trouverez ici sera à vous. Lorsque ces richesses mal acquises auront disparu, la paix et la sérénité règneront à nouveau dans ces murs. Mais malheur à celui qui se mêlera de cette affaire, car elle doit rester entre vous et moi!
Ensuite, elle donna à Rosemarie une guirlande de myrte, en souvenir, et tout disparut.
Rosemarie rentra chez elle, et le lendemain matin, elle pensa que toute cette aventure n'était qu'un rêve. Mais à côté de son lit, il y avait la guirlande : elle n'était plus en myrte mais en or pur! Rosemarie raconta à ses parents ce qui lui était arrivé, et le soir venu, ils sortirent discrètement de leur chaumière et se mirent en route pour le château en ruines.
— C'était exactement ici, dit Rosemarie. Il se mirent à creuser. Ils travaillèrent longtemps, se relayant pour dégager la terre et les cailloux. Et soudain, la pioche heurta un coffre métallique. L'ayant ouvert, ils n'en crurent pas leurs yeux : le coffre était plein à ras bords de pièces d'or. Ils le rapportèrent chez eux sur leur charrette. Grâce à ce trésor, ils purent réparer la maison et les barrières, et acheter une autre vache et quelques hectares de terre. Alors, ils vécurent beaucoup mieux.

10 juin

La main d'albâtre

L'histoire de la main d'albâtre aurait pu s'arrêter là. Mais il n'en est rien. Martin fut malade de jalousie lorsqu'il s'aperçut que ses voisins n'étaient plus aussi pauvres, que leur ferme commençait à prospérer et qu'ils ne vivaient plus au jour le jour. Il ne cessait de rôder autour de chez eux pour essayer de savoir comment ils avaient acquis une telle richesse, et ne fut pas dupe quand ils lui dirent qu'ils avaient hérité d'une lointaine tante. Un an passa, et Martin, qui était toujours à l'affût d'un détail pouvant trahir le secret de ses voisins, entendit Rosemarie dire à son père :

— Nous devrions aller au château ce soir pour les remercier de ce que la main d'albâtre nous a donné.
— Bonne idée, répondit-il. Et nous rendrons la main. Peut-être un pauvre la trouvera-t-il et aura-t-il la même chance que nous. Qui sait si ce châtelain n'avait pas d'autres richesses? Martin en avait entendu suffisamment. C'était donc cela! Il eut un rire méprisant. Pourquoi ces richesses devraient-elles revenir à un pauvre, alors que lui serait si content de trouver un petit sac de pièces d'or ou un coffre rempli de diamants?

11 juin

La main d'albâtre

Ce soir-là, Martin enfourcha son bel étalon et suivit ses voisins à distance, savourant à l'avance le moment où il toucherait cette petite main magique. Son cœur cupide battait de plus en plus vite à mesure qu'il imaginait l'or et les pierres précieuses qu'il allait trouver. Enfin, ce moment tant attendu arriva. Ses voisins repartirent, laissant dans l'herbe la main d'albâtre qui brillait à la lueur de la lune. Martin sortit de sa cachette, se saisit de la main comme un vautour affamé et remonta sur son cheval. D'un ton impérieux, il dit :
— Et maintenant, tu vas me montrer le trésor du châtelain. Et plus il sera gros, mieux ça vaudra!
A cet instant, un grand bruit se fit entendre et l'un des murs du château s'ouvrit. Dans la salle voûtée se tenait le châtelain, sous la forme d'un squelette de couleur verdâtre.
Martin s'arrêta net, tremblant de tous ses membres.
— Je vous attendais, cria le châtelain à l'adresse de Martin.
Un violent coup de vent s'abattit sur le château et en quelques secondes, il emporta dans les airs le fermier et son cheval.
Personne ne sait où le vent l'emmena. Quelques jours plus tard, l'étalon à bout de forces revint à l'écurie.
Mais de son maître, on n'eut jamais aucune nouvelle. Quant à la main d'albâtre, elle disparut elle aussi et personne ne l'a retrouvée depuis.

12 juin

Qui veut un parapluie?

Le parapluie s'appelait Alphonse. Son propriétaire l'avait oublié dans le bois après une averse. Il le chercha, mais ne put se rappeler où il l'avait posé. Donc, le maître perdit son parapluie et le parapluie perdit son maître.
— Tu ne veux pas un parapluie? demanda celui-ci à une biche qui passait avec son faon. La biche regarda le ciel bleu et répondit :
— Pour quoi faire?
— Vous ne voulez pas un parapluie? demanda Alphonse à une bande d'écureuils. Les écureuils éclatèrent de rire :
— Ecoute, si nous pouvions faire de toi dix petits parapluies, nous en prendrions un chacun pour voler d'arbre en arbre. Mais à quoi nous servirait un grand parapluie comme toi?
— Tu n'aimerais pas avoir un parapluie? demanda Alphonse à un pivert.
— Pour quoi faire? tapa le pivert en morse sur un tronc d'arbre. Alphonse comprit qu'il n'était pas intéressé.
«Alors, à quoi est-ce que je sers?» se demanda le parapluie en regardant vers le ciel sans nuages. Juste au-dessous de lui, un fraisier sauvage était en train de fleurir.

— Ça ne t'ennuierait pas de rester ici? demanda-t-il au parapluie. J'ai très peur de la pluie. S'il tombe une forte averse, je serai noyé, et je mourrai.
Alphonse accepta. Tant que le soleil brilla, il se pencha un peu en arrière pour que le fraisier reçoive ses rayons. Mais ensuite, les nuages arrivèrent et il se remit à pleuvoir. Alors le parapluie s'empressa d'abriter son petit ami. La biche et son faon puis les écureuils et le pivert aussi revinrent vers lui.
— Nous avons besoin de toi, dirent-ils tous er même temps. Il tombe des cordes!
— C'est trop tard, répondit Alphonse. J'appartiens à ce fraisier maintenant.

13 juin

Suite de la masure aux secrets

Il s'approchait alors du miroir. Et celui-ci lui renvoyait l'image d'un lapin minuscule qui s'enfuyait dans une folle course . . .
Benoît, très intrigué, retournait chaque mois dans la vieille masure pour voir se répéter sous ses yeux la même scène qui l'emplissait de son mystère.

14 juin

Deux coqs sur un tas de fumier

Les Rapetot avaient une harde de poules et un coq qui s'appelait Gros-Ergot, et les Gantier avaient une volée de poules et un coq appelé Crête-d'Acier. Entre les deux basses-cours s'élevait un grand tas de fumier. Pendant longtemps, les deux coqs ne s'aperçurent de rien. Mais voilà qu'un jour, ils se retrouvèrent au sommet du tas de fumier. Gonflant leurs plumes, ils se toisèrent d'un air menaçant. Pendant ce temps, les poules observaient la scène, curieuses de voir comment leur maître allait régler cette affaire.
— Ce tas de fumier appartient aux Rapetot depuis des temps immémoriaux, brailla Gros-Ergot. Nous seuls avons le droit de venir y picorer! Mais Crête-d'Acier rétorqua :
— Ceci est un ignominieux mensonge. Le tas de fumier appartient aux Gantier et à nous-mêmes!
— Il est à nous, tête de merlan! hurla Gros-Ergot.
— Je te dis qu'il est à nous, gros lard! répliqua Crête-d'Acier.
— Si tu ne retires pas cette insulte tout de suite, siffla méchamment Gros-Ergot, je t'arrache les yeux!

— Et toi, si tu ne déguerpis pas immédiatement avec tes poules galeuses, je t'arrache toutes les plumes, et tu n'auras plus qu'à te promener tout nu! grogna Crête-d'Acier.
Et il continuèrent pendant un moment à se lancer les plus grandes insultes qu'ils connaissaient et à proférer les pires menaces qu'ils pouvaient imaginer. Enfin, épuisés, les deux coqs regardèrent autour d'eux et virent les poules des Rapetot et celles des Gantier en train de picorer côte à côte sur le tas de fumier. Leur crête s'affaissa brusquement et chacun d'eux rentra piteusement chez soi, sans savoir s'il avait gagné ou perdu.

15 juin

Le serpent blanc

Dans un étrange royaume gouverné par le plus sage des rois, il y avait parmi les serviteurs du palais un jeune garçon qui s'appelait Mathias. Lui seul avait le droit de cuisiner pour le roi et de lui apporter ses repas, mais il lui était formellement interdit de goûter les plats du roi. Un jour, il reçut l'ordre de faire frire un serpent blanc, mets très rare, et de l'apporter aussitôt à Sa Majesté. Mais cette fois, Mathias ne put résister : il mangea un tout petit morceau de chair blanche. Au moment où il entrait dans la salle à manger royale, il entendit sur la vitre une mouche bourdonner : — Le double menton du roi a bougrement poussé, ces jours derniers! Mathias gloussa discrètement, mais le roi l'entendit et il sut tout de suite que son jeune serviteur lui avait désobéi. Bien qu'il tînt beaucoup à ce que personne d'autre que lui ne comprenne le langage des animaux, le roi hésita à faire décapiter ce jeune homme qui l'avait si fidèlement servi. Alors, il le bannit de son royaume. Mathias erra sans but pendant des heures et se retrouva devant un lac. A cause de la sécheresse, le niveau de l'eau avait baissé et un pauvre poisson gisait sur le rivage. Mathias le remit à l'eau et il l'entendit crier :
— Je n'oublierai jamais ton geste! Un peu plus loin, il aida une abeille qui était tombée dans un réservoir d'eau. Puis il libéra une colombe qui s'était prise dans un filet. Ensuite, il continua à marcher et arriva dans une grande ville dont le roi cherchait un époux pour sa fille, la princesse

Adeline. Mais, pour obtenir sa main, le prétendant devait accomplir trois exploits. Mathias, curieux de voir si la princesse valait la peine de faire cet effort, se hâta vers le palais.

16 juin

Le serpent blanc

Dès qu'il vit Adeline, Mathias s'éprit d'elle, et alla aussitôt s'inscrire sur la liste des concurrents. Mais la première épreuve le laissa perplexe : il devait trouver un anneau que la princesse avait fait tomber dans le lac. Mathias se tenait sur la rive du lac, ne sachant que faire, lorsque le poisson qu'il avait sauvé nagea jusqu'à lui et déposa l'anneau à ses pieds.

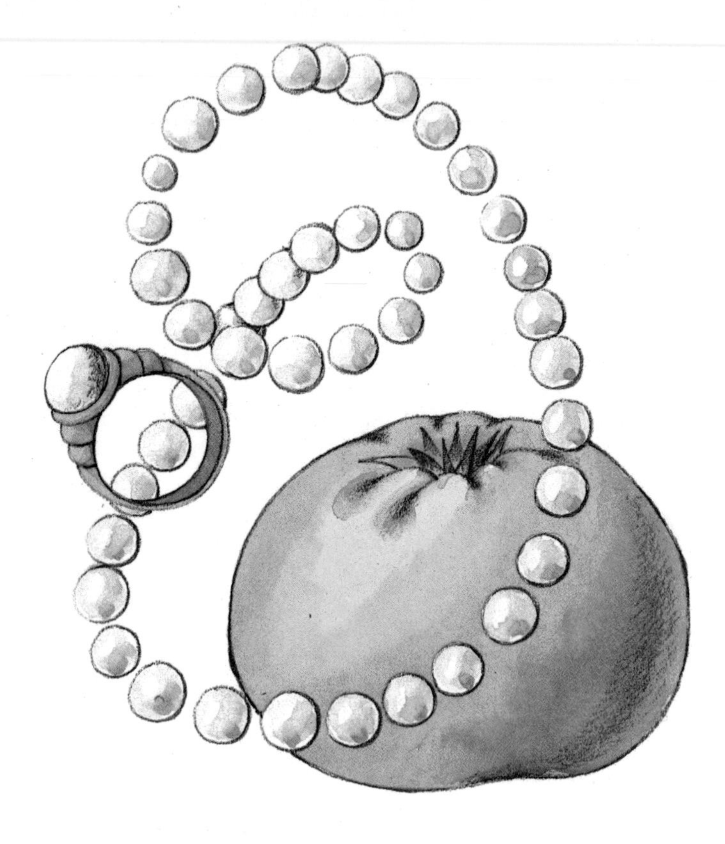

Mathias sauta de joie. Mais lorsqu'on lui annonça la deuxième épreuve, il déchanta : en un jour, il devait retrouver toutes les perles du collier de la princesse qu'elle avait perdues dans les prés.
— Ne t'inquiète pas, lui chuchota à l'oreille l'abeille reconnaissante. Je vais appeler mes frères et sœurs et nous allons t'aider. Un gros nuage bourdonnant apparut au-dessus des prés, et, en peu de temps, le collier fut reconstitué. Mathias le remit à la princesse avant le coucher du soleil. Adeline était mécontente que son prétendant soit un vulgaire homme du peuple, aussi lui imposa-t-elle une troisième épreuve encore plus difficile que les deux premières. Elle l'envoya chercher une pomme d'or, sans lui dire dans quel jardin elle poussait. Mathias battit la campagne, courut par monts et par vaux. Il allait renoncer à épouser la princesse, lorsqu'il entendit un battement d'ailes, au-dessus de sa tête : la colombe fit tomber la pomme d'or dans ses mains. Elle aussi le récompensait pour son bon geste. Mathias retourna au palais et remit la pomme d'or à la princesse. Au moment où elle la toucha, elle tomba amoureuse de lui et ils vécurent et régnèrent ensemble jusqu'à la fin de leurs jours.

17 juin

Les dix bûcherons

Il était une fois dix bûcherons que l'on chargea d'abattre en partie une forêt pour construire un hôtel. Ils travaillèrent durement pendant toute la matinée, mais alors, l'un d'eux vit que sa hache était toute émoussée à force d'avoir fendu des troncs, et, après le déjeuner, il décida d'aller en chercher une autre. — Je serai de retour dans une demi-heure, promit-il. Comme au bout d'une demi-heure il n'était toujours pas revenu, un autre bûcheron dit :
— Il a dû se perdre sur le chemin du retour. Je vais le chercher. Une demi-heure passa, et ni l'un ni l'autre n'étaient revenus. Alors, un troisième bûcheron dit :
— Je parie qu'ils se sont endormis quelque part! Je me charge de les réveiller! Il ajouta qu'il serait vite de retour, tout comme l'affirmèrent le quatrième, le cinquième, le sixième, le septième, le huitième et le neuvième bûcheron qui partirent tour à tour voir ce que faisaient les autres.
«Ça ne se passera pas comme ça!» pensa le dixième bûcheron en plantant sa hache dans une souche. Et il partit lui aussi à la recherche de ses compagnons. «Ils s'imaginent peut-être que je vais travailler tout seul pendant qu'ils sont tranquillement en train de boire un coup!» Il suivit le sentier qui descendait dans la vallée et se trouva soudain devant une énorme bouche ouverte.
— Qu'est-ce que c'est que ça? s'écria le bûcheron.

— Je suis la bouche du géant Economik, mugit la bouche. J'ai déjà consommé tes neuf compagnons et je vais t'avaler aussi!
— Ce serait vraiment stupide, rétorqua le bûcheron qui n'était jamais à cours d'idées.
— Comment? s'écria le géant en s'asseyant sur son séant.
— Mais oui! Pour un minuscule casse-croûte, tu perdrais un véritable festin! répondit le bûcheron.

18 juin

Les dix bûcherons

Le bûcheron expliqua au géant qu'il n'avait pas été très malin de dévorer ses collègues. En effet, si les bûcherons n'abattaient pas les arbres, on ne construirait pas d'hôtel. Et sans hôtel, pas de hordes de touristes. Or, où les clients de l'hôtel iraient-ils se promener durant leur séjour? Dans la vallée, bien sûr! Alors le géant n'aurait plus qu'à s'allonger en travers du chemin et à les avaler les uns après les autres. Dès qu'un groupe de touristes aurait été mangé, leurs chambres seraient libres et d'autres clients viendraient. Ainsi, le géant serait assuré d'avoir toujours un stock de nourriture sans cesse renouvelé. Ce serait une bonne affaire, tant pour le géant que pour les propriétaires de l'hôtel! Economik fut convaincu. Il recracha les neuf autres bûcherons et les encouragea à se remettre bien vite au travail, après quoi il se recoucha, la bouche toujours grande ouverte. Les années passèrent. Il fallut un an pour abattre les arbres. Au bout de deux ans, les plans de l'hôtel étaient achevés. La troisième année, on creusa les fondations. La quatrième année, l'hôtel fut construit. Il fallut encore un an pour l'aménager. La sixième année, les premiers clients arrivèrent. L'hôtel était toujours complet, car nulle part ailleurs on ne pouvait voir un géant pétrifié et s'amuser à faire du toboggan dans sa gueule et des promenades autour de son estomac! Pourquoi Economik était-il pétrifié? Eh bien, essayez donc de rester six ans sans rien manger...

19 juin

Christine

Un marchand avait trois filles, mais seule la plus jeune, Christine, l'aimait vraiment. Elle ne pleurnichait jamais pour avoir de précieux cadeaux, ne réclamait pas tout le temps des vêtements neufs et des bijoux comme ses deux

sœurs. Elle se contentait de babioles, comme un ruban pour ses cheveux ou une jolie fleur. Son père pensait toujours à elle lorsqu'il revenait de son travail. Mais un jour, il regretta bien d'avoir cueilli une branche d'un rosier sauvage pour l'apporter à Christine. Ce rosier formait l'entrée d'un royaume gouverné par un redoutable souverain. Mi-homme, mi-bête, ce roi était un monstre tellement affreux que nul ne pouvait le regarder sans être terrassé par l'effroi. «C'en est fini de moi», pensa le marchand. Mais l'horrible créature lui parla d'une voix très douce :
— Je te rends ta liberté, mais en échange, tu m'amèneras demain l'une de tes filles pour me servir. Si tu ne m'obéis pas, il t'arrivera le pire!
Les deux plus grandes filles du marchand déclarèrent qu'elles n'avaient rien à voir dans cette affaire, que ce n'étaient pas elles qui avaient demandé une branche de rosier. Mais Christine franchit sans hésitation la porte d'épines. Elle ne savait pas ce qui l'attendait, mais, pour sauver son père, elle était prête à devenir esclave. Elle traversa un verger, puis des pièces vides dont les portes s'ouvraient devant elle, et arriva devant une table, dont les chandeliers s'allumèrent tout seuls. Elle s'assit devant la cheminée et attendit son maître.

20 juin

Christine

Christine s'endormit près de la cheminée. Elle fut réveillée par une voix charmante :
— Me voici, je suis derrière vous. Mais surtout, ne vous retournez pas! Vous ne me verrez jamais. Vous vivrez ici comme une reine, et la seule chose que vous aurez à faire sera de m'attendre ici chaque soir et de me raconter votre journée. Christine accepta. Le roi avait une si belle voix que sa peur s'évanouit d'un seul coup. Elle passa donc ses journées à attendre sa rencontre, chaque soir, avec celui qu'elle n'avait pas le droit de regarder. Elle refusait de croire qu'il fût aussi laid qu'on voulait bien le dire et peu à peu, elle commença à l'aimer pour les belles paroles qu'il lui disait. Pendant de longues semaines, elle contint sa curiosité et n'essaya même pas de regarder le roi à la dérobée. Mais un soir, elle laissa tomber son mouchoir, et en se penchant pour le ramasser, sans le vouloir, elle leva les yeux vers roi. Quand elle vit sa tête poilue et ses grandes oreilles, et ses yeux ardents qui la regardaient, elle fut horrifiée et tomba évanouie. Lorsqu'elle revint à elle, elle aurait préféré mourir plutôt que de revoir le monstre. Elle s'enfuit à toutes jambes dans les jardins mais les rosiers qui les entouraient formaient un mur impénétrable. Soudain, elle vit un miroir, par terre. Quand elle le ramassa, il lui dit :

— Dis-moi où tu veux aller, je t'y emmènerai.
Sans hésiter, Christine répondit :
— Je veux retourner à la maison, auprès de mon père.

Quelques secondes plus tard, elle était debout près de la table où son père et ses sœurs dînaient.

21 juin

Christine

Pendant trois jours, Christine fut ravie d'être à nouveau chez elle. Puis elle commença à se sentir triste, car elle avait l'impression que personne n'avait besoin d'elle. Elle s'ennuyait de la douce voix du monstre et des soirées qu'elle avait passées avec lui à bavarder. Et peu à peu, elle comprit que ses mots doux était bien plus importants que sa terrifiante apparence. Alors elle dit au miroir :
— Ramène-moi auprès du roi!
Quelques secondes plus tard, elle se retrouva assise au coin du feu. Elle attendit le crépuscule, mais ce soir-là le roi ne vint pas. Le lendemain matin, elle s'éveilla, toujours assise sur sa chaise près de la cheminée. Tout à coup, elle ressentit comme une brûlure dans son cœur, et une force inconnue la conduisit dans le jardin, parmi les rosiers sauvages. Ils s'écartèrent devant elle et, au plus profond des buissons, elle vit le roi. Il gisait parmi les roses et semblait mort. Christine lui souleva la tête et la posa sur ses genoux. Puis elle approcha son oreille de ses joues poilues pour voir s'il respirait encore.
— Merci, murmura la voix familière, et au même moment, le visage du monstre se transforma complètement. C'était maintenant un jeune prince qui levait les yeux vers celle dont l'amour l'avait libéré d'un mauvais sort. Tous deux restèrent pour toujours au royaume des roses.

22 juin

Le bon vieux temps

A la mort du roi Minimillien IV, son fils Billius lui succéda. Il fallut quelque temps au jeune souverain pour apprendre l'art du gouvernement, mais il ne tarda pas à s'apercevoir que son auguste père avait nommé un ministre très spécial, un ministre du Boniment, qui avait pour seule tâche de s'assurer que chaque sujet savait combien il était heureux de vivre sous le règne de Minimillien IV.
Dans son enthousiasme de jeune souverain, Billius congédia le ministre du Boniment, diminua les impôts, fit bâtir des écoles pour les enfants et des hôpitaux pour les malades et s'occupa de la sauvegarde de la nature. En somme, il essaya de se comporter comme un bon roi. Mais Billius était quelque peu vaniteux, aussi; alors, il se déguisa et alla se promener au milieu de son peuple pour savoir ce qu'on disait de lui. Les gens n'étaient pas contents du tout :
— Ce jeune roi n'est bon à rien, lui dirent-ils. Il passe son temps à faire des innovations et n'a aucun respect pour l'œuvre de son père. Ah! son père, lui, avait de la poigne! Hélas, il est bien fini le bon vieux temps de Minimillien IV! Lorsqu'il eut entendu cette dernière phrase une dizaine de fois, il tapa du pied avec colère et dit :
— Si c'est ça que vous voulez, eh bien vous l'aurez!
Il rappela le ministre du Boniment, réaugmenta

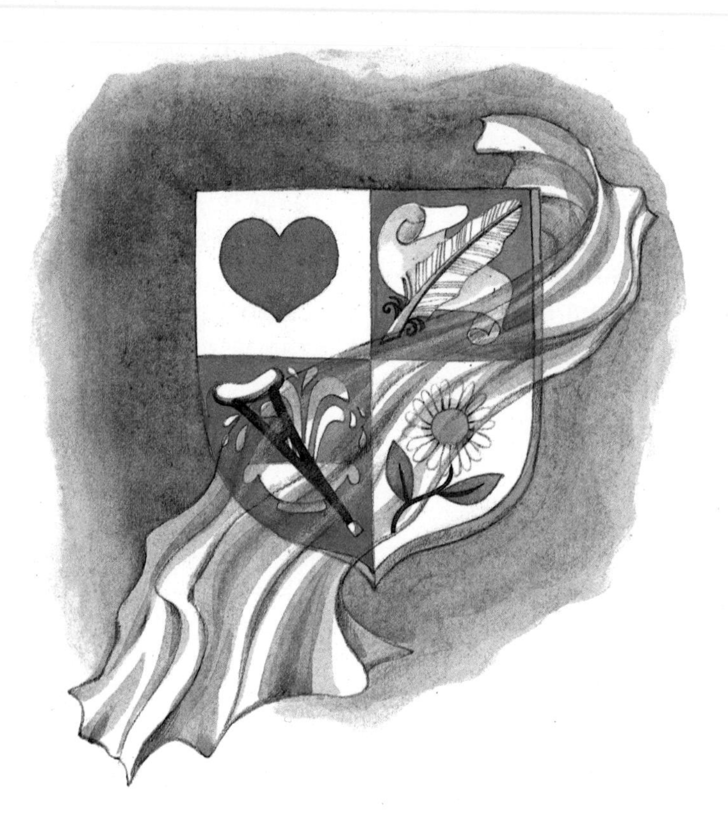

les impôts, fit fermer les écoles et les hôpitaux et laissa la nature se défendre toute seule. Un point, c'était tout!

23 juin

Le bon vieux temps

Mais ce ne fut pas tout. Billius ne supportait pas l'idée d'être un mauvais roi, de ne rien faire pour son peuple, de ne se soucier que de remplir les coffres royaux. Alors, il revêtit à nouveau son déguisement et retourna parmi le peuple pour savoir s'il était satisfait. Cette fois, on lui dit :
— Le jeune roi a terriblement changé : il est devenu aussi égoïste que son père! Ah! hélas, où est le bon vieux temps où Billius monta sur le trône? Il est fini à jamais!
«Ah, c'est ainsi?» se dit Billius. «Les gens regrettent toujours le passé, qu'il ait été bon ou mauvais. Dans ce cas, je gouvernerai comme bon me semble.» Et il congédia une nouvelle fois le ministre du Boniment, fit rouvrir les écoles et les hôpitaux, ordonna que l'on plante des arbres et fit nettoyer une ou deux rivières. Au-dessus du portail d'entrée du château, il fit graver cette inscription :
«Seul un mauvais souverain ne pense qu'à soi. Un bon roi pense à ses sujets.» Mais, jamais plus, il ne se déguisa pour aller écouter ses sujets : qu'aurait-il fait s'ils s'étaient mis à lui parler du bon vieux temps?

24 juin

Qui dit mieux?

Marcel et Martin étaient des amis d'enfance. Mais l'amitié qui les liait était étrange : chacun d'eux voulait toujours renchérir sur l'autre. Lorsque, petits garçons, ils allaient à la foire, c'était à qui gagnerait le plus de lots ou ferait le plus de tours de manège. Plus tard, ils firent des paris pour savoir lequel mangerait le plus de saucisses et boirait le plus de bière. Le temps passa. Et un beau jour, la fille de Martin et le fils de Marcel tombèrent amoureux l'un de l'autre et ils décidèrent de se marier.
— Pourquoi pas? dirent les pères. Et ils se réunirent pour discuter de l'avenir du jeune couple.
— Je donne à Jeanne 20 000 écus de dot, commença Martin.
— Et moi, je donne à Thomas une maison d'une valeur de 20 000 écus, renchérit Marcel.
— Jeanne aura en plus un trousseau et des meubles valant encore 20 000 écus, continua Martin. Marcel ne s'avoua pas vaincu.
— Moi, j'ajoute un terrain qui vaut 20 000 écus. Cela fera 40 000 écus en tout. Et ils continuèrent :
— Je donne ... — Et moi, j'ajoute ... Et tous deux de surenchérir à n'en plus finir, au risque d'être obligés de vendre tout ce qu'ils possédaient pour avoir le dernier mot. Aucun des deux ne voulaient s'avouer vaincu. Ils étaient toujours là, tapant du poing sur la table à chaque surenchère. Et comme ils ne parvinrent pas à se mettre d'accord, Jeanne et Thomas ne purent jamais se marier.

25 juin

Deux amis

Il était une fois deux petits garçons : le premier avait un père magicien, l'autre était le fils d'une famille tout à fait ordinaire. Ils habitaient des maisons voisines, jouaient tout le temps ensemble, à cache-cache ou à colin-maillard, ils se fâchaient et se rabibochaient. Et puis, un jour, sans aucune raison, Constant, le fils du magicien, devint brusquement très prétentieux. On eût dit que quelqu'un lui avait jeté un sort. D'abord, il

se vanta de pouvoir changer des chats en cochons, assécher une rivière en un clin d'œil ou encore renverser des montagnes et en faire de petits tas de pierres, quand il le voudrait. «A quoi bon tous ces mensonges?» se demanda son ami Etienne. Mais il ne dit rien. Peut-être avait-il un peu peur que Constant ne se fâche contre lui, et le transforme en citrouille ou en concombre. Etienne n'était pas toujours très téméraire, mais il avait la tête sur les épaules. Aussi, lorsque Constant lui dit : — On va voir lequel de nous deux est capable de construire le plus beau château, d'ici demain matin, Etienne fut seulement un peu décontenancé. Mais cela ne l'empêcha pas de dormir. Il savait que Constant avait chez lui un gros livre de magie, mais il préféra s'en tenir à ses propres idées. Et il n'en manquait pas.

26 juin

Deux amis

Le lendemain, en se levant, Etienne vit devant sa fenêtre un château de cinq étages, muni de tours et de coupoles : il était magnifique. Etienne fut stupéfait, et il commença à douter de pouvoir faire mieux. Après tout, il n'était qu'un petit garçon bien ordinaire, alors que Constant était le fils d'un magicien. Mais il sortit en hâte et se mit au travail. Avec un petit morceau de brique qu'il trouva devant le château, il commença à tracer des lignes sur le trottoir. Il ajouta quelques arches et bientôt, son château eut une entrée en briques, des tours, des dômes, des chambres meublées, avec des tables chargées de fruits et de jouets. Pendant ce temps, Constant se promenait dans son château à cinq étages, en attendant qu'Etienne vienne admirer son œuvre. Puis il se pencha par une fenêtre et vit, en bas, Etienne, en train de mettre la dernière main à son palais, ajoutant un trait ici, en effaçant un autre là, passant d'une pièce à l'autre : il était heureux comme un roi. «Son château est beaucoup plus beau que le mien», se dit Constant, et à ce moment, son bel édifice s'écroula. Etienne avait gagné le pari.

27 juin

Deux amis

Le jour suivant, Constant ne se souvenait déjà plus qu'il avait perdu et il recommença à narguer Etienne :
— Combien paries-tu que je ferai un carrosse beaucoup plus beau que le tien? Il aura des sièges de velours et un attelage de magnifiques

chevaux, et on ira faire un tour dedans. Je sais que tu n'y arriveras pas. Etienne ne dit mot. Il réfléchissait. A ce moment, il entendit vraiment le hennissement des chevaux attelés à un carrosse doré, avec des sièges moelleux; il était devant la porte et les attendait. Ils montèrent et le carrosse partit. Ayant traversé la ville, ils roulèrent à travers la campagne, mais le carrosse allait si vite qu'ils n'avaient pas le temps d'admirer le paysage; ils sentaient seulement le vent leur fouetter le visage et se tenaient à deux mains pour ne pas tomber. Quand ils sortirent, Constant s'écria :
— C'était formidable, non? Etienne ne disait rien, il réfléchissait. Soudain, il grimpa au grenier et en rapporta un vieux panier tout abîmé qu'il prit à deux mains. Il poussa un hennissement et partit en courant à travers le jardin. Tout d'abord, Constant le regarda comme s'il était devenu fou mais, comme d'habitude, le jeu d'Etienne le tenta et il le suivit. Alors, ils firent vraiment une belle promenade! Ils s'arrêtaient où ils voulaient pour observer une abeille en train de butiner, regarder les poissons nager dans la rivière, suivre des fourmis le long du chemin, pour voir où elles allaient. Ils pouvaient même grimper aux arbres avec leur panier, tellement il était léger. Ensuite, ils en firent une maison, puis une nacelle, puis un bateau.
— Tu as encore gagné, admit Constant. Et une fois de plus, Etienne alla se coucher, victorieux.

28 juin

Deux amis

Le lendemain, Constant tournait comme un lion en cage, essayant de trouver quelque chose qui étonne vraiment son ami Etienne. Il n'était pas content d'avoir perdu deux fois.
— Tu vas voir, lui dit-il. Je vais faire apparaître un trésor. Tu pourras toujours essayer de faire mieux, tu n'y arriveras pas!
— Puisque tu le dis . . . répondit Etienne modestement. Il n'eut pas le temps d'en dire davantage : sur la table apparut un petit coffre serti d'or et de diamants, d'une beauté à vous couper le souffle. A l'intérieur, il y avait un petit tas de pièces dorées. Constant emporta le coffre chez lui d'un air triomphant. Aussitôt, Etienne passa à l'action. Il alla chercher une boîte à chaussures, sortit dans le jardin, et la remplit des plus belles choses qu'il put trouver : une plume

d'oiseau, un joli caillou rose, une coquille d'escargot, une feuille de chêne, un pétale de rose, un petit morceau d'écorce, un trèfle à quatre feuilles et bien d'autres choses.
— Qu'est-ce que tu as trouvé? lui demanda Constant en jetant un coup d'œil par-dessus son épaule. Les deux enfants retournèrent la boîte dont le contenu se répandit par terre. Constant dut bien admettre que le trésor de son ami était bien mieux que son précieux coffret, et aussi que ses jeux étaient beaucoup plus intéressants. Et par la suite, il n'ennuya plus jamais Etienne avec ses paris.

29 juin

Le pet-de-nonne fait du sport

Et notre ami, le pet-de-nonne? Voilà qu'un jour, il se promenait sur un terrain de jeu où des enfants faisaient un match de football. Comme il n'avait jamais vu cela, il s'assit sur un banc pour assister au déroulement du jeu. Tout à coup, le grand Fred, de l'équipe perdante, donna un tel coup dans le ballon qu'il s'éleva dans les airs et disparut. Son équipe perdait par 3 à 1. Les joueurs des deux camps traitèrent le grand Fred de tous les noms. Mais lui se moquait bien de leurs insultes : ce qui le chagrinait, c'était que, sans ballon, ses partenaires et lui ne pouvaient plus remonter le score. C'est alors qu'il vit le pet-de-nonne assis sur le banc.
«C'est toujours mieux que rien», se dit-il. Et il le lança sur le terrain.
— Aïe! cria le pet-de-nonne quand il reçut le premier coup de pied. Puis les autres joueurs prirent le relai.
— Aïe! Aïe! Aïe! But! 3 à 2. Aïe! Aïe! But! 3 à 3. Le pet-de-nonne n'en pouvait plus. Il avait mal partout. Il roula devant le pied de Fred qui lui asséna un coup magistral. Le pet-de-nonne partit à la verticale et atterrit quelque part en juillet, où il pansa ses blessures. Pendant qu'il était en l'air, il trouva le temps de grommeler : 3 partout, ça fait match nul!

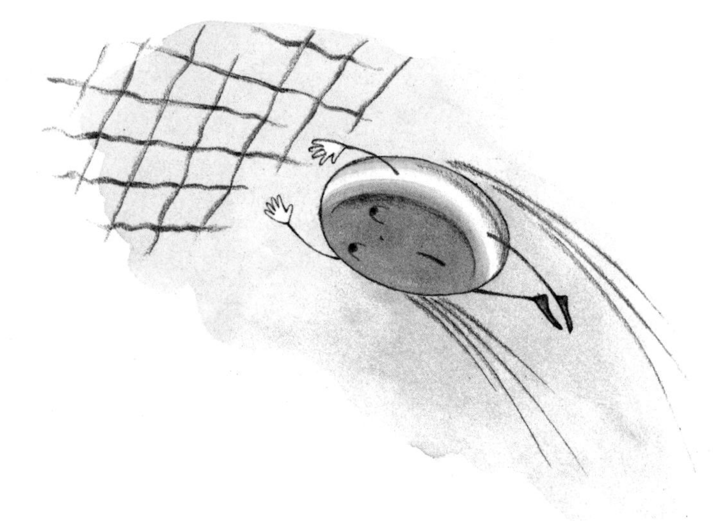

30 juin

L'histoire de la machine à écrire

Vous souvenez-vous de ce conteur, protégé par une bonne fée, qui écrivait ses histoires à la machine à écrire? Eh bien, un beau jour, sa machine se mit à avoir des idées et elle se dit : «Pourquoi me contenterais-je de taper bêtement les histoires qu'il imagine? Cela fait assez longtemps que j'écris les siennes. Maintenent, je pourrais écrire mes propres contes de fées que je signerais : Machine à Ecrire». Elle commença donc.
«Il était une fois un Petit Chaperon Rouge qui se piqua le doigt et s'endormit sous un églantier. Arrivèrent alors sept nains qui se mirent à pleurer parce que le Chaperon Rouge, ou plutôt la Belle au Bois Dormant, dont le vrai nom était en fait Blanche Neige, était morte. Mais un Prince charmant passa à cheval et ...» La machine ne se souvenait pas exactement de ce que le prince devait faire. Alors elle inscrivit une ligne de x sur la phrase concernant le prince et

poursuivit : «Rouge Neige, ou le Chaperon au Bois Dormant, ou la Belle Blanche, enfin peu importe son nom, avait sept frères, ou peut-être six? . . .»
A cet instant arriva le conteur qui était allé acheter un nouveau ruban pour sa machine.
— Qu'est-ce que tu as écrit? demanda-t-il. Un conte de fées?

— Mais non! Je voulais juste essayer mes lettres, répondit la machine. Elle aurait rougi, si elle avait su comment on faisait. — Et qu'est-ce que tu as trouvé? s'enquit le conteur.
— Ce que j'ai trouvé? répéta la machine d'un ton indigné. J'ai trouvé que tu ferais bien de m'acheter un ruban neuf. Voilà ce que j'ai trouvé!

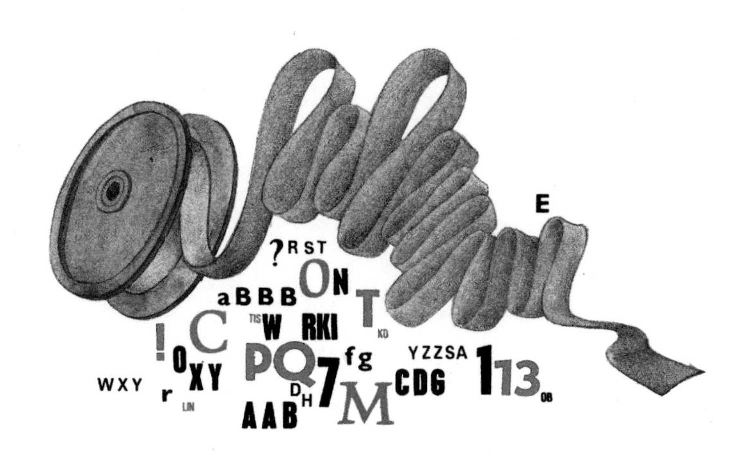

Juillet

1er juillet

Le lutin du vent découvre une nouvelle couleur

Le début de l'été est tellement vert qu'il fait presque mal aux yeux. Pour se mettre au diapason avec les couleurs de l'été, le lutin du vent couvrit son manteau de toutes sortes de feuilles et d'herbes, et bourra ses poches de trèfle et de ciboulette. Il se pencha pour regarder son reflet dans le lac. Mais il fronça les sourcils : «J'ai plutôt l'air d'un homme-grenouille», se dit-il. «Je crois que j'ai un peu exagéré avec tout ce vert.» Et hop! Il s'envola et partit à la recherche d'une autre couleur d'été. Mais le vent l'emporta au-dessus d'une forêt où ne poussaient que des épicéas, des sapins, des mousses et des fougères. Le voyageur du ciel fut tout ébloui; il commença à voir des ronds verts devant ses yeux. Alors il atterrit, se couvrit la tête de son chapeau et fit une petite sieste. Et bien sûr, il rêva en vert : il voyait des feuilles vertes et des arbres verts dans une jungle verte. Il se réveilla en sursaut et se dit : «Je devais être dans une tribu d'indigènes.» Une bande d'enfants passa alors devant lui en courant. Ils avaient des dessins violets sur le visage, comme s'ils s'étaient préparés pour une cérémonie rituelle. Ils tapaient en rythme sur de petites boîtes en fer. Les boîtes contenaient des myrtilles. «Ce n'étaient pas des indigènes, alors», se dit le lutin du vent. Il s'envola vers la clairière toute proche. Lorsqu'il revint, son manteau était maculé de taches violettes, et il avait dans la bouche un délicieux goût de myrtille ...

2 juillet

La fleur trop fière

Sous sa fenêtre, la petite Hélène avait un parterre de tulipes, de roses et d'œillets. Pendant un temps, elle trouva cela très amusant de s'occuper de ces fleurs mais un beau matin, elle en eut assez de les arroser tous les jours et elle se dit : «Je vais me fabriquer une fleur en papier qui sera toujours belle et n'aura pas besoin d'être arrosée!» Elle passa toute une matinée à découper, colorier et coller. Lorsqu'elle eut terminé, elle mit sa fleur en papier dans un vase, à côté de la fenêtre ouverte. Juste à ce moment, le lutin du vent se posa sur la barrière du jardin. Il faisait très chaud sous le soleil de midi, et le jardin était un peu languissant.

— Je suis mille fois plus belle que toutes ces fleurs avachies! dit la fleur en papier d'un air très fier. Cela agaça le lutin du vent. Et, comme elle continuait à se vanter, il alla voir le vent pour lui demander de faire venir de gros nuages. La pluie tomba si subitement qu'Hélène ne pensa pas à fermer sa fenêtre : la fleur en papier fut bientôt trempée de la tête au pied. Sa couleur était toute délavée et ses pétales pendaient lamentablement. Mais les fleurs du jardin, elles, redressaient la tête. Maintenant, on pouvait dire, sans se tromper, lesquelles étaient les plus belles.

3 juillet

Pris la main dans le sac

Il était une fois un vaurien qui vivait d'étrange façon. Quand il avait besoin de quelque chose, il le volait ou l'échangeait contre autre chose. Il dérobait tout ce qui lui tombait sous la main : des roues de chariot, des poulets, des barrières de jardin, des petits cochons, des vêtements. Tout ce qu'il pouvait faire rouler, pousser ou porter, il le prenait. Un jour il vola même le lutin du vent qui se balançait sur une vieille toile d'araignée dans un arbre.
— Mets-moi sous ta chemise, lui souffla le lutin. C'est l'endroit le plus sûr. Sans trop réfléchir, le voleur suivit son conseil et il se remit en route. Il était en train de se demander comment le vendre, lorsqu'il trouva une autre aubaine. Marion avait posé son alliance sur la table du salon : le voleur l'aperçut par la fenêtre. Il se glissa sans un bruit dans le salon, mais juste au moment où il allait s'emparer de l'alliance il se mit à hurler de douleur : il croyait être attaqué par un essaim de guêpes. Sous sa chemise, le lutin du vent le fouettait avec une ronce qu'il avait toujours dans la plus grande poche de son manteau. Les voisins accoururent et prirent le voleur la main dans le sac. Marion ne sut jamais qui avait sauvé son alliance : le lutin du vent était déjà reparti.

4 juillet

L'école de sorcellerie

Dans le bois des magiciens, au sommet de la montagne magique, se trouvait une école de sorcellerie très réputée. Depuis sa fondation, quelque cent ans plus tôt, elle avait formé une trentaine d'excellents magiciens. Il ne faut pas moins de dix ans pour enseigner à un jeune élève les bases de la sorcellerie, et l'enseignement est dispensé par classes de trois. Or, le trio de futurs magiciens qui devait passer le diplôme cette année-là était loin d'être brillant. Les professeurs avaient eu un mal fou à enseigner aux trois élèves, Talisman, Maléfice et Sésame, des pratiques aussi élémentaires que de

changer des chats en souris ou des puces en éléphants. Mais, comme ils avaient réussi tant bien que mal les examens des neuf premières années, on espérait qu'ils feraient de même pour le dernier. Chaque candidat devait tirer au sort parmi une centaine de papiers sur lesquels étaient inscrites des épreuves de magie. Tout aurait pu se passer sans difficulté — car les professeurs étaient prêts à fermer les yeux sur bien des choses pour se débarrasser de ces cancres — si cette fois, les examens ne s'étaient pas déroulés en présence d'une illustre personnalité : le Grand Maître qui dirigeait toutes les écoles et les universités de sorcellerie du royaume de l'Occulte. Ni les professeurs ni les élèves ne se réjouissaient de sa visite, car le Grand Maître avait la réputation d'être impitoyable.

5 juillet

L'école de sorcellerie

Le jour de l'examen à l'école de sorcellerie, le Grand Maître fut très ponctuel.
— Je suis curieux de voir comment vos élèves vont passer les épreuves, déclara-t-il d'emblée au directeur. Comme vous le savez sans doute, le bruit court que le niveau de votre école laisse grandement à désirer. Cela n'est peut-être pas étranger à la piètre performance de vos élèves face à l'équipe féminine de l'Ecole Surnaturelle de Mandragore, lors de la première manche du Trophée de Transylvanie. Mais enfin, nous verrons, nous verrons...
Et il claqua dans ses mains pour annoncer que l'examen allait commencer. Le premier candidat était Talisman. Il s'avança, prit un papier dans la boîte et le tendit au directeur qui lut à haute voix le sujet : «Faites apparaître une source d'eau limpide à l'endroit où vous vous trouvez.»
— Enfantin! Enfantin! dit le Grand Maître, la bouche en cœur. Voilà une chose que vous devriez pouvoir faire les yeux fermés. Mais Talisman ne semblait pas enchanté, au contraire. Il avait l'air de ne pas savoir par où commencer. L'un de ses professeurs essaya de lui faire des signes, derrière le dos du Grand Maître, pour lui montrer comment s'y prendre. Mais le Grand Maître avait des yeux derrière la tête, ce qui est chose courante au Ministère de la Magie, et il dit sévèrement :
— Cher collègue, nous ne sommes pas à l'école maternelle! Venez vous asseoir à côté de moi, je vous prie.

6 juillet

L'école de sorcellerie

Rouge de honte, le responsable du département des Sources et autres Eléments Aqueux vint s'asseoir près du Grand Maître. Mais Talisman se souvenait maintenant de ce qu'il fallait faire. Il commença à décrire des cercles avec sa baguette, lui faisant toucher le sol de temps en temps, à l'endroit où la source devait jaillir, tout en marmonnant furieusement. Il fallut attendre dix minutes avant que quelque chose ne jaillît. Mais au lieu de la source d'eau limpide attendue, on vit surgir du sol une sorte de liquide boueux et verdâtre à l'odeur nauséabonde. Le Grand

Maître fut aspergé de la tête au pieds, de même que le directeur et les professeurs. D'un geste de la main, et à l'aide d'un ou deux mots magiques, le Grand Maître fit disparaître le geyser.
— Nous ne vous avons pas demandé une source de pétrole! fit-il remarquer sèchement. Vous êtes recalé, jeune homme! Et maintenant, nous n'avons plus qu'à aller nous changer; l'examen reprendra dans un moment. Lorsque le jury revint, c'était le tour de Maléfice. Son épreuve était la suivante : «Prenez un nuage dans le ciel et changez-le en bélier.» Maléfice regarda d'un air désespéré le ciel d'un bleu immaculé. Le Grand Maître l'observait, manifestement amusé par l'embarras du candidat. Il essaya pourtant de l'aider :
— Eh bien, Maléfice, si on ne trouve pas ici ce dont on a besion, que faut-il faire? Tout le monde s'attendait à ce qu'il réponde: «Il faut le faire apparaître». Mais Maléfice était tellement nerveux qu'il répondit : — Passer à autre chose!
— Eh bien, je crois que c'est ce que nous avons de mieux à faire! rétorqua le Grand Maître d'un ton péremptoire. Ce qui signifie que, comme votre ami Talisman, vous êtes refusé!

7 juillet

L'école de sorcellerie

Les professeurs étaient très anxieux. Si Sésame échouait lui aussi, c'en était fini de l'école. Mais Sésame n'était pas aussi stupide qu'il en avait l'air. Il voulait seulement en faire le moins possible, mais en réalité, c'était un excellent jeteur de sorts. Il s'avança vers la boîte l'air sûr de lui et tira un papier : «Faites appraître une barbe de six pieds de long sur le visage d'une des personnes ici présentes.»
— Alors, à qui allez-vous attribuer cette barbe? demanda le Grand Maître, avec malice.
— A vous, répondit Sésame.
— Très bien, dit le Grand Maître en souriant. J'espère que vous allez réussir. Mais il prononça tout bas des paroles magiques pour empêcher le moindre poil de pousser sur son menton. Tout en remuant sa baguette et en bredouillant des paroles incompréhensibles, Sésame se mit à tourner en rond autour du Grand Maître en décrivant des cercles de plus en plus petits. Tout à coup, le Grand Maître se sentit très mal à l'aise, car il comprit que la formule utilisée par Sésame n'avait rien à voir avec celle qui permet de faire pousser une barbe. Mais il était trop tard : brusquement, la longue et épaisse chevelure du Grand Maître se volatilisa. Il tenta bien de la faire revenir, mais Sésame avait été plus malin que lui : à sa formule magique, il avait ajouté un petit mot qui faisait que lui seul,

Sésame, avait le pouvoir de restituer au Grand Maître ses cheveux. Ce dernier le menaça, puis essaya la persuasion; il alla même jusqu'à le supplier. Mais Sésame refusait de lui rendre ses cheveux tant qu'il n'aurait pas signé un rapport indiquant que les trois élèves avaient brillamment réussi leur examen et qu'il n'était pas question de fermer cette excellente école. S'il avait refusé, le Grand Maître aurait dû retourner au Ministère sans un cheveu sur la tête, et il n'aurait jamais survécu à une telle honte. Lorsque le Grand Maître fut parti, le directeur proposa à Sésame un poste de professeur dans son école, mais celui-ci répondit :
— Je vous remercie, mais je préfère aller courir le monde. C'est beaucoup plus amusant!

8 juillet

Le fantôme du fermier Rapagrain

Les gens du village parlaient du fermier Rapagrain avec beaucoup d'admiration. Un fantôme s'était installé dans sa ferme et bien qu'il y vécût tout seul, Rapagrain n'avait pas l'intention de quitter sa ferme.
— A quoi ressemble-t-il? lui demandaient ses voisins. Que fait-il? Mais Rapagrain n'était pas très loquace.
— Un fantôme, c'est un fantôme! répondait-il. Ce qu'il fait? Eh bien il hante, toutes les nuits. Vous n'avez qu'à venir le voir, ajoutait-il parfois, d'un ton moqueur. Bien sûr, personne ne voulait s'y risquer. D'ailleurs, les gens du village ne s'approchaient jamais de la ferme de Rapagrain la nuit. Mais Léon, le forgeron, qui n'avait peur de rien, se demandait pourquoi le fermier parlait constamment de son fantôme. Alors il décida d'aller voir par lui-même. Il prit avec lui son marteau, pour le cas où il y aurait eu une part de vérité dans toutes ces histoires, et se mit en route. Il était presque minuit lors qu'il arriva à la ferme. Rien ne bougeait, mais une lumière brillait dans la plus grande pièce. «Est-ce là que vit le fantôme?» se demanda Léon, en s'approchant d'une des fenêtres. Mais là, il faillit éclater de rire en découvrant la scène : Rapagrain était assis à sa table et comptait ses louis d'or. C'était donc ça son fantôme : l'argent et l'avarice! Bien entendu, Léon s'empressa de répandre la nouvelle, et bientôt tout le village en fut quitte pour un bon fou rire.

9 juillet

Les habits de la reine

La reine Isabelle aimait les beaux habits. Chaque fois que les marchands passaient par là, ils s'arrêtaient au château, car ils savaient que la reine leur achèterait les articles les plus luxueux. Pourquoi s'en serait-elle privée, puis qu'elle avait assez d'argent pour se les offrir?
L'argent ne lui manquait pas, il est vrai, mais son mari, le roi Matador était rarement au château : il se promenait souvent à travers le monde. Un jour, alors que le roi était reparti pour un de ses voyages, l'intendant royal tenta de gagner les faveurs de la reine. Mais quand Isabelle lui dit que Matador était l'homme de sa vie et qu'elle lui resterait fidèle jusqu'à la mort, l'intendant se sentit blessé dans son amour-propre. Pour se venger, quand le roi fut de retour, il lui dit :
— Ce marchand de Damas est revenu, et j'ai le sentiment qu'il se passe quelque chose entre la reine et lui. Or, Matador était terriblement jaloux : il bondit comme si un frelon l'avait piqué. Sans même écouter les explications de la reine, il ordonna qu'on l'enferme aussitôt dans la plus haute tour du palais.
— L'infidélité est punie de mort! hurla-t-il. Isabelle savait qu'il était inutile de discuter. Elle demanda seulement le droit de revêtir la robe de son choix.
— Vous pouvez même les mettre toutes, si cela

vous chante! vociféra le roi. La reine alla s'habiller : elle enfila six jupons, neuf combinaisons et douze robes les unes par-dessus les autres. Lorsqu'on la jeta du haut de la tour, elle flotta comme portée par un parachute.
— C'est un miracle! s'écrièrent les sujets qui assistaient à l'exécution. La reine est innocente!
Le roi fut très étonné lui aussi, et il accepta enfin d'écouter la reine. Et finalement, ce fut l'intendant qu'il condamna à l'exil.

10 juillet

Maxime

Il était une fois au milieu d'un morne paysage, une maison solitaire où Maxime vivait avec sa mère. Ils s'aimaient beaucoup, mais la vie était dure pour eux, car il n'y avait pas un mètre carré

de terre fertile, pas un îlot de verdure à des lieues à la ronde.
— Ce n'est pas un endroit pour un jeune garçon comme toi, dit un jour la mère. Il faut que tu t'en ailles de par le monde. Tu ne peux pas vivre ici.
Maxime avait une carrure de géant, il aurait pu soulever des montagnes. Mais il était très sensible; il se mit à pleurer et à supplier sa mère :
— Je veux bien partir, mais je t'emmène avec moi. Je m'ennuierais trop sans toi!
— Mais comment pourrais-je te suivre? Mes

jambes sont si faibles! Et puis, j'aime tellement ma maison!

— Je porterai la maison sur mon dos. Je suis assez fort pour cela. Mais sa mère lui dit :

— Notre maison doit demeurer là où elle est : sa place est ici et la mienne aussi.

Maxime partit donc à travers la plaine déserte et par delà les montagnes dénudées. Il lui fallut si longtemps pour parvenir jusqu'à une région fertile que l'hiver était déjà là. Une épaisse couche de neige recouvrait le paysage.

11 juillet

Maxime

Maxime fut affligé lorsqu'il vit que tout était blanc. Le sable grisâtre avait fait place à de la neige glacée. «A quoi bon parcourir le monde?» se dit-il. «Tout y est triste et laid.» Il était épuisé par son voyage et sa mère lui manquait terriblement. Il s'allongea par terre, ferma les yeux et se laissa emporter par le sommeil. Il dormit pendant tout l'hiver et tout le printemps; puis vint l'automne, et il dormait encore lorsque tombèrent les premières neiges de l'hiver suivant. Les années passant, les oiseaux et les abeilles s'installèrent sur la poitrine de Maxime, la pluie et la neige tombèrent sur lui et les crues du printemps le couvrirent à moitié de boue. Le vent déposa sur lui toute sortes de graines venues des champs et des forêts; bientôt, Maxime fut couvert d'arbres et de fleurs, d'herbes et de plantes, à tel point que des oiseaux vinrent nicher dans ses cheveux. Ce fut par un soir d'orage, en plein été qu'il se réveilla. Il se leva et s'étira, comme après une bonne nuit, puis reprit le chemin de sa maison. En traversant la campagne désertique, il sema tout autour de lui des graines, des petits tas de terre fertile, des glands, des sapins et des pommiers, et le paysage morne et sans vie commença à verdir. Quand il arriva devant sa maison natale, il vit sa mère assise sur le pas de la porte : elle était triste et malade et ses cheveux avaient blanchi. Mais lorsqu'elle embrassa son fils et entendit les oiseaux chanter dans ses cheveux, elle reprit soudain des forces. Et à partir de ce jour, ils vécurent heureux dans leur maisonnette au milieu d'un paysage magnifique.

12 juillet

L'histoire du papillon

Daniel était un petit garçon très naïf qui croyait que les papillons avaient des ailes pour que cela soit plus amusant de les chasser. Chaque fois qu'il se promenait dans les prés, tous les papillons s'envolaient. Daniel trouvait cela très agaçant. Un jour, il résolut de tendre un piège au vulcain, ce magnifique papillon rouge et noir, l'un de ceux qui volent le mieux, dans le monde des papillons. Daniel savait qu'il était très friand de poires et que quand il s'installait pour en boire le jus sucré, il ne prêtait plus du tout attention à ce qui se passait autour de lui. Il prit donc la poire la plus mûre qu'il put trouver et la posa sur la fenêtre de sa chambre. Bien sûr, il n'eut aucun mal à attraper le vulcain. Il l'enferma dans une petite cage en fil de fer et entreprit de le nourrir. Daniel s'imaginait que si le papillon mangeait des quantités de poires, ses

ailes pousseraient et deviendraient aussi grandes que celles d'un avion et qu'il pourrait monter dessus pour se promener dans les airs. Mais le papillon n'avait pas faim. Il restait prostré dans sa cage toute la journée, regardant tristement dehors. Enfin, il dit à Daniel :
— Ecoute, nous allons faire un marché : si tu peux rester dans le jardin pendant un quart d'heure sans bouger, je mangerai et je grandirai pour toi. Mais si tu n'y arrives pas, tu devras me rendre ma liberté.
— D'accord, dit Daniel, rien de plus facile. Il se mit debout au milieu de la pelouse. Mais il ne put rester immobile pendant plus de cinq minutes, car tous les papillons des alentours vinrent tourner autour de lui, se poser sur sa tête et sur ses épaules, lui chatouiller le nez et les oreilles. Grâce à ses compagnons, le vulcain fut sauvé.

13 juillet

Suite de la masure aux secrets

Un jour, il se mit à observer le cadre du miroir. Ce cadre ancien le remplissait d'étonnement. Pourtant, jamais auparavant, il ne lui avait prêté la moindre attention. Sculpté dans un bois clair, tout rongé par les vers, il laissait apparaître sur la partie du bas une tache plus sombre. En la regardant bien et en penchant légèrement la tête de côté, on croyait deviner le dessin d'une clé.

14 juillet

Un mauvais sort

A mi-chemin entre le village et la forêt, il y avait une maisonnette où vivait un vieil homme. Sa femme était morte depuis des années; son fils avait disparu un beau jour dans la forêt et on ne l'avait jamais revu. Le vieil homme passait son temps à travailler, car c'était désormais son seul réconfort. Le temps passa. Un jour, il affûta sa hache et partit en forêt pour couper un arbre, avec lequel il voulait fabriquer un banc de jardin. Il choisit un beau bouleau bien droit, et lorsqu'il l'abattit, il lui sembla entendre un soupir. Le banc qu'il confectionna était très beau, mais tous ceux qui s'asseyaient dessus devenaient subitement très tristes. Le vieil homme se souvint alors du soupir plaintif qu'il avait entendu en abattant le bouleau et il retourna au même endroit. Près de la souche du

bouleau était couché un petit faon aux yeux mélancoliques.
— Tu es sûrement orphelin, lui dit le vieil homme. Et il le ramena chez lui où il l'attacha au pied du banc. Soudain apparut une belle fée portant dans ses bras un bébé.
— Merci de nous avoir ramenés de la forêt, dit-elle au vieil homme. Si nous n'avions pas été

touchés et réunis par un humain, nous serions restés là-bas pour toujours. La reine des fées nous a jeté un sort pour me punir d'être tombée amoureuse d'un humain. Elle l'a tué, mais voici son enfant. Le vieil homme comprit que ce bébé était son petit-fils, et la femme sa bru. Et il fut très heureux de n'être plus seul, désormais.

15 juillet

Geoffroy

Près du parc municipal où trônait une fontaine ornée d'un gigantesque lézard de pierre, vivait un petit garçon très maigre nommé Geoffroy. Il n'avait pas le droit de s'amuser avec les autres enfants ni de jouer au ballon. En fait, il n'avait pas le droit de faire grand-chose, si bien qu'il passait ses journées à réfléchir sur lui-même. Au lieu d'être maigre et faible, Geoffroy rêvait d'être très fort, pour pouvoir se battre et gagner. Les autres garçons se moquaient de lui et lorsqu'ils le rencontraient près de la fontaine, ils lui disaient: — Entends-tu ce que dit le lézard? Il dit: «Je suis le lézard le plus fort du monde, et je détruirai tous les gringalets!» Un torrent d'eau limpide jaillissait de la gueule du lézard qui semblait à Geoffroy terriblement méchant. La statue l'effrayait et l'agaçait à la fois. C'est sans doute pourquoi il se vanta un jour de pouvoir vaincre le lézard tout seul, comme un vrai héros. C'était ridicule bien sûr : comment aurait-il pu détruire un monstre de pierre, alors qu'il n'avait même pas de marteau? Il commença à regretter sa vantardise et ses jambes se mirent à trembler. Mais les autres enfants le hissèrent sur le bord de la fontaine en lui disant :
— Eh bien vas-y! Nous sommes curieux de voir ça!
Geoffroy baissa la tête, honteux. Il vit son visage rembruni se refléter dans l'eau et se dit : «Je vais peut-être me noyer, comme ça, je ne connaîtrai pas la honte.» Et il se pencha vers l'eau qui continuait son incessant murmure.

16 juillet

Geoffroy

La tête de Geoffroy touchait presque l'eau, maintenant. Et tout à coup, le seul jouet qu'il avait toujours sur lui, une bille de verre, glissa de sa poche. Elle tomba au fond de la fontaine et roula jusqu'à l'orifice par lequel arrivait l'eau. Aussitôt le lézard cessa de cracher, et le bassin se vida. Comme il faisait très chaud cet été-là, la

fontaine se dessécha peu à peu. Le lézard de pierre se craquela, et quand il fut près de s'effondrer, il supplia Geoffroy :
— Je t'en prie, Geoffroy, ne me détruis pas. Tu vois bien que je ne suis pas le lézard le plus puissant du monde. Tu es plus fort que moi. Remets un peu d'eau dans la fontaine pour que je ne meure pas! Juste à ce moment, le maire de la ville arriva. Il implora Geoffroy, il lui promit la lune, s'il sauvait cette précieuse statue. Mais que pouvait faire Geoffroy? Il ne savait même pas comment la fontaine s'était bloquée. Alors, les gens commencèrent à la haïr; les enfants le repoussèrent. Geoffroy était plus malheureux que jamais. C'est alors qu'une grenouille s'approcha de lui et murmura :
— Je vais t'aider, parce que je sais que tu n'y es pour rien. Elle sauta dans la fontaine, trouva la bille et la prit dans sa bouche. L'eau se remit à couler de la gueule du lézard. Geoffroy voulut remercier la grenouille, mais elle était déjà repartie, laissant la bille de verre sur le bord de la fontaine.

17 juillet

Alice

Le fermier, Constantin, avait une truie nommée Alice. Il la nourrit grassement jusqu'à ce qu'elle soit bien dodue. Un soir, il annonça à sa femme qu'il la tuerait le lendemain pour en faire des saucisses, du jambon et du pâté. Mais il avait parlé un peu trop fort, car Alice l'entendit. Sans trop réfléchir, elle se jeta sur la porte de la porcherie qui s'ouvrit du premier coup. Alors, elle se mit à courir aussi vite que peut le faire une truie que l'on a bien gavée. «Je ne vais tout de même pas rester ici à attendre que l'on vienne me trancher la gorge», se dit-elle, à bout de souffle. Elle voulut traverser le pont en bois qui enjambait la rivière mais il céda sous son poids et Alice se retrouva à l'eau. Elle rassembla toute ses forces pour se hisser sur la berge, puis reprit sa course. Elle franchit des collines, traversa des bosquets sans jamais s'arrêter pour reprendre haleine, ni même manger, si bien qu'elle maigrit considérablement. Lorsqu'enfin elle fit une halte après cette fuite effrénée, elle s'aperçut avec horreur qu'elle était revenue à son point de départ. Elle faillit même se heurter de plein fouet à Constantin.
— Ah, nous sommes bien heureux que tu sois revenue, Alice! s'écria le fermier. Et sa femme d'ajouter :
— Oui, car pendant ton absence, nous nous sommes aperçus que tu nous manquais beaucoup. Heureusement que nous n'avons pas fait de toi des saucisses! Et ils gardèrent Alice comme un chien ou un chat, l'emmenant régulièrement en promenade pour qu'elle reste svelte.

18 juillet

Mme Léconome

Tout le monde parlait de Mme Léconome avec beaucoup d'admiration. Elle achetait toujours les articles en promotion et faisait chaque fois de très bonnes affaires. Mme Léconome eut

vent des louanges que l'on faisait d'elle, et cela lui monta un peu à la tête. Dès lors, elle fit de l'économie l'unique but de son existence. D'abord, elle acheta une calculatrice de poche, en solde, bien sûr. Grâce à cette petite machine, elle calcula qu'en achetant cinquante douzaines d'œufs à bas prix, elle économiserait telle somme d'argent. «Ça, c'est une bonne affaire», se dit Mme Léconome. Seulement, la plupart des œufs pourrirent, avant qu'elle n'ait eu le temps de tous les manger. Puis, sa calculatrice lui conseilla d'acheter un appareil à faire des glaces, qui était vendu en promotion : d'après son calcul, l'appareil serait amorti en un an si Mme Léconome mangeait chaque jour quatre glaces faites à la maison, au lieu de les acheter chez le glacier. Elle se procura donc l'appareil, oubliant complètement qu'elle n'aimait pas les glaces. Ensuite, elle acheta à un prix très avantageux une paire de chaussures qui ne lui allaient pas, et une robe bon marché qui était trop petite pour elle. Peu à peu, elle accumula tellement d'objets dont elle n'avait pas l'utilité qu'elle fut obligée d'ouvrir un magasin pour les revendre. Et comme elle les vendit encore moins cher qu'elle ne les avait achetés, elle fit faillite. Quelle économe que cette Mme Léconome!

19 juillet

Le conteur trouve une mère

Par une chaude journée de juillet, le conteur manquait d'inspiration. Il était assis à l'ombre d'un pommier et regardait les abeilles bourdonnantes butiner les fleurs autour de lui. Tout à coup, il vit la fée assise à ses côtés, sur le banc. Elle lui dit : — Tiens, c'est Mme Petipas que je vois là-bas. Elle est bien seule, la pauvre femme!

— Moi aussi je suis seul. Sauf lorsque des enfants viennent me demander de leur raconter une histoire.

— Personne ne va jamais la voir, dit la fée, d'un ton réprobateur. Son fils unique est parti de par le monde et il ne lui envoie même pas une carte postale! Et puis, elle a du mal à marcher, si bien qu'elle ne peut guère sortir de chez elle pour aller voir des amis.

— Eh bien au moins, elle a le temps de lire, répliqua le conteur. Mais la fée ne semblait pas de cet avis.

— Elle ne voit plus très clair. Quelqu'un devrait aller lui rendre visite de temps en temps, pour bavarder avec elle. Et comme le conteur ne disait rien, elle ajouta, d'une manière marquée :

— Cet après-midi, peut-être.

— D'accord, dit le conteur. Et il alla bavarder un peu avec Mme Petipas. La vieille dame fut ravie.

— Vous me rappelez mon fils, qui est parti maintenant, lui dit-elle.

— Et vous, vous me faites penser à ma mère,

répondit le conteur, en essayant de se rappeler depuis combien d'années elle était morte.
— Je reviendrai vous voir, ajouta-t-il.
— Revenez tous les jours, si cela vous fait plaisir, dit la vieille dame avec un sourire qui creusa de petites rides autour de ses yeux. Et c'est ainsi que le conteur trouva une nouvelle maman.

20 juillet

La princesse et le jardinier

La princesse Constance recevait toujours de magnifiques présents de la part du roi, son père, mais ces cadeaux ne lui faisaient pas réellement plaisir. Elle préférait rendre visite à sa gouvernante, dans sa modeste chambre. Un jour qu'elles étaient toutes deux penchées à la fenêtre, Constance aperçut le jardinier qui tissait une guirlande de marguerites.
— Oh, s'il te plaît, donne-moi cette guirlande, je n'en ai jamais vu d'aussi belle!
— Je vous la donnerai en échange d'un baiser, répondit le jardinier, sans grand espoir de l'obtenir. Mais la princesse descendit et l'embrassa. Elle prit la guirlande et la porta jusqu'à ce qu'elle fut fanée. Le lendemain, elle entendit un curieux bruit, dans le jardin. Elle se pencha à la fenêtre et demanda au jardinier ce que c'était.
— C'est un sifflet en roseau, répondit-il. Et il sera à vous en échange de deux baisers. En un clin d'œil, Constance fut dans le jardin; elle saisit le sifflet et donna au jardinier ce qu'il avait demandé. Le troisième jour, Constance courut au jardin dès le point du jour. Sans un mot, le jardinier lui offrit un anneau tressé avec de l'herbe et orné de rosée. Il obtint trois baisers. Mais cette fois, le roi les vit. Comme punition, il obligea Constance à épouser le jardinier et à vivre avec lui dans une modeste chaumière. Ce fut le plus beau présent qu'il fit jamais à sa fille.

21 juillet

Trop ne vaut rien

Il était une fois un marchand qui avait à

demeure plusieurs dizaines de cuisiniers : dix pour cuisiner les viandes, dix qui étaient spécialisés dans les poissons, dix pâtissiers, dix sauciers, etc. En somme, il n'y avait aucune autre maison, dans le pays, où l'on mangeât aussi bien, et les gens l'appelaient la Maison de la Bonne Cuisine. Si quelqu'un y séjournait plus de deux jours, il était sûr d'en repartir avec une énorme bedaine et des joues tellement bouffies qu'on ne lui voyait plus les yeux. Le maître de maison lui-même était si gros qu'il pouvait à peine marcher, mais il continuait d'aimer la bonne chère. Et puis, un jour, il arriva ce qui devait arriver : à force de trop manger, le marchand tomba malade. Perclus de douleurs et de crampes, il pensa qu'il allait mourir, et du coup, commença à perdre l'appétit. Il envoya chercher dix docteurs de chaque spécialité de médecine mais malgré tous leurs titres et leurs diplômes, ils ne savaient pas comment le guérir. Mais ils s'installèrent chez lui, où ils mangèrent et burent tellement que bientôt leur ventre s'arrondit et leurs yeux disparurent dans leurs énormes joues. Puis, à leur tour, ils commencèrent à avoir eux aussi des douleurs, et des maux de toutes sortes, au point d'en perdre l'appétit. Ils étaient tellement malades qu'ils virent leur dernière heure arrivée. C'est alors que les gens commencèrent à appeler la maison du marchand la Maison de l'Indigestion.

22 juillet

Trop ne vaut rien

Les cuisiniers du marchand auraient pu prendre des vacances, mais il leur ordonna de continuer à cuisiner, pour le cas où lui-même ou un de ses invités aurait subitement retrouvé l'appétit. La nourriture s'entassait dans les cuisines, mais le marchand refusait qu'on en distribue aux pauvres, disant qu'il ne fallait pas les gâter. « Attends un peu et tu vas voir », se dit Annie, une des filles de cuisine. Elle fit parvenir au marchand un message lui disant qu'elle connaissait un remède pour le guérir. — S'agit-il d'une herbe ou d'une poudre? demanda le marchand quand Annie vint le voir.

— Ni l'un ni l'autre, répondit Annie. Mais si vous voulez, je peux vous guérir, vous et vos invités. La seule chose que je demande en échange est que vous me donniez chaque jour de l'année, un plein pot de nourriture.

Le marchand accepta et signa un engagement avec Annie. Le lendemain, ses médecins et lui se mirent en rang d'oignons pour recevoir leur remède. La méthode d'Annie était très simple : elle les fit sortir au grand air munis de fourches et de bêches. Au lieu de prendre des médicaments, ils durent travailler toute la journée dans le jardin avec pour seule nourriture une ou deux pomme chacun qu'ils dévorèrent jusqu'au trognon. Leur digestion s'améliora considérablement. Lorsqu'ils furent tous guéris, la fille de cuisine emporta sa récompense. Cela représentait une énorme quantité de nourriture, car dans le contrat, Annie avait écrit « Plein Pot » avec des majuscules : c'était le nom d'un réservoir d'eau. Il fut donc rempli chaque jour comme convenu et, cette année-là, les pauvres furent très bien nourris!

23 juillet

Le champignon

Un champignon comestible et un champignon vénéneux poussaient l'un à côté de l'autre, entre un sapin et un mélèze.
— Regarde comme je suis grand, mince! Et puis, je suis habillé à la dernière mode. Je suis sûr que tout le monde va m'aimer. Et comme l'autre ne répondait pas, il ajouta : — Tandis que toi, tu es vraiment mal fagoté! Mais lorsque des amateurs de champignons passèrent, ils se saisirent avec enthousiasme du champignon comestible, piétinant presque le champignon vénéneux. Celui-ci eut beaucoup de mal à se remettre de cet affront. Enfin, pour se consoler, il se dit : « Je ne vais tout de même pas pleurer parce qu'on ne m'a pas cueilli pour me couper en tranche et me faire frire! » Mais, en fait, son vœu le plus cher était qu'on le mette dans un panier et qu'on l'emporte pour le manger. Alors, il demanda à une limace qui passait par là de modifier quelque peu son apparence. La limace grignota un petit morceau par-ci par-là et le champignon vénéneux prit l'aspect d'un champignon comestible. Il eut beaucoup de chance, car la personne qui vint ensuite était Théophile, un grand spécialiste des champignons. — Hourra! s'écria-t-il, je viens de découvrir un nouveau champignon! Il s'appellera le Théophile. Ainsi, notre champignon eut ce qu'il voulait. Théophile l'emporta chez lui, le fit revenir à la poêle et le mangea. Vous pensez peut-être qu'il s'empoisonna. Eh bien non. Car depuis le temps qu'il mangeait des champignons à moitié comestibles ou tout juste comestibles, il était immunisé, et ce champignon vénéneux déguisé ne lui fit aucun mal. Par la suite, on ajouta une nouvelle espèce dans les encyclopédies de champignons : le Théophile. Mais jamais personne n'en trouva d'autres spécimens.

24 juillet

La bulle de savon

Mélanie sortit avec un bol d'eau savonneuse et une pipette. Il n'est pas difficile de deviner ce

qu'elle voulait faire. Mais quand elle plongea la pipette dans le bol, elle aspira un peu trop fort et avala une gorgée d'eau savonneuse. Pouah! Quel goût infect! Mais alors sortit de sa bouche une bulle magnifique : elle était grosse et portait toutes les couleurs de l'arc-en-ciel. Elle s'éleva dans les airs, comme un ballon de foire. A sa grande surprise, Mélanie comprenait ce que disait la bulle, sans doute parce qu'elle avait avalé un peu d'eau savonneuse : — Regardez comme je suis belle, et comme je vole bien! Je suis plus brillante que le soleil, plus colorée qu'un champ de fleurs; je suis parfaite. Vous pourrez m'admirer pendant des heures, des jours, des semaines, vous pourrez vous délecter de ma beauté pendant un mo . . . PLAF! Le spectacle s'arrêta là. Mélanie reprit sa pipette puis soudain, elle changea d'avis et alla chercher son ballon.

25 juillet

Les visages disparus

Dans la ville de M., de la province de N., il se passait des choses étranges. Un jour, M. P., qui était allé se promener dans une forêt voisine, en revint sans visage. Comme il n'avait plus de bouche, il ne put raconter à personne ce qui lui était arrivé. Un peu plus tard, Mme S., qui avait l'habitude d'aller dans la même forêt, avec sa voiture à bras, pour ramasser du bois, revint en courant, sans sa charrette. Mais, ce qui était bien plus grave, c'est qu'elle avait perdu aussi son visage. Sans yeux, il lui était impossible d'écrire ce qui s'était passé. La troisième victime fut M. R., le maréchal-ferrant. Lui aussi s'était rendu dans les bois et en était revenu avec un cercle vide à la place du visage : son front, ses sourcils, ses yeux, son nez, ses joues, sa bouche et son menton avaient disparu. Il ne pouvait plus ni sourire, ni froncer les sourcils. En fait, nul ne comprenait comment ces trois personnes pouvaient continuer à vivre alors qu'il leur était impossible de manger et même de respirer. Mais, elles vécurent. Le fils du maréchal-ferrant,

Rodolphe R., essaya bien de tirer quelques renseignements de son père, mais celui-ci ne put que remuer les bras en direction des bois, et faire de grands gestes pour montrer qu'on lui avait arraché le visage. «Il ne me reste qu'une chose à faire», se dit Rodolphe, «aller voir par moi-même.»

26 juillet

Les visages disparus

Arrivé dans une clairière, Rodolphe vit une belle jeune fille aux cheveux d'or assise sur une souche. Il ne l'avait jamais vue ni dans la ville de M., ni dans la province de N., et, depuis le temps qu'il parcourait la région avec son père, pour ferrer les chevaux, il connaissait de vue presque toutes les belles filles. — Qui êtes-vous? lui demanda-t-il. Et d'où venez-vous?
— Je suis Cheveux-d'or, répondit-elle d'une voix très douce, et je vous attendais.
— Moi? articula Rodolphe n'en croyant pas ses oreilles. Que me voulez-vous?
— La porte de ma chaumière est sortie de ses gonds, dit la fille aux cheveux d'or. Et j'ai besoin de vous pour la remettre en place. Je ne suis pas assez forte pour cela.
— Bien volontiers, dit Rodolphe. Mais je ne sais pas où est votre chaumière. La jeune fille le conduisit le long d'un sentier tout en lui expliquant qu'elle habitait ici depuis peu de

temps, qu'elle était orpheline et que, comme elle était assez sauvage, elle préférait vivre dans la solitude. Effectivement, la porte de la chaumière gisait par terre, dans l'herbe. Rodolphe la saisit et... il s'aperçut que ses mains restaient collées à la porte. Il eut beau essayer de toutes ses forces de s'en défaire, la porte restait attachée à ses mains. Il se tourna vers Cheveux-d'or mais la créature qu'il vit alors n'était plus la belle jeune fille de tout à l'heure mais une horrible sorcière avec un nœud de vipères à la place de ses boucles blondes.
— Donne-moi ton visage, et je te libérerai! grogna-t-elle. Donne-moi ton visage...

27 juillet

Les visages disparus

Le jeune Rodolphe comprenait maintenant comment son père, et Mme S. et M. P. avaient perdu leur visage, mais il n'était guère plus avancé, avec cette porte dans les mains. Il décida d'essayer de gagner du temps.
— Pourquoi, voulez-vous mon visage, puisque vous en avez déjà trois? La sorcière se mit à ricaner tellement fort qu'elle faillit suffoquer.
— Trois? dit-elle. J'en ai trois mille trois cent trente-deux que j' ai pris dans les provinces de S., T., U., V. et Z. Il ne m'en manque plus qu'un pour avoir la collection complète.
— A quoi cela vous servira-t-il? s'enquit Rodolphe, intrigué.
— Celui qui en réunit trois mille trois cent trente-trois devient le maître du monde! répondit la sorcière. Et maintenant, tu vas me donner le tien! Le fils du maréchal-ferrant comprit que s'il n'acceptait pas, il resterait avec cette porte collée aux mains. La ruse était désormais son seul salut.
— Avant que vous ne preniez mon visage, j'aimerais savoir quelque chose, dit-il à la sorcière.
— Quoi donc? demanda-t-elle, d'un ton hargneux.
— Je voudrais que vous m'expliquiez comment vous prenez le visage des gens. Si vous me le dites, j'enlèverai moi-même mon visage, et je vous le donnerai. Mais pour ça, il faudra que vous me teniez la porte.
Pendant un long moment, la sorcière se demanda si le jeune homme n'essayait pas de la duper. Mais finalement, elle se dit qu'il était beaucoup trop simple d'esprit pour cela et elle accepta : — Très bien, je vais te le dire.

28 juillet

Les visages disparus

La sorcière débarrassa Rodolphe de la porte et lui expliqua :
— C'est très simple : tu prends le menton de la personne d'une main et son front de l'autre et tu dis : les fausses fées fauchent les faces des sots. Il n'y a rien de plus enfantin. Mais Rodolphe fit celui qui n'avait pas compris.
— Vous avez beau dire que c'est facile, moi je n'ai pas bien compris, lui dit-il. Pourriez-vous répéter la formule pendant que j'essaie les gestes sur vous?
— J'ai vu tout de suite que tu étais idiot, dit la sorcière d'un ton sifflant. Ce disant, elle fit signe aux serpents agglutinés sur sa tête de rester tranquilles pendant un instant, tandis que Rodolphe lui saisissait le front et le menton. Puis, elle répéta : — Les fausses fées fauchent les faces des sots. A ce moment, son visage resta dans les mains de Rodolphe, comme un masque. On imagine aisément sa surprise lorsqu'il découvrit à la place le visage de la belle fille aux cheveux d'or. — Merci, vous m'avez sauvé, dit-elle. On m'avait ensorcelée, et si j'avais pris votre visage, aujourd'hui, j'aurais été pour toujours une sorcière. Rodolphe allait lui demander ce qu'il fallait faire de tous ces visages, lorsqu'il vit surgir une horde de gens sans visages. Chacun d'eux retrouva facilement le sien et le remit. Quant à Cheveux-d'or, Rodolphe l'emmena chez lui.

29 juillet

Le chevreau et le loup

Nine, la chèvre, habitait avec son chevreau, Ninou, dans une petite maison, à la sortie du village. Chaque jour, Nine allait à l'épicerie acheter un chou. En partant elle disait à Ninou :
— N'ouvre la porte à personne, sauf à moi. Et Ninou poussait le loquet et attendait le retour de sa maman. Mais un jour, le loup passa par là et il dit :
— Ouvre, mon petit chevreau, c'est moi, ta maman. Ninou trouva cette voix bien étrange, alors, il n'ouvrit pas la porte. Le lendemain, le loup revint et cette fois, il prit une voix un peu plus aiguë pour mieux imiter celle de la chèvre :
— Ouvre mon enfant, c'est moi. Je rapporte un chou! Ninou tira le loquet et entrouvrit la porte. En un éclair, le loup passa sa patte noire dans l'entrebâillement.
— Tu n'es pas ma maman! s'écria Ninou en

claquant la porte. Le loup resta dehors. Lorsque Nine fut de retour, le petit lui raconta ce qui s'était passé. — Attends un peu, vieux méchant loup! s'écria la chèvre. Le lendemain, elle resta à la maison et se posta derrière la porte. Bientôt, une petite voix mielleuse se fit entendre. Lorsque la chèvre entrouvrit la porte, le loup glissa deux pattes couvertes de farine, pour tromper le petit Ninou. Mais avant qu'il n'aie le temps d'entrer, la chèvre prit un bâton et le frappa tellement fort qu'il perdit à jamais son envie de manger du chevreau.

30 juillet

Le pet-de-nonne et les fourmis

Vous souvenez-vous du pet-de-nonne? Nous l'avions laissé au milieu de champ de thym, en juin. Depuis, il avait beaucoup voyagé. Un jour, à la tombée de la nuit, il se promenait dans une épaisse forêt et, se sentant très las, il se coucha près d'une sorte de petite colline et s'endormit. Le lendemain matin, en se réveillant, il sentit quelque chose qui le portait doucement vers le haut de la colline. Il regarda autour de lui et sous lui et vit des milliards de fourmis en train d'applaudir et de crier : — Vive le pet-de-nonne! Hip! Hip! Hip! Hourra! La colline sur laquelle elles le hissaient n'était autre qu'une énorme fourmilière. — Pourquoi m'acclamez-vous? demanda le pet-de-nonne.

— Parce que tu es très courageux, lui répondit la fourmi la plus proche de lui. Tout d'abord, le pet-de-nonne fut très flatté. C'était bien agréable de se faire applaudir pour son courage. «Ah, c'est bien vrai que je suis courageux!» se dit-il. Mais soudain, il se demanda comment les fourmis pouvaient savoir qu'il était courageux. Alors, il le leur demanda. — Comment nous le savons? Mais c'est évident. Il n'y en a pas beaucoup qui se laisseraient porter comme toi dans un garde-manger, sans sourciller! lui expliqua l'une d'elle avant de rejoindre les autres pour crier : — Bravo au valeureux pet-de-nonne! «Ah, ça, jamais!» pensa le pet-de-nonne. Elles peuvent bien me faire des ovations, mais elles ne me mangeront pas! Pendant quelques instants, il observa les fourmis et remarqua que tous les ordres étaient donnés par un lieutenant-fourmi. Imitant la voix aiguë du lieutenant, il hurla plus fort que lui : — Lâchez le pet-de-nonne! Demi-tour! Marche! Et avant que les fourmis n'aient le temps de se remettre de leur confusion, il dit tout bas, pour lui-même: «Pet-de-nonne, en route pour août, et... au pas de course!»

31 juillet

Véronique et le musicien

Il était une fois un musicien nommé Cornelius Alto qui restait assis à son piano jusque tard dans la nuit, à composer des sonates et des symphonies. Lorsque Véronique, la fille de son propriétaire, venait le voir dans sa mansarde, il jouait pour elle ses compositions. Mais Véronique hochait la tête : elle ne semblait pas aimer la musique. Ou peut-être ne la comprenait-elle pas,
peut-être aurait-elle préféré que Cornelius lui murmure des mots doux à l'oreille. Cornelius prenait la chose très au sérieux; il était profondément triste et se mit à travailler encore plus tard, pour composer des morceaux qui raviraient Véronique, des compositions qu'elle

applaudirait. Il ne mangeait plus, ne dormait plus. Il ne faisait que composer, si bien qu'un jour, il devint lui-même un morceau de musique dont les notes se mirent à flotter dans la pièce. Véronique vint lui rendre visite, et ne le voyant pas, elle appela : — Où êtes-vous, Monsieur Alto? Elle regarda sous le piano, derrière la porte et derrière les rideaux.
Puis le propriétaire monta, suivi de sa femme et de tous les autres locataires. Ils le cherchèrent partout, se demandant d'où provenait cette musique.
Véronique ne comprenait pas que c'était son cher Cornelius qu'elle entendait; pourtant la musique lui semblait familière. Elle l'aima de plus en plus et vint souvent dans la chambre vide pour l'écouter. Un jour, se croyant au concert, elle se mit à applaudir. Alors, Cornelius apparut devant elle, enfin heureux, aussi heureux que Véronique.

Août

1er août

Dodo

Parfois, en été, il fait si chaud que les gens sont à bout de nerfs et les enfants encore plus agités qu'à l'ordinaire. Par une de ces journées étouffantes, une mère plaça le landau de son bébé à l'ombre d'un vieux pommier où il faisait encore frais. Mais, vers midi, la chaleur gagna cet endroit ombragé, et le bébé se remit à pleurer. Or, on était dimanche, et la maman dit : — Quel dommage que les magasins soient fermés! Si j'avais pu acheter un nouveau jouet à Lizou, elle jouerait avec et ne pleurerait plus. Le lutin du vent qui passait justement par là se dit : «Si seulement je pouvais faire passer le temps plus vite!» — mais même les lutins du vent n'ont pas ce pouvoir. Il regarda autour de lui dans l'espoir de trouver quelque chose qui puisse calmer l'enfant. Il aperçut, de l'autre côté du jardin, un champ de blé. — Oh, mais il y a là des jouets pour des dizaines de bébés! s'exclama-t-il. Il ramassa quelques épis et cueillit une fleur dans le jardin. Puis il appela le vent et tous deux jouèrent au-dessus du landau. Le bébé sourit et s'endormit bien vite au son de ce doux frou-frou. Et là, sous le pommier, il rêva que chaque grain de blé donnait un nouvel épi.

2 août

Le chapeau d'Eléonore

Pour l'anniversaire d'Eléonore, son papa lui offrit un chapeau en toile. — Peuh! Il est vraiment trop ordinaire! Je ne le porterai jamais! s'écria Eléonore. Et elle le mit aussitôt dans un placard. Le lutin du vent, notre voyageur du ciel, qui avait assisté à la scène, frappa à la porte du placard, et pour réconforter le chapeau, il lui dit : — Ne t'inquiète pas, tu ne resteras pas longtemps ici! Et il avait raison. Le dimanche suivant, Eléonore et sa maman partirent pour un pique-nique; dans leur panier, il n'y avait pas seulement de la limonade et des sandwiches, mais aussi le chapeau en toile. Quand elle le vit, Eléonore le jeta par terre en disant qu'il ne lui plaisait pas et qu'elle ne le porterait jamais. Le lutin du vent qui les avait suivies posa sa main sur le chapeau et dit à Eléonore : — Regarde bien! Un lézard passa qui voulut prendre le chapeau pour s'en faire un lit. Puis un geai s'y posa, pensant qu'il pourrait y construire son nid. Un écureuil voulut s'en servir pour y mettre des noisettes, un chou se dit que ce chapeau le protégerait des papillons, puis vint une taupe qui voulut en faire un bateau

pour traverser le lac, un hérisson trouva qu'il ferait un bon lit, une souris envisagea d'y entreposer des grains de blé. Tous commencèrent à se disputer le chapeau, et Dieu seul sait ce qui lui serait arrivé si Eléonore n'était pas revenue à la raison. Elle se dépêcha de le mettre sur sa tête. Il était grand temps! C'est bien utile d'avoir un chapeau en toile, sous le soleil de midi!

3 août

Rouget et Bleuet

Dans un jardin, il y avait une maison habitée par un homme et une femme et leur petite fille, Vicky. C'était une enfant adorable; elle n'avait qu'un seul défaut : elle ne dormait pas la nuit.
— Quelqu'un a dû lui jeter un sort, disait sa maman. Et elle ne se trompait pas de beaucoup. Sous la fenêtre de la chambre de Vicky, il y avait deux nains de plâtre. L'un était très gentil, tandis que l'autre était un coquin qui ne pensait qu'à jouer de mauvais tours. Ainsi, il avait trouvé cela très amusant d'empêcher la petite Vicky de dormir la nuit. C'était désolant, car durant toute la journée, Vicky était à moitié endormie et baîllait sans cesse, et le soir, elle avait les yeux grands ouverts et ne pouvait absolument pas dormir. Ses parents étaient obligés de lui lire des histoires toute la nuit et le lendemain, ils étaient tellement fatigués qu'ils ne pouvaient pas travailler correctement. Cela devint insupportable. «Ça ne peut pas continuer ainsi», se dit le gentil nain, qui se nommait Rouget, à cause de son bonnet rouge. «J'aime bien cette petite Vicky, et je vais essayer de l'aider.» Mais il se demandait comment faire. Pendant ce temps, son frère Bleuet riait sous cape, se réjouissant à l'avance de déjouer les plans de Rouget.

4 août

Rouget et Bleuet

— De toute manière, tu ne connais rien à la magie. Je suis sûr que tu ne trouveras aucun moyen, disait Bleuet à son jeune frère du matin au soir, pour le faire enrager. Mais il se trompait. Un après-midi, Vicky se promenait dans le jardin; Rouget l'appela et lui tendit une brindille argentée en lui disant : — Si tu mets cette herbe sous ton oreiller, son odeur te fera tourner la tête, et tu t'endormiras sans difficulté. La mère de Vicky ayant entendu cela ramassa une brassée de ces herbes qu'elle cousit à l'intérieur d'un oreiller en soie. En fait, c'était une idée de Bleuet. Il lui avait dit : — Pourquoi attendre ce soir? Essayez donc tout de suite! Alors la maman de Vicky allongea sa fille dans une chaise longue, glissa l'oreiller sous sa tête et attendit. Vicky prit une longue inspiration et à peine le temps de compter jusqu'à cinq, elle était presque endormie. Mais elle tomba dans un sommeil tellement profond qu'il fut impossible de la réveiller. Elle resta allongée dans cette chaise longue, les yeux clos pendant des jours, des semaines et même des années. Dans son sommeil, elle grandissait et embellissait. Son papa et sa maman n'avaient plus besoin de lui raconter d'histoires, désormais. Ils pouvaient se reposer et travailler à nouveau normalement, mais ils n'étaient pas très heureux, on le comprend.

5 août

Rouget et Bleuet

— Tu as vu ce que tu as fait! disait Bleuet à son frère d'un ton de reproche. Pourtant, il savait très bien que ce n'était pas Rouget le fautif. Et le pauvre ne pouvait même pas répondre : les parents de Vicky l'avaient enfermé dans la cabane de jardin. Ils allaient bien le voir de temps en temps, mais c'était toujours pour lui faire des reproches :
— Que va-t-elle devenir, notre pauvre Vicky? Elle dort comme une marmotte! Elle ne trouvera jamais de mari! Rouget réfléchit longuement, puis il se dit : «Puisque c'est ainsi, je vais demander moi-même sa main!» Et c'est ce qu'il fit. Les parents de Vicky ne furent pas enchantés, mais ils n'avaient pas le choix. En tant que futur gendre, Rouget s'installa donc dans la maison. Lorsque vint le jour du mariage, le nain prit l'oreiller de soie que Vicky avait toujours sous la tête et il le jeta dans le feu. A ce moment, Vicky se réveilla et au lieu d'un nain de plâtre, elle vit agenouillé devant elle un beau jeune homme. Bleuet fut tellement jaloux que son bonnet bleu tomba de sa tête. Et ce fut une bonne chose, car c'était sous son bonnet que nichaient toutes ses idées maléfiques. Et à partir de ce jour, il ne fut plus du tout malveillant.

6 août

Qui sera roi?

Le roi Grippessou du royaume d'Incurie fit venir ses fils et leur dit : — Je suis plus âgé que

vous deux réunis, et il est temps que je me retire. Gouverner me prend trop de temps, je ne peux plus aller à la pêche.
— A partir d'aujourd'hui, vous irez à la pêche autant que vous le voudrez, Père, lui dit Aldebert, son fils aîné. Je serai heureux de vous succéder et, comme cadeau de retraite, je vais vous offrir une nouvelle canne à pêche.
— Quand j'étais plus jeune, je collectionnais les timbres, poursuivit Grippessou. Mais, maintenant, mes albums moisissent au fond de mes coffres.
— Ressortez vos albums et prenez tout le temps qu'il vous plaira pour vous occuper de votre collection, Père, lui dit son plus jeune fils, Firmin. Lorsque je serai roi, je ferai imprimer un timbre à votre effigie.
— C'est là que le bât blesse, dit Grippessou en haussant les épaules. Je ne sais pas auquel de vous deux remettre mon sceptre. J'y réfléchis jour et nuit et je ne puis me décider.
— C'est facile, Père, je suis le meilleur! — s'écrièrent en même temps les deux princes.
— Mieux, rectifia le roi d'un air grave. Vous voulez dire : «Je suis le mieux.» Je suis sûr que vous êtes mieux tous les deux. Mais ce que je veux savoir, c'est lequel de vous est le plus mieux ... enfin, c'est-à-dire ... le mieux-mieux ... non, ça ne va non plus. Bref, je veux dire ... lequel de vous deux vais-je choisir?

7 août

Qui sera roi?

Le roi Grippessou consulta ses ministres et ses plus sages conseillers, mais aucun ne fut capable de lui dire lequel de ses deux fils ferait le meilleur roi. Puis, un jour, un vieil homme en haillons demanda à voir Sa Majesté. D'emblée Grippessou lui dit : — Je ne donne jamais d'aumône, c'est un principe!
— Je ne suis pas venu pour mendier, répondit le vieil homme, avec un léger sourire, mais pour vous conseiller. Comme cela ne lui coûtait rien, le roi accepta de l'écouter.
— Faites venir vos deux fils, demanda l'homme. Je leur poserai trois questions, et vous jugerez vous-même lequel a le mieux répondu.
Grippessou convoqua ses deux fils et écouta avec attention la première question.
— Savez-vous ce qui tourmente le maréchal-ferrant qui ferre les chevaux du roi? Aldebert répondit d'un ton bourru : — Je l'ignore, et ça m'est bien égal! Mais Firmin dit :
— Je ne savais pas qu'il était tourmenté. J'irai voir ce qu'il en est.
La seconde question était : «Pourquoi Irène, la fille du prêteur sur gages a-t-elle refusé d'épouser le Ministre de la Justice?
— Comment? dit le fils aîné d'un ton cassant. Le ministre veut épouser la fille d'un prêteur sur gages? J'interdirai ce genre de choses, quand je serai roi! Mais le plus jeune répondit : — Je suppose qu'elle ne l'aimait pas. Puis le vieil homme demanda : — Que feriez-vous si votre femme voulait vous conseiller dans les affaires d'Etat? Aldebert rit grossièrement : — Je la renverrai tout de suite à ses fourneaux! Mais Firmin répondit : — Tout dépend du conseil qu'elle me donnerait.

8 août

Qui sera roi?

Le roi Grippessou et le vieil homme se regardèrent. Il était évident pour l'un comme pour l'autre qu'Aldebert était irréfléchi et prétentieux, alors que Firmin essayait de juger les choses selon leur valeur. — Mon successeur sera Firmin, déclara enfin le roi. Aldebert s'éclipsa sans un mot. Il nourrissait déjà sa vengeance. — Père, je suis très honoré de votre choix, dit Firmin en s'inclinant. Mais avant tout, permettez-moi d'aller voir le maréchal-ferrant et la fille du prêteur sur gages afin de tirer les choses au clair. Le roi accepta. Le lendemain,

Firmin fut bien surpris en entrant chez le prêteur sur gages, de trouver derrière le comptoir l'homme qui était venu conseiller son père. — Pourquoi êtes-vous venu au château vêtu en mendiant pour nous poser ces étranges questions? demanda Firmin.
— L'idée n'était pas de moi, répondit-il. C'est ma fille, Irène qui m'a envoyé. Le prince fut encore plus curieux de connaître la jeune Irène. Mais le prêteur lui dit :
— Ne soyez pas fâché, Votre Altesse, mais Irène dit que vous ne la verrez pas avant d'être roi. Firmin faillit se mettre en colère, et dire qu'une telle impudence méritait un sévère châtiment, mais il se contint. Il sortit et se rendit chez le maréchal-ferrant, tout en se demandant comment pouvait bien être cette Irène.

9 août

Qui sera roi?

Le maréchal-ferrant sembla très heureux de voir Firmin; il l'invita à s'asseoir et lui fit apporter tous les mets et les boissons qu'il avait chez lui.
— Je ne suis pas venu pour festoyer, dit le prince avec un sourire. Je veux savoir ce qui vous tourmente.
— Plus rien ne me tourmente, à présent, Firmin. Je voulais seulement m'asseoir à la même table que vous. Et il révéla au jeune homme qu'il était son vrai père. Comment était-ce possible? Eh bien, la reine et la femme du maréchal-ferrant

avaient toutes deux donné naissance à un fils, le même jour. Or le rejeton royal était mort immédiatement. La sage-femme qui assistait la reine se trouvait à la forge lorsqu'elle apprit la nouvelle, et elle persuada la femme du maréchal-ferrant d'échanger les bébés. C'est donc Firmin qui fut élevé dans la famille royale.
— Dans ce cas, je n'ai pas le droit d'être roi, déclara Firmin. Je dois laisser le trône à Aldebert.
— Quoi? Ce bon-à-rien prétentieux? s'exclama le maréchal-ferrant. Tu ne dois pas faire une chose pareille. Pourquoi le fils d'un maréchal-ferrant ne serait-il pas un meilleur souverain qu'un vrai prince? Firmin se mit à réfléchir. Peut-être son père avait-il raison.
— Mais pourquoi me dire cela maintenant? lui demanda-t-il.
— La sage-femme, qui, elle seule, était au courant, a confié le secret à sa fille avant de mourir, répondit le maréchal. Elle m'a demandé de tout te révéler en disant qu'il était important, pour elle comme pour toi, de connaître la vérité. Firmin ne prit pas la peine de demander qui était cette fille. Il s'en doutait.

10 août

Qui sera roi?

Firmin monta donc sur le trône, et il s'assigna comme première tache de retourner chez le prêteur sur gages. Il fut fasciné par sa fille dès qu'il la vit.

— Pourquoi avez-vous envoyé votre père au château? lui demanda-t-il.
— Par pur égoïsme, répondit Irène. Je vous aime depuis bien longtemps et toute petite, déjà, je voulais être reine. Alors, j'ai inventé ces questions auxquelles j'étais certaine que vous répondriez de façon sensée, et votre frère adoptif de façon stupide. D'autre part, il fallait que j'attire votre attention sur moi.
— Mais pourquoi ne m'avez-vous pas parlé lorsque je suis venu pour la première fois? s'enquit Firmin.
— Voyons, c'est évident, répondit Irène. Comme vous ne m'aviez jamais vue, j'étais sûre que vous penseriez à moi. Voilà encore une raison égoïste.
— Très bien, dit Firmin, mais je ne comprends toujours pas pourquoi vous avez demandé au maréchal-ferrant de me révéler le secret de ma naissance.
— Oh, je suis sûre que vous comprenez, dit-elle avec un sourire. Vous ne m'auriez certainement pas épousée si vous n'aviez pas su que vous n'êtes pas de naissance royale. Ça aussi, c'était égoïste de ma part.
— Eh bien je n'ai jamais rencontré une égoïste aussi charmante que vous, déclara Firmin. Mais comment pouvez-vous être sûre que je vais vous épouser?
— Parce que je sais que vous n'êtes pas bête et que vous reconnaissez avoir trouvé en moi une perle, répondit-elle modestement. Sans doute Firmin n'était-il pas bête, puisqu'il épousa Irène. Les mauvaises langues dirent bientôt que le royaume d'Incurie était en fait gouverné par une femme, mais c'était une femme qui savait ce qu'elle faisait, une reine de premier ordre.

11 août

Qui sera roi?

Mais il y avait toujours Aldebert, bien sûr. Il n'avait pas pardonné à son frère d'être monté sur le trône et d'avoir épousé une fille de basse condition. Et, en plus, Firmin suivait les conseils

de son épouse et se montrait un peu trop familier avec ce maréchal-ferrant. Aldebert descendit au lac pour se plaindre à son père, mais le vieil homme avait d'autres chats à fouetter. — Chut! lui dit-il. Tu ne vois pas que j'ai une touche? Ce doit être un gros poisson, — peut-être un brochet! Le prince tenta à nouveau sa chance le soir, mais cette fois, son père se mit à hurler : — Ferme la porte! Tu fais un courant d'air, tous mes timbres s'envolent!
Alors, Aldebert réunit quelques jeunes nobles hostiles au nouveau roi et ils tramèrent un complot pour renverser Firmin. Le roi ne s'aperçut de rien, mais Irène découvrit bien vite la conspiration et voilà ce qu'elle conseilla à son mari :
— Il y a longtemps que Robert Le Noir et sa bande de brigands se cachent dans les montagnes du royaume. La seule personne qui puisse le livrer à la justice, c'est...
— C'est moi, interrompit Firmin.
— Oh non! rectifia Irène avec un sourire. C'est Aldebert. Il faut que tu l'envoies là-bas aujourd'hui-même avec ses complices. Et elle lui tendit une liste de conspirateurs. Pensez-vous qu'ils y allèrent? Bien sûr, et ils purent s'estimer heureux d'avoir échappé à la potence. Et sont-ils arrivés à capturer Robert Le Noir? Pas encore. Les batailles se succèdent, dans les montagnes. Tantôt c'est Aldebert qui gagne, tantôt Robert le Noir, et il semble que cela ne finira jamais. Mais sinon, la paix règne sur le royaume d'Incurie.

12 août

L'araignée des airs

A première vue, c'était un buisson tout à fait ordinaire. Mais en y regardant de plus près, on constatait qu'il était bourré de toiles d'araignées. En fait, il s'agissait d'une école d'araignées. En approchant son oreille du buisson, on entendait :
— Vous devez essayer de tisser votre toile à un endroit propice, pour que les mouches viennent forcément y buter. Dès que la mouche est prise, il faut se précipiter sur elle... Etc., etc. C'était le maître-araignée en train de donner une leçon à ses élèves. Parmi eux, il y avait le petit Longues-jambes, qui avait presque terminé ses études. Lorsqu'enfin il obtint son diplôme de tissage, Longues-jambes choisit un endroit très agréable, entre un églantier et un groseillier et il y tissa la toile la plus solide possible. Puis il s'assit, et attendit. La première mouche fit un détour pour éviter la toile. La seconde bourdonna dédaigneusement et passa sous la toile. Quant à la troisième, elle vit le piège juste

à temps et l'évita. Alors, Longues-jambes appela le vent à la rescousse. Il coupa les fils qui retenaient sa toile aux buissons; le vent l'emporta et Longues-jambes commença à attraper des mouches en plein air. Ses camarades d'école l'aperçurent et il crièrent :
— Hourra! Un ban pour Longues-jambes, la première araignée aérienne! Et depuis, on voit quelquefois des toiles d'araignées voler dans les airs. Croyez-vous que Longues-jambes attrapa des mouches? Pas une seule! Mais dans les livres scolaires des araignées, un chapitre entier lui est consacré!

13 août

Suite de la masure aux secrets

Toutes les nuits, Benoît rêvait de ce miroir et de la clé que dessinait la tache sombre.
Une nuit, dans son rêve, il lui sembla entendre une petite voix flûtée qui sortait de la clé : il traversait une clairière, peuplée des danses des lutins, des arbres qui frémissaient en chantant dans le vent. La lune était au rendez-vous, et le soleil pas encore couché...
Il n'arrivait pas, pourtant, à saisir le sens des mots qui se fondaient à l'intérieur du rêve comme un murmure... Dès qu'il prêtait l'oreille, la voix semblait s'évaporer.

14 août

Sultan, chien de garde

M. Azor avait une belle maison, un grand jardin, et beaucoup d'objets de valeur. Alors il décida de prendre un chien pour garder sa maison, son jardin et ses objets précieux et mit sur sa grille une grande pancarte sur laquelle on pouvait lire ATTENTION, CHIEN MÉCHANT! L'animal s'appelait Sultan; il était aussi grand qu'un veau et avait l'air terriblement féroce. Il fronçait constamment les sourcils et montrait toujours les dents, de sorte que tout le monde évitait de passer devant la propriété de M. Azor. Mais le temps passant, Sultan commença à s'ennuyer, à se lasser de courir tout seul d'un bout à l'autre du jardin, et de renifler le grillage pour s'assurer que personne ne l'avait franchi. «Si seulement il y avait un voleur, de temps en temps, cela mettrait un peu d'animation...», se disait-il. Et lorsqu'un jour, Pongo, un chien du voisinage passa, comme d'habitude, à une distance raisonnable de la grille du parc de M. Azor, Sultan l'arrêta pour bavarder un peu avec lui. Et il découvrit, au cours de la conversation, que les autres chiens ne passaient pas leur temps, comme lui, à garder la propriété de leur maître. Il fut bien surpris d'apprendre que des fêtes avaient lieu régulièrement au Club canin.

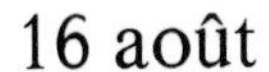

15 août

Sultan, chien de garde

Juste à ce moment, M. Azor partit en vacances. Il tint un long discours à Sultan, lui recommandant de bien garder la maison et de ne laisser personne entrer dans le jardin. Sultan écouta patiemment, mais il n'en pensait pas moins. Dès que Pongo passa il lui dit d'inviter tous les chiens du quartier à une fête qu'il donnerait dans le jardin de M. Azor, le soir même. Puis il se mit à tout préparer pour recevoir ses invités. Il creusa un passage secret sous la grille d'entrée. Il enterra quelques bons os dans les parterres de fleurs, entre les roses et les dahlias, et prépara quelques rafraîchissements près de la piscine. Vers six heures du soir, une quinzaine de chiens de diverses races couraient en tous sens dans le parc. Ils piétinaient les fleurs en cherchant les os; ils s'empiffraient de friandises pour chiens, se battaient, faisaient la course, aboyaient, enfin ils menaient leur vie de chiens. Le plus heureux de tous était Sultan. Il en fut ainsi tous les soirs pendant les deux semaines que durèrent les vacances de M. Azor qui se faisait du souci pour sa propriété. Sultan ne s'était jamais donné la peine de faire le tour de la maison, si bien qu'elle fut cambriolée trois fois. Lorsqu'il revint, M. Azor faillit tomber à la renverse devant ce spectacle, mais il retrouva ses esprits, ne fût-ce que pour jeter à la rue ce piètre chien de garde. Sultan se retourna vers la maison et aboya :
— Pourtant, cela valait la peine! Et il se hâta en direction du Club canin, car le soir approchait.

16 août

La prairie céleste

Bernadette aimait Ambroise, le berger, et Ambroise était amoureux aussi de Bernadette qui habitait dans un village de la montagne. Il fallait plusieurs heures pour aller à pieds du village aux pâturages situés tout en haut de la montagne, mais, chaque soir, les deux amoureux se retrouvaient lorsque Bernadette avait donné à manger au bétail et qu'Ambroise était redescendu avec son troupeau pour la nuit. Alors, Ambroise dévalait la colline et Bernadette la montait, et ils se rencontraient sous un vieux chêne que les gens appelaient le Sage, depuis des temps immémoriaux. Et puis, un jour, les villageois entendirent un bruit épouvantable venu de la montagne : ils pensèrent que le géant Archillion qui vivait,

disait-on, dans une grotte, était en train de broyer les rochers entre ses mains. Bernadette fut très inquiète; en toute hâte, elle finit de traire les vaches, donna à chacune une brassée de foin et partit en courant vers la montagne. Elle ne s'arrêta pas près du vieux chêne, comme d'habitude, mais poursuivit sa route vers les pâturages, pour voir s'il n'était rien arrivé à Ambroise. Et là, elle fut horrifiée : à la place de la prairie avec ses moutons et sa cabane de berger s'ouvrait un énorme précipice. Ambroise et son troupeau étaient-ils tombés dans ce gouffre? Sans raison, Bernadette leva les yeux vers le ciel. Très, très haut, elle aperçut quelque chose, mais ce n'était pas un nuage. Au bout d'un moment, elle vit la chose plus clairement : c'était la prairie qui flottait comme un ballon et à une extrémité, Ambroise se penchait pour lui faire un signe de la main. «Le principal, c'est qu'il ne soit pas blessé», se dit-elle. Mais elle se demandait comment elle allait pouvoir le faire redescendre.

17 août

La prairie céleste

Bernadette était très jolie, mais ce qu'elle avait de plus beau, c'était ses longs cheveux. Quand elle les laissait libres, ils lui tombaient jusqu'aux pieds, mais le plus souvent, elle les nattait et les ramenait au sommet de sa tête en un chignon. Plongée dans ses pensées, elle défit son chignon et en redescendant vers le village, elle se mit à triturer nerveusement sa tresse. «Que vais-je faire?» se répétait-elle tristement. — Tu es en train de faire exactement ce qu'il faut, lui dit une voix sourde, quelque part, au-dessus d'elle. Continue à tresser tes cheveux jusqu'à ce que ta natte soit assez longue pour atteindre la prairie céleste. Alors seulement, tu sauveras Ambroise. Bernadette regarda autour d'elle mais elle ne vit ni le géant, ni aucune autre créature vivante. Alors elle comprit que c'était le Sage, le vieux chêne, qui lui avait parlé. — Mais je serai bien vieille le jour où mes cheveux seront assez longs pour atteindre Ambroise, dit-elle, morose. L'arbre lui répondit : — Si tu ne cesses de penser à celui que tu aimes, vous ne vieillirez ni l'un ni l'autre.
Jour après jour, année après année, la tresse de Bernadette poussa. Elle ne savait pas combien de temps il lui faudrait attendre. Mais un jour enfin, elle lança sa tresse vers la prairie céleste et Ambroise put en attraper le bout. Alors Bernadette tira, et toute la prairie redescendit lentement, et vint se replacer exactement à l'endroit du précipice. Les deux amoureux s'enlacèrent et se regardèrent longuement dans les yeux. Apparemment, ni l'un ni l'autre n'avait vieilli, mais le troupeau comptait dix fois plus de moutons, et il appartenait désormais à Ambroise, car le propriétaire était mort depuis fort longtemps.

18 août

Elisa et le lutin d'eau

Elisa n'aimait pas du tout se laver. Sa maman en avait assez de la rappeler à l'ordre et de lui expliquer à longueur de temps l'importance de l'hygiène, car chaque fois qu'elle abordait ce sujet, Elisa restait plantée là sans réaction, comme si elle avait eu du coton dans les oreilles. Et puis, un jour — par hasard, bien sûr — elle prit un morceau de savon et le mit sous l'eau : elle aimait bien la mousse qui remplissait le lavabo : elle ressemblait à de la crème fouettée! Tout à coup, elle entendit la voix du lutin d'eau,

qui l'appelait par le robinet de la baignoire : — Le savon, ce n'est pas fait pour jouer, Elisa! Tu ne peux pas rester éternellement noire comme un ramoneur. Si tu ne te secoues pas . . .
— Eh bien? demanda Elisa s'approchant du robinet pour voir à quoi pouvait bien ressembler un lutin d'eau et peut-être le pêcher du bout de ses doigts. Mais il était parti. Elisa avait un tout petit peu peur de son avertissement, mais son horreur de l'eau l'emporta encore, ce jour-là. «Si seulement ce n'était pas si mouillé!» se disait-elle. Mais, pour sauver la mise, elle fit semblant de se laver : elle s'enferma dans la salle de bains, remplit la baignoire et se mit à jouer avec l'eau, du bout des doigts, pour ne pas trop se mouiller. De l'autre côté de la porte, sa maman entendit le clapotis et elle fut bien soulagée. Elle courut même annoncer aux voisins qu'Elisa était en progrès. Mais elle se trompait.

19 août

Elisa et le lutin d'eau

Ce samedi-là, Elisa passa plus de temps que d'habitude dans la salle de bains, parce qu'elle entendit à nouveau le lutin d'eau. Il parlait exactement comme les présentateurs de spots publicitaires à la télévision et donnait à Elisa quelques conseils. Par exemple, elle pouvait mettre dans l'eau de son bain des cristaux verts et parfumés pour s'imaginer qu'elle était à la mer.
— Il y a beaucoup trop d'eau dans la mer, je n'aime pas ça! répondit-elle, d'un ton buté. Et pour faire sa mauvaise tête, elle s'assit dans la baignoire toute habillée. Elle décrocha la pomme de douche et fit semblant de parler au téléphone avec le lutin d'eau. Mais lui ne disait plus rien.
— Ce n'est pas drôle de jouer avec toi! dit la petite fille, d'un air boudeur; elle raccrocha la

douche et feignit de composer un autre numéro sur le robinet. Mais celui-ci se détacha du mur, sans qu'Elisa comprît ce qui s'était passé. En quelques minutes, la baignoire fut pleine à ras bord. L'eau déborda, couvrit le tabouret, l'armoire et le panier de linge. L'eau continua à monter, elle souleva la baignoire qui enfonça la porte de la salle de bains, alla jusqu'à la cuisine où elle se mit à tournoyer autour de la maman d'Elisa qui crut rêver. Puis elle dévala l'escalier, et Elisa se retrouva dehors à bord de son étrange bateau.

20 août

Elisa et le lutin d'eau

La petite fille fit sensation en descendant la rue principale à bord de sa baignoire; mais avant que les passants aient eu le temps de comprendre ce qu'elle faisait là, Elisa flottait déjà sur la rivière. Apparemment, la baignoire se dirigeait vers la mer. C'est alors qu'Elisa pensa au lutin d'eau : c'était sûrement lui qui avait manigancé tout cela. La baignoire dépassa tous les bateaux à vapeur qui naviguaient sur la rivière, et tout à coup, Elisa se retrouva en pleine mer. Une vague la submergea et entraîna au fond la petite fille et son embarcation. Bientôt, la baignoire fut remplie de homards et de moules et elle décida de rester où elle était. Avant qu'Elisa n'ait le temps de regarder un peu autour d'elle, une baleine qui passait par là l'engloutit. Il y avait tellement de choses dans le gigantesque estomac du monstre qu'Elisa se crut dans un entrepôt. Elle s'y promena sans trop savoir que faire et c'est alors qu'elle entendit une grosse voix lui dire : — J'aime bien la façon dont tu me chatouilles en te promenant comme ça. Je crois que je vais te garder pour toujours! Elisa fut effrayée, non seulement en entendant la baleine parler mais surtout à l'idée de passer le reste de ses jours dans son estomac. Elle s'assit brusquement sur une chaise qui se trouvait là et décida de ne plus bouger. «Si cette baleine croit que je vais faire ce qu'elle veut», pensa-t-elle, «elle se trompe!»

21 août

Elisa et le lutin d'eau

Il est bien difficile pour une petite fille comme Elisa qui ne tient pas en place, de rester sans bouger, même quand on s'est juré de le faire. Elisa réussit à rester assise sur sa chaise une demi-journée, mais à la fin, elle se leva pour se délasser les jambes. Elle fit encore un petit tour dans l'estomac de la baleine, tout en cherchant un moyen de sortir de là. C'est alors qu'elle pensa au lutin d'eau, et juste à ce moment, elle vit une boîte en fer. Elle l'ouvrit et y trouva un morceau de savon, et n'ayant rien de mieux à faire, elle se mit à nettoyer tout ce qui lui tombait sous la main en faisant des tas de bulles de savon. Cela ne plut pas du tout à la baleine qui lui dit: — Arrête ça tout de suite! Je ne supporte pas les bu-bu-bulles de savon. Ça me donne le hic!... le hic!... le hoquet!
— Voilà! J'ai trouvé! s'exclama Elisa en ouvrant d'autres boîtes de savon pour faire le plus de mousse possible. Bientôt, il y en eut tellement qu'elle se mit à glisser sur l'estomac de la baleine comme sur un parquet ciré et finalement, elle passa par la bouche de la baleine et se retrouva dans la mer. La baleine tenta de lui donner un coup de queue, mais Elisa était cachée derrière une montagne de mousse, et ce fut une grosse pieuvre qui reçut le coup.

22 août

Elisa et le lutin d'eau

«C'est étrange», se dit Elisa dès qu'elle fut hors de portée de la baleine furieuse. «Je devrais être contente d'avoir retrouvé ma liberté, mais j'ai l'impression d'être une goutte d'eau perdue dans la mer.» Et de nouveau elle pensa au lutin d'eau. Et juste à ce moment, une tortue géante s'arrêta près d'elle; elle lui dit d'une voix très douce :
— Il y a beaucoup de chemins pour sortir de la mer, mais tu ne sais pas lequel mène à la plage, n'est-ce pas? J'ai l'impression que tu as envie de pleurer. Elisa ravala ses larmes et passa son bras autour du cou de la gentille tortue et brusquement elle se réveilla. Elle tenait bien une tortue dans ses bras, mais une tortue... gonflable. Sa maman lui dit : — C'est un cadeau. As-tu oublié que c'est aujourd'hui ton anniversaire? Elisa se précipita dans la salle de bains. La baignoire était toujours à la même place et le robinet était réparé.
— Eh bien? dit une voix familière. Est-ce que je peux aller vivre ailleurs, maintenant?
— Oui, tu peux, répondit Elisa. Elle ôta son pyjama et se lava comme il fàut, de son plein gré, pour la première fois.

23 août

Un vase qui voyage

M. Larbin, le maire de Corneville, rapporta d'un de ses voyages un superbe vase en cristal taillé. Il le posa sur sa table, mit quelques fleurs dedans et la regarda avec fierté. Soudain, il se mit à pleuvoir, et une auréole apparut sur le plafond. M. Larbin monta en hâte au grenier et s'aperçut qu'il y avait une fuite dans le toit. Il appela le couvreur qui lui dit : — Je ne sais pas ce qui m'arrive, mais je me sens terriblement paresseux. Je n'ai pas envie de réparer votre toit. Votre plafond peut s'écrouler, ça m'est bien égal. A moins qu'en prime, vous ne me donniez ce beau vase en cristal taillé... M. Larbin accepta, le cœur gros; sous peu son toit fut réparé, et le couvreur devint l'heureux propriétaire du vase. Mais pas pour longtemps. Bientôt, un tuyau d'eau creva, chez lui : la cuisine et la salle de bains étaient complètement inondées. Mais le plombier refusa de venir réparer le tuyau tant que le couvreur ne lui offrirait pas le vase. Il obtint ce qu'il demandait mais, en même temps, il attrapa la grippe et le docteur ne voulait le soigner que s'il lui donnait le vase. Le docteur avait une grande ambititon : entrer dans le Conseil municipal de Corneville.

Et bien sûr, la seule personne susceptible de l'aider était le maire, M. Larbin. Le docteur entra donc dans le Conseil, et M. Larbin récupéra son vase. Mais pour combien de temps?

24 août

La mort en prison

M. Dupe croyait dur comme fer aux prédictions de la vieille bohémienne. Tout ce qu'elle prédisait en lisant dans les lignes de sa main arrivait. Quand il était enfant, elle lui avait dit qu'il aurait un accident avec sa vieille motocyclette, mais qu'il guérirait vite de ses blessures. Eh bien, il avait eu un accident sans gravité. Lorsqu'il fut plus âgé, elle lui annonça qu'il allait se marier et serait père de deux jumeaux. A cette époque, il fréquentait Jeanne Lafleur, et peu de temps après, ils se marièrent et eurent deux enfants. L'un après l'autre, il est vrai, mais les diseuses de bonne aventure ne peuvent pas toujours tomber juste. Car tout n'est pas écrit noir sur blanc, dans la paume de la main, et dans cet enchevêtrement de lignes, elles peuvent parfois faire fausse route! Ensuite, la bohémienne lui prédit qu'il serait malade, puis qu'il trouverait un nouveau travail et aurait un salaire plus élevé. C'est exactement ce qui se passa. Tous les amis de M. Dupe lui disaient que cette bohémienne était une menteuse, qu'elle se contentait de prédire des choses qui arrivent à tout le monde, mais lui continuait à la croire. Aussi fut-il bouleversé lorsqu'elle lui annonça qu'il mourrait dans un mois. Il se fit faire un cercueil, mit son plus beau costume, et le jour dit, il se coucha dans le cercueil et attendit. Mais il ne se passa rien. Le lendemain non plus, ni le surlendemain. Il attendit pendant une semaine. Ses amis se moquèrent bien de lui. Mais M. Dupe était décidé à éclaircir cette affaire.

25 août

La mort en prison

M. Dupe fit sa petite enquête et s'aperçut que personne n'était mort cette semaine-là à des kilomètres à la ronde, et même dans toute la province. Bientôt, dans les journaux, à la radio et à la télévision, on ne parla plus que de ça : les gens ne mouraient plus, même ceux qui étaient atteints de maladies graves. M. Dupe prit quelques semaines de congé et se mit à chercher la cause de cet étrange phénomène. Il apprit que la bohémienne avait prédit au gardien de la prison qu'il mourrait le même jour que lui. Or, le geôlier était lui aussi en pleine santé. Toutefois, il refusa de parler à M. Dupe de la bohémienne et de son présage. Et il ne laissa personne entrer dans l'aile de la prison réservée aux prisonniers dangereux, bien que ce bâtiment fût vide. M. Dupe n'avait pas particulièrement envie de mourir, mais il voulait prouver à ses amis que la bohémienne ne s'était pas trompée, et qu'un

simple incident avait empêché la prophétie de se réaliser. Il alla trouver le juge et lui confia ses soupçons. Le juge l'écouta avec attention et lui dit :
— En d'autres circonstances, je vous aurais pris pour un fou et vous aurais jeté dehors. Mais mon père est gravement malade; les médecins ne peuvent rien pour lui et seule la mort peut le soulager. Allons ensemble à la prison!

26 août

La mort en prison

Le juge et M. Dupe, accompagnés de quelques policiers, se rendirent donc chez le geôlier. Celui-ci s'excusa disant qu'il avait égaré les clefs de la section spéciale, mais finalement, il avoua que dans la cellule sans fenêtre, fermée par une lourde porte de fer, était enfermée la Mort. Quand elle était venue le chercher, le jour dit, il l'avait poussée dans la cellule et avait fermé la porte à double tour. Il lui fallut bien donner les clefs au juge, non sans l'avoir supplié d'attendre encore une semaine ou deux. Mais le juge ouvrit la porte immédiatement. La Mort eut fort à faire ce jour-là. Elle commença par le geôlier, puis se rendit chez le père du juge et en dernier lieu chez M. Dupe.
— Après tout, c'est toi qui m'as libérée, lui dit-elle. Alors je te fais grâce. Avant que M. Dupe ait eu le temps de répondre, la Mort avait disparu. — Oh, zut! s'écria-t-il. Comment vais-je faire maintenant pour prouver que la bohémienne avait raison?

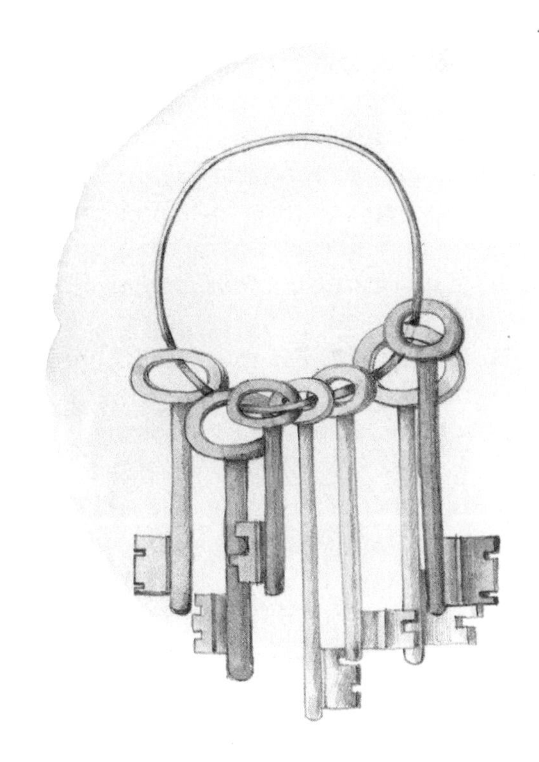

27 août

Les trois commères

Elles ressemblaient plutôt à un trio de sorcières, mais en fait, il s'agissait simplement de trois

vieilles commères. Quand le conteur se leva, ce matin-là, elles étaient déjà près de la barrière en train de dire des cancans sur tout le village. Lorsqu'il sortit pour faire ses courses, elles étaient encore là. Elles rentrèrent chez elles pour déjeuner et revinrent aussitôt après; mais cette fois, elles s'appuyèrent sur la barrière : elles devaient commencer à avoir mal aux jambes, les pauvres! Le conteur entendit quelques bribes de leur conversation : — Toute la journée ... courbé sur sa machine à écrire ... Mais la commère changea brusquement de sujet quand elle vit que la personne en question s'apprêtait à sortir : — Ensuite, Mesdames, vous ajoutez trois œufs et vous battez bien. Les trois commères éclatèrent d'un rire narquois. A peine avait-il tourné le coin de la rue qu'il entendit : — Et il écrit, il écrit. En voilà un drôle de métier. Je vous demande un peu! Il ferait mieux de tondre sa pelouse! Mais quand le conteur revint de la ville, le silence régnait devant chez lui. Les commères étaient toujours là, devant sa barrière, mais étrangement calmes et silencieuses. En s'approchant, il s'aperçut avec horreur qu'elles avaient été changées en statues.

28 août

Les trois commères

Le conteur d'histoires avait toutes les raisons de s'inquiéter : les statues des trois vieilles dames se trouvaient juste à côté de la barrière de son jardin, et les voisins sauraient qui accuser. Au début, les passants trouvèrent cela très amusant, mais au bout d'un ou deux jours, ils commencèrent à changer de ton. — Je me demande comment nous pouvons encore supporter cet étrange personnage. On ne sait pas qui sera sa prochaine victime! Vous savez, ce n'est pas drôle d'être transformé en statue, et si quelqu'un a décidé de vous jeter un sort, vous ne pouvez rien faire! Les gens oublièrent combien ils avaient pu détester les trois

commères : maintenant, ils les considéraient comme de pauvres victimes. Et ils ne cachaient pas leur opinion : pour eux, le conteur pouvait bien aller au diable! Il était inutile d'essayer de leur expliquer que même s'il l'avait voulu, il n'aurait jamais pu ensorceler les gens. Un soir, tard, quand tous les villageois étaient couchés, il appela : — Fée! Fée, je sais que vous êtes ici. Montrez-vous!

— Que puis-je pour toi, conteur d'histoires? demanda la fée, en apparaissant à quelques mètres de lui.

— Il faut que vous désensorceliez ces trois vieilles commères, sinon, les voisins ne me laisseront pas en paix, lui dit le conteur d'un ton très calme. Pour ma part, je les préfère en pierre, mais c'est impossible, vous savez ...

— Le seul problème, expliqua la fée tout aussi calmement, c'est que je ne peux rien faire, car ce n'est pas moi qui les ai ensorcelées.

29 août

Les trois commères

Ce fut un nouveau choc pour le conteur. — Qui est-ce, alors? demanda-t-il, découragé.
— Un de mes lointains cousins, dit la fée, encore plus abattue. On l'appelle Vieux Roc, et il habite dans les ruines d'un château au Mont des Farfadets, en pleine forêt. C'est le seul tour de magie qu'il connaisse. Va le voir et salue-le de ma part. J'espère qu'il ne te changera pas en statue!
La mort dans l'âme, le conteur quitta sa machine à écrire et se mit en route pour le Mont des Farfadets. Il monta jusqu'au sommet de la colline et s'arrêta devant le château en ruines qui était entouré de chamois, de daims et de renards en pierre. Il y avait même un cueilleur de champignons pétrifié, mais il valait mieux pour lui finir ainsi, car il portait un panier rempli de champignons vénéneux, pétrifiés eux aussi. Un personnage hirsute sortit des ruines et fit au conteur un signe de la main. — Je sais tout, lui dit-il. Vous m'apportez le bonjour de ma cousine et vous voulez que je désensorcèle ces trois vieilles commères. C'est dommage pour vous! Mais vous autres humains avez d'étranges idées. Enfin, vous pouvez compter sur moi. Mais n'allez pas dire du mal de moi dans vos histoires! Lorsque le conteur revint chez lui, il entendit de loin les commères qui cancanaient de plus belle, comme pour rattraper le temps perdu. «Et voilà», se dit-il. «C'est encore pire qu'avant! Et on dit que les contes de fées finissent toujours bien! En tout cas, celui-là je ne l'ai pas inventé!»

30 août

Le pet-de-nonne prend l'avion

Et notre pet-de-nonne de juillet? Eh bien, un jour, il entra dans une valise, par pure curiosité, et se plongea dans des livres de cuisine. Il était tellement absorbé par sa lecture, qu'il ne s'aperçut pas que la valise dans laquelle il s'était installé avait pris un taxi, était descendue à l'aéroport, puis montée dans un avion. Comme il s'agissait d'un bagage à main, le pet-de-nonne se retrouva dans l'avion et lorsque enfin il se glissa hors de la valise, il fut bien étonné de voir tous ces gens assis les uns à côté des autres. Il jeta un coup d'œil par le hublot et commença à se sentir mal. «Oh, la la! que c'est haut», se dit-il. «Mais comment suis-je arrivé ici? Et que font tous ces gens?» Puis on entendit dans un haut-parleur la voix de l'hôtesse qui annonçait à quelle altitude l'avion volait et quel pays il était en train de survoler. Dès qu'il vit qu'il y avait aussi des enfants, et qu'ils ne pleuraient pas, il cessa d'avoir peur. Il aperçut une jolie petite fille avec un ruban dans les cheveux et décida de la faire rire. Il grimpa sur le siège à côté d'elle et fit : — Houah! La petite fille éclata en sanglots. Il fut impossible de la calmer : elle pointait son doigt vers le pet-de-nonne comme s'il se fût agi d'un monstre. Alors, les passagers demandèrent à l'hôtesse de jeter le pet-de-nonne. Il se retrouva en plein ciel et tomba de plus en plus vite. Et où atterrit-il? Nous le verrons en septembre.

31 août

Comment M. Dumoulin inventa l'école

Les Dumoulin avaient cinq enfants. — Des enfants, vous parlez! disait souvent Mme Dumoulin. Cinq petits démons, oui! Et c'était vrai : les cinq bambins se chamaillaient du matin au soir, criant comme des petits singes, et se précipitaient l'un après l'autre dans la maison, en pleurant, pour montrer une bosse ou une égratignure. — Cela ne peut plus durer! s'écriait Mme Dumoulin. Je n'ai jamais une minute de répit. Ma patience est à bout! M. Dumoulin acquiesçait à tout ce que disait sa femme, et cela ne faisait qu'attiser sa colère.

— Ne reste pas là à opiner du bonnet, fais quelque chose! hurlait-elle. Mais que pouvait-il faire? Il fallait qu'il trouve une solution, car vivre dans une maison avec une ribambelle d'enfants turbulents et une femme qui ne cessait de le harceler, c'était plus qu'il ne pouvait en supporter. Ce jour-là, il rencontra un ami qui n'avait pas d'enfant et cherchait du travail. Soudain, M. Dumoulin eut une idée. Pourquoi ne pas bâtir dans la ville une maison où les parents pourraient mettre leurs enfants pendant au moins la moitié de la journée, sous la surveillance de son ami? Pour que les enfants ne s'ennuient pas, il pourrait leur apprendre à lire, à écrire et à compter, ce qui leur serait très utile. C'est ainsi que fut créée la première école et que les enfants de cette ville eurent leur premier maître. Le pauvre homme eut bien du souci, car parmi tous ces enfants, il y avait, bien sûr, les cinq petits démons des Dumoulin!

Septembre

1er septembre

Une école pour chiens et chats

Le lutin du vent se réveillait tard, car il se couchait souvent bien après minuit. La veille de la rentrée des classes, il s'était installé pour la nuit sur le toit d'une école de campagne. Et le lendemain matin, il fut réveillé très tôt par des cris et des rires, et par le piétinement de dizaines de petits pieds chaussés de neuf qui se hâtaient vers la porte de l'école. Ouvrant un œil, le voyageur du ciel s'aperçut que les fidèles compagnons des enfants — les chats et les chiens — couraient à leurs côtés. Au moment où l'école ferma ses portes, les animaux manifestèrent leur mécontentement : ce fut un assourdissant concert d'aboiements, de hurlements, de miaulements à réveiller les morts. Personne n'arrivait à les chasser; alors, le lutin du vent décida de faire une bonne action. Il descendit du toit et étendit les pans de son manteau pour en faire un tableau noir. Ainsi, il pourrait enseigner à ces créatures à quatre pattes ce que les enfants apprenaient à l'école : comme ça, il n'y aurait pas de jaloux. Mais il n'en eut pas l'occasion. Lorsque Mistigri, le chat, vit le lutin du vent, il le prit pour un de ces papillons qu'il aimait bien attraper parfois, et il se rua sur lui. Le lutin s'échappa juste à temps. Mistigri se lança à sa poursuite. Sultan courut après Mistigri et toute la bande suivit. Ce fut la fin du concert d'aboiements et de grognements. Ce fut aussi la fin de l'école pour chiens et chats. Quel dommage pour eux!

2 septembre

Poltron

Il était une fois une maman bien malchanceuse : chaque fois qu'elle demandait quelque chose à son petit garçon, il répondait : «J'ai peur». Elle ne pouvait même pas l'envoyer le soir à la cave chercher quelques pommes pour le dessert. Quant à lui raconter des histoires de revenants au moment de se coucher, il n'en était pas question! Du matin au soir, il ne faisait que répéter cette phrase : «J'ai peur», si bien qu'on finit par le surnommer Poltron. Lorsque sa maman lui demandait d'aller chercher un peu de sel chez les voisins, il répondait : — Non, je ne veux pas y aller! On ne sait jamais, quelqu'un pourrait m'attaquer! Poltron ne voulait pas jouer avec les autres enfants parce qu'il avait peur qu'on lui fasse un croc-en-jambe, et refusait d'aller se promener, car il risquait de trébucher et de se faire mal.
— Que vais-je faire? soupira un soir la maman de Poltron. Le lutin du vent, qui s'installait justement sur le balcon pour la nuit, l'entendit. Et il essaya de se souvenir de tous les tours de magie qu'il avait vu faire par des magiciens. Peut-être l'un d'eux pourrait-il guérir ce petit garçon de sa peur.

3 septembre

Poltron

La maman de Poltron fit un drôle de rêve, cette nuit-là : elle rêva qu'un tout petit homme ailé se posait au pied de son lit. En fait, elle ne rêvait pas : c'était le lutin du vent, vêtu de son manteau fourré de bonnes idées. Il lui tendit une petite boîte qui contenait une poudre blanche et chuchota : — Faites prendre ceci à Poltron tous les matins, mais juste une pincée sur le bout de la langue. Dans un ou deux jours, il n'aura plus peur de rien. Le petit homme repartit aussi vite qu'il était venu. Mais le lendemain matin, la maman tenait toujours dans la main la boîte. Alors, elle raconta à Poltron ce qui s'était passé cette nuit-là, et après le petit déjeuner, elle lui donna une pincée de poudre magique. Tous deux avaient hâte que cette peur disparaisse. Le résultat ne se fit pas attendre : le jour-même, Poltron sortit jouer à cache-cache avec les garçons et les filles de son âge. Puis il alla tout seul chercher le courrier dans la boîte à lettres. Après la troisième pincée de poudre de courage, il partit acheter un chou chez l'épicier. A la fin de la semaine, il allait de lui-même chercher des pommes dans la cave mal éclairée. Il s'enhardit de jour en jour, et un soir il déclara : — Je serais capable d'aller tout seul dans la forêt à minuit, même si je savais que des diables s'y promènent! En entendant cela, le lutin du vent se posa sur le pied du lit de Poltron et lui sourit. — Eh bien, tu vois, lui dit-il, il n'y rien a de magique là-dedans. Ton courage était caché quelque part en toi. Il fallait seulement que tu le trouves. — Sais-tu ce qu'il y avait dans cette boîte? Du sucre en poudre!

4 septembre

Comme notre roi est sage!

Le roi de Mignomanie s'appelait Idiobête III.

Lorsqu'on le voyait assis sur son trône, sa couronne sur la tête et son sceptre à la main, on lui trouvait un air très digne : il avait tout d'un roi. Mais il ne fallait surtout pas qu'il ouvre la bouche. Car chaque fois qu'il parlait, c'était pour dire une bêtise que le plus idiot des idiots de village eût été incapable d'inventer. Bien sûr, seuls ses ministres et ses courtisans savaient que le roi n'avait pas toute sa tête, car ils faisaient en sorte que personne d'autre ne l'entende parler. Pour sauver les apparences, ils répandaient le bruit que le roi était particulièrement intelligent et judicieux, qu'il était le plus sage des souverains. Et les gens le croyaient. Un jour, un gentilhomme vint à la cour. Anselme était le seigneur des Hautes Bruyères, et il voulait servir le monarque le plus sage du monde. Or, le domaine des Hautes Bruyères était une lointaine contrée du royaume, et Anselme n'avait jamais eu l'occasion de rencontrer le roi. Aussi fut-il ébahi au cours de la première audience, lorsqu'il entendit le roi énoncer des idioties, toutes plus énormes les unes que les autres. — Mais, le roi est idiot! s'écria Anselme, malgré lui. Tout l'auditoire pâlit, mais heureusement le roi fut le seul à ne pas entendre la remarque du gentilhomme.

5 septembre

Comme notre roi est sage!

Le ministre qui se trouvait à ses côtés entraîna précipitamment Anselme dans le couloir.
— Bien sûr que le roi est idiot! lui chuchota-t-il à l'oreille. Nous le savons tous. Mais comme ça au moins, il n'intervient pas dans les affaires de l'Etat, puisqu'il ne sait même pas qu'il se trouve à la tête d'un royaume. Et c'est très bien ainsi, car c'est nous qui dirigeons le pays, et non le roi. Alors, Monsieur, de deux choses l'une : ou bien vous apprenez le plus rapidement possible à louer la sagesse du roi, ou bien vous retournez dans vos bruyères, et vous y restez!
Mais c'était bien la dernière chose qu'Anselme avait envie de faire. Maintenant qu'il se trouvait à la cour, il n'entendait pas en partir de sitôt. Il accepta donc de faire ce qu'on lui demandait. Il retourna dans la salle d'audience et s'exclama, d'un air résolu : — Comme notre roi est sage!

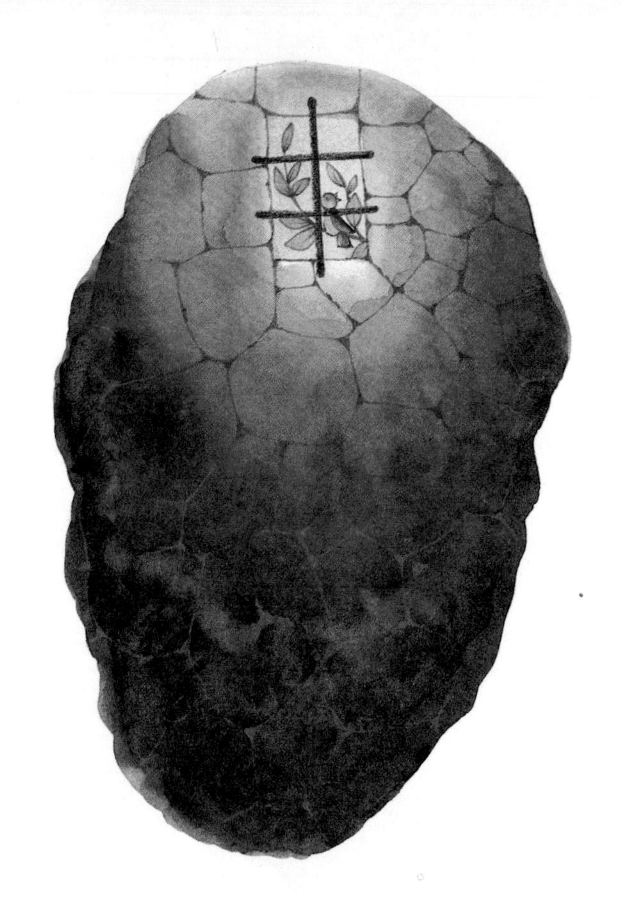

Mais malheureusement, Idiobête III venait juste de dire la plus monstrueuse ineptie qu'il eût jamais proférée, et toute l'assistance éclata de rire. Or, le roi était idiot, mais il se mettait facilement en colère : il pensa que le gentilhomme se moquait de lui, et il le fit enfermer pour insulte à la personne du roi. Ainsi, Anselme resta dans le château, mais quelques étages plus bas qu'il ne l'eût souhaité. Et s'il n'est pas mort, il doit se trouver aujourd' hui encore dans l'un des donjons du royaume de Mignomanie.

6 septembre

Eugène et son chat

Par un jour gris et pluvieux, le vieux Marcoulet rendit l'âme, laissant à son fils Eugène l'unique chose qu'il possédait au monde : un très beau chat. Eugène pleura à chaudes larmes, et après les funérailles, il dit à l'animal : — Je ne vois pas pourquoi je me démènerais pour nous nourrir tous les deux. Mieux vaut que chacun subvienne à ses propres besoins. Mais, à sa grande surprise, Eugène entendit le chat lui répondre avec une voix humaine : — Pas si vite, mon maître! Allez plutôt me chercher une paire de grandes bottes et un sac bien solide. Vous verrez, vous n'aurez pas à le regretter! Eugène fut tellement suffoqué d'entendre son chat parler qu'il s'exécuta aussitôt, sans même penser à lui demander ce qu'il comptait faire de ces accessoires. Le chat plaça le sac au beau milieu d'un champ et y glissa un chou. Un lièvre arriva en sautillant, entra dans le sac et se mit à grignoter le chou. Sans plus de façon, le chat referma le sac, le jeta sur son épaule et se dirigea vers le palais du roi.

7 septembre

Eugène et son chat

Le roi était très crédule, mais c'était un homme de cœur. Plus que tout au monde, il adorait sa fille Rosalie et il aimait beaucoup recevoir des cadeaux. Il portait toujours une petite couronne tellement bizarre que ses courtisans disaient en plaisantant qu'il s'agissait en fait d'une casserole des cuisines royales. C'est devant ce roi que se présenta notre chat botté. Il s'agenouilla devant le trône et dit :

— Ô puissant Souverain, mon maître, le baron Marcoulet de la Chatière des Cents Félins vous prie d'accepter ce présent, comme témoignage de la haute estime qu'il vous porte.

Heureusement, le roi n'était pas très fort en géographie!

— Oh, un lièvre! Quelle charmante attention! Nous veillerons à ce qu'il soit préparé pour le dîner. Veuillez présenter à votre maître nos vifs remerciements. Une semaine plus tard, le chat se présenta à nouveau devant le roi. Cette fois, il lui apportait deux perdrix qu'il avait attirées dans son sac avec une poignée de blé. Le roi le remercia plus chaleureusement encore que la première fois. Quelques semaines plus tard, le chat offrit au souverain un faisan. Le roi se délecta de cet excellent gibier, et dit au chat qu'il souhaitait voir en chair et en os son généreux donateur. La princesse Rosalie qui passait juste à ce moment approuva les paroles de son père, disant qu'elle aussi serait ravie que le baron de la Chatière vienne leur rendre visite au palais.

8 septembre

Eugène et son chat

Comment le pauvre Eugène aurait-il pu se présenter devant le roi avec un pantalon rapiécé et une chemise usée aux coudes? Il eût été ridicule. Mais le chat avait son idée. Il avait appris par l'intendant royal que chaque jour vers quatre heures, le roi et sa charmante fille allaient faire une promenade en carrosse, escortés d'officiers et de quelques domestiques; ils avaient coutume de suivre les berges de la rivière Soupe. Le chat conduisit son maître jusqu'à un méandre de la rivière où le carrosse royal devait passer, et lui dit de se déshabiller et de plonger dans l'eau. Puis il cacha les habits d'Eugène dans les roseaux et lorsque le cortège passa, il se mit à crier du plus fort qu'il put :
— Au secours! Attrapez-les! Au voleur! Ils se sont enfuis par là! Le roi ordonna que l'on amène son carrosse juste au bord de la rivière. Et là, il vit un jeune homme plongé dans l'eau jusqu'au cou et sur la berge, le chat qu'il connaissait bien. Le roi demanda ce qui c'était passé. — Hélas, puissant Souverain! se lamenta le chat. Mon maître a été attaqué par une bande de gredins. Ils lui ont volé ses beaux habits, son épée et sa bourse et l'ont précipité dans la rivière. Le roi ordonna alors à ses domestiques de retourner immédiatement au château et d'en rapporter des vêtements dignes du baron de la Chatière, après quoi il invita Eugène à prendre place dans son carrosse.

9 septembre

Eugène et son chat

Lorsque Eugène eut revêtu les superbes habits qu'on lui avait apportés, la princesse ne put détacher de lui son regard. Elle suggéra discrètement à son père d'inviter le baron au palais. Mais le chat avait d'autres projets. Il s'inclina devant le roi et lui dit : — Permettez à mon maître de vous convier à visiter son château de la Chatière. Le roi accepta et Rosalie aussi; les officiers, eux, n'avaient pas leur mot à dire. Quant à Eugène, il était consterné, car il craignait que tout cela ne se termine fort mal.

Le chat était déjà parti devant le carrosse, et comme il courait très vite avec ses grandes bottes, il distança rapidement le cortège royal. Il arriva dans un vaste pré où des vachers faisaient paître un grand troupeau. — Ecoutez-moi, leur dit le chat, si vous ne dites pas à tous ceux qui vont passer que ce pré et ces vaches appartiennent au baron Marcoulet de la Chatière, les gendarmes viendront vous donner à chacun vingt-cinq coups de fouet. Lorsque le roi vint à passer et demanda à qui appartenaient ce pré et ce bétail, les vachers répondirent que tout cela était la propriété du baron de la Chatière. Il en fut de même quand le cortège royal parvint devant un immense champ de seigle où des hommes étaient en train de faucher, puis à la lisière d'une grande forêt où les gardes-chasse s'apprêtaient à organiser une battue. Le roi fit un signe de tête approbateur et murmura : — Parfait! Parfait! Mais Eugène n'avait pas la moindre idée de ce qui se passait.

10 septembre

Eugène et son chat

Entre-temps, le chat botté était parvenu au château du puissant magicien Turgon; il frappa à la porte. — Que veux-tu, matou plein de puces? grommela le magicien. Non seulement Turgon était affreux à voir, mais il avait la réputation d'être cruel et malfaisant. Tout le monde le redoutait.
— Ô Grand Génie de la Magie, commença le chat qui avait entendu dire que Turgon était sensible à la flatterie, on m'a dit que tu pouvais te changer en n'importe quelle créature. Je n'ai pu m'empêcher de faire ce long voyage jusqu'à ton château pour voir de mes yeux cet extraordinaire prodige. Le magicien répondit :
— Je devrais punir de mort ton impudence, mais puisque tu viens à moi si humblement, je ferai ce

que tu me demandes. La métamorphose est un jeu d'enfant, pour moi. Et après avoir prononcé quelques paroles magiques, il se changea en lion. Le chat poussa un cri et, sans même ôter ses bottes, grimpa aux rideaux. Car un lion pouvait très bien aimer la viande de chat!
— Très impressionnant! Très impressionnant! admit-il, du haut de son refuge.

11 septembre

Eugène et son chat

— Eh bien, je vois que l'on n'a pas exagéré tes talents, dit le chat au moment où Turgon reprenait sa forme normale. Mais je n'arrive pas

à imaginer que tu puisse te transformer en quelque chose de très petit, comme une souris, par exemple. Le magicien eut un rire dédaigneux. Il aimait se faire valoir et l'idée qu'on pourrait lui tendre un piège ne lui effleura même pas l'esprit. A nouveau il marmonna quelques paroles de magie et quelques secondes plus tard, une souris courait sur le plancher. Le chat bondit et la souris disparut dans sa gueule, en même temps que Turgon. Il était temps : le carrosse du roi arrivait justement à la grille du parc. Le chat alla accueillir le cortège et le fit entrer dans le château du baron de la Chatière. Et ensuite? Il y eut un grand mariage, bien sûr. Mais le chat ne participa guère aux festivités, car le magicien lui avait donné une indigestion. Puis le roi se retira et ce fut Eugène qui monta sur le trône. Ajoutons qu'il fut un souverain très sage et très juste. Cela n'a rien d'étonnant, puisqu'il avait comme Premier Conseiller un chat botté!

12 septembre

La paysanne et le hobereau

Une pauvre veuve et un hobereau avare étaient voisins. Ce hobereau était tellement pingre qu'il ramassait même les pommes de sa voisine, comme s'il n'en avait pas eu assez sur son propre domaine. — Ce pommier touche ma clôture, disait-il, donc il m'appartient. «Un jour peut-être, tout ira mieux pour moi», se disait la paysanne. «Et ce vieux pingre verra ce qui lui arrivera!» Un matin, elle alla dans la forêt pour y chercher du bois, emportant un morceau de pain dans sa musette. Sur son chemin, elle rencontra un mendiant. Voyant qu'il était affamé, elle lui donna tout son pain, excepté la croûte. Elle n'attendait rien en retour, mais le vieil homme lui montra du doigt un champ tout proche. Là où il n'y avait rien quelques minutes plus tôt, elle vit deux pommes de terre. — Prenez-les, lui dit le mendiant, pour vous récompenser d'avoir partagé avec moi votre morceau de pain. Le lendemain matin, la vieille femme fut réveillée par une lueur inhabituelle : de sa musette posée près du fourneau, se dégageait une lumière vive, comme si le soleil avait été enfermé dedans. Elle jeta un coup d'œil à l'intérieur et s'aperçut que les deux pommes de terre étaient devenues un petit tas

d'or. Le hobereau passait justement par là, et en voyant cette étrange lueur, il entra sans frapper, pour voir de quoi il s'agissait. La femme lui raconta exactement ce qui s'était passé. Le hobereau prit aussitôt sa brouette et cinq miches de pain et se hâta vers la forêt. Il rencontra le mendiant et vous devinez ce qui se passa. Le hobereau rapporta chez lui une pleine brouette de pommes de terre et les mit dans sa grange dont il ferma la porte à clefs. Mais lorsqu'il se réveilla le lendemain matin, il fut comme foudroyé : chaque pomme de terre s'était transformée en une douzaine de souris qui avaient mangé tout son blé.

13 septembre

Suite de la masure aux secrets

Comme un murmure, chaque nuit, la voix reprenait son refrain. A force de prêter l'oreille, Benoît finit par distinguer une voix fine comme une brise de printemps :
— Délivre-nous! Nous sommes prisonniers!
On aurait dit qu'un chœur de jeunes voix reprenait la complainte.
Malgré cela, l'on ne ressentait aucune impression de tristesse. Bien au contraire, l'on pouvait même entendre quelques rires joyeux au milieu de ces voix.
Le matin, Benoît se réveilla très dérouté, mais très excité à la fois.

14 septembre

Le prince astucieux

Il était une fois une forêt dans laquelle tout le monde se perdait. Au-delà des plus épais fourrés de cette forêt profonde, le méchant roi Balthazar fit construire un palais pour sa fille unique, Mathilde. Puis il annonça qu'il donnerait la princesse en mariage à celui qui, partant des grilles du palais, serait capable de retrouver son chemin vers la lisière de la forêt. Lorsque les hérauts du roi proclamèrent le décret, seuls trois princes se présentèrent pour tenter leur chance : Mirus, Lipus et Titus. Le premier, Mirus, se montra rusé : lorsqu'on le conduisit à travers la forêt, vers le palais, il sema discrètement des petits pois sur son passage. Les officiers du roi ne s'aperçurent de rien, mais un pigeon en quête de nourriture les suivit, et il mangea tous les petits pois. Au retour, Mirus se perdit et il ne put donc pas épouser la princesse. Lipus voulait lui aussi gagner la main de Mathilde, mais il n'eut pas plus de succès que son rival. Tout le long du chemin, il cassa de petites branches sur les arbres qui bordaient le sentier. Mais il n'aurait pas dû choisir des arbres vivants, car le vent lui en voulut et il balaya toutes les branches cassées. A l'heure qu'il est, il erre probablement encore dans la forêt : il n'a pas été assez malin! Titus, lui, s'habilla comme il fallait pour un tel voyage : au lieu de chaussures dorées et de tuniques ajustées, il mit de bonnes chaussures de marche et un pourpoint de cuir. Et, dès le départ, il fit des habitants de la forêt ses amis. Il partagea son pain avec les oiseaux, donna aux fourmis un morceau de gâteau et fit aux araignées des compliments sur leurs toiles.

Au retour, tous l'aidèrent à retrouver son chemin, et lorsqu'il se rendit à nouveau au château, ce fut pour y chercher sa fiancée.

15 septembre

Histoire d'un fauteuil

Monsieur Touneuf emménageait dans une nouvelle maison, et bien entendu, il voulait que tout y soit neuf. Il vendit une partie de son mobilier et brûla le reste, mais à la fin, il lui resta son vieux fauteuil tout usé, dont les pieds étaient en forme de pattes d'ours.
— Ecoute, mon vieux, lui dit-il, ton dossier n'est plus ce qu'il était et tu te creuses chaque fois que je m'assieds sur tes coussins. Je ne veux plus de toi. Je vais t'emporter à la campagne, où tu finiras tranquillement tes vieux jours. Avant le coucher du soleil, le pauvre vieux fauteuil se retrouva à la lisière de la forêt : un séjour bien insolite pour un fauteuil!
— Brrr, il fait froid ici, gémit le fauteuil. Il commença à avoir la chair de poule — à moins que ce ne fût la rosée qui se déposait sur lui. En tout cas, il avait vraiment froid aux pieds et il se sentit très triste, tout à coup. Que fait-on quand on est triste? Eh bien, on pense à quelque chose de gai. Alors le fauteuil se remémora le temps où il était flambant neuf, où il sentait encore le vernis frais et n'avait pas la moindre marque sur son dossier vert d'eau. Monsieur Touneuf l'avait choisi surtout pour ses pieds en forme de pattes d'ours qui lui plaisaient beaucoup. A cette époque, il était très fier de son fauteuil, mais maintenant, il était passé de mode.

16 septembre

Histoire d'un fauteuil

— Est-ce vraiment un animal? susurra le sapin en se penchant pour mieux voir. Ça a des pattes d'ours, mais ce n'est pas un ours, ajouta-t-il.
— Il se tient là comme une souche d'arbre, railla le chêne. Mais en tout cas, il n'a rien à faire ici. Le fauteuil tenta de bouger, espérant trouver un meilleur endroit, mais des voix l'assaillirent de partout : — Ne viens pas par ici! Va-t-en! Tu es en plein milieu du chemin!
— Je sais que ma place n'est pas ici, soupira le fauteuil. Il se laissa glisser dans un grand trou et se cacha parmi les ronciers et les églantiers, pour échapper à tous ces voisins malveillants. Mais les habitants de la forêt sont très curieux

lorsque survient un intrus : de temps en temps, un lièvre accourait dans le trou, pour s'y cacher; un écureuil jetait des noisettes sur les bras du fauteuil, les oiseaux venaient prendre quelques fils dans son capitonnage pour garnir leur nid; un renard lui demanda même d'où il venait. Mais le fauteuil gardait le silence. Au-dessus de lui, la forêt bruissait comme une mer lointaine, répercutant par-delà les frondaisons les messages des oiseaux. Souvent, on les entendait annoncer : — Attention : des cueilleurs de champignons! C'est ce qu'ils criaient lorsque Monsieur Martinet apparut avec son panier. Il voulait préparer pour ses petits-enfants un bon potage aux champignons mais, en fait de champignons, il revint chez lui avec un vieux fauteuil.

17 septembre

Histoire d'un fauteuil

— Je ne pourrai jamais plus m'habituer à vivre avec un tapis sous les pieds et un toit au-dessus de la tête, dit le fauteuil en regardant la pièce douillette dans laquelle il se trouvait.
— Mais si! lui dit Monsieur Martinet, pour le tranquilliser. Tu sais, tu aurais eu une fin bien désagréable dans la forêt. En hiver, tu aurais été couvert de neige; au printemps, la pluie t'aurait détrempé. Ici, tu es à l'abri, et il fait bien chaud. Et puis, c'est gai aussi, quand mes petits-enfants me rendent visite. Tu vas voir! Alors, le fauteuil s'étira et s'installa confortablement, et il se dit qu'il avait bien de la chance d'avoir trouvé quelqu'un qui veuille de lui. A peine arrivés, les cinq petits-enfants de Monsieur Martinet se tassèrent dans le fauteuil et là, ils ouvrirent toutes grandes leurs oreilles, car le fauteuil leur raconta des histoires de lièvres et d'écureuils, leur parla des scarabées, des oiseaux et des fourmis, du grand sapin et du chêne rabougri : il leur révéla la vie mystérieuse de la forêt. Ses histoires étaient tellement intéressantes que les petits-enfants de Monsieur Martinet ne pensaient plus à regarder la télévision : dès qu'ils le pouvaient, ils se glissaient secrètement dans le salon pour écouter le fauteuil. L'histoire du fauteuil aux pattes d'ours parvint aux oreilles de Monsieur Touneuf. Or, la mode était alors aux meubles antiques, et Monsieur Touneuf était devenu un collectionneur d'antiquités. Aussi décida-t-il de récupérer son fauteuil, à tout prix, car c'était maintenant une pièce rare. Mais il n'y parvint jamais, même pour de l'argent : il aurait dû y penser plus tôt!

18 septembre

Les noisettes du conteur

Dans le jardin du conteur, il y avait un grand noisetier qui portait deux fois plus de fruits que tous ceux du voisinage. Lorsque les noisettes commencèrent à mûrir, un casse-noix tacheté vint voleter autour de l'arbre. Il prit des noisettes et les cassa contre le tronc d'un pommier. Pendant un long moment, il vola ainsi du noisetier au pommier, cueillant des noisettes et les avalant à toute vitesse. Le conteur tenta de convaincre l'oiseau de ne pas toucher à ses noisettes, mais le lendemain, il en vint deux, puis trois, puis quatre et ils passèrent la journée à se gaver de noisettes. Alors, le conteur acheta un fusil et commença à tirer sur les oiseaux. Son

arme n'était en fait qu'un jouet qui n'aurait pas fait de mal à un poussin, mais les oiseaux en avaient peur, et tant que le conteur était dans le jardin avec son fusil, ils n'osaient pas approcher. En revanche, lorsqu'il rentrait dans la maison, ils se précipitaient dans les branches du noisetier. Le conteur était dans tous ses états : il fit de son mieux pour cueillir le plus de noisettes possible. Pourquoi s'acharnait-il ainsi? Parce que ce n'était pas des noisettes ordinaires mais des noisettes de contes de fées. Chacune d'elle renfermait un conte : il suffisait de casser la coquille pour le trouver. Ainsi, avec leur long bec, ces oiseaux détruisaient chaque jour au moins quatre douzaines de contes de fées!

19 septembre

Les noisettes du conteur

Le conteur appela la bonne fée, qui l'avait souvent aidé, par le passé, mais elle demeura introuvable : elle était sans doute partie en voyage. Car les fées aussi voyagent, parfois. Et puis un jour, par mégarde, le conteur laissa son fusil dehors, sur la table : le soir même, les oiseaux le prirent par sa courroie et l'emportèrent dans la forêt. Le conteur prit son bâton et sa torche électrique, et il suivit le chemin qui mène à la forêt pour retrouver les oiseaux. La nuit tomba assez tôt, car l'automne approchait, et sous la lueur de la lune, la forêt avait un aspect très mystérieux que le conteur ne lui connaissait pas, puisqu'il s'y promenait toujours en plein jour. Le sentier serpentait entre les sapins, et tout à coup, le conteur s'aperçut qu'il était perdu. — Je vais bien arriver quelque part, se dit-il à voix haute, pour se rassurer. Et il reprit sa marche. Soudain, il distingua une lumière à travers les arbres. «Ah!» se dit-il, «on dirait une maison habitée. Il ne peut donc rien m'arriver. Même le loup du Petit Chaperon Rouge ne pourra pas me manger!» C'est alors qu'il vit une chaumière! Mais quelle chaumière! Il s'arrêta, stupéfait : la maison se trouvait sur un socle qui tournait, et aux quatre coins du toit, il y avait une cage dans laquelle dormait un casse-noix tacheté.

20 septembre

Les noisettes du conteur

Soudain, la chaumière s'arrêta de tourner, et un projecteur s'alluma sur le toit, aveuglant notre conteur. Il fit quelques pas à reculons pour se cacher derrière un tronc d'arbre, mais en vain : le faisceau lumineux le suivait partout où il allait. Puis un escalier s'abaissa lentement jusqu'au sol, une porte s'ouvrit, et une vieille sorcière apparut sur le seuil. Elle était d'une laideur repoussante.
— Je suis Yaka la Sorcière, dit-elle d'une voix caverneuse, et tu ne peux pas savoir combien je suis contente de t'avoir pris au piège.
— Je suis un conteur, dit-il pour se présenter lui aussi. Il allait ajouter quelque chose au sujet des oiseaux qui lui volaient ses noisettes, mais la sorcière cria :
— Pas un mot de plus! Je sais tout! Tu restes assis toute la journée à casser des noisettes pour raconter aux pauvres petits enfants des histoires effrayantes! Eh bien, je vais t'enfermer jusqu'à ce que les casse-noix aient mangé toutes tes maudites noisettes!
— Mais pourquoi? demanda le conteur, la gorge serrée.
— Je n'aime pas les contes de fées; je les ai en horreur! gronda la sorcière. Je suis toujours malfaisante et cruelle dans ces histoires, et j'en ai assez! Je vais faire disparaître de la surface de la terre tous les contes de fées, entends-tu?

21 septembre

Les noisettes du conteur

A ce moment, une fée que nous connaissons bien apparut dans la clairière inondée de lumière. Elle avait dû se dépêcher, car elle était hors d'haleine. Dès que la sorcière la vit, elle devint toute pâle.
— Yaka, lui dit la fée d'un ton de reproche, est-ce comme cela que tu tiens tes promesses? As-tu déjà oublié notre accord? La sorcière baissa la tête, d'un air penaud.
— Mais ... cet homme écrit, écrit, et moi, je ..., commença-t-elle pour s'excuser.
— Je croyais que nous étions d'accord pour que les casse-noix prennent des noisettes partout sauf dans le jardin du conteur, interrompit la fée. Sinon ...
— Je sais, dit Yaka la Sorcière. Sinon, ma m ... m ... maison sera te ... te ... tellement envahie, par les noisetiers que je ne pou ... pou ... pourrai plus en so ... so ... sortir! Elle rendit au conteur son fusil. — Voilà votre arme, lui

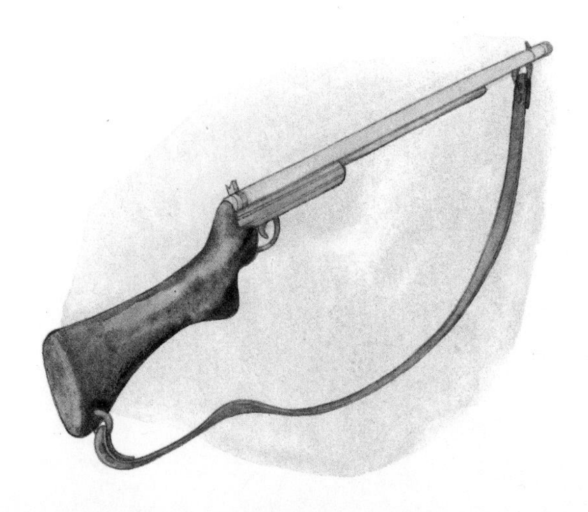

dit-elle. Je vous promets que vous n'en aurez plus besoin ... malheureusement! Sur le chemin du retour, le conteur dit à la fée, d'un ton mi-reconnaissant, mi-réprobateur :
— Je croyais que vous ne reviendriez jamais. La fée sourit.
— Nous autres fées ne devons pas être constamment dans les parages, tu sais. Sinon, les gens penseraient que nous leur sommes acquises. L'important est que nous arrivions à temps. Ne penses-tu pas que tu devrais écrire une histoire à ce sujet?

22 septembre

Les marrons

Dans un jardin abandonné, à la sortie d'une petite ville, il y avait un énorme marronnier. Chaque année à l'automne, au pied de cet arbre majestueux, le sol était jonché de beaux marrons brillants et dodus. Deux commerçants de la ville découvrirent en même temps ce marronnier généreux et chacun d'eux se dit : «Si je mettais un poêle à charbon dans ma boutique et que je vende des marrons grillés, je ferais fortune!» Se rencontrant dans le jardin, ils s'aperçurent qu'ils avaient eu la même idée. Mais ni l'un ni l'autre ne voulait partager les marrons. Ils décidèrent donc que celui qui trouverait le premier marron mûr emporterait toute la récolte. Ils se tapèrent dans la main pour conclure le marché et, levant les yeux vers l'arbre, ils estimèrent qu'il faudrait attendre encore une semaine avant que les fruits soient mûrs. Mais le soir même, chacun d'eux se rendit en secret dans le jardin. Le premier s'assit au pied de l'arbre, avec un sac de toile pour recueillir le premier marron qui tomberait. Le voyant là, l'autre marchand pensa qu'il pouvait le duper. Il grimpa sans un bruit dans l'arbre, de façon à entendre éclater la bogue du premier marron mûr, et à le cueillir avant qu'il ne tombe. Mais les deux hommes s'endormirent. Lorsqu'au petit matin, les marrons commencèrent à tomber, celui qui était dans l'arbre se réveilla en sursaut et tomba dans le sac de l'autre. Tandis qu'ils se disputaient pour savoir lequel avait gagné, des enfants se glissèrent sans bruit derrière eux et ramassèrent tous les marrons.

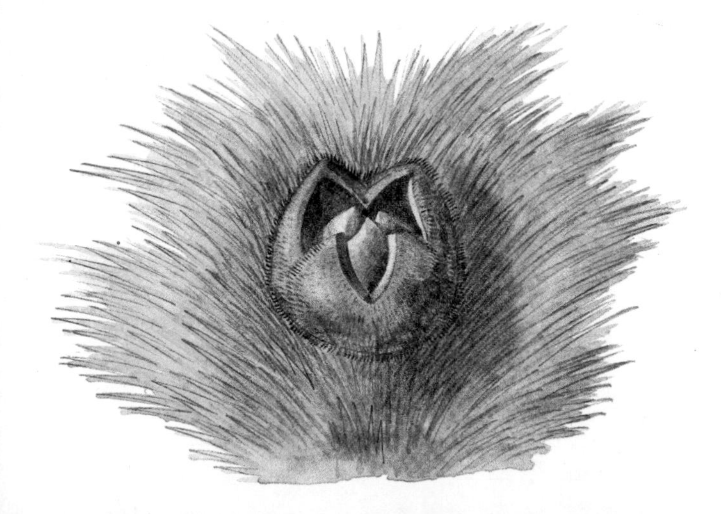

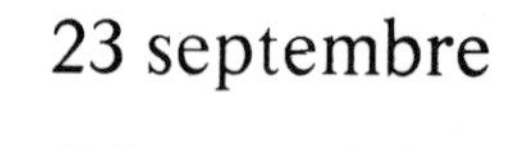

23 septembre

Bistouri la souris

Barbara était entrée chez l'oiselier pour acheter un perroquet, mais au moment où elle vit

Bistouri la souris, elle oublia complètement son intention première.
— Je voudrais ceci, s'il vous plaît, dit-elle au marchand en désignant du doigt Bistouri. Mais il lui répondit :
— Je regrette, mais les souris ne sont pas à vendre. Elles servent à nourrir les serpents. D'ailleurs voyez-vous, c'est l'heure du déjeuner pour ce python, et il a justement l'intention de manger cette souris.
— Si vous ne me donnez pas Bistouri la souris, je ne vous achèterai jamais plus rien, et je dirai à mes amies d'aller se fournir ailleurs en poissons rouges et en perruches!
L'argument était suffisant pour convaincre n'importe quel commerçant, aussi se dépêcha-t-il d'envelopper Bistouri dans un papier qu'il entoura d'une ficelle et tendit à Barbara. Il ne la fit même pas payer, car il n'avait pas de liste de prix pour les souris.
A peine avait-elle tourné le coin de la rue que Barbara jeta le papier dans une poubelle et mit Bistouri dans sa poche. Elle entendit alors une petite voix aiguë :
— Merci de m'avoir sauvé la vie! Je te revaudrai ça, tu verras. Barbara fit un geste de la main qui voulait dire : «Je n'ai pas besoin de récompense. Je suis heureuse de t'avoir, c'est tout.»

24 septembre

Bistouri la souris

Le lendemain, à l'école, le cours de mathématiques fut remplacé par une heure d'éducation physique. Barbara en fut un peu contrariée, car elle n'aimait pas beaucoup l'éducation physique. Et de plus, le professeur avait prévu des épreuves de course, et elle perdait toujours. — Tu vas gagner, aujourd'hui! lui dit la souris. Et elle avait raison. Dès que les autres filles virent Bistouri sur la piste, elles partirent dans toutes les directions, et Barbara arriva le première. Bistouri aidait Barbara dans tout. Quand elle avait oublié sa règle, elle se servait de la longue queue de la souris pour tracer des lignes dans son cahier d'exercices. Au cours de dessin, Bistouri trempait sa queue dans la peinture et faisait des dessins tellement réussis qu'on aurait pu les exposer. Un jour, Barbara alla chez Jérôme qui passait pour le petit garçon le plus sage et le plus obéissant du quartier. Sa mère voulait qu'il montre l'exemple aux autres enfants, c'est pourquoi elle invita les plus tapageurs d'entre eux à un goûter, pour leur apprendre les bonnes manières. Jérôme, assis en bout de table se tenait parfaitement bien, mais lorsque Bistouri commença à grignoter les pieds de sa chaise, le garçon le mieux élevé du quartier tomba par terre et roula sous la table avec sa tartine et tout le reste. En fait, cela ne lui déplut pas, et à partir de ce jour, il se comporta comme tous les autres enfants.

25 septembre

Bistouri la souris

Un jour, toute la classe de Barbara partit en

promenade. La maîtresse leur dit : — Vous pouvez courir et vous amuser, mais je veux que chacun de vous essaie de se rendre utile. Je suis sûre que vous trouverez bien des moyens. D'accord?
— Oui! s'écrièrent les enfants. Et tous se mirent à taper dans leurs mains. Tous sauf Barbara qui tenait Bistouri dans une main, au fond de sa poche. La maîtresse fronça les sourcils. Elle pensa que Barbara n'était pas d'accord pour faire quelque chose d'utile et comme punition, elle lui dit d'écrire cinquante fois : «Je dois taper dans mes mains si c'est utile.»
— Ne t'inquiète pas, lui dit Bistouri, je le ferai pour toi! Les petites filles se mirent en rang derrière la maîtresse, et toute la classe prit le chemin de la campagne. Juste à la sortie de la ville, elles virent un vieil homme étrange en train de cueillir paresseusement des poires qu'il mettait dans des sacs. — Eh bien voilà! s'écria la maîtresse. Et elle les envoya aider le vieillard. Finie la promenade! Les petites filles passèrent l'après-midi à ramasser des poires, mais le vieil homme ne leur en offrit même pas une pour les récompenser de leur peine. C'était un vieil avare. Voyant cela, Bistouri grignota un coin de chaque sac de toile, si bien qu'il perdit toutes ses poires en allant au marché. On dit qu'il faut rendre le bien pour le mal, mais Bistouri la souris ne connaissait pas les proverbes. Et ensuite, que lui arriva-t-il? Eh bien, si elle ne s'est pas sauvée, elle doit être encore dans la poche de Barbara.

26 septembre

Les cornemuses enchantées

L'été était bien calme dans le village de Picotin, cette année-là. Puis, subitement, tout changea. La journée commença comme toutes les autres, mais vers midi, il se passa quelque chose d'étonnant. Les parents virent leurs enfants disparaître. Au moment où ils sortaient de l'école, ils entendirent au loin le son d'une cornemuse. Cette musique était si étrange et si merveilleuse que tous les enfants se mirent à courir dans sa direction, comme s'ils avaient été ensorcelés. La dernière de la petite troupe était Mathilde. Tout en courant, elle regardait défiler le paysage : les maisons devenaient rares et les arbres de plus en plus mombreux. Quelques minutes plus tard, Mathilde et ses camarades se trouvèrent dans un lieu totalement inconnu. Ils arrivèrent devant une mystérieuse barrière derrière laquelle serpentait un chemin pavé. Et là, les enfants s'arrêtèrent, car la musique avait cessé. Dans un renfoncement, près du chemin, Mathilde trouva des craies de couleur. Il y en avait exactement autant que d'enfants. Sur une des dalles de pierre, Mathilde dessina un chat. Imaginez sa surprise lorsque le chat poussa un miaulement, s'étira, puis sauta sur ses genoux! Pierre dessina un pain au chocolat, et aussitôt, il le mangea. La petite voiture rouge de Bernard vrombit et démarra. En quelques instants, le

chemin pavé fut couvert de jouets, d'animaux, de gâteaux et de glaces. Tout ce que les enfants dessinaient devenait réel. «Je voudrais que ça dure toujours!» se dit Mathilde. Mais le soir venu, les cornemuses ramenèrent les enfants chez eux.

27 septembre

Les cornemuses enchantées

Le lendemain, les parents, inquiets, attendirent leurs enfants à la sortie de l'école pour ne pas les perdre encore une fois. Mais quand midi sonna au clocher du village, on entendit à nouveau le son des cornemuses, et les enfants partirent tellement vite que leurs parents les perdirent immédiatement de vue. Comme la veille, ils arrivèrent dans cette campagne inconnue, devant la barrière mystérieuse et le chemin pavé avec ses craies de couleur. Pendant toute la matinée, au lieu d'écouter le maître, les enfants avaient pensé aux jouets merveilleux qu'ils dessineraient. D'ailleurs, ils n'avaient pas fait leurs devoirs, la veille au soir, car ils étaient rentrés bien après le coucher du soleil, tellement épuisés qu'ils somnolaient à table. Et comme ils s'étaient gavés de gâteaux, de glaces et de toutes les friandises possibles, ils n'avaient plus faim ni pour la soupe, ni pour l'omelette. Mais aucun d'eux ne parla à ses parents de leur aventure. Cela continua toute la semaine, et le vendredi, le directeur de l'école convoqua les parents à une réunion, pour décider de ce qu'il fallait faire. Mais comme personne n'en avait la moindre idée, ils résolurent de retourner chez eux et d'attendre la suite des événements.

28 septembre

Les cornemuses enchantées

Le samedi, les enfants étaient très énervés, mais cela ne les empêcha pas d'entendre l'appel des cornemuses. Comme d'habitude ils partirent à toute allure, et lorsqu'ils arrivèrent à la barrière, ils étaient au comble de l'excitation. Paul dessina une saucisse, mais aussitôt, Rémi traça des barreaux juste devant la saucisse, pour la mettre en prison. Pour se venger, Paul dessina des pattes de lièvre à la tortue de Rémi. Puis le teckel de Mireille s'envola : quelqu'un lui avait fait des ailes aussi grandes que des oreilles d'éléphant. — Arrêtez! Ne soyez pas stupides!

s'écria Mathilde. Mais il était trop tard. La limonade commença à jaillir des grottes comme un torrent, et des gâteaux sortirent de la bouche des enfants comme des trains miniatures. Les petites filles n'avaient plus de lacets pour nouer leurs chaussures, mais des vers de terre, et sur la tête des garçons poussaient des oreilles d'âne ou des cornes. Avant que Mathilde ait eu le temps d'enfourcher son tricycle, les roues s'échappèrent et la glace qu'elle avait dans son cornet se transforma en un gros chou. Elle essaya en vain d'expliquer aux autres enfants qu'il ne fallait pas faire n'importe quoi avec la magie, car sinon elle disparaissait pour toujours. Elle avait lu cela dans un livre de contes de fées. Mais ses camarades ne l'écoutaient pas : ils commencèrent à se tirer les cheveux, à se pousser du coude, à se battre. Dès lors, les cornemuses enchantées disparurent pour toujours. Elles ramenèrent une dernière fois les enfants chez eux, et on ne les entendit plus jamais.
Mathilde fut meilleure que les autres en dessin, et elle remporta un prix dans un concours de peinture : c'était un sifflet, mais un sifflet tout à fait ordinaire!

29 septembre

Le pet-de-nonne et l'albatros

Vous souvenez-vous du pet-de-nonne qui, en août, avait été jeté d'un avion? Eh bien il continua à tomber, tomber tout en chantant pour se donner du courage :
C'est moi le pet-de-nonne qui chante
C'est moi le plus savoureux et le moins pâteux
Je ne sais où je vais atterrir
Mais rien ne sert de gémir...
«C'est comme ca!», se dit-il en fermant les yeux. Mais soudain, il eut l'impression de ne plus descendre mais de planer. En ouvrant les yeux, il s'aperçut qu'il était assis sur les ailes d'un grand oiseau blanc.
—Qui êtes-vous? demanda-t-il.
— Je suis un albatros, répondit l'oiseau.
— Eh bien, permettez-moi de vous exprimer toute ma gratitude, dit le pet-de-nonne avec émotion. Vous m'avez sauvé la vie.
— A quelque chose malheur est bon, répondit l'albatros, d'un ton plein de mystère. Le pet-de-nonne réfléchit un court instant et dit:
— Et... la fin justifie les moyens...
—Exactement, répliqua l'albatros. Je vois que nous nous comprenons bien. Tu as deviné que je suis un oiseau vorace. Alors nous pouvons être amis, enfin, au moins jusqu'à ce que je me pose sur un rocher... Mais le pet-de-nonne ne semblait pas être intéressé par une amitié, aussi brève fût-elle, avec un oiseau vorace. Il préféra sauter du dos de l'albatros et voguer sur la mer jusqu'en octobre.

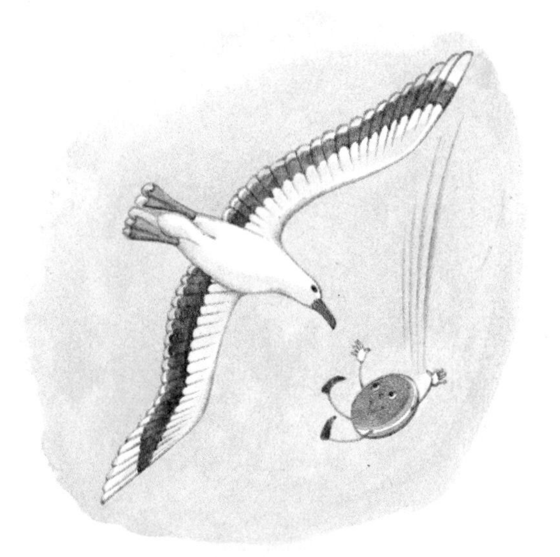

30 septembre

Une vie mouvementée

Le petit Gilles adorait les romans policiers. Pensez-vous qu'il rêvait de devenir détective privé? Pas du tout : il avait décidé d'être voleur. C'était le seul métier au monde qui l'intéressât. Devenu adulte, il se mit un bas sur le visage, glissa un révolver dans sa poche et partit cambrioler une banque. — Haut... haut... les m... m... mains! bégaya-t-il en pointant son arme sur l'employé de banque. Mais à ce moment la sonnerie d'alarme retentit. Avant de comprendre ce qui se passait, Gilles fut arrêté par la police et mis en prison pour tentative de vol à main armée. «Tant pis pour moi», se dit-il.

«C'était un peu trop difficile pour un débutant. La prochaine fois, je viserai moins haut.»
A peine sorti de prison, il attaqua une pâtisserie mettant tout ce qui lui tombait sous la main dans un grand sac. Mais il se fit prendre alors qu'il sortait du magasin par la fenêtre, et il se retrouva encore une fois derrière les barreaux. Le jour où il fut libéré, il entra par effraction dans une maison vide, mais lorsqu'il en sortit il croisa une bande de cambrioleurs qui lui prirent son butin et lui infligèrent une bonne correction pour avoir empiété sur leur territoire. Mais les policiers trouvèrent ses empreintes dans la maison, et il fut condamné encore une fois. Il continua ses méfaits pendant un certain temps; chaque fois, les peines étaient un peu plus fortes. Finalement, Gilles se dit qu'il existait d'autres métiers que celui de criminel. Il trouva un emploi au zoo : il était chargé de nourrir les ours polaires. Il passa des heures à leur raconter tout ce qui lui était arrivé au cours de sa vie de malfaiteur.

Octobre

1er octobre

Les souris

Le lutin du vent n'avait jamais prêté son manteau à personne. Mais le 1er octobre, jour de son anniversaire, il fit une exception, et voici dans quelles circonstances : il retourna dans le vieux grenier où il était né quelques mois plus tôt. Rien n'avait changé sous les poutres poussiéreuses, sinon que le papillon était parti et que les souris étaient de plus en plus nombreuses. Grand-mère souris était en train de mettre son tablier pour faire une pâte à crêpes et elle devait surveiller en même temps ses dix petits-enfants qui étaient aussi minuscules et roses que les doigts d'un bébé.
«Qu'est-ce que je vais faire de vous en attendant que papa et maman rentrent du travail?» se demandait-elle. «Mon pauvre dos me fait souffrir, je n'arrive pas à faire tirer le poêle, et vous couinez tellement que les oreilles me cornent.» Le lutin du vent, qui avait tout entendu proposa de s'occuper des enfants.
— Où sont tes jouets? demandèrent les petites souris de leur voix aiguë. Le lutin ne sut que dire. Mais il sortit de ses poches toutes sortes de baies qu'il avait ramassées dans la forêt et les fit rouler par terre, comme de petites balles de toutes les couleurs. Puis, il étendit son manteau pour que les souris puissent se laisser glisser le long d'un chevron comme sur un toboggan. Grand-mère souris eut enfin un instant de répit. Et voilà comment on peut fêter son anniversaire en faisant plaisir aux autres!

2 octobre

Comment le lutin du vent faillit perdre son manteau

Dans un champ labouré, des enfants jouaient avec leurs cerfs-volants. Parmi eux, il y avait Lucie. Le sien était fait de feuilles : c'était le genre de cerf-volant qui vole juste au-dessus du sol et qui est très difficile à faire décoller. Les garçons ne cessaient de se moquer d'elle. C'est alors que le lutin du vent apparut : il prit le modeste cerf-volant de Lucie par une de ses feuilles et l'emporta haut dans le ciel, bien au-dessus des autres. Mais le pauvre voyageur du ciel eut soudain le vertige : il n'était jamais monté aussi haut; subitement il perdit l'équilibre et tomba au beau milieu d'un roncier. Son manteau fut tout déchiré et le lutin eut envie de pleurer. Comment allait-il voler, à présent? Il ne pouvait pas flotter dans la brise avec un manteau troué! La petite Lucie prit le lutin dans ses mains et lui dit :
— Tout ça est de ma faute. Je me moque bien d'avoir gagné ce concours maintenant. Comment pourrais-je t'aider? Je ne sais même pas rapiécer. Et elle se mit à pleurer. Mais en regardant ses larmes tomber par terre sur un lit d'aiguilles de pin, il lui vint une idée. Elle pouvait se servir de ces aiguilles pour boucher les accrocs du manteau avec des feuilles de son cerf-volant. A peine eut-elle fini que le voyageur du ciel poursuivit son chemin.

3 octobre

Attends et Pas-maintenant

Lydie était une petite fille qui prenait toujours son temps. Chaque fois que ses parents lui demandaient de faire quelque chose, elle répondait : — Attends! Pas maintenant! Les parents de Lydie ne supportaient plus cette manie de toujours remettre les choses à plus tard, et ils cherchèrent un moyen pour y remédier. Un jour, sa maman, exaspérée, cria :
— J'en ai assez de tes «attends » et «pas maintenant» qui volent dans toute la maison comme deux vilains papillons de nuit! A peine avait-elle dit cela que deux petites paires d'ailes se mirent à voleter au-dessus de sa tête. Les ailes grises étaient celles d'Attends et les brunes, celles de Pas-maintenant. Lydie éclata de rire : elle pensait qu'elle allait bien s'amuser avec ces deux papillons mais elle ne tarda pas à changer d'avis. Quand elle voulait s'asseoir dans un fauteuil, Attends la devançait. Pas-maintenant l'empêchait d'ouvrir le réfrigérateur ou de prendre un morceau de chocolat dans le buffet. A la fin, elle ne pouvait même pas lire un livre de contes, ni sortir ses jouets du placard, ni manger un dessert. Attends et Pas-maintenant étaient partout. La seule chose à laquelle ils ne touchaient pas était le cartable de Lydie si bien qu'il ne lui restait plus qu'une solution : apprendre ses leçons du matin au soir.

4 octobre

Attends et Pas-maintenant

Le papa de Lydie était très content, car sa fille allait enfin apprendre quelque chose. Il nourrissait secrètement les deux papillons pour les persuader de rester dans la maison. Mais maman était inquiète : — L'excès en tout est un défaut, même dans le travail. Lydie est pâle et fatiguée. Lydie lisait justement à haute voix, dans son livre de sciences naturelles, un chapitre expliquant que les papillons passent une grande partie de leur vie dans un cocon.
— Tiens, tiens . . .! Si nous persuadions nos papillons de se fabriquer des sacs de couchage et de se reposer un peu? suggéra la maman.
— Mais voyons, maman, répliqua Lydie d'un ton professoral, ce sont les larves de papillons qui tissent des cocons, pas les papillons. C'est comme si tu disais qu'une maman met au monde un grand-père au lieu d'un bébé, et qu'il rajeunit de jour en jour, jusqu'à ce qu'il redevienne un nourrisson. Attends et Pas-maintenant entendirent cette expliquation et ils trouvèrent que c'était là une très bonne idée. Ils acceptèrent qu'on les enveloppe dans des cocons que la maman de Lydie confectionna au crochet avec le fil le plus fin qu'elle put trouver. Alors Lydie se procura un beau papillon qu'elle appela Tout-de-suite.

5 octobre

L'aubergiste et l'argent magique

Mirliton, le magicien, avait toujours vécu seul, sur sa montagne, utilisant des formules magiques chaque fois qu'il avait besoin de quelque chose. Mais un beau jour, il en eut assez de cette solitude et décida de partir dans le vaste monde. Lorsqu'il arriva en ville, affamé

après une longue journée de marche, il entra dans une auberge pour s'y restaurer. Comme il aimait beaucoup les pois et les haricots, il commanda une soupe aux haricots et un plat de lentilles. A la fin du repas, l'aubergiste lui apporta l'addition.
— Qu'est-ce que c'est? demanda Mirliton qui, s'il connaissait presque tout de la magie et de la sorcellerie, n'avait aucune expérience de la vie de tous les jours.
— Ça, répondit l'aubergiste, c'est votre addition.
— Que dois-je en faire? demanda naïvement le magicien. L'aubergiste faillit perdre son sang-froid mais, se rappelant que le client a toujours raison, il expliqua :
— Le chiffre qui figure en bas indique combien vous devez payer.
— Ah! s'écria Mirliton. Il murmura quelques paroles incompréhensibles et un billet de banque neuf et craquant apparut entre ses doigts. L'aubergiste tâta le billet, puis le regarda en transparence dans la lumière. Son visage s'assombrit :
— Vous ne croyez tout de même pas que vous allez rouler un vieux loup comme moi avec une pareille contrefaçon! hurla-t-il. Mirliton fut tellement surpris qu'il fut incapable de trouver un moyen de se tirer d'embarras. Il leva nerveusement les yeux vers l'aubergiste, dont la carrure était impressionnante, et se dit : «Ma parole! Il va m'étrangler!»

6 octobre

L'aubergiste et l'argent magique

Juste à ce moment, le magicien vit un jeu de cartes sur le comptoir. — Que diriez-vous de jouer le coût de mon déjeuner aux cartes? — Pourquoi pas? ricana l'aubergiste qui excellait au poker et était connu pour n'avoir jamais perdu contre un client. Deux autres joueurs se joignirent à eux; l'un d'eux battit les cartes, l'autre les distribua.
— Mais je vous préviens, dit l'aubergiste, si vous n'avez pas assez d'argent, vous me paierez en travaillant aux cuisines!
— Je pense que ça ne sera pas nécessaire, lui répondit le vieux magicien avec un sourire. Il avait déjà plusieurs as dans ses manches. En moins de deux heures, Mirliton pluma l'aubergiste et ses autres partenaires. Il aurait pu commander les mets les plus raffinés et les plus coûteux, s'il avait voulu. Mais pour le dîner, il

demanda une soupe de lentilles et des haricots en sauce blanche. Puis, ils recommencèrent à jouer. Le magicien resta dans cette auberge pendant une semaine, et il ruina jusqu'au dernier sou tous ceux qui jouèrent avec lui. Mais, bientôt, il ne trouva plus un seul partenaire; l'aubergiste lui-même abandonna après avoir perdu son auberge. Mirliton y serait encore à l'heure qu'il est si son hôte n'avait pas perdu patience. Un beau matin, il saisit le magicien par le col et le secoua comme un prunier : une dizaine d'as tombèrent de ses manches! Mirliton dut prendre ses jambes à son cou. Il retourna dans sa maison solitaire et comme il n'avait personne avec qui jouer, là-bas, il fit des patiences.

7 octobre

Chantal et ses chaussures

Chantal ne pouvait jamais passer devant un magasin de chaussures sans y entrer. Et une fois à l'intérieur, elle achetait immanquablement une paire de chaussures. Ou de bottes. Ou deux paires. Ou cinq. Chez elle, les placards étaient remplis de souliers à hauts talons, à talons plats, de bottines, de bottes montantes, de mocassins, de sandales. Elle n'aurait pas eu assez de toute une vie pour les user. Il y avait des boîtes à chaussures partout : sous le canapé, dans le garde-manger, dans le couloir, dans la salle de bains, et même dans la machine à laver. Mais Chantal en trouvait toujours une nouvelle paire qu'il lui fallait absolument. Or, un jour, ses chaussures se révoltèrent : — Nous voulons marcher! Nous voulons être usées! Nous en avons assez de rester ici à ne rien faire! Mais Chantal ne les entendait pas. D'ailleurs, elle

n'aurait pas compris cette rébellion. Les chaussures conspirèrent toute la nuit. Et le lendemain matin, elles se glissèrent hors de leurs boîtes, sautèrent de leurs étagères et se mirent en rang par dix pour suivre leur propriétaire. Au feu rouge, elles traversèrent la rue derrière elle; puis elles se pressèrent à sa suite dans l'autobus et se remirent en rang lorsque Chantal en descendit. — Dites-donc, Mademoiselle, lui dit un agent de police, avez-vous une autorisation pour ce défilé de chaussures?
— Elles ne sont pas à moi, répondit Chantal. Quand elles entendirent ce mensonge, les chaussures partirent dans toutes les directions et se trouvèrent de nouvelles propriétaires, sur-le-champ. Chantal resta plantée là avec la seule paire de chaussures qu'elle avait aux pieds.

8 octobre

Un ministre astucieux

Le roi Guignolet se laissa tomber lourdement sur son trône, les sourcils froncés, l'air furieux. Puis il prononça trois sentences de mort, révoqua le trésorier royal et passa un bon savon au Ministre des Affaires Spéciales. Le ministre était le seul à savoir pourquoi le roi était d'aussi méchante humeur. Le matin même, Sa Majesté la reine lui avait vertement reproché sa faiblesse et son indécision. Guignolet était constamment harcelé par son épouse et généralement, il se vengeait sur ses sujets. Le lendemain matin, le ministre entendit Madame la Reine hurler à l'intention de son époux qu'il était rare de rencontrer des idiots comme lui, et qu'elle se demandait vraiment pourquoi elle avait eu le malheur de tomber justement sur un de ceux-là. C'en était trop! Le ministre se dit que dans l'intérêt de la patrie et pour la sauvegarde du royaume, il valait mieux éloigner la reine pendant quelque temps.
— Majesté, lui dit-il, savez-vous que c'est la grande vogue, en ce moment pour les femmes de souverains, que de voyager à travers le monde? Or, la reine avait horreur que l'on insinue qu'elle n'était pas dans le ton. — Mais bien sûr, pauvre sot! rétorqua-t-elle d'un ton cassant. Ne savez-vous pas que mes bagages

sont déjà prêts? Il l'ignorait, évidemment, mais il fut ravi d'apprendre qu'ils le seraient sous peu.
— J'écrirai à Guignolet tous les jours, déclara la reine, simplement pour qu'il n'oublie pas qui porte la culotte. Alors, le ministre ouvrit toutes ses lettres qui ne contenaient que réprimandes et menaces, et il les réécrivit pour en faire des missives pleines d'amour et de tendresse, avant de les remettre à Guignolet. Le roi s'étonna beaucoup du brusque changement d'humeur de sa femme. Il devint clément et bienveillant, et le royaume fut à nouveau florissant. Le ministre jubilait.

9 octobre

Un ministre astucieux

Les meilleures choses ont une fin : un beau jour, la reine rentra de voyage. Guignolet fut ébahi de voir combien elle avait changé à nouveau, et une fois de plus, il passa sa rancœur sur le reste de son royaume. «Il va falloir trouver une solution», se dit le ministre des Affaires Spéciales. Le hasard lui en fournit l'occasion. Une nouvelle dame d'honneur, très belle, venait d'arriver à la cour. Elle s'appelait Hortense. Quand on la présenta au roi, celui-ci marmonna quelques mots, d'un ton irascible; mais le ministre avait un plan.
— Avez-vous remarqué la nouvelle dame d'honneur? demanda-t-il à la reine, d'un ton plein de sous-entendus.
— Oui, et alors? répondit la reine, qui se doutait que le ministre ne posait pas cette question simplement pour alimenter la conversation.
— Rien, dit le ministre d'un ton désinvolte. Mais j'ai vu que le roi la regardait avec un intérêt particulier. Remarquez, cela n'a rien d'étonnant. Heureusement que vous n'êtes pas d'un caractère jaloux. «C'est vrai, je ne suis pas jalouse», se dit en elle-même la reine. Mais quand elle se fut répété cette phrase une dizaine de fois, elle devint plus jalouse qu'on ne peut l'imaginer. «Après tout, c'est bien ma faute», se dit-elle. «Je ne lui dis jamais rien de gentil. C'est bien normal qu'il aille chercher ailleurs quelque douceur.»
— Guignolet! appela-t-elle. Où es-tu, mon trésor? Viens me donner un gros baiser!
A partir de ce jour, le roi vécut comme un coq en pâte, car sa femme était la douceur même, mais il ne comprit jamais pourquoi elle avait exigé avec tant d'insistance qu'une certaine Hortense soit chassée de la cour.

10 octobre

Le Fille de Brume

Elise était belle comme un ange. De plus, elle était gentille et travailleuse. Pierre, le cocher d'un riche seigneur, tomba amoureux d'elle. Chaque fois qu'il passait devant la maison

d'Elise, son attelage de chevaux hennissait pour la saluer, comme Pierre le lui avait appris. Quant à Elise, son cœur appartenait à Pierre, et tous deux attendaient avec impatience le jour où ils pourraient se marier. Mais la vie est parfois cruelle. Un jour, deux rois se déclarèrent la guerre. Pierre fut contraint d'entrer dans les rangs de l'armée et de marcher vers le front.
— Reviens-moi! lui dit Elise, en larmes.
— Je te le promets, répondit Pierre. Mais il ne revint jamais, car il tomba dès la première charge. L'un de ses camarades qui avait perdu une jambe lors de la bataille vint anoncer à Elise la terrible nouvelle.
— Je ne le crois pas! s'écria Elise. Il m'a promis qu'il reviendrait. Elle résolut de partir à sa recherche. Ses parents et ses amis tentèrent de l'en dissuader :
— Voyons, Elise, comment une frêle jeune fille comme toi pourrait-elle errer sur les champs de bataille qui sont déjà tellement dangereux pour des hommes?
— J'y arriverai! déclara-t-elle fermement. Et elle se prépara à partir. Ses amis essayèrent de l'en empêcher mais elle devint de plus en plus pâle et finit par se transformer en un nuage laiteux qui disparut au-dessus de la forêt. Depuis lors, la Fille de Brume parcourt le monde et si vous écoutez très, très attentivement, vous l'entendrez appeler :
— Pierrot, où es-tu?

11 octobre

La cigogne et le corbeau

Un soir, tard, une cigogne entra chez les Dubois par une fenêtre ouverte. Elle portait dans son bec un paquet qu'elle déposa délicatement dans le berceau placé là à cet effet. La cigogne développa le paquet et en sortit un bébé : un beau petit garçon respirant la santé. Mais au même moment, un corbeau entra par la fenêtre et se dirigea droit sur le berceau. Lui aussi portait dans son bec un paquet : mais celui-ci contenait une belle petite fille aux joues rebondies.
— Il me semble que vous vous êtes trompé de maison, cher collègue, dit la cigogne.
— Je ne me trompe jamais! rétorqua le corbeau.

Mme Dubois m'a envoyé un télégramme pour commander une petite Hélène aux cheveux noirs d'ébène.
— Voilà qui est fort intéressant, répondit la cigogne, car j'ai moi-même reçu une lettre exprès de M. Dubois me demandant de lui apporter un petit Goeffroy blond comme les blés. Manifestement, nos deux clients ne sont pas parvenus à se mettre d'accord, et maintenant, ils vont certainement se disputer. Qu'allons-nous faire?
— Ça n'est pas notre affaire, répartit le corbeau d'un ton revêche. Je ne sais pas ce que vous en pensez, mais pour ma part, je n'ai pas l'intention de me mêler d'une querelle familiale!
— J'ai mieux à faire moi aussi, dit la cigogne. Et il s'envolèrent l'un et l'autre. Comme s'ils avaient attendu ce moment, les deux nourrissons se mirent à pousser des hurlements. Les Dubois firent irruption dans la chambre.
— Comme elle est belle, cette petite Hélène! s'écria M. Dubois.
— Et ce petit Geoffroy, n'est-il pas adorable? dit Mme Dubois.

12 octobre

Le chat et la souris

Un matin, le chat attrapa une souris devant la porte du garde-manger. Alors qu'il la tenait entre ses pattes, la souris lui dit : — Tu pourrais attendre que j'aie pris mon petit déjeuner!
— Vois-tu, répondit le chat, le principal c'est que moi, je prenne mon petit déjeuner.
— Ne vois-tu pas comme je suis jolie? risqua la souris. Ce serait tout de même dommage de détruire un aussi beau spécimen, non? Le chat regarda sa proie de la tête aux pieds et il lui sembla qu'effectivement, cette créature était exceptionnellement belle. La souris lui dit qu'elle le trouvait très séduisant, lui aussi.
— Quel dommage que nous ne soyons pas de la même taille! s'exclama la souris qui était très maligne. Nous irions si bien ensemble! Puis elle expliqua au chat comment ils pourraient résoudre ce problème. Dès lors, la souris passa son temps allongée sur un coussin dans l'arrière-cuisine, tandis que le chat faisait des allées et venues pour apporter à son amie toutes sortes de bonnes choses à manger. Mais lui, le chat, maigrissait à vue d'œil : il suivait un régime pour rapetisser. Lorsqu'il tomba malade à force de ne pas manger, la souris dut aller chercher elle-même ses provisions. Mais elle avait tellement grossi qu'elle resta coincée dans le trou par lequel elle accédait au garde-manger. La maîtresse de maison, qui la trouva l'enferma dans une cage. Lorsque le chat fut à peu près rétabli, il vint rendre visite à la prisonnière.
— Dis, Minet, tu vas me libérer, n'est-ce pas? supplia la souris.
— Tu peux t'estimer heureuse d'être enfermée dans cette cage, grogna le chat. Parce que je suis tellement maigre et toi tellement replète que je ne ferais qu'une bouchée de toi, si tu étais libre!

14 octobre

Le Seigneur des Pendules

Le Père Temps était débordé. Depuis que les gens avaient inventé les montres de gousset, les montres-bracelets, les horloges de ville, les pendules murales et les montres quantièmes, il devait s'assurer que toutes savaient exactement l'heure à la seconde près. Et ce n'était pas un travail de tout repos. S'il les laissait seules un moment, elle commençaient à confondre l'heure d'été et l'heure d'hiver. Dès qu'il avait le dos tourné, telle montre ou telle pendule oubliait d'avancer une de ses aiguilles. Dans le temps, quand il n'existait que des sabliers, les choses étaient beaucoup plus simples : il suffisait de le retourner de temps en temps, et le sable s'écoulait gaiement par le petit trou. Et, à l'époque où les pendules n'existaient pas, le Père Temps pouvait se reposer pendant des jours et

13 octobre

Suite de
la masure aux secrets

Tout en se préparant pour aller à l'école, Benoît réfléchissait.
Dès le mercredi, il s'en irait vers la masure, accompagné de son ami Pascal. Sans trop oser se l'avouer, Benoît était un peu inquiet, tandis que son ami était plus téméraire.
Déjà, il passait en revue, chaque stade de l'expédition. Il lui proposa de l'accompagner.
— Comment peux-tu croire à ton rêve? lui demanda Pascal d'un ton moqueur.
Mais, l'aventure pouvait bien être passionnante, et Pascal était très intrigué. Il finit par donner son accord, et tous deux se livrèrent en grand secret aux préparatifs de cette véritable expédition.

des jours, cela ne dérangeait personne. Mais plus il vieillissait, plus les gens étaient pressés. Cela les rendait très irritables, ils regardaient constamment leur montre, et le Père Temps n'avait plus une minute à lui. Un jour, il était en train de contrôler le chronométrage d'une épreuve de course dans une école, lorsqu'une jeune fille vêtue d'un maillot de couleur et chaussée de chaussures de course vint le trouver.
— Quel gentil vieux monsieur vous êtes! lui dit-elle. Est-ce vrai que vous êtes le Seigneur des Pendules? Il acquiesça et lui demanda de ne pas l'interrompre, mais il fut très content du compliment.
— Je suis arrivée première, n'est-ce pas? dit la jeune fille, en lui adressant un grand sourire. Et elle ajouta : — Je vous aime beaucoup. Vous faites bien plus jeune que votre âge!

15 octobre

Le Seigneur des Pendules

Le Père Temps bomba le torse pour essayer de paraître encore plus jeune, mais il secoua la tête :
— Je vous ai classée quatrième, Mademoiselle... commença-t-il.
— Denise, dit la jeune fille. Je m'appelle Denise. Et elle lui caressa la barbe. — Mais vous avez dû vous tromper, reprit-elle, parce que je suis certaine d'être arrivée première. Et si vous acceptez de corriger votre erreur, je vous donnerai un gros baiser.
— Que voulez-vous que je fasse? demanda le Père Temps.
— Dites aux chronométreurs qu'ils se sont trompés, et que c'est moi qui ai gagné. Le Père Temps aurait bien aimé recevoir un baiser de Denise, mais il était honnête et il ne voulait pas abuser les chronométreurs. Alors il expliqua à Denise que ce n'était pas bien de frauder et que pour gagner il fallait s'entraîner, faire preuve d'endurance.
— Mais vous n'avez pas compris, grand-père,

protesta Denise. Ce n'est pas la course d'endurance que je veux gagner, c'est le quatre cents mètres! Et cela peut valoir deux baisers. Alors, le Père Temps oublia complètement le temps et il continua à bavarder avec Denise qui lui promettait de plus en plus de baisers. Et quand le Temps oublie le temps, tout s'arrête. Mais pas les pendules.

16 octobre

Le Seigneur des Pendules

Dire que tout s'arrêta ne serait pas tout à fait juste. En réalité, chacun continua à répéter indéfiniment ce qu'il était en train de faire à ce moment-là. Ainsi, l'arbitre d'un match de football, qui était juste en train de siffler pour confirmer un but, continua à siffler, si bien qu'en quelques minutes, le score atteignit 99 à 0. Des sportifs qui participaient à une course d'obstacles continuèrent à tourner en rond inlassablement et ils furent les premiers, dans l'histoire du sport, à courir le marathon en sautant des obstacles.
Dans un restaurant, un client qui avait commandé de la dinde en mangea plusieurs dizaines de portions l'une après l'autre et il finit par éclater. La radio diffusa une émission sur les fossiles qui dura tellement longtemps que les auditeurs en furent presque fossilisés eux-mêmes. A ce moment-là, Denise en était arrivée à dix baisers en échange de la première

place au quatre cents mètres. Le Père Temps commençait à faiblir, lorsqu'il jeta un coup d'œil autour de lui. Il vit les coureurs du marathon à obstacles la langue pendante, l'arbitre qui sifflait sans relâche, le mangeur de dinde qui avait éclaté et tous les autres incidents dont il était la cause. Il se hâta alors de confirmer aux chronométreurs que Denise était bien quatrième et partit en courant pour régler les autres affaires. L'émission de radio s'arrêta au milieu d'une phrase, le match de football prit fin sur le score de 999 à 0, le mangeur malchanceux fut conduit à l'hôpital et recousu, et les choses reprirent leurs cours normal. Mais le Père Temps n'eut pas de baiser de Denise. Heureusement, il ne l'entendit pas lorsqu'elle le traita de vieux méchant bonhomme!

17 octobre

Qu'est-ce qu'un nom?

Les noms sont parfois bien mal attribués. Ainsi, tout le monde sait qu'un pauvre homme qui s'appelle Monsieur Sauvage peut être la personne la plus douce et la plus gentille qui soit, que Petit-Charles peut très bien mesurer 1,95 m et qu'il y a toujours quelque part un poissonnier malchanceux qui s'appelle Lacarpe ou Gardon. Les prénoms eux non plus ne conviennent pas toujours à leur propriétaire. C'est pourquoi beaucoup de gens tentent d'en changer en inventant des diminutifs : ainsi, un Henri se fera appeler Riton, un Georges Jojo, une Louise Louison. Mais le plus ennuyeux, ce sont les prénoms très courants, surtout à l'école, car lorsque le maître a dans sa classe cinq Martine et une demi-douzaine de Pierre, comment peut-il les différencier? Pour plus de facilité, il peut leur donner des surnoms comme Poil-de-Carotte, Frisette ou Blondinet. Or, il était une fois une ville où les choses avaient été tellement poussées à l'extrême que la ville elle-même n'avait plus de nom bien déterminé :

certains l'appelaient Potiche, d'autres Porniche mais il y avait aussi ceux qui la nommaient Pommeville ou encore Bourg-la-Pomme. Voilà ce qui s'était passé.
Des années auparavant, Yaka la Sorcière s'était installée dans la ville où elle avait ouvert un magasin de noms. Tous les habitants s'achetaient de nouveaux noms; ils n'en achetaient pas un seul mais trois ou quatre à la fois. Ainsi, par exemple, la meilleure élève de la classe de troisième s'appelait Eléonore Elisabeth Marguerite Dupont-Durand-Fortivard. Imaginez le temps qu'il fallait à la maîtresse pour inscrire tous les noms sur le registre!

18 octobre

Qu'est-ce qu'un nom?

Bientôt, il y eut tellement de travail à la mairie avec tous ces noms qu'il fallut engager du personnel supplémentaire. Puis le stock de papier s'épuisa. Tous les facteurs démissionnèrent : ils ne trouvaient plus les adresses des gens parce que les plus riches achetaient régulièrement de nouveaux noms pour rebaptiser leurs rues. Cela devenait une marque de prestige que de changer le nom de sa rue le plus souvent possible. Les instituteurs perdaient la tête : ils ne parvenaient jamais à se rappeler le prénom que tel ou tel élève portait cette semaine-là. Et quand l'un d'eux avait de mauvaises notes, il disait qu'il ne s'appelait plus comme cela, que son père lui avait acheté un nouveau nom la veille. Tout le monde serait certainement devenu fou si un beau jour Yaka la Sorcière n'avait fermé boutique et quitté la ville. Elle prit soin d'avaler tous les noms qui lui restaient en stock avant de partir, de sorte que personne ne put les revendre. Peu à peu, les habitants de la ville reprirent une vie normale. On garda une seule coutume : celle de donner des noms à certains objets familiers. Voilà pourquoi une machine à laver peut s'appeler Rosalie, une voiture Albertine et un tapis Rodolphe. Mais ça, c'est amusant, non?

19 octobre

Le fiancé indigne

Il était une fois un royaume où les boulangers étaient si réputés que la cité royale s'appelait Panetière. Dans cette ville habitait un mitron nommé Antoine. Une princesse était venue au monde le même jour que lui au palais du roi, et une vieille femme de passage dans la ville ce jour-là prédit que les deux enfants se marieraient lorsqu'ils atteindraient leur vingtième année.
— Jamais! hurla le roi quand il eut vent de cette prophétie. Et lorsque vingt ans plus tard, le jour fatidique arriva, le roi vociféra :
— Ma fille épouser un minable mitron? Plutôt donner sa main à Belzébuth, roi des démons! Le roi avait hurlé cette phrase : le château se mit à vibrer des fondations aux donjons et à l'une des fenêtres apparut un démon en chair et en os, un serviteur du prince des Ténèbres en personne. Il annonça qu'il venait chercher la fiancée de son maître, puisque tel était le vœu du roi. La

situation semblait sans issue. Dès qu'elle vit de quoi il retournait, la princesse ordonna discrètement à une de ses femmes de chambre d'aller chercher Antoine. Elle l'aimait, et ils se rencontraient secrètement depuis des années. Elle croyait en la prophétie de la vieille femme et se moquait bien qu'Antoine ne fût pas de haute naissance.

20 octobre

Le fiancé indigne

Avant que le roi ait pu trouver quelque excuse, Antoine était arrivé au palais. Si le souverain était désemparé, le jeune mitron, lui, avait la tête sur les épaules. — Faites savoir à Belzébuth, dit-il, que le mariage aura lieu, mais à une condition. Dans ce royaume, la coutume veut qu'avant son mariage, le fiancé mange un pain entier, parce que sa capitale se nomme Panetière. S'il ne le fait pas, le mariage est impossible. Le démon rit bruyamment et disparut. De retour en enfer, il exposa les termes du contrat aux autres démons qui trouvèrent cela tout à fait grotesque. Certes, les diables ne sont pas particulièrement friands de féculents, mais manger un pain entier, ce n'était pas la mer à boire! Pendant ce temps, au château, le roi maugréait : il n'avait pas du tout apprécié que le jeune mitron s'immisce dans les affaires de la famille royale. Mais il ne pensa même pas à l'emprisonner. Et heureusement, car sinon, Antoine n'aurait pas pu préparer le pain du diable. Il pétrit une montagne de pâte qui mit trois jours entiers à monter, et lorsqu'il eut façonné le pain, celui-ci s'étendait des portes du palais aux frontières de la Bombonie! Le jour de la cérémonie de mariage, Belzébuth arriva tiré à quatre épingles et d'humeur radieuse, mais quand il vit le déjeuner qui l'attendait, il repartit, piteux, sans sa fiancée. Pour plus de sûreté, le roi maria sa fille à Antoine et depuis ce jour, les pains de ce pays sont plus gros que partout ailleurs dans le monde.

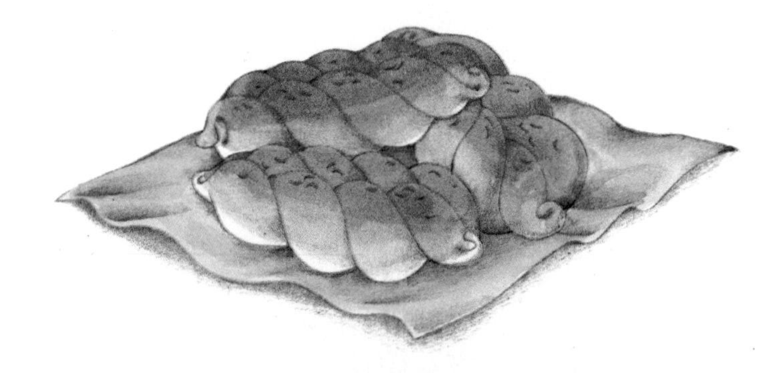

21 octobre

Le lapin envieux

Dans un champ, deux choux poussaient côte à côte. Ils avaient été plantés par deux lapins, Grandes-Oreilles et Petit-Poil qui prévoyaient d'inviter des amis à un grand festin, l'automne venu. Tous deux arrosaient et binaient leur chou à qui mieux mieux, prenant même soin d'éloigner les papillons pour être sûrs que les chenilles ne mangeraient pas les choux avant qu'ils n'arrivent à maturité. Puis vint enfin le moment de cueillir les choux, de les couper en morceaux et de les manger. Mais Grandes-Oreilles dit : — Nous devrions attendre encore une semaine, parce que mon chou est plus petit que le tien. Dans un ou deux jours, non seulement il l'aura rattrapé, mais il sera encore plus gros! Les autres lapins taquinèrent Grandes-Oreilles, en lui disant que les deux choux étaient déjà aussi grands que des maisons et lui demandant ce qu'il voulait de plus. — Il veut peut-être organiser une fête à l'intérieur! disaient-ils en plaisantant. Grandes-Oreilles aurait vraiment pu se contenter de sa récolte, mais il était têtu : il s'assit devant son chou et refusa de bouger. Pendant ce temps, Petit-Poil prépara sa fête et les autres lapins passèrent un bon moment. Il ne

manquait que Grandes-Oreilles, bien trop occupé à surveiller son chou. Il resta là jour après jour, sans même se rendre compte que son chou avait monté, qu'il était jaune et tout flétri. A la fin, il était devenu immangeable! S'il n'est pas revenu à la raison, Grandes-Oreilles est certainement encore assis devant son chou, à l'heure qu'il est.

22 octobre

Histoire d'un orchestre

Il était une fois un orchestre dont les musiciens jouaient merveilleusement en suivant parfaitement la mesure donnée par la baguette de leur chef. A chaque fin de concert, le public applaudissait à tout rompre.
— C'est moi qu'ils ont applaudi, j'en suis sûr! dit fièrement le piano, après l'un de ces concerts. D'ailleurs, c'est moi qui jouais le rôle principal, tandis que vous ne faisiez que m'accompagner.
— Allons donc! siffla la flûte. Sans moi, cette sonate n'aurait aucun sens!
— Vous avez tort tous les deux, dit le violon d'un ton revêche.
— Il est évident que les applaudissements étaient pour moi! crièrent en même temps la trompette, le trombone, la clarinette, le violoncelle, le basson, la grosse caisse, la contrebasse et tous les autres instruments. Ils se disputèrent toute la nuit, et le lendemain, à l'heure de la répétition, ils n'étaient plus du tout dans le ton. Et cela ne passa pas inaperçu.
— Voyons, reprenez-vous! dit le chef d'orchestre aux musiciens, pensant qu'ils étaient fatigués.
— Bon, maintenant, allez vous reposer et tâchez de faire mieux ce soir, sinon, nous serons ridicules! Les musiciens baissèrent la tête, honteux. Pourtant, ce n'était pas leur faute.
— Nous ferons de notre mieux, ce soir, promirent-ils.

23 octobre

Histoire d'un orchestre

La salle était pleine de spectateurs en habits de soirée qui tous attendaient ce concert avec impatience. Les musiciens montèrent sur l'estrade, bien résolus à jouer comme ils ne l'avaient jamais fait. Et c'est exactement ce qui se passa, mais pas dans le sens où ils l'entendaient. Les instruments avaient décidé de montrer, une fois pour toute, à qui s'adressaient les applaudissements. Dès la première mesure, ils ne se soucièrent nullement de suivre la partition ou de jouer ensemble : chacun fit un solo. La trompette sonna du plus fort qu'elle put pour couvrir le son de la contrebasse, le violon fit tout son possible pour que l'on n'entende pas la flûte; en bref, chaque instrument joua comme bon lui semblait et le résultat fut une véritable cacophonie. On aurait dit un mélange d'aboiements, de miaulements et de grondements volcaniques. Malgré tous leurs efforts, les musiciens ne parvenaient pas à maîtriser leurs instruments. Le chef d'orchestre était tellement exaspéré par ce tintamarrre qu'il cassa sa baguette en deux. Le public commença à siffler. Pire encore, les notes sautèrent des partitions, et partirent en rang vers le vestiaire, rouges de honte. Alors seulement, les instruments se calmèrent et comprirent enfin ce qu'ils avaient fait. Il y eut un long silence. Les musiciens avaient les yeux rivés sur le public, le public scrutait l'estrade. Puis le violon retrouva ses esprits et il demanda à son archet de jouer le thème. Les autres instruments le suivirent. Lorsque s'éleva le tonnerre d'applaudissements final, encore plus intense que les autres fois, les instruments ne pensèrent même pas à se demander à qui ils étaient destinés.

24 octobre

Comment Saturnin partit à la recherche du bout du monde

Les voisins disaient toujours que Saturnin perdait son temps à des choses stupides. Sa maison était en mauvais état, son jardin envahi par les mauvaises herbes, mais par la lucarne de son grenier, sortait un télescope avec lequel il observait les étoiles. Il y avait plus de coquelicots que de blé dans son champ, mais Saturnin passait le plus clair de son temps à se demander si le monde avait une extrémité. A la fin, cela le tracassait tellement qu'il décida d'aller voir par lui-même. Il parcourut le monde pendant des jours et des jours. Il demanda à des tas de gens, mais chaque fois ils secouaient la tête d'un air navré, se disant que ce pauvre garçon était fou. Il passa des sommets montagneux aux creux des vallées, erra dans les plaines et dans les forêts, mais nulle part il ne trouva le bout du monde. Il commença à penser que peut-être le bout du monde n'existait pas.
— Mais si, il existe! lui dit un jour un compagnon de voyage. Si tu ne me crois pas, je peux t'y emmener. Saturnin était tellement excité à l'idée de voir enfin le bout du monde de ses propres yeux qu'il promit trente pièces d'or à son compagnon s'il disait vrai. Ils partirent donc et marchèrent, marchèrent, traversant des forêts et des lacs, des prés et des champs labourés, empruntant des routes et des sentiers jusqu'à ce qu'enfin ils parviennent à un

peut-être à l'épouser. Saturnin se mit donc en route, ouvrant grand ses yeux et ses oreilles. Dans une forêt, il aperçut deux hommes sages habillés en vert et portant un chapeau orné de plumes de geai. L'un dit, d'un air doctoral : — Il n'y a jamais eu autant de pommes de pin que cette année! Sur la route, non loin de la ville, il y avait deux hommes avisés penchés sur le moteur d'une voiture. — Je suppose que ta batterie est à plat, dit l'un d'eux. Enfin, Saturnin passa devant deux individus érudits chaussés de bottes qui marchaient le long d'un champ labouré. L'un d'eux hocha la tête d'un air de haute sagesse et dit : — Si nous mettons davantage de fumier, la récolte sera meilleure. Saturnin écrivit et apprit par cœur ces trois pensées profondes. Puis il se hâta de rentrer dans son village natal pour montrer à Jeanne comme il était cultivé.

ravin, de l'autre côté duquel se dressait une coquette chaumière : c'était une auberge, et sur la devanture on pouvait lire : «Le Bout du Monde». L'homme reçut les trente pièces d'or promises et Saturnin fut très fier d'avoir enfin trouvé le bout du monde.

25 octobre

Comment Saturnin partit à la recherche du bout du monde

Ayant vu le bout du monde, Saturnin décida de rentrer chez lui. Pour ne pas perdre son temps sur le chemin du retour, il résolut de se cultiver. Chaque fois qu'il rencontrerait un homme sage ou érudit, il écrirait ce que dirait celui-ci et en ferait bon usage à la première occasion. Quand il reviendrait au village et que Jeanne l'entendrait parler, elle le trouverait certainement très intelligent, et consentirait

26 octobre

Comment Saturnin partit à la recherche du bout du monde

Saturnin ne perdit pas une minute : à peine arrivé, il alla demander la main de Jeanne.

remit à parler comme il l'avait toujours fait. Alors, Jeanne l'épousa. Dans la journée, Saturnin travaillait pour cultiver des légumes et du blé, mais le soir tous deux montaient au grenier pour regarder les étoiles dans le télescope.

27 octobre

Le gorille du zoo

Dans un zoo, outre un éléphant, un crocodile, un rhinocéros et bien d'autres animaux, il y avait un gorille. Il avait l'air terrible, et tout le monde le craignait. Il ne s'était fait aucun ami dans le zoo, et n'avait dit à personne qu'il s'appelait Jules. Un

— J'ai pensé à toi, même au bout du monde, lui dit-il. Jeanne apprécia le compliment, bien entendu, même si elle ne croyait pas vraiment que le bout du monde existait. «Peut-être Saturnin a-t-il changé au cours de son voyage», se dit-elle. Et elle lui dit : — J'ai pleuré aussi quand tu es parti sans me dire au revoir. «Le moment est venu de montrer à ma fiancée comme je suis devenu intelligent», se dit Saturnin.
— Il n'y a jamais eu autant de pommes de pin que cette année! dit-il. Jeanne ne comprit pas de quoi il parlait, mais pour que Saturnin ne croie pas qu'elle était folle de lui, elle ajouta : — Mais après, je me suis habituée à ton absence. Et Saturnin répondit : — Je suppose que ta batterie est à plat. «Ma parole, il est tombé sur la tête, pendant son voyage!» pensa Jeanne. Pour plus de sûreté, elle lui demanda :
— Penses-tu que nous entendrons bien, tous les deux? Ce à quoi Saturnin répondit fièrement :
— Si nous mettons davantage de fumier, la récolte sera meilleure. Cette fois, c'en était trop pour Jeanne. Elle prit son balai et en asséna un bon coup à Saturnin en criant : — Je vais t'en donner des pommes de pin, et de la batterie, et du fumier! Brusquement, Saturnin oublia toute les paroles de sagesse qu'il avait apprises et il se

jour, la petite Joséphine s'arrêta devant la cage du gorille, avec sa maman, et elle ne voulut plus en partir.
—Viens, ma chérie, lui dit Maman, nous avons encore beaucoup d'animaux à voir : les babouins, les kangourous, les girafes . . . Mais la

petite fille secoua la tête :
— C'est le gorille le plus gentil, dit-elle. Je voudrais jouer avec lui! En entendant cela, le gorille se prit tout de suite d'amitié pour Joséphine. Le lendemain matin, le gardien trouva sa cage vide. Il avait forcé la porte, escaladé le mur et était parti en ville. Le gardien donna immédiatement l'alarme. Les pompiers arrivèrent avec leurs échelles, les policiers et les gardiens avec leurs voitures; on fit même venir une équipe de médecins et de vétérinaires, et tout le monde se mit à la recherche du gorille. Des voitures sillonnèrent les rues, annonçant par haut-parleurs qu'un dangereux gorille se trouvait dans la ville et que quiconque le voyait devait aussitôt avertir la police. Les personnes sensibles défaillirent, tandis que les amateurs de chasse aux grands fauves montaient dans les greniers et sur les toits, armés de carabines. Mais on ne trouva pas trace du gorille. Il semblait s'être volatilisé.

28 octobre

Le gorille du zoo

Au bout de sept heures de recherches, on n'avait toujours pas trouvé le gorille. C'est alors qu'un général de l'armée eut l'idée de faire appel à Tobbie, le chien-loup, qui avait toujours dépisté ce qu'on lui demandait de chercher. Tobbie renifla la cage du gorille, fit entendre quelques aboiements et partit. Il fut suivi par une troupe de soldats, un peloton de policiers et une unité de pompiers qui perdirent leurs échelles en cours de route. Soudain, Tobbie s'arrêta devant un groupe d'immeubles. Lorsque son maître ouvrit la porte, le chien monta jusqu'au quatrième étage. Tous les autres poursuivants, y compris les médecins et les vétérinaires, lui emboîtèrent le pas. Le maître de Tobbie sonna nerveusement à la porte devant laquelle il s'était arrêté. Les policiers brandirent leurs matraques. Ce fut Joséphine qui ouvrit la porte. Elle posa un doigt sur sa bouche :
— Chut! Ne faites pas de bruit, murmura-t-elle. Je l'ai endormi en lui racontant une histoire.
— Qui? demandèrent en chœur les quatre cent soixante quinze policiers, soldats et pompiers qui se pressaient dans l'escalier.
— Mais, Jules, voyons! expliqua Joséphine.
Ils réveillèrent le gorille qui se laissa raccompagner au zoo sans protester. Mais il avait fallu que Joséphine lui promette d'aller le voir tous les jours!

29 octobre

Odile fait du troc

La tante d'Odile lui tricota un cache-col qu'elle lui envoya en lui demandant de venir lui rendre visite en portant le cache-col. «Pourquoi pas?» se dit Odile. Elle enroula son cache-col autour de son cou et partit au village voisin rendre visite à sa tante. En chemin, elle rencontra un chat errant qui tremblait de froid.
— Donne-moi ton cache-col, pour me tenir chaud, lui demanda-t-il. En échange, je te donnerai mon ruban. Odile accepta, mais elle avait à peine eu le temps de nouer le ruban dans ses cheveux qu'elle croisa un chien bâtard. Autour du cou, il avait un morceau de ficelle en guise de collier.
— Si j'avais un beau ruban comme celui-ci, pleurnicha-t-il, je ne serais pas aussi laid. Sans hésiter, Odile donna au chien son ruban et en échange, elle obtint la corde de chanvre. Elle

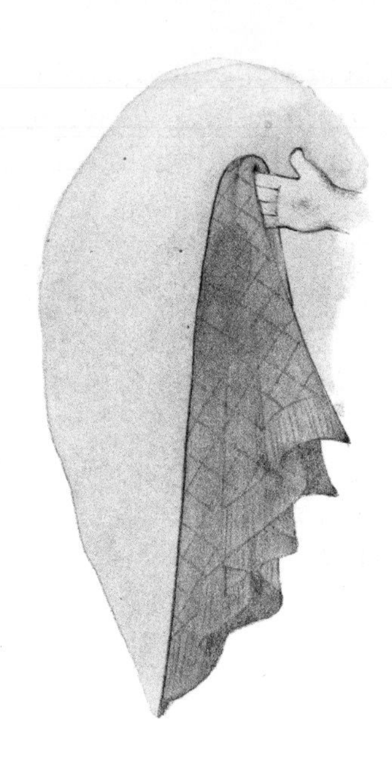

n'avait pas encore décidé de ce qu'elle allait en faire, qu'un oiseau se mit à voleter autour d'elle et lui dit que cette ficelle serait parfaite pour faire son nid.
— Eh bien prends-la, dit Odile à l'oiseau qui lui offrit une belle plume. Odile la piqua dans sa queue de cheval, mais beintôt, une araignée la lui demanda. Elle voulait s'en faire un lit. Odile lui donna la plume, mais elle se demanda ce que dirait se tante lorsqu'elle arriverait chez elle sans le cache-col qu'elle lui avait offert.
— Ne t'inquiète pas, lui dit l'araignée. Comme tu as été très gentille, je vais te tisser un cache-col en toile d'araignée qui fera aussi bien l'affaire. Ta tante ne s'en apercevra même pas. Et puis, même si elle s'en aperçoit, je suis sûre qu'elle comprendra pourquoi tu as fait tous ces échanges.

30 octobre

Le pet-de-nonne en bateau

Vous vous souvenez de notre pet-de-nonne de septembre? Eh bien cette fois encore il eut beaucoup de chance : lorsqu'il sauta des ailes de l'albatros, il ne s'écrasa pas sur un rocher et ne se noya pas non plus dans la mer. Il tomba sur une baleine juste au moment où elle crachait une gerbe d'eau, et notre pet-de-nonne se mit à sautiller au sommet du jet d'eau.
— Que fais-tu là? grogna la baleine. Et avant que le pet-de-nonne ait eu le temps de répondre, elle cracha encore plus fort. Le pet-de-nonne monta en l'air et atterrit sur le pont d'un bateau qui passait juste à cet instant. Il se trouva nez à nez avec un lévrier afghan qui gardait une vieille dame allongée dans une chaise longue.
— Ça, alors! s'écria le chien. Un passager clandestin! Il faut que je vous cache bien vite avant que l'équipage ne s'aperçoive que vous n'avez pas de billet.
— Etes-vous sûr que vous n'allez pas me manger? demanda le pet-de-nonne inquiet. Le lévrier lui sourit avec sympathie.
— Je ne mange jamais de féculents, car je tiens à rester mince. Je me contente de viande et de légumes. Vous voilà rassuré? Alors le pet-de-nonne accepta son aide : il se cacha dans la cabine de la maîtresse du chien pendant le reste du voyage. Le soir, il racontait à son nouvel ami toutes ses aventures. Le chien, lui, était ravi de vivre quelques moments animés, à travers ces récits, car son existence était bien monotone. Dès que le bateau accosta, le chien aida le pet-de-nonne à débarquer et lui indiqua le chemin de la gare. Et là, notre ami prit un train pour novembre.

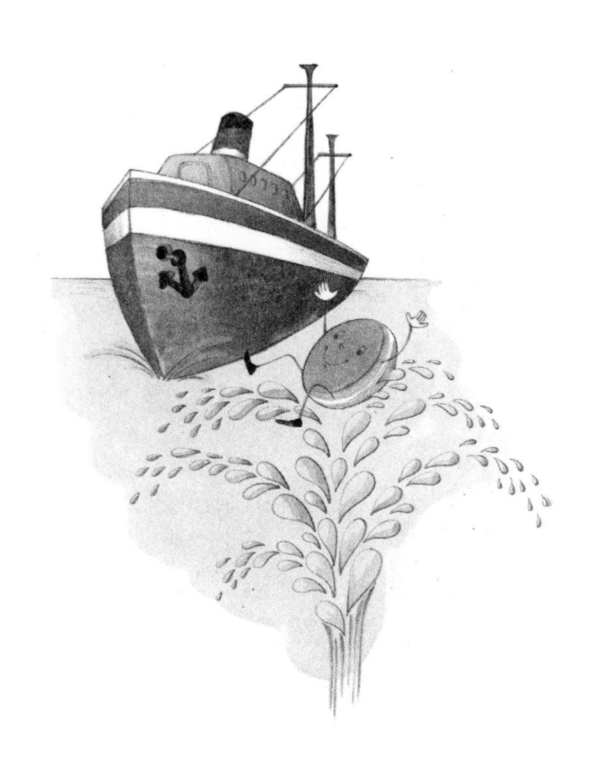

31 octobre

Emma

Emma était une jeune fille qui n'était pas très maligne. Et pour ne rien arranger, elle était cupide. Un jour, sa tante l'invita à lui rendre visite et lui dit :
— J'ai un trousseau pour toi, mais il faut que tu choisisses entre deux choses. Le premier coffre contient un cadeau fait de plumes, le second un cadeau en métal. L'un est précieux, l'autre ne l'est pas, mais tous deux ont le même poids. Réfléchis bien avant de choisir. Emma ne fut pas longue à se décider. Elle pensa que le métal était plus précieux que les plumes, et plus lourd, aussi. Sans hésiter, elle désigna le second coffre. Sa tante souleva les couvercles des deux coffres. L'un d'eux contenait un bel édredon de plume qui aurait fait le bonheur de n'importe quelle jeune mariée, et dans l'autre, il y avait une vieille poêle toute trouée.
Emma comprit son erreur et à partir de ce jour, elle fut beaucoup moins irréfléchie. Et quand elle se maria, sa tante lui offrit quand même l'édredon de plumes.

Novembre

1er novembre

Comment le lutin du vent blanchit

Ce soir-là, jour de son anniversaire, le lutin du vent entra par la fenêtre d'un château et se trouva dans une immense salle à manger. Il se posa sur un grand chandelier de cristal suspendu au-dessus de la table et, comme il avait voyagé toute la nuit, il tombait de sommeil et s'endormit aussitôt. Dans leur chambre, le roi, la reine et le jeune prince dormaient encore. Mais les domestiques étaient levés depuis l'aube. C'était dans la cuisine qu'ils s'affairaient le plus : ils confectionnaient un gigantesque gâteau pour fêter l'anniversaire du prince. Il fallut plusieurs tubes de crème pour le décorer, et lorsque ce chef-d'œuvre orné de tours, d'arabesques et d'enjolivures blanches comme neige fut enfin apporté sur la table de la salle à manger richement décorée, le roi ordonna qu'on allume les lumières. Sur le chandelier, le lutin du vent se retourna dans son sommeil. Il était en train de rêver que cette grande fête était donnée en son honneur. Puis il se réveilla, ébloui par les lumières, bâilla, s'étira et plof! Il tomba au beau milieu du gâteau à la crème.

— Qu'est-ce que c'est que ça? demanda le roi, en sursautant. Et, comme il craignait quelque danger pour la famille royale, il fit découper et examiner le gâteau. Heureusement, le lutin de vent réussit à nager dans la crème et à en sortir juste à temps. Il rinça son manteau dans un pot d'orangeade et repartit par la fenêtre. Le soir, il s'aperçut que ses cheveux étaient tous blancs, comme de la crème. Et ils le restèrent à jamais.

2 novembre

Comment Stéphane découvrit le monde

Au dernier étage d'une grande tour, Stéphane, un jeune garçon très pâle, était assis dans un fauteuil, soigneusement emmitouflé dans des couvertures. Stéphane aurait voulu qu'il se passe quelque chose de nouveau, car la seule chose qu'il pût faire était de regarder la rue, en bas, à travers la rambarde, ou scruter à longueur de journée les murs de sa chambre. Bien sûr, il lisait beaucoup et écoutait la radio pour se distraire, mais parfois, une immense tristesse l'envahissait. Il était tellement malade qu'il ne pouvait même pas sortir pour aller se promener. Aussi fut-il bien content lorsqu'il vit apparaître sur le balcon un drôle de petit personnage aux cheveux blancs vêtu d'un manteau noir. Il sentait le jus d'orange. Le voyageur du ciel voulut souhaiter le bonjour à Stéphane, mais juste au même moment, il éternua. Il avait dû attraper un rhume dans le royaume enchanté où il avait passé la nuit.

— Chut! fit Stéphane en lui tendant un mouchoir. Ma mère a autant peur des rhumes que la Reine des Neiges a peur du feu! Elle vous mettra à la porte tout de suite, si elle vous entend éternuer. Pour plus de sûreté, Stéphane mit le lutin dans sa poche. Il était temps, car deux minutes plus tard, sa mère vint lui dire de rentrer dans sa chambre.
— C'est charmant ici! dit le lutin du vent qui avait sorti sa tête pour regarder autour de lui.
— Oh non! soupira Stéphane. Vous ne diriez pas cela si vous étiez enfermé ici tout le temps!

3 novembre

Comment Stéphane découvrit le monde

Le voyageur du ciel était désemparé, car il voulait trouver un jeu amusant pour Stéphane,

mais aucune idée ne lui venait. Alors il s'envola pour aller voir ce que faisaient les autres enfants; mais ils n'étaient pas chez eux. En revanche, dans l'escalier, il trouva un timbre qui avait dû tomber d'une lettre. Il le ramassa sans hésiter et l'apporta à Stéphane. Ils posèrent devant eux la minuscule image aux bords dentelés. Elle représentait une belle île peuplée d'animaux étranges. Des montagnes s'élevaient à l'horizon.
— J'ai une idée, dit le lutin du vent. Nous allons partir en voyage, et peut-être nous arrivera-t-il des aventures extraordinaires! Et ils se mirent en route. Leur expédition fut passionnante, surtout quand ils dessinèrent la carte de l'île. Dès qu'ils avaient visité un continent, ils partaient pour un autre. Et c'est ainsi que Stéphane commença une collection de timbres. Il visita de nombreux pays, des galeries de peinture, des terrains de sports; il vit des plantes exotiques et aborda l'histoire et l'espace. Puis il se mit à écrire des lettres et à échanger des timbres avec des enfants du monde entier. Sans quitter son balcon, il voyagea partout et vit plus de choses que . . . oui, plus de choses que le lutin du vent lui-même, qui avait un cœur d'or mais de toutes petites ailes.

4 novembre

La chanson perdue

Ce matin-là comme tous les matins, Solange voulut chanter, mais aucun son ne sortit de sa bouche. Elle alla trouver son fiancé et lui dit :
— Lionel, chante-moi ma chanson du matin, j'ai l'impression que je n'ai pas de voix, aujourd'hui. Lionel ouvrit la bouche, mais il n'émit aucun son, lui non plus. Alors, ils demandèrent aux voisins, mais il s'avéra que ni eux ni personne dans le village, et à des kilomètres à la ronde n'était capable de chanter la moindre chanson.
— Ecoute, dit Lionel à Solange, je vais partir à la recherche de ta chanson. Et il s'en fut. Il

traversa une campagne étrangement silencieuse, où l'on n'entendait même pas le chant des oiseaux. Il arriva à un carrefour; il y avait là un homme avec une vielle.
— Oh, s'il vous plaît, jouez-moi quelque chose, supplia Lionel. Je n'ai pas entendu une chanson depuis que je suis parti, et cela fait plusieurs jours.
— Hélas! soupira le vieil homme, ma vielle ne joue plus non plus.
— Mais pourquoi? demanda le jeune homme. Avons-nous offensé les chansons, de quelque manière?
— C'est possible, répondit l'homme à la vielle en haussant les épaules. Peut-être ont-elles été choquées par quelque chose, peut-être trouvent-elles que nous les prenons trop à la légère. Comment savoir? En tout cas, elles sont parties.

5 novembre

La chanson perdue

— Eh bien, je retrouverai les chansons! dit Lionel au vieil homme. Et pas seulement celle de Solange, mais toutes les chansons. Il regarda autour de lui, se demandant quelle route il allait prendre.
— C'est pour cela que je suis ici, lui dit l'homme à la vielle. — Comment saviez-vous que je passerais par là pour retrouver les chansons? s'enquit Lionel.
— Je ne savais pas que ce serait vous qui passeriez, répondit le vieil homme. Mais je savais que quelqu'un viendrait. Lorsque les hommes perdent quelque chose, il y en a toujours au moins un qui se donne la peine de le retrouver pour les autres. S'il n'en était pas ainsi, la vie serait bien triste dans ce monde. Alors, je vais vous donner ma vielle, car elle seule vous permettra d'attraper les chansons. Vous ne le pourriez ni avec un sac ni même avec un filet.
— Pas même avec un magnétophone? demanda Lionel.
— Je ne sais pas ce qu'est un magnétophone. Je suis un vieux bonhomme, vous savez. Mais je vous assure que ma vielle vous sera utile, croyez-moi. Lionel prit la vielle, remercia le vieil homme et il voulut lui demander de quel côté il devait aller, mais le vieux avait disparu. Au carrefour où il se trouvait, un panneau indiquait trois directions : le Ton Majeur, le Ton Mineur, et le Maître des Tons.

6 novembre

La chanson perdue

Lionel choisit la route menant vers le Maître des Tons. Il pensait que lorsqu'il le trouverait, il aurait les tons de toutes les chansons. Il marcha très, très longtemps et finit par arriver devant une maison très basse. Son toit la soulevait comme le couvercle d'une bouilloire. C'était parce qu'il y avait trop de chansons jouant en même temps à l'intérieur.
— Ce n'est vraiment pas chic! s'exclama Lionel à l'intention de l'homme qui sortit de la maison. Vous, vous avez toutes ces chansons qui doivent vous assourdir, alors que tout le monde se morfond de ne plus en avoir une seule.
L'homme lui fit signe de le suivre. Il s'assirent dans un jardin, sous une tonnelle où les oiseaux chantaient à tue-tête.
— Ne vous inquiétez pas, lui dit le Maître des Tons avec douceur. Remplissez votre vielle d'autant de chansons que vous voulez et rendez-les aux gens.
— Attendez, dit Lionel. Il y a quelque chose qui m'échappe. Il faut sans doute que j'accomplisse un exploit extraordinaire, que je sorte vainqueur d'une entreprise dangereuse, que je me batte contre quelque monstre. N'est-ce pas?
— Pourquoi? s'étonna le Maître des Tons. Vous avez vaincu la paresse ou l'indifférence en entreprenant ce voyage. N'est-ce pas suffisant? Je vous donne les chansons parce que vous étiez prêt à affronter le danger pour elles.
Il les emporta donc. Le lendemain matin, Solange chanta sa chanson du matin, puis elle la chanta à nouveau vers midi, puis une fois encore le soir, et... Lionel et elle la chantèrent en chœur le jour de leur mariage, accompagnés par la vielle.

7 novembre

La moufle magique

Un jour, le vent se mit à souffler très fort dans la rue, emportant tout sur son passage. Il prit notamment l'une des moufles de la petite Clara, et par désinvolture ou par pure malice, il la cacha au coin de sa maison. C'est là que Judith la trouva. Elle la ramassa et la trouva très jolie avec toutes ces couleurs et ce petit cœur cousu sur le pouce. Judith savait très bien à qui cette moufle appartenait, mais elle n'avait pas envie de la rendre. «Pourquoi ne garderais-je pas une si belle petite moufle?» se dit-elle. «Je peux la porter tour à tour à une main puis à l'autre. Et Clara peut aussi se contenter d'une seule moufle. Elle n'aura qu'à réchauffer son autre main dans sa poche!» Mais lorsqu'elle l'enfila, Judith eut l'impression que la laine se collait à ses doigts, comme un moule. Elle eut beau essayer de l'ôter, rien à faire!

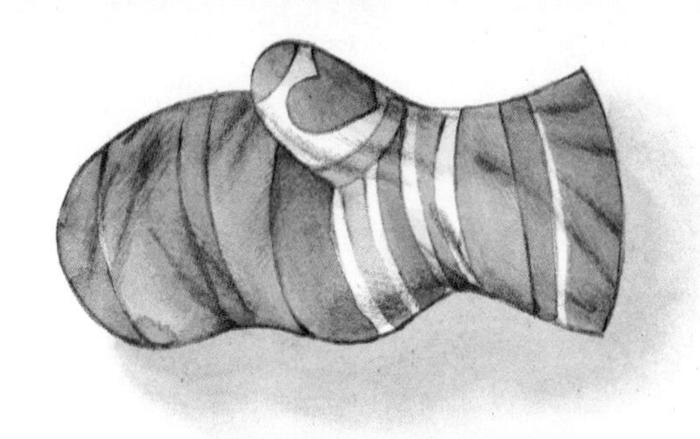

— Mon Dieu, murmura-t-elle, je ne peux dire à personne ce qui m'est arrivé, sinon ils sauront tous que j'ai pris quelque chose qui n'était pas à moi.

8 novembre

La moufle magique

Mais Judith n'eut pas besoin de révéler quoi que ce soit. Avant peu, toute la ville fut au courant. Sur le chemin de sa maison, en montant les marches, elle posa sa main sur la rampe, et celle-ci resta collée à sa moufle, elle aussi. Effrayée, elle se mit à courir avec ce morceau de rampe dans la main et un chien, qui voulut l'attraper resta attaché à son tour au morceau de rampe. Judith courait maintenant en tous sens avec une moufle, un morceau de rampe et un chien; puis un garçon voulut attraper le chien par la queue. Vous devinez ce qui se passa : il resta collé au chien, comme s'ils avaient été cousus ensemble. Il essaya de se dégager en saisissant un arbre au passage, mais l'arbre se déracina et traîna derrière eux. Et la pauvre Judith continuait à courir, avec à sa suite un morceau de rampe d'escalier, un chien, un petit garçon et un arbre! Le vent qui passait par là toucha le faîte de l'arbre et il fut entraîné lui

aussi. Il souffla en tous sens, poussant devant lui cette étrange farandole. Judith pleurnichait :
— Si seulement les deux moufles pouvaient à nouveau faire une paire! Je ne veux plus de cette moufle! A peine avait-elle prononcé ces mots que Clara apparut, et la magie se dissipa. Le vent s'en alla, l'arbre replongea ses racines dans le sol, la rampe retourna à sa place, le chien et le garçon s'enfuirent à toutes jambes, et Clara retrouva sa moufle. Quant à Judith, elle venait d'apprendre une bonne leçon qu'elle n'oublierait jamais.

9 novembre

Les animaux construisent une maison

A l'approche de l'hiver, l'ours cherchait un endroit où il pourrait dormir confortablement. Dans la forêt, il trouva un sapin renversé et décida d'aménager sa tanière dans ses racines. Il creusa le sol par-ci par-là puis ramassa des branches et des brindilles. Un renard s'arrêta pour voir ce que faisait l'ours. Il lui fit des compliments sur sa maison et lui demanda :
— Est-ce que je peux construire mon gîte au premier étage?
— Si tu veux, répondit l'ours. Il aida même le renard à fabriquer quleques briques d'argile pour bâtir sa maison.
— Oh, comme c'est beau! s'écria un blaireau qui passait par là. J'aimerais bien habiter avec vous! Il suffirait de construire un balcon au-dessus de l'appartement du renard.
Ils mélangèrent de la boue et des pierres et se mirent au travail. Ils n'avaient pas encore fini lorsque survint un écureuil.
— La seule chose qui manque, c'est une tour, dit-il, et cela me conviendrait très bien. Sans attendre que les autres donnent leur avis, il se mit à l'œuvre. Puis un oiseau vint se poser sur la tour et demanda :
— Puis-je installer un perchoir en haut de ta tour? Et il planta une petite branche au sommet du dôme. Mais lorsqu'un moucheron vint se poser sur le perchoir pour demander s'il pouvait habiter ici, lui aussi, toute la maison s'écroula. Comment l'ours, le renard, le blaireau, l'écureuil,

l'oiseau et le moustique firent-ils pour passer l'hiver sans maison? Ça, c'est un mystère...

10 novembre

La chambre 13

La paix régnait au royaume de Boniface II. Mais un jour, Furette, la plus jeune fille du roi, fit une grosse bêtise. Furette ne pouvait pas contenir sa curiosité. Le roi lui disait toujours : — C'est très bien de poser des questions, mais tu ne dois pas être curieuse. Et surtout, ne cherche jamais à savoir quoi que ce soit au sujet de la chambre 13! En effet, il y avait dans le château une porte sur laquelle figurait le chiffre 13, et personne n'avait le droit de l'ouvrir, ni les membres de la famille royale, ni les domestiques. Et tous respectaient cette interdiction. Pourtant, nul ne savait quel ancêtre du roi avait imposé cette interdiction ni pourquoi. Or, un jour, Furette tourna la clef et entra dans la chambre 13. Elle n'y vit qu'un vieux coffre, et lorsqu'elle s'en approcha, elle entendit une voix étouffée et plaintive :

— Laissez-moi sortir! Je ne vous ferai aucun mal. Je suis tellement à l'étroit, là-dedans! Aïe! Ouille!

— C'est affreux! murmura la princesse. Jamais je n'aurais cru mon père capable d'enfermer une pauvre créature dans une malle! Et sans plus hésiter elle souleva le couvercle.

11 novembre

La chambre 13

De la malle qui était enfermée dans la chambre 13 depuis plusieurs générations sortit un chien qui crachait le feu. Il roula des yeux terribles, saisit la princesse entre ses dents et s'enfuit avec elle en courant, laissant sur son passage une traînée de feu. Le roi comprit tout de suite ce qui s'était passé et il sut que dès lors, la paix ne régnerait plus sur son royaume. Le chien féroce emporta la princesse par-delà les collines et les forêts jusqu'aux montagnes les plus lointaines qu'il franchit d'un seul bond. Derrière lui, tout était en flammes. Puis une barrière de feu s'étendit du pied de la montagne jusqu'à son

sommet, empêchant quiconque d'atteindre le château du chien de feu. Ensuite, il enferma la princesse dans la chambre 13, dans une malle renforcée par des armatures métalliques. Les années passèrent. Le roi pleura beaucoup et le chien fonda une famille. Son épouse était aussi terrifiante que lui : elle avait des yeux grands comme des soucoupes et de ses mâchoires sortaient constamment des flammes. Peu à peu, ils eurent des chiots qui ressemblaient comme deux gouttes d'eau à leurs parents, et leur obéissaient en toutes choses. Seul le plus jeune d'entre eux, Museaulong, reniflait toujours où il ne fallait pas. Il était terriblement curieux. Il savait qu'il n'avait pas le droit d'entrer dans la chambre 13, et pourtant, un jour, il ne put résister.

12 novembre

La chambre 13

Au milieu de la chambre 13, le plus jeune des chiens de feu vit un coffre à armatures métalliques. En s'approchant, il entendit un grognement sourd qui venait de l'intérieur :

— Laissez-moi sortir! J'étouffe là-dedans! Celui qui me libérera recevra de mon père un sac de pièces d'or. Museaulong dressa les oreilles. «Pourquoi laisserai-je cet or à quelqu'un d'autre?» se dit-il. Il adorait tout ce qui brillait.

— Je vais ouvrir ce coffre pour voir, dit-il. Après tout, je suis un chien de feu, que peut-il m'arriver? Il céda donc à sa curiosité et souleva le couvercle. Au même moment, la montagne en feu qui séparait le sinistre château du reste du monde s'éteignit et les chiens de feu se transformèrent en loups. Ils s'enfuirent en hurlant, sauf Museaulong qui devint un adorable chien-loup qui ne quitta jamais plus sa maîtresse. La princesse pouvait retourner chez elle. Elle franchit la colline à toutes jambes et ne revint jamais en ce lieu. Personne n'y alla, d'ailleurs, car on disait qu'en s'éteignant, les

flammes étaient devenues autant de serpents. A partir de ce jour, la colline prit le nom de Colline aux Serpents. Et ni Furette ni Museaulong n'aimaient les serpents.

13 novembre

Suite de la masure aux secrets

Benoît marchait encore sur le chemin de la ruelle qui menait à la masure, mais avec Pascal, cette fois. L'excitation qui les habitait les tint très silencieux lorsqu'ils passèrent le seuil. Sans un regard pour le buffet, ils se dirigèrent droit vers le miroir. Plus rapide, Pascal posa le premier son doigt sur la tache plus sombre qui dessinait une clé.
A ce moment précis, le miroir bascula, laissant apparaître un long couloir taillé dans une roche blanche. Voilà les deux enfants happés dans un tourbillon qui les propulsait à travers des cavernes pleines de stalactites, leur faisait gravir des escaliers de marbre vert . . .
La surprise leur coupa le souffle. Ils ne perdirent pas de temps à échanger leurs impressions. Mais, les yeux tout écarquillés, ils se laissèrent envahir par la beauté des espaces qu'ils traversaient.

14 novembre

Le roi Valentin apprend à régner

Le roi Valentin attendait avec impatience le jour de ses funérailles. Non pas qu'il en eût assez de la vie, mais il avait hâte de voir combien ses sujets allaient le regretter et le pleurer. Mais tout à coup, il se dit : «Si je meurs vraiment, je ne verrai rien du tout. Il faut que mes funérailles aient lieu de mon vivant.» Il fit donc annoncer sa mort, ordonna que l'on hisse dans toute la cité des drapeaux noirs, et se coucha dans son cercueil. De là, il pourrait assister à la cérémonie funèbre sans être vu. Le premier intendant, la seule personne que le roi eût mis dans le secret, donna le signal, et le cortège s'ébranla. Mais que se passait-il? Valentin n'entendait pas un pleur, ni même un soupir de tristesse. Les gens entretenaient des conversations anodines. A plusieurs reprises, le roi entendit quelqu'un dire :
— Eh bien, enfin nous sommes débarrassés de lui! Espérons que le prochain ne sera pas pire.
— Oh, il ne pourrait guère être pis que celui-là! répondaient d'autres voix. Dans son cercueil, Valentin eut une sueur froide. Ainsi, on ne pleurerait pas sa mort! Pis encore : ses sujet seraient contents de se débarrasser de lui. Comprenant cela, Valentin faillit mourir pour de bon.

15 novembre

Le roi Valentin apprend à régner

Le roi Valentin se sentait très mal, mais il ne mourut pas dans son cercueil. Tout d'abord, il eut un mouvement de colère : «Je vais faire exécuter tous ceux qui ont dit du mal de moi!» se dit-il. Mais après un instant de réflexion, il se ravisa : «Eh oui, mais qui fera tout le travail, alors?» Plus il y réfléchissait, et plus il était convaincu que c'était bel et bien lui le fautif et qu'il devait changer. Il annonça à son premier intendant qu'il voulait apprendre à régner, en repartant de zéro. Mais comment s'y prendre?
— C'est très simple, expliqua l'intendant. Allez vivre parmi le peuple, travaillez avec lui, écoutez-le et vous saurez vite ce qui lui plaît et ce qui lui déplaît. Si vous n'oubliez rien de ce que vous aurez appris, vous règnerez avec sagesse de retour sur le trône.
— Mais, s'ils me reconnaissent . . .? objecta le roi.
— Ne vous inquiétez pas. Ils regardent toujours votre couronne et votre manteau d'hermine. Il ne se souviendront pas de votre visage, lui assura l'intendant.
— Mais qui règnera pendant ce temps? demanda Valentin.
— Un pays peut se passer de roi, répondit l'intendant avec un sourire affecté. Je vais décréter un deuil public jusqu'à votre retour. S'il y a une décision à prendre, je pourrai toujours aller vous consulter. Valentin accepta et il partit donc pour apprendre à régner.

16 novembre

Un amour d'automne

Parce qu'il aimait le calme et la solitude, un jeune homme quitta un jour la ville. Il trouva un endroit tranquille et se construisit une maison juste au pied d'une grande montagne. Tout autour, les arbres feuillus se paraient de rouges et de jaunes flamboyants : c'était l'automne. Les feuilles des chênes, des hêtres et des ormes pétillaient au-dessus de la maison comme de petits feux. La montagne embellissait de jour en jour. Plus le jeune homme regardait cette montagne, par sa fenêtre, et plus il l'aimait; il finit par tomber amoureux d'elle. Il ne cessait de l'admirer et de lui faire des louanges. La

montagne, elle, était aux anges : c'était la première fois qu'on lui parlait, car l'endroit avait toujours été inhabité. Alors, en retour, elle protégea la maison du vent et de la tempête. Cette année-là, l'automne sembla durer plus longtemps que d'habitude. Les feuilles restèrent sur les arbres jusqu'aux premières gelées, puis elles tombèrent. La montagne perdit ses parures de mousses vertes et de feuillages bariolés. Le jeune homme ferma sa fenêtre et ne regarda presque plus dehors. Lorsqu'il jetait un coup d'œil sur la montagne, c'était pour lui dire :
— Comme tu es triste et laide, maintenant! Je ne t'aime plus. La montagne se mit à pleurer. De petites cascades coulèrent de son sommet à ses pieds. Elles se rejoignierent et dévalèrent la pente inondant la plaine alentour. L'eau emporta la maison et le jeune homme, et nul ne les revit jamais.

17 novembre

Le pari du fermier

Quentin était un jeune garçon très malin qui courait le monde, vivant de paris qu'il gagnait toujours. Il gagnait tantôt une miche de pain, tantôt un morceau de fromage, ici un œuf ou une poignée de fruits secs, là un bol de petit lait. Mais il finit par se lasser de cette vie de vagabond, et il décida de s'installer quelque part. Arrivé dans le village de Chanteval, il demanda à un fermier très prétentieux nommé Dulac s'il était capable de répondre à dix questions par les mots «Oui, bien sûr», sans se tromper. Le fermier éclata de rire et dit : — Il n'y a rien de plus facile! Faisons un pari : si je perds, je te donne ma ferme, mais si je gagne, tu me serviras sans gages jusqu'à la fin de tes jours. Quentin accepta avec enthousiasme les termes de ce contrat et il commença tout de suite à poser ses questions : — Est-ce que tu braconnes? Es-tu pauvre comme Job? Voles-tu le blé du maire? Racontes-tu des cancans au sujet de la femme du bedeau? A chaque question, le fermier répondit «Oui, bien sûr» en riant de bon cœur. Après tout, ce n'était qu'un jeu. Lui et les voisins qui assistaient à la scène passaient un bon moment. Mais lorsque soudain, Quentin demanda : — Est-ce bien vrai que tu es le plus bel imbécile de tout le village?, Dulac s'embrouilla et il s'écria :
— Ah non! Il y en a de plus bêtes que moi! Mais l'instant d'après, il dut bien admettre qu'il était vraiment bête : il venait de perdre tous ses biens.

18 novembre

Le pari du fermier

Quentin s'installa donc à Chanteval et commença à s'occuper de sa ferme. Dulac alla se plaindre au maire, mais celui-ci lui rit au nez :
— Ce n'est pas à moi que ça arriverait! dit-il d'un air vantard. Lorsque Quentin eut vent de cette réflexion, il alla immédiatement se présenter au maire auquel il fit d'adroits compliments : — Je sais que vous, Monsieur le Maire, vous ne feriez pas les erreurs de Dulac. Je suis certain que vous ne vous tromperiez pas! Le maire fut très fier de lui et il proposa :
— Faisons un pari. Mon poste de maire contre la ferme que vous venez de gagner.
Vous allez voir . . .!
— Très bien, répondit Quentin. Ils firent venir quelques voisins et Quentin entama son interrogatoire. Tout se passa très bien jusqu'à la dernière question : — Pouvez-vous affirmer devant témoins qu'à partir de maintenant, je suis le maire de Chanteval?
— Oui, bien sûr, répondit le maire. Vous ne m'aurez pas comme ça! A partir de cet instant, vous êtes le maire!
— Parfait, dit Quentin. Vous gagnez la ferme, mais maintenant, me voilà à la tête du village. Vous l'avez dit devant témoins. Votre parole vous engage. Ainsi, le maire dut quitter son poste, ce qui fut une bonne chose pour le village.

19 novembre

Le voyageur solitaire

M. Langlois menait une vie solitaire. Il saluait ses voisins dans l'escalier ou dans le couloir, puis disparaissait derrière sa porte et on ne le voyait plus. Sa voisine de palier, Mme Veuve Ragot était tout l'inverse. Elle parlait à tout le monde, rendait visite à ses voisins, et ce qu'elle aimait par-dessus tout, c'était que les gens lui fassent part de leurs malheurs. Ainsi elle avait toujours quelque chose à raconter. Elle faisait tout son possible pour rencontrer M. Langlois, l'attendant à la porte de l'immeuble, chez l'épicier, chez le cordonnier, pour essayer d'engager la conversation avec lui. Mais ses tentatives restaient vaines. M. Langlois se contentait d'un «Bonjour, Madame», et s'éloignait à grands pas. Il ne s'arrêtait jamais pour bavarder, ne l'invitait jamais à lui rendre visite et ne lui faisait aucune confidence. Puis, voici ce qui se passa : Mme Ragot attendit ainsi son voisin pendant une semaine, deux semaines. Elle ne le vit pas. Alors, rassemblant tout son courage, elle alla sonner à sa porte : pas de réponse. Elle frappa : toujours rien. — Mon Dieu! Il a dû lui arriver quelque chose! Mme Ragot appela la police. Les policiers forcèrent la porte, s'attendant au pire, mais l'appartement était vide. Les murs étaient couverts de tableaux représentant des paysages.

20 novembre

Le voyageur solitaire

L'officier de police était sur le point de dire à Mme Ragot qu'elle leur faisait perdre leur temps, lorsque son regard fut attiré par un carnet ouvert, posé sur la table. Considérant ce carnet comme une pièce à conviction, il le prit et lut les dernières lignes: «Cette fois, je pars pour les Montagnes Rocheuses, car je crois qu'un ours se cache derrière un de ces rochers. On ne le voit pas, mais je suis sûr qu'il est là.» L'officier de police parcourut rapidement le carnet puis regarda les tableaux accrochés aux murs, médusé. Il venait de comprendre : M. Langlois était un voyageur, mais un voyageur très particulier. Il partait en expédition dans les pays et les lieux représentés sur ses tableaux.

Ainsi, il pouvait se promener dans une mosquée orientale, ou dans la jungle, et une autre fois, il s'asseyait sur les bords de la Méditerranée. Il revenait toujours indemne de ses voyages et consignait dans ce carnet ses aventures et ses souvenirs. Cette fois, il était parti pour les Montagnes Rocheuses.

— Je ne peux pas y croire! s'écria l'officier de police. Une personne normale ne peut pas entrer dans un tableau! Elle n'aurait jamais assez de place! Puis il regarda le tableau représentant les Montagnes Rocheuses et son sang se glaça : devant un rocher, se tenait un énorme grizzli qui avait l'air satisfait d'un animal repu . . .

21 novembre

Le voyageur solitaire

L'officier de police commença à dicter son rapport :
— Il y a toutes raisons de croire que la personne portée disparue, M. Henri Langlois, s'est égarée lors d'un voyage dans les Montagnes Rocheuses où il a très probablement été dévoré par un ours. On trouvera ci-inclus des preuves tangibles, à savoir lesdites montagnes et ledit ours . . .
— Pauvre M. Langlois, il était si gentil! commença Mme Ragot. J'étais la seule personne au monde en qui il eût confiance. Il me disait toujours : «Si quelque chose m'arrivait, je voudrais que tous mes biens vous reviennent, Rose . . .»
— Ça, dit sèchement le policier, ce sera au tribunal d'en décider.
— Quel tribunal? dit une voix qui venait de la porte. Tous se retournèrent. Sur le seuil se tenait M. Langlois, en tenue de chasse, un pistolet à bouchon à la main.
— Son fantôme! hurla Mme Ragot avant de s'évanouir. L'officier de police garda son sang-froid; il demanda au nouveau-venu ses papiers d'identité. Il s'agissait bien de M. Langlois en personne; il revenait d'un séjour dans la Forêt des Hautes Futaies.
— Mais . . . ces tableaux? demanda le policier en dissimulant son rapport derrière son dos. M. Langlois sourit d'un air gêné :
— A chacun son violon d'Ingres. Moi, je m'amuse à voyager. Je regarde les Montagnes

demandait parfois Gaspard. Tu vois bien que je suis épuisé. Mais c'était peine perdue, Hubert ne l'écoutait pas. Un jour, un voyageur de passage s'arrêta devant leur maison, et il vit tout de suite ce qui se passait. Il interpella Gaspard :
— Tu vas te tuer à la tâche, mon garçon. Laisse-moi faire, je vais guérir ton frère de sa paresse. Et il entra dans la maison. Il proposa à chacun des deux garçons une pièce d'or en échange d'un petit service. L'un consistait à recoudre un bouton à son manteau de fourrure, l'autre à le battre pour en faire sortir la poussière. Hubert se demanda qui était ce vieux fou, mais il se précipita sur la boîte à couture pour accomplir la tâche la plus facile. Il s'assit sous la véranda avec le manteau, mais à peine avait-il enfilé son aiguille qu'il s'endormit : le manteau de fourrure était encore plus chaud que le poêle auprès duquel il avait l'habitude de paresser. A cet instant, Gaspard sortit pour s'acquitter de la seconde tâche. Ne sachant pas que son frère dormait sous le manteau, il commença à le battre de toutes ses forces. Quand les hurlements d'Hubert remplirent la

Rocheuses, et je vais dans la Forêt des Hautes Futaies, et comme je ne manque pas d'imagination, j'y chasse l'ours. Il regarda le tableau. — Juste ciel! s'exclama-t-il. Cet ours n'était pas dans le tableau, j'en suis sûr . . .!

22 novembre

Une bonne leçon

Deux frères, Gaspard et Hubert, vivaient sous le même toit. Si leur maison était proprette et bien tenue, c'était uniquement grâce aux efforts de Gaspard, le plus jeune des deux. Hubert, lui, passait son temps à paresser devant le poêle.
— Pourquoi ne m'aides-tu pas un peu? lui

maison, le voyageur dit à Gaspard : — Tu aurais dû faire cela depuis longtemps, Gaspard! Et il s'éclipsa sans leur donner les deux pièces, car son conseil était bien plus précieux que de l'or. A partir de ce jour, Hubert fut tout à fait guéri de sa fainéantise.

23 novembre

Lison et le brigand

Lison aimait sa mère plus que tout au monde, et sa mère l'adorait aussi. Elles pensaient que jamais elles ne se quitteraient. Un jour pourtant, il leur fallut se séparer. Le brigand Cornor était venu s'installer dans la forêt proche du village; il volait les pauvres, et prenait aux villageois jusqu'à leur dernier sou. Lison décida de partir pour quelque temps afin de trouver du travail et de gagner un peu d'argent. Avant son départ, sa mère lui donna une mèche de ses cheveux gris comme talisman, pour la protéger du danger. Lison se mit en route pleine de détermination et promit à sa mère qu'elle serait de retour dans un an et un jour. Elle commença par faire de la couture, du matin au soir et tout ce qu'elle reçut pour sa peine fut un petit morceau de tissu dont elle se fit un foulard. Ensuite, elle trouva un emploi chez un fabricant de pain d'épice; elle se levait très tôt pour pétrir du massepain pendant des heures et des heures. Au bout d'un mois, elle n'avait gagné qu'un petit morceau de pain d'épice qu'elle fit cuire elle-même et sur lequel elle inscrivit son nom avec du sucre à glacer blanc. La dernière place qu'elle occupa fut celle de fille de ferme chez un riche agriculteur. La seule chose qu'on lui donna pour ce travail éreintant fut un œuf. Il en sortit une petite colombe qui lui dit: — Retourne chez toi, maintenant. Il est temps : cela fait un an que tu es partie.

24 novembre

Lison et le brigand

— Je ne rapporte presque rien, dans mes bagages, mais j'ai appris beaucoup de choses, et c'est peut-être plus précieux qu'une pépite d'or. Je pourrai faire de la couture et de la pâtisserie, à la maison. Je sais aussi m'occuper d'une ferme et je suis sûre que je ferai une bonne épouse.
A l'idée de rentrer chez elle, Lison se mit à chanter. Loin au-delà des collines et des vallées, Cornor l'entendit; il se posta derrière un arbre et l'attendit. Lison n'était plus très loin du village.
— Tu seras ma femme, et tu me serviras, hurla-t-il en se mettant en travers du chemin. Lison fut saisie d'effroi, ses jambes se mirent à trembler. Mais la colombe, qui s'était cachée dans un arbre, juste au-dessus d'elle chuchota :
— Fais semblant de lui obéir; pars avec lui, mais essaie de gagner le plus de temps possible. Je vais prévenir ta mère. Mais il faut que tu glisses discrètement la mèche de cheveux dans mon bec pour qu'elle comprenne que tu es en danger.
Lison fit exactement ce que lui dit la colombe, et elle se laissa entraîner par le brigand à travers les taillis. Elle marcha très lentement, feignant d'être épuisée, et en chemin, elle laissa tomber d'abord le pain d'épice puis le foulard.

pas embrasser Lison. Plus les cœurs de Lison et de sa mère étaient torturés, plus celui du brigand se durcissait, si bien qu'il finit par devenir de pierre. Il surgit alors du sol un gros rocher noir en forme de cœur que l'on appelle aujourd'hui encore Cœur Noir; certains disent aussi Cor Noir ou Cornor. Mais Lison et sa mère se hâtèrent de rentrer chez elles, pour s'éloigner le plus vite possible de ce rocher.

26 novembre

Tardillon fait des progrès

On l'appelait «Tardillon», et personne ne connaissait son vrai nom, ni son prénom. Depuis qu'il savait marcher, il n'était jamais arrivé à l'heure nulle part. — Je rentre à 6 heures

25 novembre

Lison et le brigand

La colombe partit chercher de l'aide, mais elle ne parvint même pas jusqu'au village. A la lisière de la forêt, elle se prit dans un filet placé là par le brigand. Tandis qu'elle se débattait pour s'échapper, la mère de Lison sentit le cœur lui manquer. — Où est ma fille, soupira-t-elle. Une année est passée, et elle n'est pas revenue. Et comme si elle avait pressenti le danger, elle quitta sa maison et sortit du village. Elle vit alors la colombe qui tenait dans son bec la mèche de cheveux. Dès qu'elle sut ce qui se passait, elle s'enfonça dans la forêt. La colombe lui indiqua le chemin et quand elle ne put plus la guider, la vieille femme trouva le pain d'épice et le foulard. Elle rattrapa le brigand et sa pauvre fille, mais le méchant homme ne lui laissa même disait-il lorsqu'il partait jouer avec ses camarades. A 8 heures, sa mère le trouvait en train de s'amuser le plus tranquillement du monde. — Il est déjà si tard que cela? s'écriait-il, surpris. Tous les jours il arrivait en retard à l'école, et il ne servait à rien de l'envoyer chez le directeur ou d'adresser des lettres à ses parents. Par la suite, il arriva chaque matin en retard à son travail, bien entendu, et après un certain nombre d'avertissements, son chef le mit à la porte. Alors Tardillon trouva un emploi dans une compagnie d'assurances : il devait aller voir les gens pour les convaincre de souscrire à une assurance-accident, une assurance-incendie ou dégâts des eaux, etc. Or, chaque fois qu'il prenait rendez-vous avec un client, il arrivait en retard. Si son rendez-vous était fixé à 9 heures, il n'était pas là avant 10 heures, et s'il avait dit 10 heures il n'arrivait qu'à 11 heures. Et cela ne fit qu'empirer. Les clients commencèrent à se plaindre auprès de la compagnie. Le directeur convoqua Tardillon. Lorsque celui-ci arriva, en retard bien entendu, le directeur lui annonça qu'il pouvait se mettre en quête d'un autre emploi.

27 novembre

Tardillon fait des progrès

Tardillon retourna à la compagnie d'assurances et dit :
— Je voudrais prendre une police d'assurance contre le retard. Comme l'employé ne semblait pas comprendre, il expliqua :
— Si j'ai une heure de retard à un rendez-vous, par exemple, vous me donnez cinq francs.
— Et si vous avez deux heures de retard? demanda l'employé.
— Eh bien, vous me donnez dix francs! répliqua Tardillon. Cinq francs par heure de retard.
Ses anciens collègues éclatèrent de rire. — Mais ... la compagnie ferait faillite en quelques

semaines! objecta l'employé. Nous passerions notre temps à vous payer. C'est impossible!
— Nous pouvons faire un autre arrangement, intervint le directeur qui avait tout entendu. Nous n'allons pas vous assurer contre vos retards, mais contre le fait d'arriver à l'heure. Cette fois, ce fut Tardillon qui ne saisit pas.
— Nous vous verserons cinq francs chaque fois que vous nous apporterez un papier certifiant que vous êtes arrivé à l'heure pile, expliqua le directeur.
Tardillon réfléchit longuement puis il accepta. Il s'acheta deux montres — une pour chaque poignet — et trois réveils. A partir de ce jour, il arriva à l'heure, non pas à la minute, mais à la seconde près. Alors on se mit à l'appeler par son véritable nom qui était M. Prompt. Quant à la compagnie d'assurances, elle décida de le reprendre, car il lui coûtait beaucoup trop cher...

28 novembre

Les trois peintres

Il était une fois trois frères qui étaient tous artistes-peintres. L'un dessinait très bien les silhouettes, un autre excellait dans le portrait et le troisième était un spécialiste des maisons et des arbres. C'est pourquoi ils peignaient

ensemble et leurs tableaux avaient beaucoup de succès. Les trois frères auraient dû être satisfaits de cette situation mais il n'en était rien. Le premier dit un jour :
— Les silhouettes constituent l'essentiel en peinture. Sans elles, un tableau ne serait rien. Je suis le plus grand artiste de nous trois! Mais le second déclara : — Ce sont les visages qui donnent toute l'expression. Le reste est secondaire! Je me demande vraiment pourquoi un génie comme moi continue à travailler pour nourrir ses frères! Mais le troisième avait aussi son mot à dire :

— Pourquoi partageons-nous l'argent en trois, alors que c'est moi qui travaille le plus? Vous autres vous contentez de dessiner un ou deux personnages, mais tout le reste, c'est moi qui le fais! Un soir, après une journée de travail, ils se regardèrent et s'exclamèrent en chœur :
— J'en ai assez! Alors chacun loua un atelier et peignit ses propres toiles. Les gens vinrent voir leurs œuvres, mais ils furent tous déçus et n'achetèrent aucun de leurs tableaux. Les trois frères comprirent qu'aucun d'eux ne pourrait faire cavalier seul. Ils se remirent à travailler ensemble et ne se plaignirent plus jamais.

29 novembre

Le pet-de-nonne à l'école

Vous n'avez certainement pas oublié que nous avions laissé notre pet-de-nonne dans une gare. Eh bien, il fit un long voyage en train jusqu'à une ville qui lui parut familière. Et pour cause : c'était là qu'il avait rencontré un pet-de-nonne en pleur, devant l'école, et qu'il s'était enfui pour échapper au chien affamé. Il entra dans l'école, longea le couloir et pénétra dans une salle qui contenait plusieurs rangées de bancs. Il s'assit au dernier rang et s'endormit. En se réveillant, le lendemain matin, il entendit une voix de femme :
— Deux plus deux égale quatre, trois plus trois égale six . . . Il se redressa et s'aperçut alors que la classe était pleine d'enfants; la seule place qui ne fût pas occupée était la sienne. Peut-être lui était-elle réservée? N'avait-il pas demandé un jour à Grand-mère Civette de l'envoyer à l'école? Il résolut de rester là et de suivre les leçons avec les enfants. Il y demeura un mois; c'est très long un mois pour un globe-trotter! Chaque jour, lorsque la classe était finie, il fallait qu'il se cache, car les femmes de ménage auraient pu le prendre pour un reste de goûter laissé par un écolier. Il ne regretta pas ses efforts : il apprit à lire, à écrire et à compter. Cela vous étonne qu'il ait fait tout cela en un mois seulement? Mais c'était un pet-de-nonne particulièrement brillant, vous savez. Quand il estima en savoir assez, il quitta l'école. Décembre l'attendait.

30 novembre

Cécilia et ses ombres

Cécilia, la sorcière n'avait jamais été une très bonne élève, à l'école, mais il y avait une chose dans laquelle elle excellait, c'était faire vivre les ombres. Chaque fois qu'elle rencontrait quelqu'un, elle regardait son ombre et marmonnait quelques paroles magiques, et en un rien de temps, la personne se trouvait aussitôt escortée d'un double. Un jour, elle croisa le maire, et son ombre lui plut immédiatement : elle était petite et rondelette et trottinait sur ses petites jambes à côté de son maître. Bien vite, il n'y eut plus un seul mais deux maires marchant sur le trottoir, qui se disputaient pour savoir lequel des deux siégerait au conseil municipal. Ils ne parvinrent pas à se mettre d'accord et le lendemain, par pure curiosité, Cécilia fit vivre leurs deux ombres. Elle se piqua tellement au jeu que chaque jour, elle s'amusait à multiplier le nombre des maires; puis elle se cachait et riait sous cape en les regardant se chamailler pour déterminer lequel d'entre eux était le vrai maire. Quelques jours plus tard, les maires étaient si nombreux qu'ils remplissaient le parc de la ville. Alors, le commissaire de police s'approcha de l'un d'eux et l'informa que comme il n'avait pas rempli ses fonctions depuis très longtemps, le conseil municipal avait dû élire un autre maire.

— Mais, qu'allons-nous faire, s'écrièrent ensemble les deux cent soixante-dix ex-maires, désespérés. Nous ne pouvons pas faire autre chose qu'être maires!

— Mais si, vous pouvez, dit le commissaire pour les rassurer. Et il les emmena sur un terrain en friche. Quelques semaines plus tard, grâce à Cécilia, la ville était dotée d'une nouvelle école, dont les habitants disaient fièrement : — C'est notre maire qui l'a construite, à lui tout seul!

Décembre

1er décembre

L'arbre qui voulait être un souvenir

— La forêt est belle en hiver, dit tout haut le lutin du vent en survolant tranquillement les grands sapins pour se rendre dans la clairière. Leurs branches étaient couvertes de petits tas de neige et à leurs extrémités pendaient des pommes de glace. La neige les garantissait du gel, tout comme le manteau du lutin le protégeait du froid. Il avait bien souffert, ce manteau au cours de tous ces voyages; il était élimé, chiffonné, déformé à cause de toutes les choses que le lutin mettait dans ses poches. S'il avait eu une maison, le voyageur du ciel aurait acheté depuis longtemps un meuble pour ranger tous ces objets. Mais, en fait, c'étaient ses poches qui lui servaient de placard. Elles contenaient : un peu d'odeur de l'été, une graine de pissenlit, un trèfle à quatre feuilles venant du salon de la taupe, une note de musique perdue dans un concert, la pointe d'un des crayons de Julie, une moustache de chat, et un timbre offert par le petit Stéphane. Le lutin du vent appelait tous ces objets ses souvenirs, et il les aimait beaucoup. Un petit sapin, qui poussait au pied de la souche sur laquelle le voyageur du ciel était assis, vit tout cela et dit :
— Moi aussi, je veux être un souvenir! Si tu as un peu de place dans une de tes poches, emmène-moi!
— Si tu veux, dit le lutin du vent. Mais il n'avait pas la moindre idée de ce qu'allait devenir ce petit sapin. Nous le saurons dans dix-huit jours.

2 décembre

Les figurines de porcelaine

Dans la vitrine d'un magasin d'antiquités, il y avait deux figurines de porcelaine dont l'une représentait un jeune homme et l'autre une jeune fille. Elles étaient là depuis fort longtemps, mais ne s'ennuyaient pas du tout, car toutes sortes de gens s'arrêtaient pour regarder la vitrine, et les deux figurines s'amusaient à les observer et à faire sur eux des commentaires.
— Avez-vous remarqué cette jeune fille brune vêtue d'un vieux manteau de fourrure, ma chère? demanda-t-il. Elle répondit :
— Bien sûr, cela fait longtemps que je l'observe : chaque fois qu'elle s'arrête devant la vitrine, un jeune homme coiffé d'un chapeau s'approche et s'arrête près d'elle. Tous deux regardent la vitrine sans rien se dire.
— Peut-être ne se connaissent-ils pas, dit le jeune homme de porcelaine. Sa compagne sourit :
— Bien sûr que non, mais ils s'aiment. Seulement, ils n'osent pas se parler.
— C'est exactement ce que je pensais, ma chère, répondit la figurine. Ne croyez-vous pas que nous pourrions les aider?
— J'y songe depuis longtemps, mais je ne sais comment faire. Juste à ce moment, la jeune fille au manteau de fourrure élimé apparut devant la boutique. Et quelques minutes plus tard, le jeune homme au chapeau était là aussi. Ils restèrent devant la vitrine, sans mot dire, à regarder les deux figurines. On aurait cru qu'ils cherchaient de l'aide. C'est alors que le jeune homme de porcelaine fit un clin d'œil à sa compagne, puis feignant de vaciller, il tomba de son socle.

— Oh, regardez . . . dirent en même temps les deux jeunes amoureux; et ils se regardèrent pour la première fois et sourirent. Ils partirent main dans la main et oublièrent bien vite le magasin d'antiquité.

3 décembre

Blaise et son âne

Il était une fois un pauvre garçon qui travaillait comme valet dans les écuries d'un roi. C'était un miséreux qui ne possédait que la chemise qu'il avait sur le dos; parfois, il était tellement affamé qu'il était bien content de manger un peu de l'avoine que l'on donnait aux chevaux. Blaise avait de grands yeux tristes comme ceux de l'âne qui vivait dans un coin de l'écurie, et tous deux devinrent amis. Au bout de sept ans de services dans les écuries royales, Blaise demanda qu'on lui donne cet âne en échange de ces quelques années de labeur. On le lui donna de bonne grâce, car on ne savait même pas d'où venait l'animal, qui s'était probablement introduit par erreur dans les écuries du roi. Blaise et son âne se mirent donc en route vers le village le plus proche. Les villageois les chassèrent, certains envoyèrent même leurs chiens après eux. Mais la fille du veilleur, qui avait bon cœur, dit à Blaise :
— Nous n'avons pas de place dans la maison, mais il y a une cabane dans le jardin, tu pourras y dormir. Ton âne te réchauffera avec son haleine. Mais le veilleur s'y opposa et il ne resta plus à Blaise et à son compagnon qu'à passer la nuit dans la forêt où soufflait un vent glacial. Or, ils avaient à peine dépassé la lisière de la forêt que l'âne s'ébroua, faisant tomber par terre plusieurs pièces d'or.
— Tu n'as pas à t'inquiéter, dit-il à son maître. Contrairement à ce que tu pensais, je ne suis pas un âne comme les autres. Et comme tu as toujours été bon avec moi pendant toutes ces années, et que nous sommes amis, je vais te récompenser.

4 décembre

Blaise et son âne

Blaise n'était plus dans le besoin, désormais. Il avait un âne qui lui fournissait des pièces d'or, et apparemment, ses ressources étaient inépuisables. Il s'acheta de beaux habits, loua une maison en ville et devint un citoyen respectable. Il ne lui manquait plus qu'une femme et il décida de retourner au village proche du château pour en trouver une. Il s'agissait, bien sûr, de la fille du veilleur. «Je ne trouverai pas mieux qu'elle», se dit Blaise en suivant le sentier de la forêt. Afin de ne pas arriver les mains vides, il demanda à son âne quelques pièces d'or pour amadouer le veilleur. Mais un garde forestier le vit, et il alla tout raconter au roi.
— Nous allons voir cela! s'exclama le roi. Je veux qu'avant le coucher du soleil cet âne me soit rendu.
Il appela ses gardes et leur ordonna d'enfermer Blaise et de lui apporter l'âne. Blaise se retrouva enfermé dans un sombre donjon sans même savoir pourquoi.
— Tu seras châtié pour m'avoir volé mon bien le plus précieux! lui dit le roi, et il ordonna à l'âne de s'ébrouer. L'animal obéit, mais à la place des pièces d'or, il fit apparaître des soldats armés en si grand nombre que la garde royale s'enfuit à toutes jambes. Alors Blaise alla chercher sa fiancée. Il s'installa dans le village et travailla, comme tout le monde, pour gagner sa vie, car après cet incident, son âne ne donna

plus jamais de pièces d'or. Et ce fut une bonne chose, car au moins il ne suscita plus l'envie de personne.

5 décembre

Le lutin du pommier

A côté d'un chalet de montagne poussait un magnifique pommier qui donnait toujours une abondante récolte. Or, une année, il décida de se reposer. Cet automne-là, il ne produisit qu'une seule petite pomme rose. Pierrot, le petit garçon qui vivait dans le chalet s'apprêtait à la cueillir lorsqu'il entendit une toute petite voix :
— Laisse-moi! Je suis un lutin de pommier et cette pomme est ma maison. Si tu la cueilles, je mourrai. Pierrot hésita un moment, car cette pomme lui faisait très envie et il ne voyait de lutin nulle part. Il pensait que quelqu'un lui faisait une farce. Il avança à nouveau la main vers la pomme mais à nouveau la petite voix le supplia :
— Laisse-moi ici... Tu n'auras pas à le regretter, tu verras. — Je me demande bien pourquoi, grommela Pierrot. Mais il laissa la pomme sur l'arbre. Bientôt vint l'hiver et ses effroyables tempêtes. Pierrot dut aller au village pour y faire des provisions. Le chemin était long et difficile. Au retour, un épais brouillard voila subitement le soleil, et dans le tourbillon de neige, Pierrot ne voyait plus le chemin.
— Je ne retrouverai jamais ma maison, soupira-t-il. Mais soudain, il aperçut à travers l'épais rideau de neige une pomme rouge qui brillait comme une lanterne. Sans elle, il n'aurait jamais pu rentrer chez lui.

6 décembre

Le livre de magie

Un jour, Suzette oublia son cartable dans le réfectoire de l'école. Lorsqu'elle retourna le chercher, elle eut le sentiment que quelqu'un était caché derrière les grands rideaux qui pendaient aux fenêtres. Alors, elle saisit précipitamment son cartable et sortit de l'école en courant. Curieusement, son cartable était beaucoup plus lourd qu'auparavant, comme si quelqu'un y avait mis une brique. Mais quand, de retour à la maison, elle l'ouvrit, Suzette y trouva non pas une brique mais un gros livre. Comment était-il arrivé là? En l'ouvrant, Suzette s'aperçut que ce n'était pas un livre comme les autres : il n'était pas imprimé mais écrit à la main, d'une belle écriture, et ne racontait pas une histoire. On y expliquait comment jeter des sorts et désensorceler, comment faire apparaître et disparaître des choses. Ce livre s'intitulait *: Le livre de magie* et quelqu'un l'avait mis dans le cartable de Suzette, par erreur ou à dessein. Et ce quelqu'un se cachait derrière les rideaux du réfectoire. En tout cas, ce n'était certainement pas le genre de livres que l'on peut acheter dans la première librairie venue. Mais qu'allait-elle faire de ce livre, Suzette, maintenant qu'elle l'avait entre les mains? Elle décida de s'en servir, dès le lendemain.

7 décembre

Le livre de magie

Suzette aimait lire. Parfois, elle ne pouvait pas s'en empêcher, et il lui arrivait de lire en classe, sous son pupitre, et quand la maîtresse la surprenait, elle lui confisquait son livre. Alors Suzette était furieuse, car elle ne saurait jamais la fin de l'histoire et, à cause de cela, elle en voulait à sa maîtresse. Comme elle craignait de se faire confisquer le livre de magie, elle ne l'emporta pas en classe. Mais elle apprit par cœur un tour de magie. C'était un sort destiné à changer la maîtresse en chanteuse. Ce matin-là, pendant la leçon de mathématiques, Suzette prononça les paroles magiques. La maîtresse était en train d'expliquer les règles de la soustraction, lorsque soudain, elle s'arrêta et dit :
— Cessons de parler de mathématiques. Ce qui est important c'est que vous sachiez chanter. Ecoutez, je vais vous chanter *Mon beau Sapin*...
Elle s'assit au piano et chanta. Elle continua toute la matinée, chantant aux enfants toutes les chansons qu'elle connaissait, anciennes ou modernes. Les camarades de Suzette la regardaient, stupéfaites, ne sachant que penser. A deux reprises, le directeur de l'école jeta un coup d'œil dans la classe et voulut dire quelque chose, mais l'institutrice ne lui en laissa pas l'occasion : elle continuait de chanter à tue-tête. Enfin, elle dit : — Pour aujourd'hui, cela suffit. Nous reprendrons demain.

8 décembre

Le livre de magie

Le lendemain, Suzette apprit un tour de magie qui lui permettait de ramener la maîtresse à sa forme normale. Après avoir chanté *Frère Jacques,* l'institutrice toussota et dit :
— Hum... nous sommes en retard dans notre programme, les enfants. Revenons à la soustraction. Je voulais simplement vous montrer combien on peut perdre de temps avec ces stupides chansons. Maintenant, Suzette savait comment jeter des sorts et les enlever. De retour à la maison, elle résolut de faire apparaître quelque chose, pour changer. Pourquoi pas une petite amie? Si elle ne l'aimait pas, elle pourrait toujours la renvoyer d'où elle venait. Elle lut donc à haute voix une formule magique qui était censée faire apparaître une petite fille du même âge qu'elle. Et hop! A peine avait-elle achevé se phrase qu'une fillette aux cheveux roux et au visage constellé de taches de rousseur apparut à côté d'elle en disant :
— Eh bien! Il t'en aura fallu du temps, pour te souvenir de moi! «Hmm... elle ne me plaît guère, cette compagne», pensa Suzette. Et elle reprit son livre de magie pour trouver la formule qui lui permettrait de s'en débarrasser. Mais la petite rouquine lui arracha le livre des mains et le jeta dans le feu.
— Ah non! s'écria-t-elle. Ça fait trop longtemps que j'attends d'être invoquée. Tu ne crois tout de même pas que tu vas me renvoyer au diable aussi facilement.
— Mais... mais... le livre! murmura tristement Suzette.
La petite fille lui coupa la parole :
— Laisse-le brûler, dit-elle. L'important, c'est que je sois là.

9 décembre

Le livre de magie

— Je m'appelle Jeanne la Rouquine, annonça la petite fille aux taches de rousseur. Et maintenant, tu vas faire tout ce que je te dis. Sinon, je te frappe! Suzette essaya de faire comprendre à Jeanne que c'était elle qui commandait, mais la rouquine lui donna une telle gifle que Suzette en vit trente-six chandelles. — Maintenant, allons chez le confiseur, dit-elle.
Pendant que j'occuperai la vendeuse, toi tu chiperas une tablette de chocolat aux raisins. C'est mon préféré. Suzette tenta de lui expliquer qu'elles pouvaient très bien l'acheter avec

l'argent de sa tirelire, mais Jeanne rétorqua :
— Le chocolat est bien meilleur quand il a été volé! Sur ce, elle entraîna Suzette chez le confiseur. Le lendemain, elle l'envoya voir un film d'horreur au lieu d'aller à l'école, et le soir, de retour à la maison, elle mangea le dîner de Suzette, ne lui laissant qu'une minuscule pomme de terre. Suzette se sentait terriblement malheureuse et sa tristesse grandissait de jour en jour car Jeanne trouvait toujours quelque méchanceté pour la mettre à l'épreuve. Et elle se cachait si habilement des parents de Suzette qu'ils ne s'apercevaient de rien. «Mais pourquoi ai-je fait apparaître une amie aussi méchante?» se demandait-elle. «Je n'arriverai jamais à me débarrasser d'elle... Et je suis sûre que ce n'est pas un hasard : c'était certainement Jeanne qui se cachait derrière le rideau dans le réfectoire, et elle aura mis elle-même le livre dans mon cartable!»

10 décembre

Le livre de magie

— Moi, je reste au lit, aujourd'hui, déclara Jeanne au bout d'un ou deux jours. Je me sens paresseuse aujourd'hui. Toi, tu vas aller à l'école mais tu reviendras tout de suite après le déjeuner, car je veux aller au zoo. Et je te mettrai dans la cage des singes.
— Mais pourquoi? demanda Suzette.
— Simplement pour pouvoir me moquer de toi quand les singes te poursuivront, expliqua Jeanne. Suzette partit à l'école la mort dans l'âme. Elle dit à la maîtresse qu'elle avait été malade.
— En effet, tu n'as pas l'air bien, admit l'institutrice. Si tu veux, exceptionnellement, tu peux lire sous ton pupitre, aujourd'hui. Ah, lire! Depuis l'apparition de Jeanne, Suzette n'avait pas lu une ligne. Et maintenant, elle n'en avait pas du tout envie, car l'idée que Jeanne allait l'enfermer dans la cage aux singes l'obsédait.
— Est-ce que je peux faire quelque chose pour toi? lui demanda la voisine, Aline, à la récréation. C'est alors seulement que Suzette comprit combien Aline était gentille.
— Personne ne peut m'aider, soupira Suzette.
— Même pas une amie? demanda Aline.

Suzette n'en croyait pas ses oreilles.
— Es-tu une amie? demanda-t-elle, surprise.
— Si tu veux, je peux être ta meilleure amie, promit Aline.
— D'accord, dit Suzette, et moi, je serai la tienne.

11 décembre

Le livre de magie

Suzette raconta à Aline toute l'histoire. Aline ouvrit des yeux ronds lorsque son amie lui parla du livre de magie et de Jeanne la Rouquine.
— Ne t'inquiète pas, nous allons trouver un

moyen, dit-elle enfin. En revenant de l'école, toutes deux bavardèrent comme des conspiratrices, et il est probable qu'elle trouvèrent une idée, car Suzette semblait plus sûre d'elle lorsqu'elle rentra à la maison et que Jeanne lui dit :
— Allons, en route pour le zoo! Jeanne s'attendait à ce que Suzette se mette à pleurer et à la supplier, mais elle ne dit mot.
— Attends un peu que nous arrivions devant la cage aux singes! lui dit Jeanne d'un air menaçant. En allant vers la cage aux singes, elle passèrent devant une fillette qui regardait dans une cage vide.
— Qu'est-ce que tu regardes? demanda Jeanne qui était extrêmement curieuse.
— Il paraît que dans cette cage, il y a un animal invisible, répondit la petite fille. Et seul celui qui le touche peut le voir. Mais moi, j'ai peur d'entrer dans la cage!
— Peuh! fit Jeanne d'un ton méprisant. Tu es bien aussi froussarde qu'elle, ajouta-t-elle en montrant Suzette du doigt. Moi, je n'ai peur de rien! Et Jeanne entre dans la cage pour toucher l'animal invisible. Aline — car c'était elle, bien sûr — referma vite la porte de la cage et remit le cadenas. Puis, elle y accrocha un écriteau où l'on pouvait lire : *Jeanne la Rouquine, bête sauvage du pays de la Magie. Interdiction de lui jeter de la nourriture!* Ensuite, Suzette tira la langue à Jeanne qui n'était pas encore revenue de sa surprise, et partit avec Aline vers la cage aux singes.

12 décembre

Les fleurs de givre

Un jour, Monsieur Givre passa dans le village où habitait le conteur, et il peignit des fleurs argentées sur toutes les fenêtres de sa maison. Il dessina les plus belles sur les vitres devant lesquelles se trouvait la machine à écrire. Le conteur aimait beaucoup les fleurs, et les fleurs de givre, elles, étaient heureuses de fleurir sur une fenêtre devant laquelle naissaient des contes de fées. Mais alors, le soleil se leva, et il commença à dévorer les fleurs de givre comme un enfant gourmand mange une glace. Les fleurs de givre étaient désespérées à l'idée de

disparaître en quelques minutes sous l'ardeur du soleil. — Nous ne voulons pas mourir! dirent-elles au conteur. Nous voulons d'abord entendre de belles histoires. — Mais, je n'ai pas le pouvoir de vous sauver des rayons du soleil, leur répondit tristement le conteur.
— N'y a-t-il pas quelqu'un qui ait ce pouvoir? demandèrent les fleurs. Alors, le conteur pensa à la fée, et il lui demanda de sauver les fleurs de givre qui s'étaient épanouies sur ses fenêtres. L'entendit-elle? Sans doute pas, puisque le lendemain, les vitres avaient recouvré leur transparence. Mais, plus tard, au début de l'été, quand les pensées, les tulipes, les roses et les pivoines fleurirent dans le parterre qui s'étendait sous la fenêtre, il y avait parmi elles une étrange fleur argentée qui semblait avoir été dessinée avec un pinceau enduit de givre. La fée avait donc bien entendu la requête du conteur.

13 décembre

Suite de la masure aux secrets

Gravi le grand escalier de marbre vert, ils débouchèrent dans une immense salle ronde. Quelques trous creusés çà et là laissaient entrer des rayons de lumière qui se jouaient dans les

stalactites, éclairant la caverne comme un millier de torches. Au fond, trônait un sapin de glace magnifique, éclairé de mille mandarines et tout autour une douzaine de lutins chantaient et dansaient en appelant les deux garçons.
— Nous sommes les lutins des forêts. Un jour, nous fûmes attrapés par la reine des glaces qui nous tient prisonniers en ce lieu depuis douze ans.
Ils passèrent le soir à chanter avec les lutins. Et puis, le souffle chaud les reprit dans son tourbillon et leur fit traverser les couloirs de cristal transparent, les escaliers de marbre et les salles voûtées pour les précipiter enfin sur le sol en terre battue de la vieille masure.
Et le miroir reprit sa place.
— Tiens! La tache sombre a disparu du cadre! remarqua Benoît. Et les lutins s'évaporèrent dans un sourire, tandis qu'une souris dans son fauteuil, au fin fond du tiroir, s'apprêtait à savourer un morceau de fromage.

14 décembre

Les douze loups

— Noël approche, dit la mère du Petit Chaperon Rose. Va porter à ta grand-mère ce panier de friandises et donne-lui le bonjour. Tu lui diras aussi que je suis trop fatiguée pour lui

rendre visite, mais que nous l'invitons à passer le Réveillon de Noël avec nous. Le Petit Chaperon Rose prit le panier qui contenait un gâteau de Savoie, une bouteille de sirop et un gros morceau de jambon, et se mit en route. La neige crissait sous ses pas; la forêt était silencieuse. Mais les apparences sont parfois trompeuses et, soudain, surgie de nulle part, apparut une horde de loups qui entourèrent la petite fille. Ils étaient douze, comme les douze mois de l'année et semblaient tous innocents comme des agneaux.
— Veux-tu que je porte ton panier? proposa poliment le premier.
— Je vais te montrer le chemin, pour que tu ne te perdes pas, offrit le second.
— Et pendant ce temps, moi je courrai chez ta grand-mère pour la croquer, dit un troisième. Mais il se reprit aussitôt : — Heu… je veux dire, pour lui annoncer ta visite. Il allait partir, mais les autres loups firent entendre quelques grognements pour l'en dissuader. Le Petit Chaperon Rose comprit qu'elle était en danger, mais elle garda son sang-froid. Elle dit au premier loup :
— Il voulait manger ma grand-mère à lui tout seul, et ne vous aurait rien laissé. Et toi, tu étais prêt à me dévorer sans laisser la moindre bouchée à tes compagnons affamés! Elle n'eut pas besoin d'en dire davantage. Les loups commencèrent à s'accuser les uns les autres de gourmandise et d'égoïsme, et ils se jetèrent les uns sur les autres et se battirent à mort. Alors le Petit Chaperon Rose reprit tranquillement son chemin vers la maison de sa grand-mère.

15 décembre

Le stratagème du coq

Goupil, le renard, avait faim. Certes, l'air était aussi doux qu'au printemps, mais on était au mois de décembre, et Goupil n'avait pas le courage de courir les bois pour trouver quelque proie. Juste avant l'aube, il se glissa dans la basse-cour des Grandin, se saisit de la première poule venue et partit. Le coq, tout ensommeillé, ouvrit un œil mais ne bougea pas. Le lendemain, Goupil emporta une autre poule, et le surlendemain une troisième. Toutes les autres poules regardèrent le coq d'un air de reproche, comme pour lui demander pourquoi il ne faisait rien. Grandin installa des pièges dans toute la ferme, mais un renard ne se laisse pas prendre aussi aisément! Mais la quatrième nuit, le coq se prépara à accueillir le visiteur importun. Il plaça un panier plein d'œufs sur le perchoir et attendit. Au moment où Goupil ouvrit la gueule pour se saisir d'une autre poule, le coq poussa le panier. Les œufs s'écrasèrent sur le museau du renard, et le panier tomba sur sa tête. Avant qu'il ait pu dégager sa tête du panier, le coq se mit à chanter de toute sa voix. «Pourquoi diable me réveille-t-il si tôt?» grommela le fermier en sortant de son lit. Mais il revint sur ses paroles lorsqu'il vit le renard en train de se débattre pour sortir sa tête du panier. La seule chose que Grandin garda de Goupil fut sa queue dont il orna le col de son manteau, et le fermier promit au coq qu'il ne passerait jamais à la casserole. Ainsi, resta-t-il le maître incontesté du poulailler jusqu'à la fin de ses jours.

16 décembre

Le stratagème du coq

Le coq de Grandin — qui avait capturé Goupil le renard — était tellement fier de son exploit qu'à partir de ce jour, il pensa qu'il avait son mot à dire dans tous les domaines. Il disait au fermier avec quoi il devait nourrir ses poules, quelles émissions de télévision il devait regarder et lesquelles il lui déconseillait. Tout d'abord, Grandin accepta les conseils du coq, se disant: «Après tout, c'est ce valeureux coq qui a capturé le renard!» Mais Grandin était amoureux de la fille de ses voisins, Paulette, et il voulait l'épouser le plus vite possible. Or, le coq refusa de donner son consentement.
— Ecoute, mon fils, disait-il au fermier, pourquoi n'épouses-tu pas plutôt la fille des Bourrachon? Elle est bien plus jolie et a bien meilleur caractère. Et pour s'occuper d'un poulailler, elle s'y entend, crois-moi! La fille des voisins, en revanche, est bourrée de défauts, je tenais à ce que tu le saches. Le fermier n'était pas décidé à s'en laisser conter par un coq. Il menaça de revenir sur sa promesse et de faire du coq un bon ragoût s'il ne tenait pas sa langue. Mais cette menace ne sembla pas impressionner l'animal qui poursuivit :

— En plus, ce n'est pas une bonne maîtresse de maison, et on ne peut pas dire qu'elle soit très maligne... Il aurait probablement continué ainsi pendant des lustres, si Grandin ne lui avait pas promis d'épouser Lucienne Bourrachon. Le mariage eut lieu peu après et le fermier et sa jeune épouse vécurent heureux et firent preuve d'une telle admiration envers le coq que celui-ci devint un modèle de vanité.

17 décembre

Françoise et la fourrure de l'écureuil

Un écureuil venait de s'installer dans le voisinage. Sa fourrure était très belle, et chaque mois il se peignait et gardait quelques écheveaux de poils qu'il échangeait au village contre quelques noisettes. Un jour, peu avant Noël, il frappa à la porte d'une maison habitée par cinq jeunes filles qui tricotaient toute la journée avec ardeur. Quatre d'entre elles connaissaient déjà bien le métier, tandis que la cinquième, Françoise, était débutante, et naturellement, moins habile que les autres. Cette fois, l'écureuil offrit ses écheveaux de fourrure sans rien demander en échange. Il dit qu'il les donnerait à celle qui ferait le plus bel ouvrage. La première des tricoteuses dit, par flatterie :
—Moi, je vais me tricoter un bonnet avec deux petites oreilles aussi jolies que les tiennes! La seconde décida de faire un manchon, la troisième un gilet avec une poche et la quatrième un châle orné à franges. Elle ajouta qu'elle l'ornerait de perles aussi brillantes que les yeux de l'écureuil. Seule Françoise ne dit rien. Mais comme l'écureuil insistait, elle murmura, timidement : — Moi, je tricoterai de petites cordelettes. Les autres filles se moquèrent mais lorsqu'elle ajouta qu'elle s'en servirait pour suspendre les cadeaux de ses amies à l'arbre de Noël, elles se sentirent honteuses. Et l'écureuil sut tout de suite à qui il donnerait ses écheveaux de fourrure.

18 décembre

Le prince ingrat

Le prince Boucle-d'Or avait une nourrice appelée Mimi. Elle le berçait, lui chantait des chansons, le portait dans ses bras et peignait ses beaux cheveux blonds. C'était elle aussi qui lui avait appris à parler et à chanter, qui l'emmenait se promener dans le jardin et lui enseignait les jeux les plus merveilleux. Ils s'aimaient beaucoup mais lorsque Boucle-d'Or grandit et qu'il devint un jeune homme, le roi décida que son éducation devait être confiée, désormais, à des professeurs érudits. Mimi pouvait bien aller où elle voulait, on n'avait plus besoin d'elle au palais. Il est vrai que la nourrice n'était plus aussi jeune ni aussi enjouée qu'autrefois, mais elle était encore très attentive à tous les problèmes que lui confiait le jeune prince. Elle le conseillait et le réconfortait. Mais, du jour au lendemain, Boucle-d'Or sembla oublier sa gentillesse. Subitement, il voulut être adulte et ne fit plus rien pour persuader le roi de garder Mimi au palais. On la mit donc à la porte, dans la froidure de l'hiver. Elle n'alla pas plus loin que le lac situé derrière les jardins royaux et là, elle se transforma en un misérable saule pleureur. Peu à peu, le prince sentit que quelque chose lui manquait, qu'il avait besoin d'une présence. Il courut dans les jardins et chercha vainement sa vieille nourrice. Mais, à partir de ce jour, il confia toutes ses misères au saule pleureur. Et il lui sembla toujours que ce vieil arbre difforme était le seul au monde qui le comprît vraiment.

19 décembre

Le lutin du vent, le sapin et le conteur

Il y a deux semaines et quatre jours, le petit sapin de la forêt s'était tapi au fond de la poche du lutin du vent. Mais dès qu'il se fut réchauffé et eut senti l'odeur de l'été, il lui poussa deux nouvelles branches garnies d'aiguilles d'un vert tendre. Puis le petit arbre continua à pousser, pousser, si bien que le lutin, un peu vexé, lui dit :
— Si tu continues comme ça, tu seras bientôt plus grand que moi!
— Et alors? dit le sapin, surpris. Tu devrais être content. Tu sais bien que je suis fait pour grandir et grandir encore. Mais le lutin du vent était un peu ennuyé.
— Alors, tu aurais mieux fait de rester dans la forêt, pour essayer de rattraper les autres sapins. Mais tu as insisté pour que je te mette dans ma poche, parce que tu voulais devenir un petit souvenir. Que vais-je faire de toi, maintenant? Le sol est gelé, tu ne pourras donc pas retourner dans ton trou. Mais si tu continues à grandir comme cela, ma poche va craquer, et toi tu tomberas. A peine avait-il fini de parler que sa poche commença à se déchirer.
—Vite, il faut que nous atterrissions, cria le voyageur du ciel. Tiens-toi bien! Ils descendirent à une vitesse vertigineuse et se posèrent sur le col d'un manteau : c'était celui du conteur qui se rendait à l'école du village, où il devait raconter une histoire aux enfants.

20 décembre

Le lutin du vent, le sapin et le conteur

Mademoiselle Chevêche, l'institutrice, qui avait la réputation d'être très stricte, conduisit le conteur dans la salle de classe, et avant même que les enfants aient eu le temps de crier «Hourrah!», elle leur dit :
— Maintenant, vous allez pouvoir bavarder un peu, mais dès que la cloche sonnera pour annoncer la fin de l'heure, nous nous remettrons au travail.
— Bien sûr, dit le conteur en souriant. Puis il accrocha son manteau, avec le lutin et le petit sapin toujours cachés dans son col, et commença à raconter une histoire.
— Il était une fois, dans un lointain royaume d'argent, un forgeron qui fabriqua une cloche. L'orfèvre la recouvrit d'argent et ils l'envoyèrent comme cadeau à la fille du roi. Dès qu'on la suspendit au-dessus de la table, la cloche resplendit tellement qu'elle éclaira la campagne alentour pendant toute la nuit. Mais ce n'était pas tout : la cloche tintait si joliment que lorsqu'ils l'entendaient, les gens s'arrêtaient, se regardaient gentiment, se pardonnaient tout et se faisaient mutuellement des cadeaux. Mais la princesse Mélina estimait que les présents et les fêtes devaient être réservés à certaines occasions seulement, aussi, quelques jours plus tard, rangea-t-elle la cloche dans un écrin. Elle la sortait une fois par an, et ce jour-là marquait le début de Noël.
— C'est déjà fini? demanda Liliane qui était assise au premier rang.
— Non, non, ne t'inquiète pas, il y a une suite...

21 décembre

Le lutin du vent, le sapin et le conteur

— Non loin du royaume d'argent vivait Mélanie, la méchante sorcière. La lumière, la gaieté et les gentils sourires étaient ce qu'elle détestait le plus au monde. Alors, elle se déguisa en marchand, vint trouver la princesse Mélina, et lui offrit toutes sortes de belles choses en échange de l'écrin contenant la cloche d'argent. Mélina refusa de le lui donner, mais en revanche

elle accepta avec joie une pomme que lui tendit la sorcière. Lorsqu'elle eut avalé la dernière bouchée, elle oublia tout ce qu'elle avait fait au cours de cette année, et bien sûr elle oublia aussi la cloche d'argent. Les enfants se mirent à bavarder bruyamment mais ils se turent dès qu'ils regardèrent leur maîtresse qui ne s'était pas départie de son air sévère. — Et maintenant, il est temps de suivre Mélanie, la sorcière, de rendre la mémoire à la princesse et de libérer Noël, poursuivit le conteur.
— Oh oui! Oh oui! s'écrièrent les enfants, mais de nouveau, ils se calmèrent subitement. Mademoiselle Chevêche ressemblait beaucoup à la sorcière Mélanie. Le conteur garda le silence pendant quelques minutes. Il semblait chercher la fin de l'histoire, et les enfants le dévoraient des yeux. Mais alors la cloche retentit.
— C'est l'heure, annonça la maîtresse. Nous allons reprendre nos leçons. A l'année prochaine, Monsieur le conteur. Elle lui tendit son manteau et le raccompagna à la porte.

22 décembre

Le lutin du vent, le sapin et le conteur

Le petit arbre qui était toujours blotti dans la poche du lutin fut tellement déçu de ne pas connaître la fin de l'histoire qu'il oublia sa promesse, et recommença à pousser. Ses branches s'allongèrent brusquement vers le haut et latéralement.
— Arrête! avertit le lutin du vent, très inquiet. Je ne peux plus te porter! Le conteur ne l'entendit pas, il était trop préoccupé par ce qui venait de se passer. Pourquoi n'avait-il pas été capable de trouver une fin heureuse à son histoire, avant que la cloche ne sonne? «Bah! Ce qui est fait est fait», se dit-il en ouvrant le portail de sa maison. C'est alors que son voisin pointa un doigt vers son manteau :
— Au cas où vous ne le sauriez pas, je vous signale qu'un sapin est en train de pousser sur le col de votre manteau. Mais vous le saviez, n'est-ce pas? Vous tenez absolument à prouver que vous faites de la sorcellerie! Vous ne pouvez pas acheter un arbre de Noël, comme tout le monde. Non! Il faut que vous en fassiez pousser un dans le col de votre manteau!
D'abord, le conteur pensa que son voisin était devenu fou, et il se hâta de refermer le portail. Mais lorsqu'il ôta son manteau, il s'aperçut qu'effectivement, un sapin dépassait de son col. En y regardant de plus près, il vit que l'arbre sortait d'une espèce de poche, que cette poche était celle d'une espèce de manteau et que le manteau était porté par une drôle de petite créature aux cheveux blancs comme un pissenlit monté en graines.

23 décembre

Le lutin du vent, le sapin et le conteur

Le conteur était tellement troublé par toute cette affaire qu'il oublia de prendre le thé. D'ailleurs, il n'aurait pas pu, puisqu'il avait oublié de faire les courses en revenant de l'école. «Je deviens comme la princesse Mélina», se dit-il.
Heureusement, il y eut une chose qu'il

n'oublia pas de faire : ce fut de planter le sapin dans un grand pot de fleur. Il suspendit le lutin du vent à l'une des branches toutes neuves du sapin, par la martingale de son vieux manteau élimé qui sentait la brume, l'air, la nuit et mille autres choses encore. Son sapin était décoré. «Je n'ai plus à me soucier de Noël», se dit le conteur. Mais tout à coup, il se demanda avec quelque inquiétude comment serait Noël cette année-là, puisqu'il n'avait pas achevé son histoire, à l'école. De leur côté, les enfants se posaient la même question. Aussi, pendant la dernière heure de classe, au lieu d'écrire leur rédaction sur le sujet «Notre village en hiver», imposé par la maîtresse, ils écrivirent trente fins différentes pour l'histoire du royaume d'argent. L'institutrice s'en aperçut le soir, au moment où elle corrigea les copies. — Qu'est-ce que cela signifie? s'écria-t-elle en tapant du pied si fort que sa table sursauta. Elle rassembla les trente copies, sortit et traversa le village pour se rendre chez le conteur.

24 décembre

Le lutin du vent, le sapin et le conteur

Les habitants du village pensèrent qu'un ouragan s'était levé, ce soir-là. En fait, c'était Mademoiselle Chevêche qui se dirigeait d'un pas plus que décidé vers la maison du conteur. Elle frappa violemment à sa porte. Quand le conteur lui ouvrit, elle lui jeta dans les mains les trente copies.

— Je vous préviens, je ... commença-t-elle ...
Mais elle n'acheva pas sa phrase, car de l'intérieur de la maison, une petite voix dit :
— Bonsoir, soyez la bienvenue! C'était le lutin du vent qui se balançait au bout de sa branche comme une petite cloche. Mademoiselle Chevêche allait dire «Chut!» de son ton sévère d'institutrice, mais lorsqu'elle pénétra dans cette pièce empreinte d'une atmosphère de conte de

fées et pleine de délicieuses senteurs, elle se radoucit brusquement. Pendant ce temps, le conteur parcourait des yeux les copies; il apprit comment Mélanie avait été capturée par les soldats du roi, comment le roi l'avait enfermée dans un donjon, comment elle avait été emportée par une rivière ou ensevelie sous des rochers ... Mais aucune de ces fins ne le satisfaisait et il en était déjà à la vingt-neuvième copie. Il lut à haute voix la dernière, celle qu'avait écrite la petite Liliane : «... et Mélanie mangea accidentellement l'une des pommes qui vous font oublier ce que vous avez fait auparavant, et elle oublia qu'elle avait été méchante, et tout rentra dans l'ordre.» Alors Mademoiselle Chevêche prit son stylo rouge et inscrivit sur la copie un A que le conteur souligna deux fois, et Noël put commencer.

25 décembre

La Noël du pet-de-nonne

Vous souvenez-vous de notre pet-de-nonne que nous avons vu pour la dernière fois en novembre? Eh bien, le voilà qui roule gaiement sur les chemins enneigés. Il rentre chez lui en chantant une petite chanson :

C'est moi le pet-de-nonne qui chante!
C'est moi le plus savoureux et le moins pâteux!
Après toutes ces pérégrinations
Aujourd'hui je connais ma destination
Pour Noël je rentre tout guilleret
Revoir enfin ma Grand-mère Civette!

Entre-temps, Grand-mère Civette était devenue arrière-grand-mère et comme c'était Noël, tous ses fils et toutes ses filles, et ses petits-enfants et arrière-petits-enfants venaient lui rendre visite. Bien que très occupée à faire des gâteaux et des rôtis, à surveiller ses casseroles et ses poêles, elle pensa tout à coup au pet-de-nonne. «Je me demande ce qu'il est devenu», se dit-elle. «Peut-être s'est-il perdu dans le vaste monde. J'aurai dû l'envoyer à l'école, puisqu'il voulait tant y aller . . .»

— Si c'est de moi que tu parles, eh bien sois rassurée : je suis allé à l'école! dit une voix sur le pas de la porte. Grand-mère Civette leva les bras au ciel.

— Mais, d'où sors-tu, pet-de-nonne? balbutia-t-elle.

— On revient toujours chez soi, pour la Noël, n'est-ce pas? répondit le pet-de-nonne. Et il s'assit à la table familiale et raconta toutes ses aventures.

— Vas-tu rester avec moi, maintenant? lui demanda Grand-mère Civette.

— Oui, si tu promets de ne pas me manger, répondit le pet-de-nonne. Tout le monde rit de bon cœur.

— Crois-tu que quelqu'un voudrait de toi, après tout ce temps? «Ouf! pensa le pet-de-nonne. Me voici hors de danger . . .»

26 décembre

Le cadeau sauteur

Christine savait que son papa aimait les cadeaux qu'elle lui confectionnait elle-même, alors elle prit un couvercle de boîte à chaussure dans lequel elle tailla une paire de semelles intérieures pour ses souliers. Elle dessina un kangourou sur chaque semelle, car elle savait que son papa aimait les animaux. Son papa l'embrassa tendrement pour la remercier de ce beau cadeau et Christine fut ravie lorsqu'il glissa

les semelles dans ses pantoufles toutes neuves. Mais à peine avait-il fait un pas qu'il quitta le sol, s'envola par-dessus l'arbre de Noël et la table joliment décorée, et atterrit sur le réfrigérateur, dans la cuisine. Christine et sa maman le regardèrent, bouche bée; elles tentèrent de le faire redescendre, mais il sauta de lui-même, passa par la fenêtre et se retrouva dans la rue. Il atterrit sur le toit d'un taxi dont le chauffeur dit, un peu sèchement : — Je veux bien vous emmener quelque part, mais je vous prie de vous asseoir à l'intérieur de mon véhicule! Mais sans doute cet étrange client ne l'entendit-il pas, car il sauta sur un réverbère et de là sur le dos d'une statue à l'air très digne, dans le jardin public. Puis il commença à sauter sur les passants, alors, les pompiers arrivèrent. Heureusement, le papa de Christine atterrit dans un banc de neige où ses pantoufles furent bloquées. Il les laissa là et s'enfuit en courant. Mais si quelqu'un d'autre les a trouvées, on imagine ce qui a pu lui arriver...

27 décembre

Une récompense d'argent

Dieu seul sait comment s'appelaient tous ces garçons qui vivaient chez tante Annie. Ils étaient sept, comme les sept jours de la semaine. Le toit de la maison était plein de trous et le garde-manger toujours vide, pourtant, ils étaient toujours de bonne humeur. Mais lorsque vint Noël, tante Annie n'avait rien à donner aux enfants, et elle se sentit fort triste. Alors elle courut au marché où elle échangea son châle contre une carpe. «Je vais leur faire une bonne soupe, avec ça», se dit-elle. Mais quand elle montra le poisson aux enfants, ils eurent pitié de lui et s'opposèrent à ce que tante Annie le fasse cuire. Ils emportèrent la carpe et la mirent dans l'étang. Pour les récompenser, la carpe leur donna à chacun une écaille. Tout heureux, les sept garçons rapportèrent à la maison leur écaille dans le creux de leur main. La lune qui veillait dans le ciel les aperçut et transforma ces simples écailles en écailles d'argent. De retour chez eux, ils s'aperçurent que leurs écailles d'argent avaient beaucoup de valeur et qu'ils en tireraient suffisamment d'argent pour survivre jusqu'au printemps. Ayant eu vent de l'histoire, les voisins essayèrent eux aussi de se promener les soirs de pleine lune avec des écailles de poisson dans les mains, mais il ne se passa rien. Sans doute étaient-ils différents des sept garçons qui vivaient chez tante Annie.

28 décembre

Pom le chat et le nouveau téléviseur

Depuis Noël, les Montagu avaient un nouveau téléviseur en couleurs : le plus grand et le plus perfectionné qu'on n'ait jamais vu. Il fonctionnait presque toute la journée, car il y

avait toujours quelqu'un devant. Le plus souvent, c'était grand-mère et les jumeaux, Tom et Jim ou parfois même Pom, le chat. Les émissions préférées de Pom étaient les dessins animés. Un jour il était confortablement installé dans le fauteuil et attendait impatiemment le prochain dessin animé : l'histoire d'un chat et d'une souris. Il se disait qu'il allait bien s'amuser à regarder le gros matou rusé attraper la stupide petite souris. Mais ce fut plutôt l'inverse. Cette souris maligne s'arrangeait toujours pour faire tomber une poêle à frire sur la tête de ce pauvre chat ou pour qu'il tombe dans un pot de peinture. Pom se mit à faire le gros dos, tellement il était contrarié. Lorsque le matou se prit la patte dans un piège à rat, Pom n'y tint plus : il sauta du fauteuil et mordit à pleines dents dans le cordon électrique du téléviseur. L'image disparut. Grand-mère et les jumeaux arrivaient juste à ce moment là et ils furent bien étonnés de voir qu'il n'y avait rien à la télévision. — Ils doivent se reposer, dit Tom. Ça ne fait rien, Mamie, tu vas nous raconter une histoire. Et grand-mère leur raconta l'histoire du Petit Chaperon Rouge, de Blanche Neige, de Cendrillon. Les enfants étaient aux anges. Cette soirée resta longtemps présente à leur mémoire, et aussi à celle de Pom le chat.

29 décembre

La sucette de Noël

Nicolas attendait toujours impatiemment Noël, parce que ce jour-là, cela sentait la vanille, les raisins et la pâte d'amandes. C'était tout ce qui l'intéressait. Cela avait le don d'agacer sa maman, parce que, comme vous l'imaginez, ce n'est pas très agréable d'avoir un petit garçon qui voudrait que le monde soit fait de chocolat et de pain d'épice. Alors, cette année-là, elle décida de mettre fin à la gourmandise de Nicolas et elle ne fit aucun gâteau ni aucune friandise pour Noël. Sur l'arbre de Noël, il n'y eut que des boules et des guirlandes. Mais grand-mère, qui était invitée à fêter le réveillon était tellement désolée pour son petit-fils qu'elle glissa une petite sucette enveloppée de papier cellophane parmi les cadeaux.
Comme d'habitude, Nicolas ne s'intéressa qu'à la sucette qu'il mit aussitôt dans sa bouche, en souhaitant ne jamais la finir.
Or, c'est bien ce qui arriva : la sucette ne fondit pas. Nicolas la garda dans la bouche toute la journée, puis le lendemain et pendant cinq jours. Il avait beau la sucer à longueur de temps, elle demeurait intacte!

30 décembre

La sucette de Noël

Grand-mère était ravie que Nicolas apprécie autant son cadeau, mais bientôt, elle changea d'avis, car son cher petit-fils commençait à se cristalliser. On aurait dit qu'il n'était plus qu'un pain de sucre, il ressemblait de plus en plus à une stalagmite en sucre candy. Quand il parlait, des marshmallows sortaient de sa bouche, et sa voix était si mielleuse qu'on aurait pu s'en servir pour napper des gâteaux. Grand-mère se dit que Nicolas ne pourrait plus servir que d'ingrédient pour la pâtisserie, mais c'est alors que sa maman

intervint. Peut-être se souvint-elle de l'histoire de la semoule qui déborda et envahit tout le village, car soudain elle cria : — Cela suffit! Elle arracha la sucette de la bouche de son fils et la jeta dans le feu. Alors Nicolas se leva de sa chaise et embrassa sa maman, pour la remercier de l'avoir sauvé.

— Je pensais que ça ne finirait jamais! dit-il. Il lava ses mains toutes collantes et se mit à lire les livres qui étaient restés sous l'arbre de Noël. Après quoi il redevint un petit garçon comme les autres, à ceci près qu'il n'aimait plus du tout les bonbons.

31 décembre

Adam et le lutin du vent

— Je ne reste jamais bien longtemps au même endroit, expliqua le lutin du vent au conteur, après les fêtes de Noël. Vous savez, je suis un voyageur du ciel! Alors ils prirent congé, mais à peine s'était-il envolé que notre lutin se sentit très fatigué. Il pensa qu'il ferait mieux d'entrer dans un grenier pour dormir un peu. Il fut réveillé par les pleurs d'un enfant. — Que se passe-t-il? demanda le lutin du vent. Ouvrant les yeux, il vit le petit Adam : des larmes grosses comme des petits pois roulaient sur ses joues.

— Je boude! répondit Adam, en levant la tête vers le chevron sur lequel le lutin était assis.

— Oh là là! s'exclama le lutin. C'est bien la chose la plus stupide que tu puisses faire! Crois-moi : j'ai cent vingt ans et j'en ai vu des choses dans ma vie! Enfin, pourquoi boudes-tu?

— Pour rien, répondit Adam. Mais je suis en colère parce que la neige a fondu, et je ne peux plus faire de luge, et je n'ai rien à faire. Le lutin faillit se mettre en colère à son tour, mais il se rappela que lui aussi était comme cela, étant petit.

— Essaie de rêver, conseilla-t-il à Adam. Les greniers sont les meilleurs endroits pour rêver, et c'est bien plus amusant que de faire de la luge.

— J'aimerais que vous ayez raison, dit Adam en se mouchant. Juste à ce moment, il s'aperçurent qu'il commençait à neiger, dehors. — Hourrah! s'exclama Adam. Et il courut chercher sa luge. Lorsqu'il revint dans le grenier, le lutin du vent n'était plus là. Il s'était envolé dans le tourbillon de neige : dans la danse des flocons, on distinguait à peine ses cheveux blancs et son manteau de brume tout dépenaillé.